ROLF VON SIEBENTHAL

Schachzug

UNTER STROM Ein Skandal im Bundeshaus zwang den erfolgreichen Tagblatt-Journalisten Max Bollag, seine Stelle in der Hauptstadt Bern aufzugeben. Nun muss er sich im beschaulichen Liestal mit langweiligen Geschichten, einem arroganten Chef und seiner kriselnden Ehe auseinandersetzen. Plötzlich wird sein Schwager Marcel Laval ermordet, Sohn einer angesehenen Bankiersfamilie und aufstrebender Kadermann. Auf Drängen seiner Frau Nadine beginnt Bollag, die Hintergründe zu recherchieren – und stößt auf ein Netz aus Lügen und Korruption. Als er den Plänen einer radikalen Gruppe in die Quere kommt, gerät Bollags eigenes Leben in Gefahr.

Rolf von Siebenthal, Jahrgang 1961, ist ausgebildeter Sprachlehrer. Er arbeitete viele Jahre bei einer Tageszeitung und im Schweizer Verkehrsministerium, heute ist er selbstständiger Journalist und Texter. Er lebt mit seiner Familie in der Nordwestschweiz.

ROLF VON SIEBENTHAL

Schachzug

Kriminalroman

Personen und Handlung sind frei erfunden.
Ähnlichkeiten mit lebenden oder toten Personen
sind rein zufällig und nicht beabsichtigt.

Besuchen Sie uns im Internet:
www.gmeiner-verlag.de

Im Ehnried 5, 88605 Meßkirch
Telefon 07575/2095-0
info@gmeiner-verlag.de

2. Auflage 2013

Lektorat: Katja Ernst
Herstellung: Mirjam Hecht
Umschlaggestaltung: U.O.R.G. Lutz Eberle, Stuttgart
unter Verwendung eines Fotos von: © Jan Schuler – Fotolia.com
Druck: GGP Media GmbH, Pößneck
Printed in Germany
ISBN 978-3-8392-1441-1

Für Karin

1

Der Jäger saß in der Morgendämmerung und wartete. Nebelfetzen glitten über die Felder und umhüllten das Dorf Seltisberg. Seine Feuerstellung am Waldrand zwischen Sträuchern hatte er mit Blättern gepolstert, mit dem Rücken lehnte er an einem Baum. Er war komplett getarnt durch seinen Anzug, den er mit kleinen Ästen, Blättern und Moos präpariert hatte.

Auf die wenigen sichtbaren Teile seiner Haut hatte er grün-braune Schminke aufgetragen. Zusammen mit dem Anzug machte ihn das praktisch unsichtbar. Selbst der Revierförster war vor einer halben Stunde zwei Meter entfernt vorbeimarschiert und hatte ihn nicht bemerkt.

Gefahr drohte ihm nur, wenn er sich bewegte. Deshalb hatte er sich einen Trinkbeutel auf den Rücken geschnallt, aus dem er über einen Schlauch regelmäßig einen Schluck Isostar nahm. So hielt er es Stunden aus. Ab und zu spürte er, wie kühle Luft ein Hosenbein hinaufkroch und an seiner Haut nagte oder wie eine Ameise über sein Gesicht krabbelte. Dann sammelte er sich, schaltete das Gefühl aus, begab sich in Gedanken an Orte, an denen er sich wohlfühlte. Die Kaserne. Der Schießplatz. Die Werkstatt. Diese Kunst hatte der Jäger in 30 Jahren perfektioniert. Er konnte sich in sein Innerstes zurückziehen und die Körperfunktionen auf ein absolutes Minimum reduzieren.

Durch die Äste suchte er mit den Augen das Gelände bis zum Dorf ab, es lag etwa 300 Meter entfernt. Ein Weg zog sich wie ein Strich von Seltisberg durch Felder mit jungem Weizen und Mais und verschwand im Wald auf seiner rechten Seite. Es wäre leicht, das Zielobjekt dort unten, kurz vor dem Dorf, abzuknallen. Jeder halbwegs nüchterne Trottel mit einer Knarre vom Flohmarkt würde das schaffen. Doch leichte Ziele gehörten nicht zu seiner Welt. Die bestand aus Herausforderungen, dafür war er ausgebildet worden. Die Distanz zu dem Punkt, wo der Weg im Wald verschwand, betrug etwa 600 Meter. Er wusste, früher oder später würde das Zielobjekt dort auftauchen. Es war nur eine Frage der Geduld. Und davon besaß er eine Menge.

Sein Gewehr ruhte getarnt auf einem Dreibein so dicht an seiner Seite, dass er es spüren konnte. Die Sig Sauer SSG 3000 war robust und zuverlässig, genau die Richtige für einen Schuss unter diesen Bedingungen.

Als die Sonne ihre ersten Strahlen über den Horizont schickte, gestattete er sich ein Lächeln. Er blinzelte, sein Blick folgte der Hochspannungsleitung, die über die Felder gezogen war. Die Masten und Drähte glitzerten im Licht. Plötzlich nahm er eine Bewegung im Wald auf seiner rechten Seite wahr. Er widerstand dem Impuls, hielt den Kopf ruhig, blieb regungslos sitzen, bis das Zielobjekt von allein in seinem Sichtfeld auftauchte. Da. Es kam aus dem Wald und lief in Richtung Dorf.

Er hob die schwere SSG 3000 mit einer fließenden Bewegung an seine Schulter und spähte durch das Zielfernrohr. Mithilfe der zehnfachen Vergrößerung beobachtete er, wie der Wind durch die Blätter eines Kirschbaumes strich. Sechs bis sieben Stundenkilometer. Er überschlug die Abweichung der Flugbahn, bezog die Bewegung des Zielobjektes ein, legte den Sicherungshebel mit dem Daumen um und richtete das Fadenkreuz aus. Er zog den

Abzug mit dem Zeigfinger um drei Millimeter nach hinten und spürte den Druckpunkt des Gewehrs, den er auf 2.200 Gramm eingestellt hatte. Er atmete ein, stieß die halbe Luft aus, hielt den Atem an und passte die Sekunde zwischen zwei Herzschlägen ab.

Er zog durch, spürte den Rückstoß an seiner Schulter und wusste sofort: perfekter Schuss.

Durch das Zielfernrohr beobachtete er, wie die Kugel einschlug. Das Zielobjekt sackte in einem Nebel aus Blut zusammen. Er schaute ungerührt zu, wie die Beine ein paar Sekunden lang zuckten, bis sich nichts mehr regte. Er nickte zufrieden.

Langsam richtete er sich aus der Feuerstellung auf, bewegte die steifen Glieder. Er steckte die ausgeworfene Patronenhülse ein, zerlegte die Waffe und packte sie behutsam in den Koffer, bevor er sich auf den Weg zu seinem Motorrad machte.

Der Jäger verschwendete keinen Gedanken mehr an den leblosen Körper. Er plante bereits seinen nächsten Zug.

2

Vor den Waggonfenstern war es dunkel, der Lötschberg sperrte das fahle Tageslicht aus. Doris Lüthi wippte mit ihrem Fuß zum Takt der Musik ihres iPods. »My back is broad but it's a hurting, all I want is for you to make love to me, I'll never be your beast of burden.« Ach, Mick, 70 und immer noch der Größte.

Ein Finger berührte sie an der Schulter. Doris fuhr auf dem Plastikstuhl in der kleinen Sitzecke herum, der Ordner mit dem Testprogramm fiel von ihren Knien. Hinter ihr stand der Cheftechniker von Rail Cargo Switzerland, der Typ mit der braunen Hornbrille, dessen Namen sie sich nicht merken konnte. Sie zog einen Stöpsel aus dem Ohr.

»Frau Lüthi, würden Sie mir bitte einen Kaffee bringen. Mit Milch, ohne Zucker.«

Doris legte den Kopf schief. Ach, herrje, ein Muttersöhnchen. »Sie sind doch Ingenieur, oder?«

Hornbrille nickte, sie setzte ihr großmütterliches Lächeln auf. »Sehen Sie die schwarze Maschine dort rechts vom RTU-Controller? Sie müssen bloß den grünen Knopf drücken, schon kommt der Kaffee heraus. Das schaffen Sie bestimmt alleine … Und vergessen Sie die Tasse nicht.« Doris hob den Ordner vom Boden auf und steckte den Stöpsel wieder ins Ohr. »Am I hard enough, am I rough enough.«

Hornbrille stemmte die Hände in die Hüften, blieb ein paar Sekunden stehen und starrte sie mit grimmiger Miene an. Doris schloss die Augen, über Mick hinweg tönte seine beleidigte Stimme.

»Wieso schickt uns Thommen Rail nicht einen Techniker, sondern diese alte Schachtel?«

»Die alte Schachtel, wie Sie Frau Lüthi nennen, weiß mehr über Güterwagen als Sie und ich zusammen. Also hören Sie auf zu jammern und machen Sie sich Ihren Kaffee selbst«, hörte Doris vom anderen Ende des umgerüsteten Eisenbahnwaggons.

Lukas Kohler, die treue Seele, hatte den RCS-Heini zurechtgestutzt. Doris machte sich eine gedankliche Notiz, dem Kollegen ein Bier zu spendieren. Sie schmunzelte und schaute das Neigungsprofil der vor ihnen liegenden Strecke an – wo er recht hatte, hatte er recht. Niemand in der Schweiz hatte in den vergangenen 50 Jahren so viel Wissen über Güterwagen angehäuft wie sie. Doris schaute über ihre Schulter hinweg ans andere Ende des Wagens, wollte Kohler zuzwinkern, doch er hatte sich bereits abgewandt, überprüfte die Kalibrierung der Messgeräte und tippte etwas in seinen Laptop.

Die Kontrolle von Entwicklungen, Produktionsabläufen und Testfahrten gehörten zu ihrem Job. Daran hatte sich auch nicht viel geändert, als sie ins Pensionsalter gekommen war. Was sollte sie allein zu Hause herumsitzen? Mit den Füßen voraus werde man sie aus der Firma tragen müssen, sagte Doris jedem, der es wissen wollte.

Ihr Vater war schuld gewesen. Von ihm hatte sie die Begeisterung für Motoren und Technik geerbt. Klein-Doris hatte ihre freien Nachmittage lieber in seiner Autowerkstatt als beim Puppenspiel mit Freundinnen verbracht. Als Teenager wusste sie mehr über Nockenwellen und Drosselklappen als über Dauerwellen und Petticoats. Trotzdem hatte für ihren Vater eine Lehre als Mechanikerin nicht zur Debatte gestanden. »Zu früh geboren«, seufzte sie und sah aus dem Fenster. Der Zug hatte den Lötschbergtunnel verlassen, im Regen draußen glitt der Bahnhof von Kandersteg vorbei. Bis Spiez ging es nun 550 Meter bergab.

Sie holte sich einen Kaffee, nahm ein paar Schluck und blickte zu Kohler hinüber, der angespannt die Linien auf dem Computermonitor beobachtete und die Stirn runzelte. Rechts neben ihm spuckte der Drucker ein Endlospapier mit Daten aus. Die nächsten Kilometer würden über Leben oder Tod von Thommen Rail entscheiden. Hornbrille ging zwischen den Regalen herum und drückte ein paar Knöpfe.

Mit 16 Jahren hatte Doris eine Lehre als Sekretärin in der Güterwagenfabrik in Pratteln angefangen. Ihre Leidenschaft für Technik und ihr hervorragendes Gedächtnis waren Firmenpatron Paul Thommen schnell aufgefallen, er hatte sie zu seiner rechten Hand befördert. Wenn der Chef einen schlechten Tag hatte, übernahm sie auch die linke.

Hinten im Wagen wedelte Lukas Kohler am Mess-PC mit der Hand. »Doris, kommst du mal?«

Der Wagen schaukelte, sie hielt sich an den Regalen fest. Doris glaubte fast, dass sie die Tonerde in ihrem Rücken spüren könnte. 3.000 Tonnen. Die Testfahrt brachte die neu entwickelten K-Bremssohlen von Thommen Rail an ihre Belastungsgrenzen.

Kohler deutete mit dem Finger auf einige Zahlen. »Das gefällt mir nicht. Auf diesen Sohlen baut sich verdammt viel Hitze auf. Was meinst du?«

Sie schaute sich die Kurven an, die Sensoren an einigen Bremsen schlugen tatsächlich stark aus. Vielleicht waren die Fühler defekt. Oder es haperte an der Datenübertragung. Wenn nicht, hatten sie ein ernsthaftes Problem. Doris wandte sich zum Cheftechniker um, der jetzt auf ihrem Plastikstuhl saß und seinen Kaffee schlürfte. »Sagen Sie dem Lokführer, er soll irgendwo anhalten.«

Hornbrilles Augen weiteten sich. »Mitten auf der Strecke?« Er schüttelte den Kopf. »Der Fahrdienstleiter würde mir den Kopf abreißen.«

Doris blickte auf ihre Uhr, es war kurz nach sechs. Zwei

Stunden hatten sie im Bahnhof Brig vertrödelt, weil sich der Stromabnehmer der Lokomotive nicht hatte ausfahren lassen. Jetzt wälzten sich die Menschen aus ihren Betten, machten sich auf den Weg zur Arbeit. Da wollte der Fahrdienst den Testzug so schnell wie möglich von der Strecke haben. Die Kurven auf dem Bildschirm zeigten sich ungerührt, sie schlugen bedenklich nach oben aus. Doris trat vor den Cheftechniker und nahm ihm die Kaffeetasse aus der Hand. »Ich habe jetzt keine Zeit für Diskussionen. Falls diese Daten stimmen, sind die Bremsen bereits überlastet. Halten Sie den Zug sofort an.«

Hornbrille schälte sich aus dem Sessel, nahm ihr die Kaffeetasse wieder weg und wankte durch den Waggon. Hinter Lukas Kohler baute er sich auf und blickte auf den Monitor. »Was ist Ihre Meinung?«

Kohler zeigte mit dem Daumen über die Schulter. »Sie hat recht.«

Hornbrille stöhnte und griff nach dem Funkgerät. »Remo, wir haben hier ein Problem. Kannst du bitte sofort anhalten?«

Das Funkgerät blieb stumm. Kein gutes Zeichen. Doris kaute auf ihrem Daumennagel herum. Hornbrille drückte nochmals die Sprechtaste. »Hallo, Remo, wir haben ein Problem hier. Bitte melden.«

Das Funkgerät knackte. »Die Bremsen ziehen nicht mehr richtig.« Die Stimme des Lokführers klang gepresst. »Macht euch auf eine Notbremsung gefasst.«

Doris griff nach einem Kabelschacht an der Decke, stellte sich breitbeinig hin und wartete auf den Ruck. »Na, dann mal schön festhalten.«

Hornbrille klammerte sich mit beiden Händen an ein Regal, Kohler hielt sich am festgeschraubten Tisch fest.

Doch der Ruck blieb aus.

Der Cheftechniker ließ eine Hand los und zückte das Funkgerät. »Wo bleibt die Notbremsung?«

Die Stimme des Lokführers überschlug sich. »Sie funktioniert nicht … Scheiße.«

Kohlers Gesicht wurde fahl, er schaute Doris ins Gesicht. »Mit dieser Ladung haben wir bis Spiez 200 Sachen drauf.«

Der Zug schlingerte heftig in den engen Kehrtunneln. Hornbrille tupfte sich den Schweiß von der Stirn. »Um diese Uhrzeit ist die Stammstrecke voll belegt. Der Fahrdienstleiter wird uns auf ein Nebengleis umleiten.«

Doris schüttelte den Kopf, ihre Stimme war nicht mehr als ein Flüstern. »Die Weichen vor uns sind auf maximal 40 Stundenkilometer ausgelegt. Sie werden uns aus den Schienen werfen.«

In das angstvolle Schweigen, das nun den Messwagen beherrschte, drang leise Micks Stimme: »Don't stop, Baby don't stop.«

3

Um 6.25 Uhr rumorte es im Magen von Heinz Neuenschwander zum ersten Mal an diesem Montag. *Die zweitschlechteste Polizei der Schweiz*. Die Schlagzeile traf ihn wie eine Ohrfeige. »Huereverdammisiech.« Neuenschwander hob den Blick vom Tagblatt. Draußen vor dem Café Mühleisen fischte eine alte Frau gerade einen grünen Plastikbeutel aus der Box am Robidog, um den Haufen ihres Pudels einzusammeln.

Neuenschwander strich das Zeitungspapier auf dem Tisch glatt. Die Karikatur unter dem Titel zeigte einen Polizisten, der einen Falschparkierer büßt, während hinter ihm Diebe eine Bank ausräumen. Der Artikel behauptete, dass im Kanton Baselland nur jede fünfte Straftat aufgeklärt werde. Eine miesere Quote habe in der Schweiz nur der Weißwein-Kanton Waadt. Neuenschwander ärgerte sich. Kein Wort verlor der Schreiberling darüber, dass kleine Taschendiebstähle für die miese Quote verantwortlich waren. Und kein Wort darüber, dass die Polizei Basel-Landschaft in den vergangenen 20 Jahren jeden einzelnen Mord aufgeklärt hatte. Jeden einzelnen.

Der Pudel rannte wild herum, seine Leine wickelte sich um den Robidog. Die alte Frau machte einen Knoten in den Beutel und warf ihn in den grünen Abfalleimer. Neuenschwander seufzte. Ein Kübel voll Scheiße, genau wie die Zeitung.

»Schlechte Nachrichten?« Brigitte stellte einen Kaffee auf den Tisch und einen Teller mit einem Gipfeli daneben. Sie beugte sich etwas vor, entdeckte das Tagblatt und verzog das Gesicht. Ihr Parfum duftete verführerisch. »Ach so. Kein Wunder.«

»Was meinen Sie?«

Sie drehte die Handfläche nach oben. »Ist ja klar, dass Sie keine Freude an diesem Artikel haben.«

»Wieso?« So sehr er sich freute, dass sie endlich zwanglos ins Gespräch gekommen waren, mehr fiel ihm einfach nicht ein. Leider.

Ihr erfrischendes Lachen kam tief aus dem Innern. »Na ja, wo Sie doch bei der Polizei arbeiten. Ich habe mich erkundigt. Major Heinz Neuenschwander, Leiter der Abteilung Kriminalität irgendetwas …«

Sein Magen zwickte. Sie hatte sich erkundigt! »… Kriminalitätsbekämpfung.«

»… eben. Man sagt, Sie seien der beste Bulle in der Nordwestschweiz.«

Neuenschwander richtete sich ein wenig auf und lächelte. »Soso … Und was sagt man sonst noch über mich?«

Sie stemmte eine Hand in die Hüfte und tippte mit dem Kugelschreiber auf ihre Lippen »Mal sehen. Sie wohnen in Lausen, haben noch ein paar Jahre bis zur Pensionierung, sind geschieden, waren Ihr ganzes Leben bei der Polizei und … lassen Sie mich nachdenken …« Der Kugelschreiber machte ein klickendes Geräusch auf ihren Zähnen. »… Und Sie sollen ein ganz harter Kerl sein.«

Neuenschwander zog die Augenbrauen in die Höhe und öffnete den Mund, doch sie war schneller.

»Aber wenn Sie mich fragen, ist das Unsinn.«

Er runzelte die Stirn. Offenbar hatte sie sich einige Gedanken über ihn gemacht. »Wie kommen Sie darauf?«

Ein junger Mann mit Anzug und Krawatte räusperte sich am anderen Ende des Cafés. »Kann ich hier auch mal etwas bestellen?«

Brigitte drehte sich zu ihm um. »Komme gleich.« Sie beugte sich zu Neuenschwander herunter, hob den Zeigfinger und lächelte verschwörerisch. »Vergangene Woche haben Sie hier am Tisch ein Buch gelesen. Sie haben es unter die Serviette gesteckt, als ich den Kaffee brachte. Ich habe den Titel trotzdem gesehen.« Sie wackelte mit dem Finger. »Goethe! Wissen Ihre Kollegen, dass Sie Gedichte lesen? Und Sie trinken Ihren Kaffee mit Rahm und zwei Stück Zucker, das sagt doch alles. Ich wette, Sie weinen bei ›Titanic‹.«

Er schluckte und blickte durch das Fenster hinüber zum Törli von Liestal. Der Pudel konnte sich kaum mehr bewegen und winselte. Die alte Frau versuchte, die verwickelte Leine vom Robidog zu lösen. »Und wieso haben Sie sich nach mir erkundigt, wenn ich fragen darf?«

Brigitte zog den zweiten Stuhl unter dem Tisch hervor, der Anzugträger stöhnte laut. Sie setzte sich Neuenschwander gegenüber und stützte einen Ellenbogen auf den Tisch. Ihre Haut war voller Sommersprossen. »Seit ein paar Wochen trinken Sie hier jeden Morgen Ihren Kaffee und essen ein Gipfeli. Dabei schauen Sie mir aus den Augenwinkeln beim Bedienen zu. Sie haben wohl gedacht, dass ich das nicht merke. Ich wollte nur sichergehen, dass Sie kein Psycho sind.«

Er sah zu Boden. Ertappt. Vor einem Monat hatte ihn sein junger Assistent Jonas Schaub zum ersten Mal ins Café Mühleisen geschleppt. Neuenschwander hatte bis dahin einen großen Bogen darum gemacht. Gemüseteller und Birchermüesli, das musste nun wirklich nicht sein. Bis er die Bedienung Brigitte gesehen und gehört hatte: die kurzgeschnittenen weißen Haare, ihre kurvenreiche Figur und das umwerfende Lachen. Neuenschwander kratzte einen unsichtbaren Fleck vom Tisch. »Es tut mir leid, wenn ich …«

Sie fuhr mit der Hand durch die Luft. »Ach, hören Sie doch damit auf. Ich bin bald 60 Jahre alt und freue mich über die Aufmerksamkeit. Ich heiße übrigens Brigitte … Brigitte Stampfli.« Sie reichte ihm die Hand.

Er drückte sie sanft, ihre Haut war trocken und warm.

Mit dem Daumen deutete sie nach draußen. »30 Jahre lang habe ich drüben im Frenkeschulhaus unterrichtet. Deutsch, Französisch und Geschichte. Vor drei Jahren habe ich mich pensionieren lassen, kurz danach ist mein Mann gestorben …« Sie seufzte und blickte kurz auf die Tischplatte. Dann kicherte sie wie ein junges Mädchen. »Aber ich nehme an, dass Sie das alles schon wissen. Schließlich sind Sie Polizist.«

Er fühlte Blut in die Wangen steigen. Mann, reiß dich zusammen. Der Anzugträger faltete laut hörbar seine Zeitung zusammen, marschierte durch den Schankraum, riss die Tür auf und murmelte: »Saftladen. So ein mieser Service.«

Brigitte tat es mit einem Schulterzucken ab, ihre Stimme wurde sanft. »Also, Herr Neuenschwander, gibt es noch etwas, das Sie über mich wissen möchten?«

Er kratzte sich am Kopf und schaute ihr in die Augen. »Weshalb haben Sie aufgehört? In der Schule, meine ich. Wieso haben Sie sich so früh pensionieren lassen?«

Sie stützte das Kinn auf ihre Hand. »Ach, die Reformen … Ich hatte die Reformen satt. Alle paar Jahre kam wieder eine neue, jedes Mal versprach man uns großartige Fortschritte. Jetzt läuft schon wieder …«

Bremsen kreischten. Vor dem Café kam ein Auto zum Stillstand. Der Fahrer stieg aus und lief eilig über die Straße. Neuenschwander stöhnte. »Da kommt mein Kollege.« Er bemerkte, dass Jonas seine Krawatte gelockert hatte. Das war kein gutes Zeichen. »Ich … Es tut mir leid … Können wir unser Gespräch ein anderes Mal weiterführen?«

Brigitte stand auf, strich ihre Schürze glatt und lächelte. »Gerne. Jederzeit.«

Jonas betrat das Café und blieb vor seinem Tisch stehen. Er schielte kurz auf Brigitte und ihren vollen Busen, kratzte sich linkisch am Kinn. »Habe ich mir doch gedacht, dass ich dich hier finde. Die Zentrale sucht dich schon seit einer halben Stunde.«

Neuenschwander knurrte, da hatte wohl wieder mal ein Frischling Dienst. »Wozu haben wir einen Notruf?« Er zog das Handy aus der Tasche seines Jacketts. »Das Scheißding ist neu und funktioniert nicht.«

»Lass mal sehen.« Jonas nahm das Handy und drückte drei Sekunden auf den Einschaltknopf, bis das Display aufleuchtete. »Du hast es nicht eingeschaltet.«

Neuenschwander setzte seine Lesebrille auf, betrachtete kurz das Gerät und steckte es kopfschüttelnd zurück ins Jackett. Er wandte sich Brigitte zu, zuckte entschuldigend mit den Schultern.

Sie ging zum Tresen, kritzelte etwas auf einen Schreibblock und riss das Papier ab. Als sie es ihm in die Hand drückte, kicherte sie. »Ich fühle mich wie ein Teenager. Das hier ist meine Telefonnummer. Rufen Sie mich an.«

Sie hob die Hand zum Abschied, Neuenschwander nickte. »Danke.«

Er legte einen Fünfliber auf den Tisch und folgte Jonas. Kaum saßen sie im Auto, gab der junge Kollege Gas. »Mann, wie hast du das geschafft? Reißt um halb sieben in der Früh eine hübsche Frau auf. Woher kennst du …?«

»Halt die Klappe.«

»Oder war das ein Frühstück nach …«

»Jonas! Was haben wir?«

»Eine männliche Leiche in Seltisberg.«

Seltisberg, das hieß Geld und Einfluss. »Was weißt du?«

»Eine pensionierte Ärztin hat einen Knall gehört, die Leiche auf dem Feldweg gefunden und hat mit ihrem Handy die Einsatzzentrale angerufen um …«, Jonas kramte ein Stück Kaugummipapier aus der Hosentasche und warf einen Blick darauf, »… 5.50 Uhr. Die Zeugin sagt, der Tote sei ein Nachbar. Marcel Laval.«

Neuenschwander wischte sich mit einer Hand über das Gesicht. »Gopferdeli.« Laval, das hieß viel Geld und viel Einfluss.

»Kennst du ihn?«

»Nein. Aber ich weiß, wer das ist. Gemeinderat in Seltisberg, FDP Baselland, Sohn einer Bankiersfamilie.«

Er dachte wieder an die Schlagzeile im Tagblatt. »Die Medien werden hinter uns her sein. Und die Lavals werden dafür sorgen, dass uns auch die Regierung die Hölle heißmacht.«

4

Doris Lüthi blickte hinunter in den Werkhof. Lorenzo raste über den Platz mit dem Gabelstapler, dessen Ladung bedrohlich wankte. Er hielt abrupt vor dem Rolltor zum Lager, sprang vom Sitz und drückte den roten Knopf. Als das Tor halb nach oben geglitten war, hechtete er zurück in den Gabelstapler und gab wieder Gas.

»Trottel. Der wird noch einen Unfall bauen. Davon hatten wir heute schon genug.« Ernst Thommen stand mit verschränkten Armen am Fenster neben ihr. Er hatte sie und Messtechniker Lukas Kohler kurz vor Mittag zur Krisensitzung ins Chefbüro gebeten. Er drehte sich um, stützte beide Hände auf der Tischplatte ab und sah auf die Karte vor sich. »Und jetzt erklärt mir mal, wie das abgelaufen ist.«

Lukas deutete mit dem Zeigfinger auf die Karte. »Hier oben in Kandersteg war alles in Ordnung. In den steilen Abschnitten vor Frutigen schlug die Anzeige plötzlich bedrohlich aus. Und dann haben die Bremsen versagt. Auf dem ganzen Weg bis Thun. Erst in der Ebene danach ist der Zug zum Stehen gekommen.« Er setzte den Finger auf die Karte. »Hier.« Mit der anderen Hand wischte er sich über die Stirn. »Dass nichts Schlimmes passiert ist, haben wir dem Fahrdienstleiter in Spiez zu verdanken. Er hat schnell geschaltet.«

Doris trat an den Schreibtisch und fuhr die eingezeichneten Bahnlinien mit dem Finger nach. »Den Regionalzug hat er zurück in den Bahnhof Spiez geholt und auf einem Nebengleis warten lassen. Einen Güterzug hat er in Richtung Simmental geschickt. Den Intercity aus Bern hat er in Gwatt auf ein Industriegleis geleitet. Auf das hier. Und im Bahnhof Thun hat er im letzten Moment auch noch einen Zug der Rollenden Landstraße aus dem Weg geschafft. Deswegen hatten wir freie Fahrt.« Sie richtete sich auf, drückte das schmerzende Kreuz durch. »Du kannst mir glauben, Ernst. Ich dachte schon, unser letztes Stündlein hätte geschlagen. Das hätte schlimm ausgehen können.« Sehr schlimm, dachte sie. Heute hätten viele Menschen sterben können.

Ernst nahm eine Packung Tabletten aus seiner Hosentasche, drückte eine Kapsel durch die Silberfolie und schluckte sie. Nanu, seit wann brauchte er denn so etwas?, wunderte sich Doris.

Er bemerkte ihren Blick und zuckte mit den Schultern. »Vom Arzt verschrieben. Mein Blutdruck ist etwas hoch.« Er legte die Tabletten in eine Schublade. »Dieser Idiot von Lokführer. Ist es denn so schwer, die Bremshähne zu kontrollieren?«

»Und du bist sicher, dass er schuld ist?«, fragte Doris

»Wenn das sogar der Chef von Rail Cargo Switzerland sagt. Ich habe mit Völlmin telefoniert. Die Nachkontrolle lässt keine Zweifel offen. Der Absperrhahn der Hauptluftleitung zwischen dem vierten und dem fünften Wagen war geschlossen.«

Doris schüttelte ungläubig den Kopf. Die Bremskontrolle gehörte zum A und O einer Testfahrt. »Kein Wunder, dass die Bremsen der vorderen Wagen mit der Zeit überhitzten.«

Ernst verwarf die Hände. »Verflucht noch mal, ausgerechnet jetzt. In wenigen Tagen wird RCS entscheiden.«

Lukas' bleiche Miene zeigte, wie sehr ihm das alles an die Nieren ging. »Zum Glück ist niemandem etwas passiert. Stellt euch vor, sie hätten die Personenzüge nicht von der Strecke gebracht.«

Mein Gott, Doris mochte gar nicht daran denken. Kinder auf dem Schulweg, Väter und Mütter unterwegs ins Büro. Die Härchen auf ihren Armen richteten sich auf. Nein, so etwas hätte sie nicht überleben wollen.

»Dann hätten wir die K-Sohlen gleich in den Müll werfen können.« Ernst fuhr mit dem Finger durch die Luft.« Ich hoffe bloß, dass sie uns nichts anhängen.«

Lukas breitete die Arme aus. »Es war nicht unsere Schuld …«

»Wenn sie uns etwas anhängen, werde ich ein Riesentheater machen.« Ernst zog den zerschlissenen Drehstuhl unter dem Pult hervor und setzte sich.

Der Stuhl stammte wie das restliche Mobiliar im Chefbüro von seinem Vater und war etwas aus der Mode gekommen. Er lehnte sich zurück, das Hemd spannte über seinem Bauch. Er hatte zugenommen in den letzten Monaten, die Furchen hatten sich tiefer in sein Gesicht gegraben. Und jetzt auch noch Tabletten. »Ernst, beruhige dich. Wenn RCS selbst festgestellt hat, dass der Lokführer schuld war, werden sie uns das nicht ankreiden. Dieser Vorfall ist zwar ärgerlich, aber er wird bestimmt nicht den Ausschlag geben.«

Ernst stieß eine geballte Faust in die Luft. »120 Arbeitsplätze sind in Gefahr. Wehe, wenn die uns etwas anhängen.«

Die Tür zum Chefzimmer ging auf und die Sekretärin trug ein Tablett mit drei Tassen Kaffee und ein paar Sandwiches herein. Sie stellte es vor Ernst auf den Schreibtisch. »Die Brötchen habe ich in der Kantine geholt. Sonst vergisst du wieder das Mittagessen.«

»Danke, Viola. Du bist die Beste.« Sie verließ das Büro, Ernst goss Rahm und Zucker in eine Tasse. »Bedient euch.« Es wäre ein schwerer Schlag für ihn, müsste er das Lebenswerk seines Vaters und Großvaters zu Grabe tragen. Hinter ihm zeigte eine Bilderreihe an der Wand die gerahmte Erfolgsgeschichte von Thommen Rail. Da war der Haik 5121, ein vierachsiger Güterwagen mit 26 Tonnen Ladegewicht. Oder der Bestseller, der zweiachsige K4 aus den 50er-Jahren. Hunderte dieser Wagen hatten sie verkauft, über 300 Angestellte hatten die Werkhallen in guten Zeiten bevölkert. Aber seit der Wirtschaftskrise war der Güterverkehr in ganz Europa eingebrochen. Die Bahnunternehmen hatten über 100.000 Wagen ausrangiert, die Bestellungen waren um 90 Prozent zurückgegangen. Nur der Großauftrag von Rail Cargo Switzerland, der Nummer zwei im Schienengüterverkehr der Schweiz, konnte die Firma vor dem Ruin retten.

Die beiden Männer klappten die Sandwiches auf, untersuchten den Inhalt, rümpften bei Käse die Nase und nahmen Schinken. Doris war der Appetit vergangen, sie litt mit ihrem Chef. Es hatte eine Zeit gegeben, in der Ernst mehr als nur ihr Vorgesetzter gewesen war. Es war vor 30 Jahren gewesen, ein paar Monate nach ihrer Scheidung von Martin. Der sich für Gottes Geschenk an die Frauen hielt und alle beglücken wollte. Seinen Nachnamen hatte sie behalten, auch wenn ihre Erinnerungen an ihn alles andere als gut waren. Ernst hingegen war 16 Jahre jünger als sie. Als er frisch von der Uni gekommen war, schüchtern und unbeholfen, musste er in das Geschäft seines Vaters eingeführt werden. Und Doris sollte ihm dabei helfen. Ernst gewann in gleichem Maß an Selbstvertrauen wie er an Gewicht verlor. Sie brachte ihm vieles bei, in der Firma und im Bett. Sechs Jahre lang, bis er neben Doris eine zweite, junge Sekretärin einstellte. Acht Monate später waren die beiden verheiratet. Doris war damals Mitte 40 gewesen und vermisste den Sex, aber Ernst brauchte eine Familie, ein Haus, einen Minivan.

Ernst seufzte, seine Schuhe klopften einen nervösen Takt auf das Parkett. »Es sieht aus, als ob sich alles gegen uns verschworen hat.«

Doris ging um den Schreibtisch herum und setzte sich in den Ledersessel neben Lukas, der nach einem zweiten Sandwich griff. »Wieso? Ist sonst noch etwas?«

»Völlmin hat es mir erzählt. Laval ist tot.«

Lukas stoppte mitten im Kauen, er sprach mit vollem Mund. »Marcel Laval von RCS?»

Ernst nickte: »Jemand hat ihn erschossen.«

Um Gottes willen, der nette Herr Laval, dachte Doris und fragte: »Wieso?«

»Das wusste Völlmin doch nicht. Die Polizei ermittelt erst.«

Doris verschränkte die Arme vor der Brust. Erst das Bremsversagen, jetzt auch noch ein Toter. Was für ein Tag. Ausgerechnet Laval, der die Entwicklung der Bremsen immer unterstützt hatte. Er wäre eine wichtige Stimme bei der Vergabe des Auftrages gewesen. »Und was heißt das für uns?«

Im Werkhof knallte es laut. Die drei sprangen auf, eilten ans Fenster. Der Gabelstapler hatte seine Ladung verloren, die Kiste war aufgebrochen, ein paar Kugellager rollten über den Asphalt. Ernst schlug mit der Faust gegen die Scheibe. »Ich habe es doch geahnt.« Lorenzo versuchte, die zerbrochene Kiste mit der Gabel hochzuheben. Dabei fielen weitere der hochpräzise gefertigten Teile heraus, jedes einzelne über 1.000 Franken wert. »Nein, das gibt es doch nicht.«

Ernst drehte sich um, wollte rausstürmen, doch Doris hielt ihn am Arm fest. »Bitte keine Überreaktion. Lorenzo hat fünf Kinder.«

Er knurrte und verließ das Büro im Eilschritt.

»Die Sitzung ist wohl vertagt.« Lukas seufzte und schlenderte zur Tür. Dort drehte er sich um, atmete tief ein und schüttelte den Kopf »Ich weiß nicht ...«

Lukas war doch sonst nicht auf den Mund gefallen. Doris runzelte die Stirn. »Was ist?«

»Hm … Der Lokführer … Der ist doch nicht blind … Ich habe ihm zugeschaut in Brig. Er ist von Wagen zu Wagen gegangen und hat die Bremshähne kontrolliert.«

Irgendetwas war da schrecklich schiefgelaufen, war Doris sich sicher. Sie musste mit dem Lokführer reden. »Kommst du mit in die Kantine? Ich spendiere dir ein Bier.«

5

Max Bollag wühlte sich durch den Stapel Papiere auf seinem Pult: Grafiken mit farbigen Kuchenstücken, Tabellen mit Zahlenreihen, Texte mit dem typischen Fachchinesisch. Daraus musste er einen halbwegs verständlichen Artikel über die Finanzpolitik des Kantons Baselland basteln. Und zwar heute. Als er aufsah, stach ihm die Bildwand an der Stirnseite der weiträumigen Redaktion ins Auge. *Liebeskummer im Königshaus* stand auf Platz eins der Rangliste. Sie zeigte auf, welcher Artikel in der Online-Ausgabe des Tagblattes am häufigsten von den Lesern angeklickt wurde. Auf Platz zwei folgte ein Bericht über eine Massenkarambolage auf der A 2 vor einem Interview mit einem Modeschöpfer mit dem Titel: *Darunter trägt frau nichts.* Waren die Leser denn alle bescheuert?

Bollag seufzte und wandte sich wieder dem Stapel auf seinem Schreibtisch zu. Der Lokalchef saß ihm seit Tagen im Nacken, morgen sollte der Artikel ins Blatt. Eigentlich schrieb Bollag solche Texte mit links, doch nun starrte er schon seit einer halben Stunde auf seinen Bildschirm. Auf die Hitliste würden es seine Zeilen über die Finanzpolitik bestimmt nicht schaffen.

Er schaute sich um in der Redaktion, von Hektik war noch keine Spur. Die etwa 20 Kolleginnen und Kollegen lasen Zeitung, hingen am Telefon oder witzelten mit Fotografen. Und er hörte alles. Seit der Renovation, die mit dem Einbau der Bildwand abgeschlossen worden war, fühlte sich Bollag wie im falschen Film. Das lag nicht nur daran, dass die verkratzten, sperrigen Pulte ebenso verschwunden waren wie die quietschenden Bürostühle. Über die weißen Designermöbel unter der indirekten Beleuchtung sah er mit der Zeit hinweg. Aber die kleinen Räume, in denen sie zu dritt gearbeitet hatten, waren in ein Großraumbüro verwandelt worden. ›Newsroom‹ hieß das jetzt. Hier wurde er mit den Redaktoren des Tagblattes, von Tele Nordwest und Radio Edelweiß zusammengepfercht. Das sollte Synergien schaffen. Ha!

Nun saßen zwar alle gemeinsam in einem Raum – man müsste aber schon ein Idiot sein, wenn man seine Geschichten mit den Kollegen teilte. Die meisten von ihnen waren talentiert, eifrig und verdammt jung. Bollag konnte sich an die Zeit erinnern, in der sich 40 wahnsinnig alt anhörte. Jetzt war er 43 und fühlte sich wie ein Dinosaurier.

Er spähte quer durch den Newsroom zur anderen Ecke und entdeckte, dass eine der beiden Gummizellen leer war. Die kleinen Räume waren spartanisch eingerichtet: Tisch, Stuhl, Telefon und Computer. Trotzdem waren sie sehr begehrt, denn nur dort ließ es sich ruhig arbeiten.

Er raffte seine Sachen zusammen, als er jemanden hinter sich bemerkte. »Ja, Rieder, du kriegst deinen Artikel, heute noch.«

Keine Antwort? Er drehte sich um. »Nadine …« Seine Frau sah aus wie eine Fließbandarbeiterin nach einer Zwölfstunden-Schicht. Und das in einem Kleid von Gucci oder Fendi. Als Juniorpartnerin einer Privatbank fuhr sie jeden Morgen mit Kostüm und dezentem Make-up zur Arbeit. Vom diskreten Charme der Oberklasse war wenig übrig.

Bollag führte seine Frau an der Hand zur Gummizelle. Es war bald sechs Monate her, dass sie ausgezogen war. Ihre hohen Absätze hinterließen kleine Löcher im grauen Spannteppich. Die neugierigen Blicke der Kollegen folgten ihnen. Er schloss die Glastür hinter ihnen und stellte sich vor Nadine. »Was ist passiert?«

Tränen strömten über das Gesicht, die Wimperntusche verlief in hässlichen Streifen unter ihren schönen blauen Augen. »Er ist tot.«

»Wer?«

»Marcel.«

Jetzt verstand er. Sie hing sehr an ihrem Bruder. »Das tut mir leid.« Er hätte sie gerne in den Arm genommen. Doch Nadine setzte sich auf den Stuhl und drückte ihre Handtasche an die Brust. Sie trug den Ehering nicht mehr. »War es ein Unfall?«

»Die Polizei sagt, er sei erschossen worden. Erschossen!« Sie schluchzte und wischte ihre Tränen mit der Hand weg.

Bollag holte ein Päckchen Taschentücher aus seinem Jackett, fingerte am Verschluss herum und riss die Hülle schließlich auf.

Nadines Schnäuzen widersprach dem Bild der eleganten Managerin, das sie mit großer Hingabe pflegte. Es war laut und ratternd wie ein Motorrad mit defektem Auspuff.

»Was ist?« Sie reckte das Kinn in die Höhe. »Findest du das etwa lustig?«

»Entschuldige. Ich habe nur gerade ... Wann ist das mit Marcel passiert?«

»Früh am Morgen. In Seltisberg. Ein Polizist hat mich im Büro angerufen.«

Er ging vor ihr in die Knie, sie war nur eine Armlänge entfernt. »Wie ist es passiert?«

»Der Polizist hat mir bloß gesagt, dass Marcel erschossen wurde, mehr nicht. ›Die Ermittlungen laufen‹, hat er gesagt. Dann hat er noch gefragt, wie er Maman erreichen könne und ob es weitere Angehörige gebe. Was soll ich ihr bloß sagen?« Nadine beugte sich vor und ihr Kleid raschelte.

Es war ein verführerisches Geräusch, das ihn an schöne Zeiten erinnerte. Zeiten, in denen er den raschelnden Stoff mit seinen Händen erforscht hatte. »Wo ist deine Mutter?«

»Auf einer Tagung in Deutschland. Sie kommt am Abend nach Hause.«

Die Chefin der Bank Laval war viel unterwegs. Er zögerte, die Worte kamen ihm schwer über die Lippen. Er mochte seine Schwiegermutter nicht. Sie ihn noch viel weniger. »Möchtest du, dass wir gemeinsam mit ihr sprechen?«

»Nein, nein, das ist nicht nötig.«

Er atmete auf. »Ich kann mal nachschauen, ob wir eine Polizeimeldung mit mehr Informationen bekommen haben. Möchtest du das?«

Nadine nickte.

»Warte hier.« Er ging zu seinem Arbeitsplatz zurück. Wieder spürte Bollag die Blicke der Kollegen auf sich. Es waren die gleichen Blicke, denen er in den vergangenen Monaten oft ausgesetzt gewesen war. Sie hatten nach dem Skandal im Bundeshaus begonnen, als alles den Bach runtergegangen war. Als Medien im ganzen Land sein Leben durchleuchtet und vor aller Augen ausgebreitet hatten. Sie alle hätten ihm damals liebend gerne dieselbe Frage gestellt. Aber niemand hatte es getan.

Er setzte sich an seinen Computer, die Polizeimeldung war vor zwei Stunden eingetroffen.

Tötungsdelikt in Seltisberg

In Seltisberg kam es am frühen Montagmorgen zu einem Tötungsdelikt. Gemäß den bisherigen Erkenntnissen der Polizei Basel-Landschaft und der Staatsanwaltschaft wurde ein 38-jähriger Mann gegen 5.45 Uhr im Gebiet Erlifeld erschossen. Motiv und Hintergrund dieser Tat sind Gegenstand von laufenden Ermittlungen. Die Behörden suchen Zeugen. Wer Beobachtungen gemacht hat, wird gebeten, sich bei der Einsatzleitzentrale der Polizei Basel-Landschaft in Liestal zu melden.

Bollag klickte und wartete darauf, dass der Drucker ansprang. Ein paar Kollegen beobachteten Nadine durch die Glastür, er konnte es ihnen nicht verübeln. Sie band sich ihr dunkelblondes Haar zu einem Pferdeschwanz zusammen, einzelne Strähnen hingen ihr ins Gesicht und umrahmten die großen Augen und den breiten Mund.

Viele Stunden im Fitnesscenter hielten ihre straffe Figur und die schlanken Beine in Form. Sie schien sich vom ersten Schock zu erholen.

Er brachte ihr den Ausdruck in die Gummizelle. Nadine schüttelte den Kopf, als sie den Text durchlas.

»Erlifeld? Wo soll denn das sein? Und was hat Marcel so früh am Morgen dort gemacht?« Sie sah ihn erwartungsvoll an. »Du kennst doch viele Leute bei der Polizei. Bitte finde heraus, was da wirklich passiert ist.«

Nadine müsste eigentlich wissen, dass er keine Kontakte hatte. Er schrieb selten über Unfälle oder Verbrechen. Andererseits wäre das ein Grund, sie wieder öfter zu sehen. Und vielleicht ... »Ich bin kein Polizeireporter. Aber ich werde ein paar Anrufe für dich machen.«

Es klopfte laut an die Glastür in seinem Rücken. Draußen tippte Lokalchef Rieder energisch mit dem Finger auf seine Armbanduhr. Nadine schnäuzte sich und stand auf. »Danke, dass du das für mich machst. Aber ...«, sie senkte den Blick auf das durchweichte Papier in ihrer Hand, »... pass auf dich auf.«

6

Bollag setzte sich an seinen Computer und tippte die Adresse in den Browser: *www.marcel.laval.ch*. Eine dunkelgrüne Webseite mit Titeln in goldener Schnörkelschrift baute sich auf, die Fotos wurden von gezeichneten Bilderrahmen umrandet. Verschiedene Links führten zu den wichtigsten Stationen im Leben seines Schwagers: Matura am Gymnasium Münchenstein, Hochschule St. Gallen, Kaderposition bei Rail Cargo Switzerland, Hauptmann im Militär, Gemeinderat der Freisinnigen Partei in Seltisberg. Bilder zeigten Marcel mit Freunden beim Skifahren in St. Moritz, am Steuer seines Jaguars, beim Tauchen auf den Malediven. Von den Hobbys fehlten nur das Spielcasino und die Frauen. Bollag konnte sich gut an den Tag erinnern, als Marcel ihm die Webseite mit großem Stolz vorgeführt hatte.

»Hoi, bist du endlich fertig mit deinem Knüller?«

Bollag fuhr zusammen und stieß gegen die Tasse, kalter Kaffee schwappte über die Zahlenreihen. Tanja Schneider stand vor ihm.

Er nahm ein Papiertaschentuch und wischte die Kaffeeflecken weg. »Was machst du denn hier?« Der V-Ausschnitt im engen T-Shirt drohte seinen Blick nach unten zu ziehen, doch Bollag schaute ihr standhaft in die Augen. Er sog den Duft von Moschus ein. »Du hast doch heute frei.«

Sie schüttelte den Kopf. »Eine Story ist geplatzt, jetzt hat Rieder meine Geschichte über die Kirschenernte vorgezogen. Sie soll morgen ins Blatt.«

Tanja war ein Profi. Fünf Jahre lang hatte sie neben dem Studium als freie Journalistin für die Volksstimme aus Sissach gearbeitet, hatte über Kaninchen, Schultheater und Wettpflügen geschrieben. Als sie den Master in Medienwissenschaften in der Tasche hatte, war sie von Rieder vom Fleck weg engagiert worden. Bevor Bollag sie kennengelernt hatte, war er skeptisch gewesen. Denn der Lokalchef schaltete bei hübschen Frauen schnell das Hirn aus. Doch Tanja war hartnäckig, voller Rechercheideen und hatte einen guten Schreibstil.

»Was ist los, Bollag?« Sie trommelte mit ihren rot lackierten Fingernägeln auf der Tischplatte. »Du siehst aus, als ob du ein Bier brauchen kannst. Ich zahle.«

»Geht leider nicht. Rieder sitzt mir im Nacken wegen der Kantonsfinanzen. Und in den Beizen starren mich die Leute sowieso bloß an.« Ist das nicht der Journalist, der etwas mit der Bundesrätin hatte, konnte er dann in ihren Augen lesen.

»Auch jetzt noch?«

»Nicht mehr so oft.«

Sie strich eine Augenbraue glatt und ihre Armbänder klimperten. »Der Ruhm vergeht schnell.« Sie kam um das Pult herum, deutete auf den Bildschirm. »Was ist denn das? Hat das mit der Finanzgeschichte zu tun?«

Auf dem Monitor schüttelte Marcel die Hand eines Bundesrats. »Das ist mein Schwager. Er wurde heute erschossen.«

»Der Mord in Seltisberg? Das war dein Schwager? Ich habe im Radio davon gehört.« Sie wickelte sich eine Strähne ihrer schulterlangen schwarzen Haare um den Finger und dachte nach. »Hast du eine Ahnung, was dahintersteckt? Ich meine, war er in irgendwelche krummen Geschäfte verwickelt?«

»Das kann ich mir nicht vorstellen. Marcel war eine große Nummer im Bahngüterverkehr, hat bei RCS gearbeitet. Aber ich muss zugeben, dass ich ihn nicht sehr gut kannte.« Er hatte die Feiertage gehasst, an denen er sich nicht vor einem Besuch in der Villa Laval in Arlesheim hatte drücken können. Der Weihnachtsbaum war immer reich geschmückt gewesen, die Osterdekoration bis ins Detail durchdacht.

»Wie bitte? Der Mann war doch dein Schwager.«

»Ist das so ungewöhnlich?« Er konnte sich an kein offenes Gespräch mit Marcel, kein herzliches Lachen seiner Schwiegermutter erinnern.

»Ja.« Sie breitete die Arme aus. Dem jüngsten Kind einer eng verbandelten Großfamilie musste das unbegreiflich sein.

»Um ehrlich zu sein: Ich mochte ihn nicht besonders. Er war ein selbstverliebter Angeber. Ein Karrieretyp halt.«

Tanja deutete mit dem Daumen auf die Webseite, er zuckte mit den Schultern.

»Nadine hat mich gebeten, ein wenig …«

Sie stoppte ihn mit einer Handbewegung. »Achtung, Gefahr im Anzug.«

Bollag blickte über die Schulter. Lokalchef Adrian Rieder hatte seinen Glaskubus in der Ecke des Newsrooms verlassen und schritt mit einem Mir-gehört-die-Welt-Lächeln auf sie zu, die weißen Zähne strahlten im gebräunten Gesicht. Er blieb knapp vor Tanja stehen und legte seine Hand auf ihren Oberarm. »Tanja, schön dich zu sehen. Du schreibst eine Superstory für mich, ja?«

Sie verschränkte die Arme vor der Brust. »Wenn's weiter nichts ist. Ich brauche zwei Stunden.«

Unmissverständlich blickte sie auf seine Hand, bis er sie wegzog, und marschierte davon. Gut so, lass dir von diesem Idioten nichts gefallen, freute sich Bollag.

Rieder fuhr sich durch die perfekt frisierten Haare und glotzte ihr nach. »Bollag, ich will mit dir sprechen. In meinem Büro. Jetzt.«

Mit großen Schritten stakste er durch das Großraumbüro. Noch bevor er an seinem Platz war, legte er mit lauter Stimme los: »Verdammt noch mal, Bollag! Wann lieferst du endlich die Finanzgeschichte? Die Zeitung kann ihren Tagesplan nicht nach deinen Launen ausrichten.«

Bollag gab der Glastür einen leichten Stoß, sodass sie mit einem Klacken ins Schloss fiel. An der Betonwand hinter Rieder hing ein Poster mit einem Traumstrand in der Südsee. Das Fenster auf der rechten Seite ging auf den Hof hinaus, durch die Glaswand links sah er Rieders Sekretärin tippen. Er ließ sich auf den unbequemen Plastikstuhl vor dem Schreibtisch nieder. »Ich bin bald fertig.«

Rieder setzte sich in seinen Ledersessel, kippte die Lehne nach hinten und legte die Füße auf eine herausgezogene Schublade. Er lockerte seine Seidenkrawatte und krempelte die Ärmel des teuren Hemdes hoch. Bollag sah die goldene Rolex blitzen. In seiner Anfangszeit hatte Rieder ihm einmal erzählt, wie cool er Robert Redford in dem Film ›Die Unbestechlichen‹ über den Watergate-Skandal fand.

»Seit deinem Wechsel in die Lokalredaktion hast du keine einzige Exklusivstory geliefert. Ich hatte in den vergangenen Monaten mehr Leistung erwartet.«

Danke, gleichfalls. Ihr einst gutes Verhältnis hatte sich seit Bollags Rückkehr zusehends gewandelt. Je mehr er sein Wissen und seine Erfahrung in die Redaktion einbrachte, desto feindseliger wurde der Lokalchef. Dabei hatte Bollag den jungen Juristen Rieder vor acht Jahren unter seine Fittiche genommen, als der beim Tagblatt angefangen hatte. Rieder hatte keine Ahnung vom Metier gehabt, und Bollag hatte bald feststellen müssen, dass der Neuling wenig Talent und keine Eigeninitiative besaß. Stattdessen verstand Rieder sich auf Small Talk. Er hatte sich an wichtigen Anlässen gezeigt und Kontakte geknüpft. Lokalchef, Stufe eins auf der Karriereleiter ganz nach oben, verdankte Rieder nur seiner Frau. Bei einem Weihnachtsessen hatte er Beatrice Pfister kennengelernt, die einzige Tochter des Tagblatt-Verlegers Hermann Pfister. Ein Jahr später waren sie verheiratet, drei Jahre später war Tochter Salome zur Welt gekommen.

Bollag atmete tief ein. Durch die Glasscheibe sah er, wie Fränzi, Rieders Sekretärin, ihn besorgt anschaute. Worum ging es hier? »Ich hatte etwas Pech in der vergangenen Zeit. Ein paar Geschichten waren nicht so gut, wie ich mir erhofft hatte.« Und seine Informanten hatten sich verkrochen.

»Pech? Eher Unvermögen. Du hast in deinen guten Jahren ein paar schöne Sachen geschrieben, keine Frage. Aber da war oft Glück im Spiel, du bist über die Geschichten gestolpert. Nach deinem Absturz ist die Blase geplatzt und ich muss feststellen, dass nur heiße Luft drin war.«

Heiße Luft, ja, dafür war Rieder Experte. Wenn er ausnahmsweise mal einen Artikel schrieb, war er oft voller Fehler, schlecht recherchiert. Genau wie die Geschichte über die Baselbieter Polizei im heutigen Tagblatt. Reine Stimmungsmache.

Rieder nahm den goldenen Kugelschreiber vom Tisch und drehte ihn zwischen den Fingern. »Du weißt, dass das Tagblatt durch schwierige Zeiten geht. Ich kann mir keinen Journalisten leisten, der hier einfach seine acht Stunden pro Tag absitzt.« Rieder schüttelte den Kopf und zeigte mit dem Kugelschreiber theatralisch durch die Fensterscheibe. »Da draußen stehen Dutzende, die hungrig sind und nur auf eine Gelegenheit warten, ihr Talent zu beweisen.« Er seufzte, breitete die Arme aus. Was für eine billige Show, Bollag fand das Gehabe einfach nur lächerlich. »Hast du dir schon einmal überlegt, ob dir ein Wechsel nicht gut täte? Wie wäre es mit der Letzten Seite? Kramer wird bald pensioniert.«

Die Letzte Seite? Busen, Blut und Blech?

Rieder ließ ein Blatt Papier über den Tisch gleiten, das über die Kante rutschte und auf den Boden segelte. »Du musst dich am Riemen reißen, Bollag, sonst kann ich dich nicht länger halten.«

Bollag ballte die Fäuste und wäre gern aufgesprungen. Doch statt sich auf Rieder zu stürzen, hob er das Blatt vom Boden auf. Es war eine Einladung für die Wahl der Miss Nordwestschweiz.

Rieder deutete mit dem Kugelschreiber darauf. »Ich denke, das wäre etwas für dich. Die Leser lieben solche Geschichten.«

Nein, Rieder liebte solche Geschichten. »Du machst Witze.«

Der Lokalchef zog die Augenbrauen in die Höhe. »Sehe ich so aus?«

Bollag zerknüllte das Blatt und warf es in den Papierkorb neben Rieders Füßen. »Für so einen Mist interessiere ich mich nicht.«

»Komm von deinem hohen Ross runter. Bei mir im Lokalressort gibt es keine geschützten Arbeitsplätze. Entweder du lieferst mir bald eine Exklusivstory, oder ich werde für deine Versetzung zur Letzten Seite sorgen. Hast du verstanden?«

Bollag spürte, wie ihm die Hitze in den Kopf schoss. Er packte die Griffe des Stuhls so fest, dass das Plastik knirschte. So redete ausgerechnet Rieder, der noch nie in seinem Leben eine Exklusivgeschichte produziert hatte. Er betrachtete das Poster mit der Südseeinsel, die Gedanken gingen zu Marcels Webseite. Exklusiv … Oh ja, das waren die Lavals. Und mächtig. Er würde dem kleinen Arschkriecher eine Story präsentieren, die sich gewaschen hatte.

Bollag stand auf und verließ den Kubus ohne ein weiteres Wort. Er warf die Glastür so heftig hinter sich zu, dass sie im Rahmen klirrte.

7

Unter dem Kopf hatte sich eine rote Lache gebildet, die verwässert war vom Regen der letzten Nacht. Eine einzelne Schusswunde im Kopf, keine Austrittswunde, hatte der Arzt gesagt. Vom Gesicht war nicht viel übrig geblieben, das an Marcel Laval erinnerte. Seine Schultern zeigten in die eine Richtung, die Hüfte und die Beine in die andere, als wolle der Körper vor sich selbst davonlaufen. Das Bild wurde verstärkt durch die engen Laufhosen, das rote T-Shirt und die Turnschuhe.

Endlich hievten zwei Mitarbeiter des Beerdigungsinstituts den Körper in einen grauen Blechkasten und legten den Deckel darüber.

Neuenschwander war über sämtliche Stufen der Polizei nach ganz oben geklettert, über 80 Tote hatte er in seiner Karriere gesehen. Trotzdem war es ihm mit den Jahren nicht gelungen, die Distanz zwischen sich und den Opfern zu vergrößern – im Gegenteil.

Vom Dorf her kamen die 18 Aspiranten wie an einer Perlenschnur aufgereiht über den Feldweg. Ihnen voraus stapfte Jonas, dessen leuchtend orange Krawatte im Wind flatterte. »Wieso, verflucht noch mal, hat das so lange gedauert?« Vor Stunden hatte Heinz Neuenschwander Unterstützung angefordert. Dass er seit Ewigkeiten nichts mehr gegessen hatte, verstärkte seine miese Laune.

Der Leiter der Polizeischule stand vor ihm stramm. »Entschuldigung. Wir waren an einer Schulung in Laufen. Wir haben …«

»Es ist mir scheißegal, was ihr gemacht habt. Hier geht es um einen Mordfall, das hat Priorität. Ich will, dass Sie mit Ihren Leuten die Gegend durchkämmen.« Er streckte den Arm aus und deutete in einem Halbkreis über die Wiesen. »Sucht vor allem den Waldrand dort drüben ab. Wir gehen von einem Gewehrschützen aus. Der muss irgendwo Spuren hinterlassen haben. Also los.«

Neuenschwander stemmte die Hände in die Hüften und knurrte, als die Aspiranten mucksmäuschenstill losmarschierten. Der Kies knirschte unter ihren Schuhen. Er fühlte sich erschöpft, musste noch in die Wohnung des Toten, mit den Angehörigen sprechen. Je älter er wurde, desto näher ging ihm jede Leiche. Der Gedanke ließ ihn nicht los, dass mit jedem Menschen eine Welt von einzigartigen Erfahrungen verloren ging. Wer so etwas zerstörte, den verfolgte Neuenschwander mit verbissener Wut. Das hatte ihm zwar den Ruf als hervorragender Ermittler, aber auch ein Magengeschwür und zwei vergraulte Ehefrauen eingebracht.

Er blickte zu Jonas hinüber, der an einer Büchse Cola light nippte. »Also, was hast du herausgefunden?«

»Die pensionierte Ärztin sagt, dass sie bloß einen Schuss gehört hat. Sie ist mit dem Velo zur Leiche gefahren, unterwegs hat sie niemanden gesehen.« Er blätterte in seinem Notizbuch vor und zurück, konnte die eigene Schrift aber nicht entziffern. »Sie dachte zuerst an einen Schießunfall durch Jäger. Als sie bei Laval ankam, lag er mit starren Augen da. Da hat sie die Polizei angerufen.«

Neuenschwander blickte um sich. Kirschbäume auf den sattgrünen Wiesen säumten den Weg zum Dorf. »War Laval häufig so früh unterwegs?«

»Offenbar ja. Sie sagt, sie habe ihn oft laufen gesehen.« Der Wind blies die Krawatte über seine Schulter, er steckte das Ende zwischen zwei Knöpfe seines Hemdes.

»Gibt es weitere Zeugen?«

»Nicht direkt. Aber ein Förster hat gemeldet, dass er im Wald ein Motorrad gehört hat. Das sei an sich nichts Besonderes, offenbar toben sich ein paar Jungs aus dem Dorf gerne dort aus mit ihren Maschinen. Aber er hat sich gewundert, weil es so früh war.«

Neuenschwander kratzte sich am Kopf. »Richte den Aspiranten aus, dass sie nach Reifenspuren Ausschau halten sollen. Was ist mit der Polizeimeldung?«

»Die ist um 9 Uhr raus. Wir haben sie bewusst vage gehalten und keinen Namen genannt.« Er steckte das Notizbuch in seine Gesäßtasche.

»Gab es Anrufe von den Medien?«

»Ja, zwei. Die Zentrale hat sie an mich umgeleitet, ich habe die Journalisten abwimmeln können und ihnen versprochen, dass wir sie laufend informieren werden.«

Neuenschwander nickte zufrieden. Er hatte sich nicht getäuscht in Feldweibel Jonas Schaub, den er vor acht Monaten an seine Seite geholt hatte. Er war selbstständig, lernte schnell und hatte Ideen. Dass er sich mit Computern und Smartphones auskannte, war ein weiteres Plus. Das ließ Neuenschwander über ein paar Unzulänglichkeiten hinwegsehen. Wie etwa darüber, dass der junge Kollege zu viel redete. Dass er einen Hang zu fürchterlichen Krawatten und Cola hatte. Oder dass er einer der wenigen Polizisten war, die keine Ehrfurcht vor ihm als Kripo-Chef zeigten. »Gut. Was wir zuletzt hier oben brauchen, sind Aasgeier von der Presse.«

Jonas legte die leere Büchse auf den Boden, trat mit dem Fuß darauf und steckte das flache Metall in seine Jackentasche.

»Was sagt der Arzt?«

»Nicht viel. Laval war sofort tot. Die Verletzungen deuten auf ein großes Kaliber hin, vermutlich ein Gew…«

Das Telefon in Neuenschwanders Jackett klingelte. Er zog seine Lesebrille aus der Brusttasche, musste dreimal ansetzen, bis er sie auf der Nase hatte. ›Polizeichef Egli‹ stand auf dem Display. Mit den Fingerspitzen brachte er das kleine Gerät ans Ohr.

»Heinz, was gibt es Neues?«

»Nicht viel. Die Aspiranten sind endlich hier und suchen den Waldrand ab. Ich mache mir aber keine großen Hoffnungen.« Er blickte den Hang hinauf und beobachtete, wie sich die jungen Männer und Frauen verteilten. Jonas hatte sich ein paar Schritte entfernt und sprach in ein Funkgerät.

»Wieso?«

»Nun … Der Zeitpunkt, der Ort, die Waffe – das alles deutet auf einen gut geplanten Mord hin. Der Täter ist nicht dumm. Der hat uns keine Visitenkarte hinterlassen.«

»Was habt ihr vor?«

»Die Kriminaltechniker suchen gerade die Umgebung des Tatortes ab, zwei Leute sind schon in der Wohnung von Laval. Jonas und ich werden sie uns nachher ansehen. Das ganze Programm, schön der Reihe nach.«

»Hör zu, du und Schaub, ihr leistet gute Arbeit … Aber in diesem Fall … Regierungsrat Jauslin hat schon angerufen. Er will laufend über unsere Fortschritte informiert werden. Ich könnte ein paar Leute freimachen. Zur Unterstützung. Morgen früh könnten sie anfangen. Was meinst du?«

Wie Neuenschwander befürchtet hatte. Nur früher als erwartet. Jonas gab ihm mit der Hand ein Zeichen, dass es Neuigkeiten gab.

»Jonas und ich kommen gut alleine zurecht. Wenn ich Unterstützung brauche, werde ich es melden.«

»Also gut … Was für ein Gefühl hast du bei der Sache, Heinz?«

Neuenschwander klemmte sich eine Hand unter die Achsel und atmete tief ein. Sein Magen schmerzte. »Ich fürchte, dass wir einen Riesenhaufen Ärger am Hals haben. Ich melde mich, sobald ich etwas Neues habe.«

Er kappte die Verbindung. Jonas hatte sich neben ihn gestellt, das Funkgerät am Ohr.

»An der Eingangskontrolle steht ein Journalist vom Tagblatt. Er will mit dem Verantwortlichen sprechen.«

Neuenschwander nahm ihm das Funkgerät aus der Hand. »Huere Schiisdräck … So einer hat uns gerade noch gefehlt.«

8

Von draußen drang schwaches Licht durch das vergitterte Fenster in den Keller. In der Luft hing der Geruch von Schmieröl und Lösungsmitteln. Auf dem Fenstersims und dem Stuhl waren Hefte gestapelt: Visier, Das Schweizer Waffen-Magazin, Guns&Ammo. Die Schätze des Jägers standen in Gewehrständern an den Wänden. Dazu gehörten ein Springfield M-1903 A4 mit Pistolengriff und Zielfernrohr und das britische Parker-Hale, Modell 82, mit kalt gehämmertem Lauf und einem Kahles-Zielfernrohr. Viel Geld hatte er in seine Sammlung gesteckt, trotzdem behandelte er die Waffen nicht wie Museumsstücke. Denn Waffen lebten nur, wenn man regelmäßig mit ihnen schoss.

Vor ihm auf der blitzblanken Werkbank lag die Sig Sauer SSG 3000 in ihre Einzelteile zerlegt. Obwohl das Gewehr tadellos funktioniert hatte, prüfte er es intensiv auf Schwachstellen, tastete mit den Fingern den Schaft nach Unregelmäßigkeiten ab, prüfte mit einer Lupe jeden Millimeter des Laufs auf Kratzer.

Mit einem Dampfstrahler und einer Zahnbürste reinigte er Verschluss und Abzug, strich sanft über das kalte Metall. Im Licht der Neonröhre über seinem Kopf blitzte es auf.

Dann fiel sein Blick auf die beiden Auszeichnungen, die an der Wand über der Werkbank hingen; nur zwei von vielen Preisen, die er im Lauf seiner Schützenkarriere bekommen hatte. Aber es waren die wichtigsten.

Als 20-jähriger Rekrut hatte er die Instruktoren begeistert, weil nahezu alle seiner Schüsse ins Schwarze getroffen hatten. Sie hatten ihn gefragt, ob er Interesse an einer Spezialausbildung habe. Er hatte nicht gezögert und gemeinsam mit vier anderen Rekruten eine umfassende Grundausbildung bekommen, die acht Wochen gedauert hatte, zwölf Stunden am Tag: Informationsbeschaffung, Kartenstudium, Missionsplanung, Taktik, Optik, Tarnung, Beobachtung, Navigation. Sie hatten gelernt, dass der Wind, die Luftfeuchtigkeit und die Temperatur die Flugbahn einer Kugel beeinflussten. So verschob Gegenwind die Kugel leicht nach oben, Rückenwind nach unten. An einem hellen, warmen Morgen flog eine Kugel anders als an einem kühlen, bedeckten Abend. Auch die Wahl der Waffe und der Munition konnte über Erfolg oder Misserfolg eines Auftrags entscheiden.

Der Höhepunkt der Ausbildung war der Besuch von Brian Cooper gewesen, Ausbilder bei den US Marines und eine Legende mit 82 bestätigten und vielen unbestätigten Abschüssen in Vietnam. Einen seiner Gegner hatte er sogar aus einer Distanz von 2.300 Metern erledigt. Die Schweizer Armee hatte ihn für fünf Tage in die Berge eingeladen, weil keiner der Instruktoren jemals in einem Gefecht gewesen war. Der Mann sah aus wie ein Buchhalter. Ein Buchhalter des Todes.

Und dann hatte ihn Brian ins Camp Perry in Ohio eingeladen, ihn, den kleinen Schweizer. Der zweite Rang damals beim Wimbledon Cup hatte ihm viel Ruhm in der Szene eingetragen. So außergewöhnlich war es gewesen, dass sich ein Europäer beim amerikanischen Schießwettkampf über 900 Meter hatte behaupten können. Er hatte bloß einen von 30 Schüssen verpatzt und sich über den zweiten Platz gefreut. Doch Brian, der den Wimbledon Cup viele Jahre zuvor selbst gewonnen hatte, war wütend gewesen. ›Auf dem Schlachtfeld, mein Junge, bist du nach einem Fehlschuss tot.‹ Diese Worte würde er nie mehr vergessen.

Ebenso wichtig war ihm die zweite Auszeichnung, die neben dem Diplom aus Ohio hing. Seine Kameraden hatten sie am Ende der Rekrutenschule gebastelt. Auf einem der beiden Fotos standen Geri und Kurt stramm und hielten stolz Zielscheiben mit jeweils zehn Treffern in die Kamera. Auf dem anderen Bild lagen Peter, Tinu und er im Tarnanzug in der Feuerstellung. Brian kniete neben ihm und hatte den Arm um seine Schulter gelegt.

Er lächelte stolz. In der Mitte zwischen den beiden Fotos prangte der Titel, den ihm die Kameraden verliehen hatten: *Sniper One*.

Er baute den Verschluss zusammen, legte ihn in das Gehäuse, fügte den Lauf, den Griff und den Kolben an die Waffe, kontrollierte die Funktionen. Er bewunderte, wie die Teile perfekt ineinander griffen, viele von ihnen waren handgemacht. Präzisionsschützen wie er verließen sich nicht auf Fabrikware.

Noch heute konnte er sich an praktisch jedes Wort von Brian erinnern. ›Wer einfach nur Leute abknallen will, kann gleich wieder zusammenpacken‹, hatte der Veteran zur Begrüßung gesagt. ›Nur wenige sind aus dem richtigen Holz geschnitzt. Ein Scharfschütze muss seine Gefühle jederzeit unter Kontrolle haben.‹

Natürlich wollte er wie alle Rekruten wissen, wie es war, einen Menschen zu erschießen. ›Viele Männer schaffen das nicht‹, hatte Brian erzählt. ›Durch das Zielfernrohr siehst du die Augen. Es macht einen großen Unterschied, ob man auf menschliche Umrisse oder ein Paar Augen schießt.‹ Brian hatte ihnen prophezeit, dass selbst die eigenen Kameraden Abstand von ihnen nehmen würden. Er sollte Recht behalten.

Das laute Klingeln des Telefons riss ihn aus seinen Gedanken. Er eilte mit der Waffe in der Hand die Treppe hinauf. Im Flur hob er den Hörer ab.

Der General schenkte sich die Begrüßungsfloskeln. »Und? Wie ist es gelaufen?«

»Es gab keine Probleme. Niemand hat mich gesehen.«

»Gute Arbeit. Bist du bereit für den nächsten Schritt? Denk daran, dass die Polizei jetzt alarmiert ist. Sie wird intensiv fahnden. Es wird nicht mehr so einfach sein.«

Das Gewicht des Gewehrs gab ihm ein beruhigendes Gefühl. »Ich bin bereit. Wann?«

»Diese und nächste Woche gibt es vier Möglichkeiten. Ist das machbar?«

Er hätte sich mehr Zeit gewünscht. Er war es gewohnt, seine Einsätze in Ruhe zu planen. Andererseits wollte er endlich ein Zeichen setzen. Er strich mit dem Daumen über den kalten Stahl, blickte durch die Tür zum Tisch im Wohnzimmer, auf dem er das Schachbrett aufgebaut hatte – ein Geschenk von Brian. Die meisten Figuren standen noch in Reih und Glied, das Spiel hatte erst begonnen. Es war Zeit für den nächsten Zug. »Ja, das ist machbar. Wir haben schon lange genug gewartet.« Und er hatte zu viele Demütigungen ertragen müssen.

9

Seltisberg war ein Wohnort für gut Betuchte, davon zeugten stattliche Häuser und weitläufige Gärten. Die Gründe dafür waren niedrige Steuern, der Ausblick über das Ergolztal und die Tatsache, dass der Kantonshauptort Liestal nur fünf Minuten entfernt lag. Bollag war überrascht, als er auf dem Plateau ankam. Er hatte erwartet, dass die Polizei mittlerweile abgezogen war. Schließlich hatte sich der Mord an Marcel am frühen Morgen ereignet.

Ein junger Polizist lehnte an der Kühlerhaube seines Streifenwagens und zupfte Fusseln vom Hemd. Als Bollag seinen Polo an der Absperrung bremste, richtete er sich auf und warf einen Blick auf den Schriftzug *Tagblatt – für Sie unterwegs*, der in großen Lettern auf der Kühlerhaube stand. »Sie dürfen hier nicht weiterfahren. Das Gebiet ist gesperrt.«

»Ich bin Journalist beim Tagblatt. Ich will mit einem Verantwortlichen sprechen.« Bollag zückte seinen Presseausweis und reichte ihn durch das Fenster.

Der Polizist nahm ihn an und sah Bollag ins Gesicht, dann auf den Ausweis. »Stellen Sie den Motor ab und warten Sie.«

Sein Haar war kurz geschoren, und er hatte den Sonnenschutz vergessen. Die Kopfhaut war verbrannt. Er ging zum Polizeiauto, lehnte sich ins Innere und griff nach dem Funkgerät. Bollag konnte nicht viel von der Unterhaltung verstehen.

»Huere Schissdräck …«, hörte Bollag jemanden aus dem Lautsprecher fluchen. Der junge Polizist kehrte zurück, beugte sich zum Fenster herunter und streckte den Arm aus. »Fahren Sie diesen Feldweg 300 Meter weiter. Auf der rechten Seite hinter dem Waldstück dort kommt eine Wiese, auf der einige Autos stehen. Parkieren Sie und warten Sie. Der Chef wird sich um Sie kümmern.«

Der Grasstreifen in der Mitte des Feldwegs schabte am Unterboden, als Bollag im Schritttempo darüber rumpelte. Er durchquerte das kurze Waldstück, Äste schrammten quietschend über die Türen und das Dach. Der Wald öffnete sich und gab den Blick auf die Wiese frei. An den Waldrändern rechts entdeckte Bollag ein Dutzend Männer und Frauen in Uniform, die durch die Gegend streiften. Links sah er in einiger Entfernung ein weißes Zelt, das über einen schmalen Weg gespannt war. Drei Menschen in weißen Überzügen rutschten auf den Knien durch das Gras. War Marcel dort gestorben? Am Feldweg standen vier Polizeiautos und drei Kleinbusse in einer Reihe. Bollag stellte seinen Wagen dahinter ab und stieg aus. Er beobachtete das Geschehen, holte einen Block hervor und machte sich Notizen. Einen Aufhänger für den Artikel hatte er schon mal.

Vom Wald her hörte er das Bellen eines Hundes, durch das halb offene Fenster eines Polizeiautos drangen aufgeregte Stimmen. Er stellte sich neben das Fahrzeug und lauschte dem Funkverkehr.

»… sieht nicht schlecht aus. Otto hat angeschlagen. Antworten.«

»Verstanden. Irgendwelche Spuren? Antworten.«

»Verstanden. Ein paar abgeknickte Äste. Blätter sind niedergedrückt. Sonst kann ich nichts erkennen. Antworten.«

»Verstanden. Und die Sicht zum Tatort? Antworten.«

»Verstanden. Das Zelt sehe ich. Aber ich bezweifle, ob das die Feuerstellung ist. Das ist verdammt weit. Bestimmt 500 Meter. Antworten.«

»Verstanden. Der Arzt sagt, dass er mit einem großen Kaliber erschossen wurde, wir dürfen nichts ausschließen. Trampelt auf jeden Fall nicht dort herum. Ich schicke die Kriminaltechnik rauf. Ende.«

Während sich Bollag Notizen machte, kamen zwei Männer vom Zelt her über die Wiese herauf. Der Alte musste um die 60 sein und sah angriffig aus wie ein Pitbull. Der Jüngere war schmächtig, trug eine Brille mit Metallgestell und wirkte wie ein verirrter Computerhacker.

»Bollag vom Tagblatt. Sind Sie hier verantwortlich?«

»Vom Tagblatt? Das hat mir gerade noch gefehlt … Ich dachte, dass ich alle Leute in der Lokalredaktion kenne. Sind Sie neu dort?« Der Pitbull sprach laut, schoss die Worte wie Kugeln ab.

»Nein, ich bin schon eine Weile dabei. Die letzten Jahre war ich aber im Bundeshaus.« Es dauerte ein paar Sekunden, bis sein Gegenüber die Information verarbeitet hatte. Ein leichtes Zucken der Augenbrauen verriet, dass er Bollag nun einordnen konnte. Der Pitbull nickte, verbiss sich aber eine Bemerkung.

»Neuenschwander, Leiter der Kriminalpolizei. Das hier ist mein Kollege Schaub. Und was wollen Sie eigentlich hier? Wir haben eine Pressemitteilung verschickt. Dort steht alles drin.«

Ja, sicher, und er verkaufte Kühlschränke am Südpol. Bollag lachte innerlich auf. »Ach, kommen Sie. Diese Mitteilung hat nur den Zweck, Ihnen die Medien vom Leib zu halten. Was glauben Sie, was hier los wäre, wenn der

Name Marcel Laval drin stünde? Meine Kollegen würden sich auf die Füße treten.«

Neuenschwander zog die Augen zu Schlitzen zusammen »Woher haben Sie den Namen?«

»Birs eins von Birs fünf … Chef, wir haben hier etwas. Antworten.«

Neuenschwander nahm das Funkgerät von seiner Hüfte und suchte den Ausschaltknopf. Als er ihn nicht fand, wandte er sich an seinen Kollegen: »Jonas, sag ihnen, dass wir gleich raufkommen.«

Der Hacker griff nach dem Funkgerät und Bollag betrachtete dessen Krawatte. Kleine schwarze Elefanten auf orangefarbigem Grund. Schaub setzte sich ein paar Meter ab und sprach mit leiser Stimme in das Gerät.

Neuenschwander winkte mit den Fingern, als ob er jemandem beim Einparken helfen wolle. »Nochmals, Bollag, woher haben Sie den Namen?«

»Ich habe meine Quellen. Sie glauben hoffentlich nicht, dass Sie den Mord an Marcel Laval lange unter Verschluss halten können.«

Neuenschwander schnaufte, blickte sich um. Sein ganzer Körper war in Bewegung, es schien, als ob die Hülle Mühe habe, die aufgestaute Energie im Innern zu bändigen. »Hören Sie, Sie Schlaumeier. Den Namen haben wir nicht veröffentlicht, weil wir noch nicht alle Angehörigen erreichen konnten. Bis zum Abend sollten wir das schaffen. Deswegen bitte ich Sie, den Namen heute noch für sich zu behalten.«

Bollag verzog den Mund und seufzte. »Das wird schwierig. Wir arbeiten jetzt eng zusammen mit Tele Nordwest und Radio Edelweiß. Und da gibt es auch noch Tagblatt online. Die Kollegen warten auf meinen Anruf.«

Er klopfte mit der Hand auf seine Jackentasche. »Aber ich mache Ihnen ein Angebot: Ich versuche, den Namen heute aus den Medien herauszuhalten und im Gegenzug beantworten Sie mir ein paar Fragen.«

Neuenschwander wischte sich über die Stirn und überlegte kurz. »Drei Fragen.«

Na also, er hatte es noch nicht ganz verlernt. »Ist es korrekt, dass Laval aus der Distanz erschossen wurde?«

Der Kripo-Chef verschränkte die Arme vor der Brust. »Woher zum Teufel…?!« Er blickte sich um, sah das Polizeiauto mit dem offenen Fenster und schüttelte den Kopf. Der Hacker hatte sein Gespräch am Funkgerät beendet und stellte sich neben seinen Chef. »Verdammt, Jonas, wir müssen mal ein ernstes Wort mit den Kollegen reden.« Er wandte sich Bollag wieder zu. »Ich kann Ihnen so viel sagen: Wir wissen, dass Laval nicht aus nächster Nähe erschossen wurde. Die Verletzungen deuten auf eine Waffe mit einem großen Kaliber hin, also auf ein Gewehr. Nächste Frage.«

»Was machte Marcel … Laval um diese Uhrzeit hier draußen?«

»Er trug Sportkleidung. Eine Nachbarin sagt, dass er häufig in der Früh gejoggt ist. Letzte Frage.«

Das Telefon in Bollags Jackentasche vibrierte. »Gehen Ihre Ermittlungen in eine bestimmte Richtung? Gibt es einen Verdächtigen?«

»Nein, zurzeit ermitteln wir in alle Richtungen.« Mit einem Nicken beendete Neuenschwander das Gespräch. Er steckte den Kopf mit seinem Kollegen zusammen, die beiden drehten Bollag den Rücken zu und tuschelten. Der Jüngere deutete mit dem Kinn zum Wald hinüber, sie setzten sich in Bewegung. Nach ein paar Schritten machte der

Pitbull nochmals kehrt, ging zum Polizeifahrzeug mit dem Funkgerät und schloss das Fenster. Vor Bollag blieb er stehen. »An Ihrer Stelle würde ich Ihren Polo im Auge behalten. Nach dem Artikel, den Ihre Zeitung heute publiziert hat, steht das Tagblatt nicht gerade hoch im Kurs bei meinen Kollegen. Auch wenn Sie den Artikel nicht selbst geschrieben haben – plötzlich sind womöglich Ihre Reifen platt …«

Bollag nickte, das könnte man ihnen nicht verübeln. »Danke für den Tipp.«

Die Polizisten marschierten davon, Bollags Handy vibrierte ununterbrochen. Er blickte auf das Display, Lokalchef Rieder.

»Bollag, verdammt noch mal. Was bildest du dir eigentlich ein? Wir warten hier alle auf deine Story, damit wir die Regionalseite endlich abschließen können. Und du verschwindest einfach aus der Redaktion. Ich hoffe, du hast eine gute Erklärung dafür.«

Er hielt das Handy ein Stück vom Ohr entfernt. »Ich bin in Seltisberg. Hier ist ein Mann erschossen worden.«

»Das wissen wir schon längst. Die Polizeimeldung ist morgen im Blatt. Du bewegst deinen Arsch jetzt augenblicklich in die Redaktion und schreibst deinen Artikel fertig. Und du kannst sicher sein, dass dein Alleingang noch zu red…«

Was für ein aufgeblasener Kotzbrocken, ärgerte sich Bollag, ehe er ihm ins Wort fiel: »Halt die Luft an, Rieder. Die Polizei ist mit einem Großaufgebot hier. Du kannst den Mord an einem Sohn der Bankiersfamilie Laval nicht mit einer kurzen Polizeimeldung abhandeln.«

Es war plötzlich still am anderen Ende der Leitung. Rieder brauchte wohl ein paar Sekunden, um die Informationen zu verarbeiten. Doch schließlich erkannte sogar dieser Stümper das Potenzial der Geschichte. »Hast du das etwa exklusiv? Wer ist sonst noch vor Ort?«

Bollag blickte über die Wiesen auf Seltisberg, dahinter breitete sich das Ergolztal aus. »Niemand.«

»Ich schicke sofort einen Fotografen rauf. Ein Großaufgebot der Polizei, sagst du? Du bekommst einen Anreißer auf Seite eins und den Aufhänger im Lokalteil. Und Bollag …«

»Was?«

»… bau zur Abwechslung mal keinen Scheiß.«

Bestimmt nicht, er hieß ja nicht Rieder.

10

Im Penthouse von Marcel Laval glitzerte der Fußboden aus weißem Marmor in den letzten Sonnenstrahlen des Tages. Im großen Aquarium drehten exotische Fische langsam ihre Runden, kleine Luftblasen stiegen auf, die Schlingpflanzen und Steine darin waren dezent beleuchtet. An der gegenüberliegenden Wand hing ein Plasmabildschirm. Bestimmt 1,5 Meter, schätzte Neuenschwander. Schwere Holzbalken trugen die hohe Decke im Wohnzimmer, in der Mitte funkelte ein Kristalllüster. Darunter breitete sich ein Sofa aus dunkelblauem Leder aus, auf dem eine Fußballmannschaft Platz gefunden hätte.

Neuenschwander ging in die Knie, die dabei knackten. Unter dem Fernseher stand ein Gestell aus Chromstahl, das eine Stereoanlage und einen DVD-Player von Bang & Olufsen enthielt. Die Geräte waren wie viele weitere Gegenstände in der Wohnung mit einem feinen Pulver bestreut, das die Kriminaltechnik hinterlassen hatte. Er setzte die Lesebrille auf und schaute sich die DVDs an. Transporter, Stirb langsam, Secretary, Busty Housewives. Er schaltete das DVD-Gerät ein und ließ das Schubfach ausfahren. Leer.

Eine tiefe Frauenstimme hallte durch den Raum. *»Hallo, Marcel. Wann meldest du dich endlich wieder mal? Ich vermiss dich.«* Jonas saß auf der Lehne des Sofas und hantierte am Anrufbeantworter. Er drückte nochmals auf die Taste. *»Guten Morgen, Herr Laval, hier ist Iris. Haben Sie die Sitzung um 8 Uhr vergessen? Die Herren haben eine halbe Stunde auf Sie gewartet und sind dann gegangen. Kommen Sie heute noch ins Büro? Ich wäre froh, wenn Sie sich kurz melden könnten.«* Bei der nächsten Nachricht wurde der Hörer ohne Ansage aufgelegt. »Mehr ist nicht drauf.« Jonas klang enttäuscht.

Neuenschwander ging zur Tür des Arbeitszimmers und reckte das Kinn in Richtung Computer. »Du nimmst dir den vor. Ich schaue mich in den anderen Räumen um.«

Im Schlafzimmer waren die Wände weiß gestrichen, über dem Bett hing das gerahmte Foto einer schwarzhaarigen Frau am Strand. Sie war nackt, lag auf dem Rücken, bog das Kreuz durch und drehte den Kopf in Richtung Kamera. Das Lächeln wirkte gekünstelt, die Pose ebenso. War Laval Hobbyfotograf? Das Kissen und die Bettdecke waren zerwühlt. Führte ein Mann wie er den Haushalt selbst? Wohl kaum. Neuenschwander machte sich eine Notiz.

Der schwere Schrank war aus schwarz lackiertem Holz,

der Spiegel in der Mitte ließ sich geräuschlos zur Seite schieben. An der Kleiderstange hing eine ganze Reihe von teuren Anzügen. Die Schubladen waren feinsäuberlich aufgeräumt, Socken, Unterwäsche, Seidenpyjamas, T-Shirts, vorwiegend in schwarz. Keine Latexmasken oder Peitschen, keine Geheimnisse. Erst mal.

Im Nachttisch entdeckte Neuenschwander ein paar Kondome und Vaseline. Darauf lag der Testbericht einer Siemens Vectron, offenbar eine Lokomotive. Darunter fand er, aufgeschlagen und umgedreht, einen amerikanischen Krimi. Ein gerahmtes Foto stand auf dem Nachttisch und zeigte drei lächelnde Personen vor einem Kuchen mit vielen Kerzen. Marcel Laval links, rechts eine blonde Frau und in der Mitte ihr Ebenbild, 30 Jahre älter. Er kannte Gisèle Laval, die Chefin der Privatbank Laval, aus der Zeitung. Wann immer sich die Reichen und Mächtigen aus Basel trafen, war sie mit von der Partie. Das hatte er bereits zu spüren bekommen. Polizeichef Egli hatte ihm mitgeteilt, dass auf Drängen von Regierungsrat Jauslin nun doch eine Task Force eingesetzt werde. Die vier Leute würden sich am nächsten Morgen bei ihm zum Dienst melden. Eine ›Task Force‹. Was war denn plötzlich falsch an dem Begriff ›Sonderkommission‹? Ein Brennen breitete sich in seinem Magen aus.

Er nahm das Foto vom Tisch. Die junge Frau hatte einen hellen Teint und hohe Wangenknochen. Das musste die Schwester sein. Marcel selbst blickte mit großem Selbstvertrauen in die Kamera. Ein offenes, sympathisches Gesicht, strahlend weiße Zähne. Ihm stand die Welt offen.

Eine Tür aus Milchglas führte ins Badezimmer nebenan, es war wie das Schlafzimmer ganz in Weiß gehalten. Weiße Kacheln, weiße Fliesen, schwarze Handtücher, ein Whirlpool mit Blick aus dem Fenster über Wiesen und Felder, dahinter die Jurahügel. In der Halterung standen Shampoo, Pflegespülung und Badezusätze. Im Schrank über dem Waschbecken gab es Aftershave, verschiedene Deos, Rasierschaum und Klingen. Nur eine Zahnbürste. Daneben Packungen mit Aspirin, Ponstan und Temesta, einem starken Beruhigungsmittel. Etwas versteckt Viagra.

Im Flur hingen Fotos in zwei Reihen untereinander. Ein Baby, vermutlich Marcel, eine Klasse im Kindergarten, der erste Schultag, am Strand mit einem blonden Mädchen, beim Eislaufen. Neuere Bilder zeigten ihn beim Händeschütteln mit Roger Federer und irgendeinem langhaarigen Musiker. Spots an der Decke beleuchteten die Galerie. Eine schwere Holztür führte in die Küche. Der Herd aus Edelstahl blitzte, ebenso die Töpfe, die darüber hingen. Der Kühlschrank war praktisch leer, Bier, Eistee, Mineralwasser, Safranrisotto für die Mikrowelle, zwei Erdbeerjoghurts, ein Liter Milch. Offensichtlich hatte hier kein Hobbykoch gelebt.

Jonas stieß einen Pfiff aus. »Heinz, kommst du mal?«

Neuenschwander schloss den Kühlschrank und ging ins Arbeitszimmer. Jonas saß am Bürotisch aus Glas und tippte auf der Tastatur herum. Daneben fand sich ein Haufen Papiere. Und eine Flasche Cola. Irgendwann würde sich das Giftzeug durch Jonas' Magenwand fressen. »Etwas gefunden?«

»Eine Menge Geld.« Er wedelte mit der Hand. »Aber bei dieser Familie ist das wohl keine Überraschung.«

»Was heißt eine Menge?«

»1,7 Millionen Franken bei verschiedenen Banken, dazu Aktien und Obligationen. Alles in allem etwa 3 Millionen.«

So viel verdiente ein Bahnmanager nicht. Laval musste regelmäßig Geld von seiner Mutter bekommen haben. »Wie bist du eigentlich in den Computer gekommen? Hatte der kein Passwort?«

Jonas klickte Outlook weg und wechselte zum Browser. »Doch, schon. Aber nur das Übliche.« Er drehte einen Datenstick zwischen den Fingern. »Das lässt sich mit unserer Standardsoftware einfach umgehen. Aber schau dir mal das hier an.«

Neuenschwander starrte auf den Bildschirm. Die Liste mit den Favoriten war lang, die meisten Links führten zu Online-Dating-Seiten, Partnervermittlungen, Chatrooms und Cyberclubs für Singles.

»Der hat viel Zeit im Internet verbracht. Ich habe dutzende Mails von Frauen gefunden, die sich mit ihm treffen wollten.« Er verzog das Gesicht. »Da könnte man direkt neidisch werden.«

Neuenschwander wusste, dass da eine Menge Arbeit auf sie zukam. »Wir werden Wochen brauchen, um das alles durchzusehen.«

Jonas verzog sein Gesicht. »Wir brauchen Unterstützung. Vielleicht liegt Egli doch nicht so falsch mit der Task Force.«

Neuenschwander knurrte. Vielleicht. Er würde die Soko auf jeden Fall mit Arbeit eindecken.

11

»Nichts?« Normalerweise publizierte Rail Cargo Switzerland erste Rohdaten der Tests innerhalb von wenigen Stunden auf einer passwortgeschützten Webseite. Doris Lüthi klickte auf verschiedene Ordner, suchte unter anderen Stichwörtern, änderte das Datum und fand – nichts. Sie stützte das Kinn in die Hand. Selbst nach 22 Uhr war keine Spur der heutigen Horrorfahrt zu finden. Und nicht nur das: Auch die Tests der vergangenen Wochen und Monate waren von der Website verschwunden. Dabei hatten die neuen K-Sohlen die Erwartungen in jeder Hinsicht erfüllt. Deswegen hoffte sie immer noch, dass der kleine Betriebsunfall RCS nicht vom Kauf der Bremsen abhalten würde. Es ging um 50 Millionen Franken. Und um das Überleben der Firma. Ihr Rücken meldete sich wieder, sie spürte die Verspannung in den Muskeln.

Das Poster auf der Innenseite ihrer Bürotür zeigte eine Corvette Stingray, Baujahr 1964, die durch die Wüste von Arizona bretterte. Es war eine Erinnerung an ihren Vater. Er hatte sein Leben lang davon geträumt, damit von New York bis Los Angeles zu fahren. Unerfüllte Träume, davon konnte sie ein Lied singen.

Doris ging quer durch den Raum zu ihrem Schwerkrafttrainer, der an der Wand neben dem Fenster stand. Sie stellte sich auf dessen Trittbrett, klemmte die Fußgelenke zwischen die beiden Schaumstoffpolster und lehnte sich zurück. Das Gerät drehte sich um die eigene Achse und schließlich hing sie kopfüber in der Luft, sodass sie ihren zerkratzten Holztisch von unten betrachten konnte. Ein dazu passender Stuhl, ein abgewetzter Polstersessel, eine Stehlampe mit Glühbirne, ein zweiter Tisch voller Unterlagen und eine Reihe grauer Aktenschränke an den Wänden bildeten das restliche Mobiliar. Jahrelang hatte Ernst Thommen sie zu neuen Möbeln gedrängt. Das wäre bloß eine Verschwendung gewesen. Doris spürte, wie ihre Rückenwirbel knackten. Deswegen bestieg sie das Gerät zwei- bis dreimal pro Tag. Es war eine Wohltat für ihre ausgeleierten Bandscheiben.

Und das Blut im Kopf half ihr beim Nachdenken. Der Lokführer war über 50 gewesen, ein Mann mit Erfahrung. Dem unterlief doch nicht so ein dummer Fehler. Sie musste an die Daten kommen. Doris richtete sich wieder auf und wartete ein paar Sekunden, bis sich der Schwindel von der Drehbewegung legte. Sie stieg von dem Schwerkrafttrainer und setzte sich an den Schreibtisch vor ihren Laptop, den einzigen wertvollen Gegenstand im Raum. Neben den Unterlagen natürlich, die in den Aktenschränken ruhten. Schätze aus 40 Jahren Thommen Rail. Konstruktionspläne, Fotos, Verträge, Zeitungsartikel und Gedankenskizzen für neue Güterwagen.

Als Ernst geheiratet hatte, war sie auf Betreiben der frischgebackenen Frau Thommen zur Archivarin ›befördert‹ und in ein eigenes Büro verfrachtet worden. Diese Schlange. Ernst war das peinlich gewesen. Und so hatte er ihr eine lebenslange Garantie auf den Arbeitsplatz gegeben. Doris hatte ihn beim Wort genommen, denn ihr gefiel die Arbeit im Archiv. Niemand machte ihr Vorschriften, sie sammelte, was sie für wichtig hielt.

Sie holte das Adressbuch auf den Bildschirm und suchte die Privatnummer von Lukas Kohler, als sie den Lift vor der Bürotür rumpeln hörte. Doris checkte die Uhrzeit, 22.50 Uhr. Die Reinigungstruppe machte ihre Runde. Kohler hob beim dritten Klingeln ab. »Lukas, durch welches Jahrhundert liest du dich heute?«

»Das 18. Wusstest du, dass Napoleon ein begabter Mathematiker war?«

»Das ist mir neu. Ich suche die Rohdaten der Bremstests, auf dem Server von RCS ist nichts zu finden.«

»Mensch, bist du immer noch im Büro? Die Daten? Nein, davon weiß ich nichts.«

»Die alten Testergebnisse sind auch weg.«

»Eigenartig. Bei RCS geht vielleicht alles drunter und drüber. Die schreiben bestimmt ohne Ende Störfallberichte für die Direktion. Wir können morgen mit ihnen sprechen.«

Doris drehte die Telefonkordel um ihren Finger. »Sag mal, der Lokführer. Kennst du ihn?«

»Willst du ihn selber zusammenstauchen?«

»Ich würde gerne von ihm hören, was passiert ist.«

»Ich weiß bloß, dass er Remo heißt.«

»Dann muss ich mir eine andere Quelle suchen. Schlaf gut … und grüß Josephine von mir.« Sie legte auf und biss auf ihren Daumennagel. Zum Glück kannte sie jemanden bei RCS. Doch heute war es schon zu spät für einen Anruf. Sie starrte ins Leere, spürte, wie die Müdigkeit Besitz von ihr ergriff. Sie brauchte einen Tee.

Sie öffnete die Tür, ging links den Flur hinunter bis zum Pausenraum, der auf halbem Weg zum Chefbüro lag. Sie knipste den Lichtschalter an, trat an den Tresen in der Mitte des Raumes, füllte den Wasserkocher und hängte einen Beutel Schwarztee in ihren Becher. *Oldtimer, kein Rost, nur leichte Gebrauchsspuren, Topzustand* stand darauf in gelber Schrift auf schwarzem Grund. Doris lächelte. Ein Geschenk der Kollegen. Sie hatten verdammt recht.

Sie lehnte sich gegen den Tresen und wartete auf das Zischen des Wassers. Da hörte sie Stimmen draußen im Flur. Jemand schimpfte wütend. Ob da ein Mitglied der Reinigungstruppe ausrastete? Sie spähte den Flur hinauf und hinunter. Wenn sie nicht alles täuschte, stritten zwei Männer im Chefbüro. Sie lauschte angestrengt.

»... ruinieren ... nicht bieten ... Idioten ... Laval ...«

Nein, das war nicht die Reinigungstruppe. Das war Ernst. Seine Stimme überschlug sich. Nicht einmal in Zeiten, in denen sie Arbeitsplätze hatten abbauen müssen, war er so in Rage gewesen. Sie trippelte auf Zehenspitzen aus dem Pausenraum, blieb knapp vor der Bürotür stehen. Die zweite Stimme sprach Baseldeutsch, doch Doris konnte sie nicht einordnen. »... können nicht ... gefährlich ... Laval ... deine Schuld ...« Aus den Gesprächsfetzen setzte sie zusammen, dass die Männer über die K-Sohlen stritten. Die Stimmen wurden lauter, näherten sich der Tür, Doris machte ein paar schnelle Schritte zurück in den Pausenraum. Der Wasserkocher hatte sich schon wieder abgeschaltet, Doris goss ihren Becher voll.

Als sie das Licht im Pausenraum löschte, ging die Tür zu Ernsts Büro auf. Sie schlich lieber zurück hinter den Tresen, duckte sich und stellte den Tee leise auf den Boden. Schritte hallten durch den Flur, die beiden Männer gingen an ihr vorbei, sie riskierte keinen Blick. Sie hörte den Lift kommen, die Tür wurde geöffnet.

»Ich kann leider nichts mehr machen. Das musst du verstehen.«

Ernst stieß ein lautes, gehässiges Lachen aus. »Verstehen soll ich? Ich verstehe sehr gut. Aber ich habe es dir schon mal gesagt. Wenn du einen Rückzieher machst, gehen wir gemeinsam unter. Ich – und du!«

Die Tür wurde geschlossen, der Lift fuhr hinunter. Doris hörte Ernst in sein Büro zurückgehen, er knallte sogar die Tür zu. Sie kratzte sich am Hinterkopf. Wer um alles in der Welt war der Besucher gewesen? Sie kannte doch jeden, mit dem Ernst Geschäfte machte.

12

Der Stapel neben dem Küchentisch wankte bedrohlich, als Bollag drei weitere Zeitungen darauf legte, alles druckfrische Ausgaben vom Dienstag. Er steckte einen Löffel Mokka-Joghurt in den Mund und genoss seinen kleinen Triumph. Er hatte der Konkurrenz wieder einmal ein Schnippchen geschlagen. Die hatte sich zufriedengegeben mit der Polizeimeldung und keine eigenen Recherchen angestellt. Nur der ›Blick‹ schrieb auch, dass es sich beim Toten um Marcel Laval handelte. Doch mehr als den Namen und ein Foto von Marcels Webseite gab es im Boulevardblatt nicht.

Er warf den leeren Joghurtbecher in den Abfalleimer neben dem Kühlschrank und ließ den Löffel in die Spüle fallen, wo sich bereits das Geschirr stapelte.

Als Aufhänger hatte er eine Reportage über den Tatort mit Aussagen von Einsatzleiter Neuenschwander geschrieben. Für den zweiten Text über das Leben und Wirken von Marcel hatte er einige Personen in der Gemeinde Seltisberg und bei RCS befragt. Nicht schlecht.

Die Holzdielen fühlten sich kalt an unter den nackten Fußsohlen. Er ging in den Flur und wühlte mit beiden Händen in dem Korb mit der sauberen Wäsche, der auf dem Boden stand. Daneben lagen ein paar alte Spiegel-Ausgaben, die zwei Bierflaschen von vorgestern, Kartonschachteln vom Pizzadienst, eine CD, die ihm Tanja geschenkt und die er sich nie angehört hatte. Norah Jones. Natürlich fand er keine passenden Socken. Er entschied sich für eine schwarze und eine dunkelblaue, sie waren fast nicht zu unterscheiden.

Mit Nadine hatte er eine geräumige Eigentumswohnung in Basel geteilt. Nachdem sie ausgezogen war, hatte er sich dort wie im Grab ihrer Ehe gefühlt. Sie hatten entschieden, die ehemals gemeinsame Wohnung samt Inhalt zu vermieten. Jetzt quartierte ein Pharmaunternehmen dort Manager ein, die für Schulungen in der Stadt waren.

Bollag war in die Rathausstrasse nach Liestal geflüchtet. Die Hauptstadt des Kantons Baselland mit ihren 14.000 Einwohnern fand er überschaubar und deshalb erträglich. Das ›Stedtli‹.

Früher war er umgeben gewesen von antiken Möbeln, Orientteppichen und Kunstwerken. Jetzt sahen seine drei Zimmer aus, als ob Einbrecher alles Wertvolle ausgeräumt hätten. Der bequeme Polstersessel im Wohnzimmer, der Metalltisch und der kleine Röhrenfernseher stammten ebenso aus der Brockenstube wie der Wandschrank im Schlafzimmer. Der Rest war von IKEA. Endlich musste er sich keine Sorgen mehr über Kratzer oder Flecken auf den Möbeln machen.

Bollag raffte ein paar herumliegende Zeitungen zusammen, die ›Blick‹-Titelseite stoppte seinen Elan gleich wieder. Die Schlagzeile von vor sechs Wochen stach ihm in die Augen: *Bundesrätin Mangold: Scheidung*. Neben der Eingangstür stand ein Sechserpack Ziegelhof. Aus Nostalgie hielt er an der Liestaler Biermarke fest, obwohl sie jetzt Heineken gehörte.

Er riss die Papphülle auf, das ratschende Geräusch brachte ihn zur Besinnung. Nein, nicht am frühen Morgen. Bier um 8 Uhr wäre nur ein weiterer Tiefpunkt. So weit war er noch nicht, würde er nicht absacken. Er trug die Bierflaschen in die Küche und versteckte sie im Kühlschrank.

Im Schlafzimmer streifte er sich T-Shirt und Sporthose über. Das dritte Zimmer seiner Wohnung war praktisch leer, als einziges Möbelstück lehnte ein großer Spiegel an der Wand. Bollag sah zur Decke. Vom mächtigen Dachbalken, der ihn zum Einzug bewogen hatte, hing sein roter Boxsack. Das war allemal besser als Bier.

Er wärmte sich kurz mit dem Springseil auf, zog die Handschuhe über und begann vor dem Spiegel mit Schattenboxen: Angriff, Beinarbeit, Finten. Genau so, wie er es von seinem Vater im Boxclub Sissach gelernt hatte. Als Teenager hatte Bollag ein paar Kämpfe bei den Junioren durchgestanden. Vater und Sohn hatten erkennen müssen, dass der Junge doch nicht ganz den Biss für den Ring hatte. Aber das Training hatte Bollag gefallen, er hatte es all die Jahre weitergeführt.

Er griff den Boxsack mit leichten Schlägen an und spulte den inneren Film zurück. Er hatte sich hochgearbeitet bis ins Bundeshaus, dem Olymp der Schweizer Medienbranche.

Links, rechts, rechts, links, der Boxsack pendelte leicht unter seinen Schlägen.

Er galt als zuverlässig, vertrauenswürdig und fair. Das brachte ihm gute Tipps, einige Freundschaften, aber auch viele Neider ein.

Wärme breitete sich in seinem Körper aus. Er spürte, wie sich Schweißtropfen auf seiner Stirn bildeten.

Petra Mangold. Oh ja. Die Bundesrätin war Vorsteherin des Departementes für Umwelt, Verkehr, Energie und Kommunikation, in seinem Alter, attraktiv und sprühend vor Energie. Im Lauf der Zeit hatten sich ihre Gespräche immer häufiger um das Stadttheater, Bruce Springsteen, Paris oder John Irving gedreht.

Er nahm ein wenig Kraft aus den Schlägen und achtete auf seine Beinarbeit. Er stellte sich auf die Fußballen, machte zwei schnelle Schritte vor, zwei Schritte zurück, zwei Schritte seitwärts und zurück.

Während der Parlamentssession im letzten Dezember war Petra Mangold im Ständerat heftig kritisiert worden für Maßnahmen, mit denen sie die Zahl der Toten im Straßenverkehr senken wollte. Bollag hatte ihr nach der Debatte im leeren Saal ein paar Fragen gestellt. Als der Recorder ausgeschaltet war, hatte Mangold über den Widerstand der Verwaltungsbeamten gegen Neuerungen, die Seilschaften unter den Politikern, den Druck der Medien und irgendwann über ihre schwierige Ehe geklagt. Und plötzlich waren ihr Tränen über die Wangen gelaufen. Da hatte er sie einfach in den Arm genommen.

Bollag verstärkte den Druck, zwei schnelle Geraden, drei Aufwärtshaken, ein Kopfhaken, zurück in die Ausgangsstellung.

Den Moment der Umarmung hatte ein junger Fotograf erwischt, der durch die Tür des Saals gespäht haben musste. Das Bild war am nächsten Tag im ›Blick‹ erschienen, danach in allen Medien landauf, landab. Bollag und Mangold hatten nicht gegen Windmühlen gekämpft. Er verweigerte bis heute jeden Kommentar, sie hatte in einer Medienmitteilung festgehalten, dass sie sich nicht über ihr Privatleben äußere.

Er übte Doubletten, ließ dem ersten Schlag gleich einen zweiten folgen. Links, links, rechts, rechts, links, links.

Vielleicht war Mangolds Scheidung eine Folge der Schlagzeilen, doch wenigstens saß sie noch im Bundesrat. Für seine Karriere war der Skandal verheerend gewesen. Journalistenkollegen hatten den Verdacht geäußert, dass er der Bundesrätin einige Exklusivstorys zu verdanken hatte. Tippgeber hatten sich zurückgezogen aus Angst, dass er ihre Namen weitergab. Öffentlich war über die Nähe zwischen Politikern und Medien debattiert worden. Und die ganze Schweiz stellte sich die Frage, ob die beiden eine Affäre hatten.

Der Schweiß tropfte von seiner Nasenspitze, das T-Shirt klebte ihm am Rücken.

Nadine hatte ihm nicht geglaubt. Ihre Ehe hatte zu diesem Zeitpunkt bereits auf wackligen Beinen gestanden, die ganze Geschichte hatte ihr den K.-o.-Schlag versetzt.

Er pendelte mit dem Oberkörper, brachte Kreuzschläge an, die diagonal auf den Sack trafen.

Das Tagblatt hatte eine Weile zu ihm gehalten, dann war der allgemeine Druck zu groß geworden. Auf Bitten des Chefredaktors hatte er das Bundeshaus Ende Jahr verlassen und war in die Lokalredaktion zurückgekehrt.

Er schlug mit großer Wucht auf den Boxsack ein, verstärkte jeden Schlag mit einem Grunzen. Seine Technik war scheiße.

Seit einem halben Jahr versuchte er, dort Fuß zu fassen und die Trümmer seines Lebens aufzusammeln. Mit Bundesrätin Mangold hatte er seit dem Skandal kein Wort mehr gewechselt. Er dachte an die Schlagzeile im ›Blick‹ und fragte sich, ob er nicht …

Das Telefon klingelte im Wohnzimmer. Er musste seine Hände von den Boxhandschuhen befreien, bevor er den Hörer abheben konnte.

Lokalchef Rieder war dran. »Komm sofort ins Büro. Deine verdammte Geschichte hat uns eine Strafanzeige eingebrockt.«

13

Der Kriminaltechniker stand an der Stirnwand des Rapportraumes im zweiten Stock der Gutsmatte, der Zentrale der Polizei Basel-Landschaft. Er erklärte den Mitgliedern der Soko die Bilder, die ein Beamer auf eine große Leinwand warf. Neben Neuenschwander saßen drei Männer und zwei Frauen in einer Reihe, sie hörten aufmerksam zu. »Kaliber 7,62, NATO-Standard. Er hat ein Teilmantelgeschoss verwendet, die Kugel hat sich beim Eindringen in das Gehirn fast vollständig zerlegt. Das Opfer war sofort tot.«

Akim Oecal genoss den Auftritt offensichtlich. Obwohl er bestimmt die halbe Nacht durchgearbeitet hatte, trug er das Haar sorgfältig nach hinten gekämmt, die Schuhe glänzten, unter dem weißen Kittel waren Hemd und Krawatte zu sehen. Wie schaffte er das bloß? Hinter ihnen hatte Polizeichef Egli Platz genommen.

Akim zeigte ihnen Bilder von einigen Waffen. »Denkbar wäre eine Remington 700, eine Vaime MK1, die SSG 2000 oder etwas in der Art. Die erreichen Mündungsgeschwindigkeiten von 900 Metern pro Sekunde und treffen Ziele auch über einen Kilometer Entfernung.« Er machte eine Kunstpause. »Wir sprechen hier von einer leistungsstarken Waffe für Spezialisten.«

Ein Raunen ging durch den Raum. Sie wussten, was das bedeutete. Jonas saß neben Neuenschwander und hob die Hand wie ein Schüler. »Wir haben es also mit einem Scharfschützen zu tun?«

Oecal nickte. »Eindeutig. An der Fundstelle im Wald haben wir ein paar Fasern gefunden, die ich noch untersuchen muss. Falls es sich tatsächlich um die Feuerstellung handelt, betrug die Distanz zum Ziel rund 600 Meter. Laval hat sich bewegt und der Täter hat nur einen Schuss abgegeben. In diesem Punkt sind sich die Zeugen einig.«

Neuenschwander stupste den Ermittler Roger Wagner mit dem Ellenbogen an. »Kennst du jemanden, der das schafft?«

Alle Augen richteten sich auf den besten Schützen im Polizeikorps. »Aus 600 Metern auf einen Kopf? Und das Opfer ist gerannt?« Wagner blies seine Backen auf und stieß geräuschvoll die Luft aus. »Meine Fresse, nein.«

Neuenschwander stand auf, ging nach vorn und riss dabei mit dem Fuß das Stromkabel des Beamers aus der

Wand. Im Raum wurde es dunkel, es blieb totenstill. »Licht, Jonas … Immerhin haben wir jetzt einen Ansatz. Unser Täter muss eine Spezialausbildung durchlaufen haben. Vielleicht bei der Polizei oder der Armee. Akim, hast du genug von der Kugel übrig, damit du sie einer Waffe zuordnen kannst?«

Akim pendelte mit dem Kopf hin und her. »Vielleicht. Die Antwort kann ich euch erst geben, wenn ihr mir das Gewehr bringt. Was für euch wichtig sein könnte: Die Waffe lässt sich bestimmt zerlegen, in einen Koffer oder eine Tasche packen. Etwa so groß.« Er hielt die Hände einen Meter auseinander. »Das solltet ihr bei der Befragung von Zeugen beachten. Zudem sind das häufig Spezialanfertigungen. Schaft, Lauf, Abzug, jeder Schütze lässt sich das nach seinen Vorlieben individuell anpassen. Es könnte sich lohnen, bei ein paar Büchsenmachern nachzufragen.«

Neuenschwander schlug sein Notizbuch auf und kritzelte *Büchsenmacher* in seinen Block. »Was ist mit den Reifenspuren?«

Der Kriminaltechniker klickte auf den Laptop, doch die Wand hinter ihm blieb dunkel. »Äh ja, der Beamer … Das geht auch ohne … Wir haben einen Abguss analysiert. Es handelt sich um einen Bridgestone BT 023, einen Vorderreifen. Er wird serienmäßig auf Motorrädern der Marken BMW und KTM montiert. Aber er ist im freien Handel zu haben, er kann auch auf mit jeder anderen großen Maschine, vielleicht 1.000 Kubikzentimeter, gefahren werden.«

Die Kollegen stöhnten, das war keine große Hilfe.

Akim wehrte mit beiden Handflächen ab. »Ich weiß, ich weiß. Aber das ist noch nicht alles. Am Sonntag war es trocken, in der Nacht auf Montag hat es geregnet. Deswegen können wir mit Bestimmtheit sagen, dass der Abdruck frisch ist. Und unser Reifen weist ein paar spezifische Gebrauchsspuren auf. Wenn ihr uns ein Motorrad bringt, können wir den Abdruck sehr wahrscheinlich zuordnen. Allerdings enden die Spuren etwa 100 Meter von der mutmaßlichen Feuerstellung entfernt. Vielleicht haben sie nichts mit dem Fall zu tun.«

»Gut. Sonst noch etwas? Fragen?« Neuenschwander blickte in die Runde.

Alle schüttelten die Köpfe, Akim packte seine Unterlagen zusammen und verließ den Rapportraum.

Jonas ließ per Knopfdruck die Jalousien hochfahren. Augenblicklich erhellte grelles Sonnenlicht den Raum, an dessen Wänden Fahndungsplakate hingen.

Neuenschwander stellte sich breitbeinig hin, sein Ärger vom Vortag war beinahe verraucht. Immerhin hatte Egli ihm gute Leute für die Soko zur Verfügung gestellt. »Der Täter muss Laval beobachtet haben, sonst hätte er nichts von den täglichen Joggingrunden gewusst. Er hat einen ziemlich großen Aufwand betrieben. Die Frage ist, wieso.«

Jonas nahm einen Schluck Cola und stellte die Büchse auf den Tisch. »Aus Lavals E-Mails geht hervor, dass er viele Frauen getroffen hat. Vielleicht ist er an einen eifersüchtigen Ehemann geraten. Oder einen wütenden Vater.«

»Nimm dir seinen Computer nochmals vor. Geh auf diese Seiten im Internet, schau dir die E-Mails an, sammle Adressen.«

Neuenschwander richtete seinen Zeigfinger auf die beiden Frauen im Team. »Barbara und Astrid, ihr werdet Jonas unterstützen. Er wird euch Namen und Adressen geben. Ruft die Frauen an, vielleicht reden sie mit euch.

Findet so viel wie möglich über Laval heraus. Versucht es auch bei den Betreibern der Partnervermittlungen. Die werden sich wahrscheinlich hinter dem Datenschutz verstecken. Aber macht ein wenig Druck, vielleicht habt ihr Glück.«

Roger Wagner, das Schwergewicht, räusperte sich. »Wie weit ist die Befragung der Nachbarn?«

Jonas antwortete: »Fast fertig. Ein paar Leute waren nicht zu Hause, dort müssen wir nachhaken. Bisher decken sich die Aussagen. Laval war beliebt, hat gegrüßt, den Müll immer pünktlich an den Straßenrand gestellt, ist häufig im Wald joggen gegangen. Der einzige negative Punkt in den Augen seiner Nachbarn war, dass er oft Frauenbesuch hatte. Verschiedene Frauen. Das hat im Dorf zu reden gegeben.«

Neuenschwander verschränkte die Hände hinter dem Rücken, ging ein paar Schritte und blieb vor Wagner stehen. »Roger, du übernimmst die restlichen Nachbarn.« Er blickte auf seine Notizen. »Finde auch heraus, wer bei Laval aufgeräumt und geputzt hat. Ich kann mir nicht vorstellen, dass er das selber gemacht hat.«

Er wandte sich dem letzten Mitglied seiner Ermittlungsgruppe zu. »Mladen, du gehst zu Rail Cargo Switzerland. Befrag die Vorgesetzten und die Kollegen von Laval. Wofür war er verantwortlich, welche Geschäfte hat er zuletzt betreut, gab es Ärger am Arbeitsplatz? Vielleicht hatte er Beziehungen zu Kolleginnen. Oder er ist mit der Frau des Chefs ins Bett gestiegen. Das wäre ihm wohl zuzutrauen. Finde so viel wie möglich heraus.«

Mladen Kovac drehte eine noch nicht angezündete Zigarette zwischen den Fingern. »Was ist mit der Familie?«

»Die übernehme ich. Ich habe einen Termin bei der Mutter.«

Es zischte, Jonas öffnete eine neue Büchse Cola. »Wir brauchen Listen von Leuten, die eine Ausbildung zum Scharfschützen haben.«

Neuenschwander nickte. »Ja, darum kümmere ich mich. Die Polizeikorps der anderen Kantone werden uns bestimmt helfen.« Er blickte seinen Assistenten über die Lesebrille hinweg an. »Schwierig wird es bei der Armee. Die sitzen auf ihren Daten wie Hennen auf ihren Eiern. Weitere Fragen? In Ordnung, also, an die ...«

»Moment.« Der Polizeichef stand auf und kam nach vorn. »Das Telefon klingelt heute ununterbrochen. Der Artikel im Tagblatt hat alle aufgeschreckt. Was machen wir mit den Medien?«

Neuenschwander winkte ab. »Wir haben keine Zeit für so etwas. Die Polizeisprecherin soll die Journalisten abwimmeln. Sobald wir Neuigkeiten haben, werden wir eine Mitteilung verschicken.«

Egli wackelte mit dem Zeigfinger. »Damit werden sie sich nicht zufrieden geben. Wir müssen ihnen mehr bieten.«

Jonas schaltete sich ein: »Vielleicht sollten wir eine Pressekonferenz geben. Da draußen ist bestimmt jemand, der etwas gesehen hat.«

Verdelli, Jonas, fluchte Neuenschwander innerlich, wir haben Wichtigeres zu tun.

Doch Egli nickte eifrig. »Der Polizeidirektor ist bestimmt einverstanden. Heinz, bis wann kannst du die Pressekonferenz organisieren?«

Schissdräck, jetzt ließ sich das wohl nicht mehr verhindern. Notgedrungen gab Neuenschwander nach: »Ich werde sehen, wann wir eine Lücke im Zeitplan haben.«

14

Doris saß auf einer Bank am Veloweg, schlug das Tagblatt auf und las den Artikel ein zweites Mal. Neben ihr lagen die NZZ, die Basler Zeitung, der ›Blick‹, die Aargauer Zeitung. Sie hatte die Blätter am Prattler Bahnhofskiosk gekauft. Ein Scharfschütze? Vor ein paar Jahren hatte doch ein Soldat in Zürich mit einem Sturmgewehr eine junge Frau an einer Bushaltestelle erschossen. Einfach so. War das nun wieder so ein Verrückter? Wieso um alles in der Welt schoss jemand auf Laval? Und wieso berichtete nur das Tagblatt ausführlich darüber? Doris suchte am Ende des Artikels nach dem Autor. Max Bollag hieß er. Vielleicht wusste er noch mehr.

Mit einem Schaudern dachte sie an das Bremsversagen, das ihr doch mehr in den Knochen steckte, als sie wahrhaben wollte. Was für ein jämmerliches Ende das für ihr Leben gewesen wäre. Und was die Medien aus dem Unfall gemacht hätten. Sie sah die Schlagzeilen vor sich: *Dutzende Tote bei Zugkollision*. Es wäre das Aus für Thommen Rail gewesen.

Doris stand auf, packte die Zeitungen zusammen, klemmte sie auf den Gepäckträger ihres Velos. Sie trat kräftig in die Pedale. Es war schwül, eine graue Wolkendecke hing wie Blei über dem Industriegebiet von Pratteln.

Sie fuhr an der Firma vorbei, der große Platz vor dem Hauptgebäude war leer, nur die Hälfte der Verwaltungsräume war beleuchtet, im Werkgebäude hämmerten die Arbeiter. Dass sie nicht ins Büro ging, bereitete ihr keine

Gewissensbisse. Es war das Vorrecht ihres Alters, dass sie nach Belieben kommen und gehen konnte.

Vor ihr auf dem Veloweg tauchte ein Rennfahrer auf, enge schwarze Lycra-Hosen, blau-weißer Dress, gelber Helm. Doris scherte aus auf die linke Spur, kam auf die gleiche Höhe, spürte seinen Blick, drehte den Kopf, lächelte ihn an und nickte. Er zog die Brauen zusammen, schaute nach unten auf ihr Velo, schüttelte leicht den Kopf. Sie verstärkte den Druck der Beine, zog an ihm vorbei und schwenkte zurück nach rechts. Seit sie diesen Flyer mit Elektroantrieb hatte, machte Radfahren wieder Spaß.

Sie durchquerte den Dorfkern von Muttenz, fuhr hinunter zum Joggeli, dem Stadion des FC Basel, bog nach rechts ab und folgte dem Betonkanal, in dem die Birs eingezwängt war. Noch von zu Hause aus hatte sie ihre ehemalige Kollegin Sabine Obrist bei Rail Cargo Switzerland angerufen, wo sie inzwischen als stellvertretende Personalchefin arbeitete, und sie um den Namen des Lokführers gebeten. Sabine hatte sich zunächst geziert, hatte Datenschutz und Angst um ihren Job vorgeschützt. Also hatte Doris ihr ein wenig Druck gemacht. Sabine war ihr etwas schuldig. Genau genommen war sie Thommen Rail etwas schuldig. Und zwar die Summe von 4.000 Franken für die Beseitigung eines Computervirus, den Sabine auf einem Memorystick ins Büro eingeschleppt hatte. Doris hatte es aber vertuscht, weil ihr die junge Mutter leidgetan hatte. Die Rechnung des Computerexperten hatte Doris als Unterhalt verbucht, so Sabine den Job gerettet und ihren Wechsel zu RCS ermöglicht.

In Birsfelden fuhr sie die Hofstrasse hinunter, die zum Rhein führte. Die Siedlung ›Am Stausee‹ bestand aus einer

Ansammlung von Hochhäusern, die alle in exakten Winkeln aufgereiht waren. Schnell fand sie ihr Ziel, die Nummer fünf. Der Rasen vor dem Eingang war kurz geschnittenen, die Hecke ein exakt getrimmter Würfel. Doris stieg vom Rad und klingelte bei Patrizia und Remo Urfer.

Nach ein paar Sekunden knackte es in der Sprechanlage, es meldete sich eine Frauenstimme. »Ja?«

»Ich möchte zu Remo Urfer. Ich bin Doris Lüthi.«

»Er ist nicht da.«

»Ich muss mit ihm sprechen. Ich bin von Thommen Rail.«

»Er will niemanden sehen.«

»Es ist wichtig. Ich möchte von ihm hören, was wirklich passiert ist.«

»Na, da wären Sie aber die Erste.«

»Bitte glauben Sie mir. Ich war gestern dabei und bin bereit, Ihrem Mann eine faire Chance zu geben. Vielleicht kann ich ihm helfen.«

Es blieb für ein paar Sekunden still. »Er ist spazieren gegangen. Vermutlich ist er bei der Schleuse.«

Doris bedankte sich und schob das Rad über einen Fußweg zum Rhein. Die Schleuse beim Kraftwerk war bloß 100 Meter entfernt. Am Stahlgeländer stand ein Mann mit Lederjacke und Baseballmütze. Sie stellte das Velo ab, spazierte hinüber. Im Wasser unter ihnen lag die ›Sombra‹, ein Tankschiff. Sie lehnte sich neben den Mann ans Geländer und schaute zu, wie das Wasser abfloss, die Tore aufgingen und die Sombra langsam aus der Schleuse in Richtung Basel glitt. »Viel Betrieb heute?«

»Nicht besonders.« Er drehte den Kopf, sah sie zum ersten Mal an. Er hatte zu viel Haut im Gesicht, es war faltig wie bei einem Mops. Er bewegte die Nasenflügel, als würde er ihren Geruch aufnehmen. Dann wandte er sich wieder dem Wasser zu.

Doris sah ihn von der Seite an. »Sind Sie Remo Urfer?« Er zeigte keine Reaktion. »Ich bin von Thommen Rail. Ich versuche herauszufinden, was gestern passiert ist. Doris Lüthi.« Sie streckte die Hand aus.

Er ignorierte die Hand, räusperte sich und spuckte ins Wasser. Dann wandte sich Urfer ab, wollte davonmarschieren.

Sie hielt ihn am Arm fest. »Reden Sie mit mir. Erzählen Sie mir, was wirklich passiert ist.«

Er machte den Arm los, seine Kiefermuskeln spannten sich an. »Was gibt es da zu bereden? Ist ja alles klar und einfach. Ich bin schuld und fertig.«

Ein Passagierschiff glitt in die Schleuse. Auf dem Deck rannten Kinder herum und schrien lauthals, zwei Lehrerinnen und ein Lehrer hielten sie von einer Bank aus im Auge.

»Mein Kollege hat Ihnen in Brig zugeschaut. Er sagt, Sie hätten die Bremskontrolle korrekt ausgeführt.«

Er schlug mit der Faust auf das Geländer, ein dumpfer Ton breitete sich aus. »Und ob ich das habe. Aber es glaubt mir ja doch niemand.« Er lehnte sich mit dem Rücken gegen den Stahl, starrte in den Himmel. »Ich habe meinen Chefs gesagt, dass in Brig alles in Ordnung war. Ich bin seit 23 Jahren auf der Lok, so ein Fehler passiert mir nicht.« Er hielt einen Zeigfinger vor ihr Gesicht. »Einen offenen Bremshahn würde ich niemals übersehen. Der ist doch viel zu auffällig. Ich habe ja die Funktionskontrolle in der Lok gemacht, alles war bestens. Aber sie wollen mir nicht glauben.«

Auf dem Schiff rannte ein Junge hinter einem Mädchen

her, er schnappte sich ihre rosa Baseballmütze und warf sie über Bord. Das Mädchen kreischte laut und riss ihn an den Haaren. Eine Lehrerin setzte sich in Bewegung.

Urfer verschränkte die Arme. »Und jetzt bin ich beurlaubt. Bis auf Weiteres. Die werden mich fertigmachen.«

Daran bestand kein Zweifel, falls er den Bremshahn wirklich übersehen hatte. »Was ist denn Ihrer Ansicht nach passiert?«

»Ich kann es mir selbst nicht erklären. In den steilen Abschnitten kurz nach Kandersteg hatten wir keine Probleme. Hätte ich einen Bremshahn offen gelassen, wären wir doch schon dort aus den Gleisen geflogen. Doch plötzlich haben die Bremsen … ich weiß nicht … an Kraft verloren, nicht mehr richtig gezogen. Und dann haben sie gar nicht mehr reagiert.«

»Haben Sie das Ihren Vorgesetzten gesagt? Dass die Bremsen bis kurz vor Frutigen funktionierten?«

»Und ob ich das habe. Es war wie ein Verhör. Ich habe verlangt, dass sie mir die Messdaten zeigen. Aber sie haben die Unterlagen sofort weggeschafft. ›Zur genauen Analyse‹, haben sie gesagt.« Er steckte beide Hände in die Taschen seiner Lederjacke. »Ein ganz krummes Ding läuft hier.«

»Wer sollte denn Interesse an so etwas haben?«

Er musterte sie von oben bis unten. »Das fragen ausgerechnet Sie? Ihre Firma steht doch ganz oben auf der Liste. Thommen will bestimmt nicht, dass es ein Problem mit diesen Bremsen gibt. An Ihrer Stelle würde ich mir die Testergebnisse nochmals genau anschauen.« Er stieß sich vom Geländer ab, nickte und marschierte davon.

Doris schaute ihm nach. Genau das hatte sie vor.

15

Gisèle Laval hatte ihn nie gemocht. Der Meinung seiner Noch-Schwiegermutter nach hatte Nadine unter Niveau geheiratet. Deswegen war es für Bollag keine Überraschung, dass ihr Anwalt beim Tagblatt angerufen hatte. Dr. Ludwig Kneubühler hatte sich in aller Herrgottsfrühe beschwert. Die Zeitung habe die Trauer und Privatsphäre der Familie missachtet, ebenso die Menschenwürde des Toten. Er habe eine Strafanzeige erstattet, weil die Zeitung gegen die Pflichten von Journalisten verstoßen habe. Und Kneubühler drohte weitere Klagen an, falls das Tagblatt erneut über Marcel Laval berichte.

Bollag saß an seinem Pult und klickte sich durch verschiedene Webseiten, ohne auf deren Inhalt zu achten. Lokalchef Rieder machte sich in die Hosen. So ein Idiot. Der hatte ihn tatsächlich angewiesen, das Thema ruhen zu lassen und erst dann wieder etwas zu schreiben, wenn die Polizei neue Anhaltspunkte habe.

Das war lächerlich. Als Gemeinderat und Direktionsmitglied von Rail Cargo Switzerland war Marcel Laval eine Person öffentlichen Interesses. Kein Gericht würde die Berichterstattung verbieten, das wussten auch Gisèle Laval und ihr Anwalt. Es war nur ein weiterer Versuch, ihm ans Bein zu pinkeln. Die konnten ihn kreuzweise.

Er versuchte vergeblich, Nadine anzurufen, hinterließ eine Nachricht auf ihrer Combox. Danach loggte er sich ins Online-Archiv des Tagblattes ein und tippte *Marcel Laval, RCS* in die Suchmaske.

Nach ein paar Sekunden wurden 13 Treffer angezeigt. Die drei ältesten Berichte waren vor fünf Jahren erschienen. Bollag überflog die Artikel. Marcel war als Kandidat der Freisinnigen Partei für den Seltisberger Gemeinderat angetreten und hatte die Wahl geschafft.

Bollag scrollte weiter, mit der linken Hand durchstöberte er seine Schubladen auf der Suche nach etwas Essbarem.

Marcel war dem Tagblatt für einen längeren Zeitraum keine Zeile wert gewesen. Vor drei Jahren hatte es dann eine Nachricht im Wirtschaftsteil gegeben. RCS hatte ihn zum Leiter Rollmaterial und Unterhalt befördert. Ab diesem Zeitpunkt war sein Name regelmäßig in der Zeitung aufgetaucht.

In der zweituntersten Schublade fand Bollag eine Packung Darvida, er riss sie auf, nahm einen Bissen und spuckte die Krümel gleich wieder aus. Definitiv über dem Verfalldatum.

Er klickte die Artikel schnell durch. Mal hatte RCS ein Dienstleistungszentrum eingeweiht, mal neue Güterwagen angeschafft. Bilder zeigten Marcel, wie er auf einem Podium referierte und gemeinsam mit RCS-Chef André Völlmin ein Band durchschnitt. Er machte immer eine gute Figur, das musste man ihm lassen. Edle Anzüge, strahlendes Lächeln. Die Lavals waren sehr fotogen.

Das letzte Mal hatte das Tagblatt Marcel vor zwei Wochen im Wirtschaftsteil erwähnt.

Neue Lokomotiven für RCS

Basel. Für den Ausbau des Güterverkehrs auf der Nord-Süd-Achse hat Rail Cargo Switzerland (RCS) bei Bom-

bardier Transportation 18 Zweistromloks im Wert von 66 Millionen Euro bestellt. Dank der Lokomotiven des Typs Re 484, die auf den unterschiedlichen Stromsystemen in der Schweiz und in Italien fahren können, entfällt der Lokomotivwechsel im Grenzbahnhof Luino. »Mit dem neuen Konzept können wir die Qualität und Pünktlichkeit der internationalen Güterzüge auf der Achse Deutschland-Italien weiter verbessern«, erklärte Marcel Laval, Leiter Rollmaterial und Unterhalt von RCS.

Bollag druckte den Text aus. 66 Millionen Euro, verdammt viel Geld. Grund genug für einen Mord?

Er verließ den Newsroom und stieg die Treppe zwei Stockwerke hinab in den Keller. Neonröhren beleuchteten den kahlen Gang, von dem links und rechts Türen abgingen. Was sich dahinter verbarg, wusste bloß der Hausabwart. Die Dokumentation befand sich am Ende des Ganges hinter einer Brandschutztür. Hierher kam er bloß, wenn es sich nicht vermeiden ließ.

Der Raum dahinter hatte die Größe eines Tanzsaals, der vollgestellt war mit Regalen. Ein langer Tresen hinter dem Eingang versperrte Besuchern den Weg zu den Dokumenten. In den Aktenschränken schlummerten alle Artikel, die vor 1996 erschienen waren und nur auf Papier existierten. Der Umfang war riesig, denn der erste Vorläufer der Zeitung, ›Der unerschrockene Rauracher‹, war im Jahr 1832 erschienen. Nachdem Kollegen in der Vergangenheit immer wieder Unterlagen verlegt oder durcheinandergebracht hatten, hatte Verleger Pfister die Sperre einbauen lassen.

Alexandra Rüegger saß hinter dem Tresen am Computer. Sie war Mitte 30 und nicht viel größer als eins fünfzig. Sie schaute auf und seufzte. »Oh, nein, bis jetzt lief der Morgen eigentlich gar nicht schlecht.« Das schmale Gesicht und die mandelförmigen Augen trugen zum Eindruck bei, dass eine Elfe im Keller hauste.

»Etwas Sonnenschein in deiner Gruft kann nicht schaden.« Er griff in seine Tasche und legte eine Toblerone auf den Tisch.

Sie nahm die Schokolade in die Hand, betrachtete sie von allen Seiten. »Ein guter Schachzug, Bollag. Du weißt, dass ich die liebe. Und wo ist der Haken?«

Im Wirrwarr des Archivs sowie in zahlreichen Online-Datenbanken kannte sich Alexandra bestens aus, sie hatte schon manche Perle für Bollag herausgefischt. Er breitete die Arme aus. »Na ja, ich könnte etwas Hilfe gebrauchen. Inoffiziell.«

Sie runzelte die Stirn, öffnete den Mund, klappte ihn wieder zu. Als er sich ihr gegenüber langsam auf den Besucherstuhl niedergleiten ließ, riss sie bereits die Verpackung auf. »Ich untersuche den Mord an Marcel Laval …«

»Ich habe die Artikel gelesen. Gute Arbeit.«

»Danke. Kannst du für mich die Datenbanken durchstöbern? Ich interessiere mich für alles in diesem Zusammenhang.«

Die Klimaanlage und die Entfeuchter surrten im Hintergrund, im Archiv war es kalt und trocken. Er bekam Gänsehaut und verschränkte die Arme. »Mensch, wie hältst du es bloß aus hier unten?«

Alexandra tat es mit einem Schulterzucken ab. »Daran gewöhnt man sich. Kannst du die Suche etwas einschränken? Was brauchst du?«

Wenn er das nur wüsste. »Welche Projekte hat Laval bei RCS betreut, wie geht es der Firma, war die irgendwann in schmutzige Geschäfte verwickelt?« Er zählte an den Fingern ab. »Gab es Probleme mit Angestellten, kann Laval sich Feinde gemacht haben? Ich bin an allem interessiert, was in etwa so seltsam riecht wie dein Keller. Dann ist auch noch das hier …« Er reichte ihr den Ausdruck der Meldung. »Mich interessiert der Kauf dieser Lokomotiven. Die unterlegenen Konkurrenten dürften nicht sehr glücklich gewesen sein.«

Alexandra brach ein Stück Toblerone ab und steckte es in den Mund. Wie konnte sie so dünn sein, wo sie ständig Schokolade aß?, wunderte sich Bollag. »Lecker«, erklärte sie kauend. »Wie weit soll ich zurückgehen?«

»Fünf Jahre dürften reichen. Und bitte kein Wort davon zu Rieder.«

»Kein Problem.« Auf ihrem Gesicht breitete sich ein Grinsen aus. »Hierher verirrt der sich nie.«

Vielleicht sollte er auch im Archiv arbeiten.

16

Der Jäger setzte sich an den Tisch im Wohnzimmer, schob das Schachbrett zur Seite und schlug das Dossier ›Puma‹ auf. Vor fünf Wochen hatte er die Fährte aufgenommen. Er hatte ›Pumas‹ Biografie studiert, zahlreiche Unterlagen gelesen und im Internet recherchiert. Danach hatte er ihn zehn Tage lang auf Schritt und Tritt verfolgt und beobachtet. Nun wusste er, wann er jeden Morgen die

Wohnung verließ – kurz nach 7 Uhr. Der ›Puma‹ nahm Tram Nummer 9 immer an der Haltestelle Sandrain und stieg nach sieben Stationen im Stadtzentrum wieder aus. Von dort ging er zehn Minuten zu Fuß zum Büro, wo er kurz vor halb acht eintraf. Der Jäger hatte an der Haltestelle gewartet, war im Tram mitgefahren und unauffällig hinter dem ›Puma‹ durch Bern spaziert, getarnt als ein Geschäftsmann mit Regenschirm und Aktenkoffer.

Manchmal hatte er an der Ecke vor dem Büro gewartet, bis der ›Puma‹ durch die Tür getreten war. Dieser war viel unterwegs, musste immer wieder an einer Sitzung oder einer Veranstaltung teilnehmen. Der Jäger hatte sein Motorrad in der Nähe abgestellt für den Fall, dass der ›Puma‹ mit dem Auto wegfuhr. Dann war er dem schwarzen Mercedes jeweils in sicherem Abstand gefolgt. Zweimal war der Wagen in eine Siedlung am Stadtrand gefahren. Weil der ›Puma‹ jeweils für etwa eine Stunde in einer Wohnung verschwunden war, hatte der Jäger zunächst an ein Liebesnest gedacht. Durch eine Recherche im Internet hatte er jedoch herausgefunden, dass ›Pumas‹ betagter Vater dort lebte. Diese Information könnte irgendwann nützlich sein, also hatte er sie dem Dossier beifügt.

Er hatte herausgefunden, dass der ›Puma‹ das Mittagessen häufig im Büro zu sich nahm. Dreimal war er jedoch ins Lorenzini gegangen. Einmal allein, zweimal in Begleitung seiner Sekretärin. Er fand es eigenartig, dass der ›Puma‹ mit einer Untergebenen essen ging. Im Restaurant saß er immer auf demselben Platz in einer Ecke, von der aus er den ganzen Raum überblicken konnte.

Der Jäger ließ die Blätter sinken, blickte auf die Schachfiguren. Er befand sich im Mittelspiel, das hohe

Anforderungen an die Analysefähigkeit und Kreativität stellte. Er liebte diese Phase sowohl beim Schach wie auch auf einer Mission. Wenn da nur nicht … Langsam breitete sich der Schmerz in seinem Hinterkopf aus. Nein, nicht jetzt. Er drückte mit den Fingerkuppen gegen die Schläfen. Als der Schmerz nachließ, griff er wieder nach den Seiten.

Frühmorgens ging der ›Puma‹ regelmäßig joggen, er lief immer dieselbe Runde den Fluss entlang bis zum Bärengraben, dort über die Brücke und am anderen Ufer zurück, fünf Kilometer in 40 Minuten. Gar nicht schlecht. An einem Freitagmorgen hatte der Jäger sich unter die Jogger gemischt und war dem ›Puma‹ in 100 Meter Abstand gefolgt. Mit seiner roten Jacke war er auch in der Morgendämmerung gut sichtbar gewesen. Beim Tierpark hatte der Jäger mit dem Gedanken gespielt, die Sache gleich hier und jetzt zu erledigen. Mit den Fingern hatte er die kleine Beretta in seiner Jackentasche befühlt. Doch es war weder der richtige Ort noch der richtige Zeitpunkt gewesen. ›Pumas‹ Tod musste eine Botschaft vermitteln, dafür war genaue Planung nötig.

Da war er wieder, der Druck im Hinterkopf. Der Jäger stand auf, ging in die Küche, nahm ein Glas aus dem Schrank, ließ das Wasser ein paar Sekunden laufen, bis es schön kühl aus dem Hahn kam. Vor dem Fenster kämpften zwei Krähen um ein Stück Brot, das er auf den Kompost geworfen hatte. Er füllte das Glas, nahm einen Schluck, betastete die in Folie verschweißten Kapseln in seiner Hosentasche und schloss die Augen. Er sah wieder den hellbraunen Lederstuhl, in dem er gesessen hatte …

Die schlanken Blätter der Zimmerpflanze in der Ecke schimmerten unter der künstlichen Beleuchtung, aus einem durchlöcherten Stein floss Wasser in das Becken darunter. Granit, weiß und schwarz gesprenkelt. Dr. Patrick Flury blickte hinter seinem Schreibtisch mit ernster Miene auf den MRI-Scan und eine Tabelle mit Daten. Das Licht warf schmale Schatten durch die Gardine auf den Tisch, sie sahen aus wie die Stäbe einer Gefängniszelle. »Leider habe ich keine guten Nachrichten.« Er deutete auf die Unterlagen. »Der Tumor in Ihrem Hirn ist bereits groß und hat verschiedene Ableger. Es besteht keine Chance auf Heilung. Eine Operation würde schwere Schäden am Hirn verursachen. Es tut mir sehr leid.«

Der Befund war keine Überraschung gewesen, in den Monaten zuvor hatte er sehr starke Kopfschmerzen gehabt. »Wie lange habe ich noch?«

»Wenn wir gleich mit der Bestrahlung anfangen vielleicht ein Jahr, vielleicht etwas mehr.«

»Welche Nebenwirkungen hätte die Bestrahlung?«

»Sie werden einen Teil Ihrer Haare verlieren und sich sehr müde fühlen.«

Der Jäger schüttelte entschieden den Kopf. »Das will ich nicht.«

Flury öffnete den Mund, wollte widersprechen. Doch er sagte nichts.

»Werde ich … funktionieren bis ans Ende?«

»Den genauen Verlauf kann Ihnen niemand vorhersagen. Ohne Bestrahlung werden Sie auf jeden Fall noch stärkere Kopfschmerzen haben.« Flury öffnete eine Schublade und nahm eine kleine Schachtel heraus. Weiß mit einem grünen Streifen. »Das ist Tramal, ein starkes Schmerzmittel. Bei Bedarf nehmen Sie zwei Kapseln.«

Die Krähen veranstalteten ein lautes Gezeter auf dem Kompost, er öffnete die Augen.

Der Arztbesuch war acht Monate her. Acht Monate, in denen er intensiv geplant und beobachtet hatte. Er zog die Verpackung aus der Hosentasche, noch acht Kapseln waren übrig. Die Anfälle waren in den letzten Wochen stärker geworden, es blieb ihm nicht viel Zeit. Er drückte ein Tramal aus der Verpackung, legte es auf die Zunge und spülte es mit einem Schluck Wasser hinunter. Bald würde er sich etwas benommen fühlen. Er musste sich beeilen.

Im Wohnzimmer setzte er sich wieder an den Tisch und griff nach den Papieren. Die letzten Einträge waren ein paar Tage alt. Er war dem ›Puma‹ in ein Geschäft gefolgt, wo er ein paar Schuhe probiert hatte. Im Supermarkt beim Bahnhof hatte er kurz vor Ladenschluss Brot, Milch, Butter, Karotten und ein Kilo Äpfel gekauft. Der ›Puma‹ lebte gesund, abgesehen von der Packung Kirschstängeli, die er etwas verschämt im Einkaufskorb versteckt hatte. Er war ihm nach Hause gefolgt und hatte beobachtet, wie der ›Puma‹ einen Bogen um einen großen Schäferhund gemacht, mit dem Teenager von nebenan gelacht und sein Aussehen in der gläsernen Eingangstür kontrolliert hatte.

Das alles hatte ihn nicht überrascht. Mittlerweile konnte er vorhersagen, wie der ›Puma‹ sich in bestimmen Situationen verhielt, was er gerne aß und wovor er sich fürchtete. Jetzt ging es nur noch darum, die richtige Gelegenheit zu finden.

Er holte die Seiten ganz hinten aus dem Dossier. Das Faxpapier rollte sich zusammen, er fixierte es oben und unten mit den Händen. Für die Mission hatte der General vier Auftritte in vier Städten ausgewählt. Auf dem Papier sah es so aus, als ob alle infrage kämen. Doch auf Papier konnte man sich nicht verlassen.

Der Jäger musste die Orte spüren.

17

Gisèle Laval saß auf der großen Terrasse draußen vor ihrem Büro und blickte über den Rhein. Es war eine dieser neumodischen Kombinationen aus drei Sesseln und Sitzecke wie in einem Wohnzimmer. Die Wolkendecke war etwas aufgerissen, die Sonne tauchte das Wasser, die Häuser und die Mittlere Brücke in helles Licht. Was für ein Arbeitsort.

Gisèle Laval drehte den Kopf, als Neuenschwander sich dem Sofa näherte. Um ihren Hals baumelte eine Lesebrille an einer goldenen Kette. Sie blieb sitzen und musterte ihn von oben bis unten. Ihr Blick blieb für einen Moment an seinen ausgetretenen Schuhen hängen. »Ich bin erstaunt, dass Sie mich erst heute aufsuchen. Gestern habe ich mit Theo gesprochen … Regierungsrat Theo Jauslin, dem Polizeidirektor. Ich hatte den Eindruck, dass der Tod meines Sohnes Priorität genießt, Herr …?«

Sie spielte mit ihm. Die Sekretärin hatte seinen Namen über die Gegensprechanlage klar und deutlich gesagt. »Neuenschwander.«

»Aha.« Mit einem Wink forderte sie ihn auf, Platz zu nehmen. Das Rattan knirschte, als er sich schwerfällig in einen der Sessel setzte. Sie deutete mit der Lesebrille auf die silberne Kanne auf dem Tisch. »Kaffee? Sie können auch Tee oder Mineralwasser haben.«

»Kaffee ist in Ordnung. Danke.« Sie dachte offensichtlich nicht daran, ihn zu bedienen. Also schenkte er sich selbst ein, fügte Rahm und Zucker hinzu, nahm einen Schluck, beäugte sie über den Tassenrand. Gisèle Laval war elegant. Das dunkelblonde Haar hatte sie straff nach hinten gebunden. »Ich kann Ihnen versichern, dass der Fall absolute Priorität genießt.« Ihr Gesicht war faltenlos, nur der Hals und die Hände gaben einen Hinweis auf ihr Alter. »Wir haben heute eine Sonderkommission gebildet, die sich ausschließlich damit befasst.«

Sie ging nicht darauf ein. »Wie ist Ihre Funktion bei der Polizei?«

»Ich bin Leiter der Hauptabteilung Kriminalitätsbekämpfung.« Als ob sie das nicht schon wüsste. Er war sicher, dass Informationsbeschaffung für eine Privatbank beinahe ebenso wichtig war wie für die Polizei. Die Bank Laval hatte handverlesene Kunden in der ganzen Welt, sie veröffentlichte keine Geschäftszahlen. Die noble Adresse und das emsige Treiben in den Gängen wiesen darauf hin, dass es ihr sehr gut ging.

Sie rührte mit dem Löffel in ihrer Tasse. »Und Sie haben Erfahrung in solchen Fällen?«

Langsam gingen ihm die Spielchen auf den Wecker. Er blickte ihr ins Gesicht. »Das habe ich, Frau Laval. Ich bin zuversichtlich, dass wir den Täter fassen werden. Wenn man uns in Ruhe arbeiten lässt.«

Sie griff nach ihrer Handtasche, holte eine Zigarette heraus, steckte sie an und schlug die Beine übereinander. »Ich möchte nur sichergehen, dass die Untersuchungen von Anfang an korrekt durchgeführt werden. Und dass ich Ihre Fragen nur einmal beantworten muss.«

Er holte das Notizbuch aus seiner Jacketttasche. »Bevor wir beginnen, möchte ich Ihnen mein Beileid aussprechen. Ich weiß, dass das eine schwere Zeit für Sie sein muss.«

Sie nickte kommentarlos.

»Wann haben Sie Ihren Sohn zum letzten Mal gesehen?«

»Das muss … im Dezember gewesen sein.« Sie nahm ein Smartphone aus der Handtasche, tippte ein paarmal auf den Bildschirm. »Genau. Am 17. Dezember. Ich habe meinen Sohn und meine Tochter zum Essen ins Stucki eingeladen. Das Stucki ist ein Restaurant in Basel.«

»Ich weiß, Frau Laval.« Auch wenn er es sich nicht leisten konnte, in dem Gourmettempel zu essen. Er machte sich eine Notiz. »Sie haben sich also nicht sehr oft gesehen.«

Sie zuckte mit den Schultern, blies den Rauch in den Himmel. »Marcel ist erwachsen … war erwachsen. Er führte sein eigenes Leben.« Sie drehte den Kopf weg, blickte über den Fluss.

»Wissen Sie, ob er in letzter Zeit mit jemandem zusammen war? Hatte er eine Freundin?«

Sie stieß ein lautloses Lachen aus. »Marcel hatte immer eine Freundin. Er war sehr beliebt. Und nein, ich weiß nicht, mit wem er zuletzt zusammen war.«

»Das tönt, als ob Sie nicht glücklich waren über seinen Lebensstil.«

»Ich kann mir nicht vorstellen, dass das relevant ist für Ihre Untersuchung.«

Er lehnte sich vor und legte die Ellenbogen auf die Knie. »Schauen Sie, Frau Laval. Ich versuche, so viel wie möglich über das Leben Ihres Sohnes herauszufinden. Hat er viele Partys gefeiert oder lebte er zurückgezogen, hatte er Feinde, warf er mit Geld um sich? Alles kann wichtig sein für die Ermittlungen. Irgendwo in seinem Leben liegt der Schlüssel zu dieser Tat.«

Laval drückte die halb gerauchte Zigarette in einen Aschenbecher, stand auf und drehte ihm den Rücken zu. Sie sprach zum Rhein. »Mein Sohn und ich … unser Verhältnis war nicht ungetrübt. Ich hätte mir gewünscht … Ich habe ihn gebeten, dass er in die Bank eintritt. Er hätte alle Voraussetzungen gehabt, das Werk meines Vaters und Großvaters weiterzuführen. Aber er wollte nicht.«

Neuenschwander konnte sie kaum verstehen, also trat er neben sie. Laval drehte ihm den Kopf zu. »Ich hatte erwartet, dass er früher oder später zur Vernunft kommt … Wie meine Tochter. Auch sie hatte ihre rebellische Phase, probierte einiges aus, heiratete gegen meinen Willen. Und heute ist sie meine beste Mitarbeiterin. Marcel aber blieb stur. ›Die Bank, das ist nicht meine Welt‹, sagte er. Er hat lieber bei der Eisenbahn gearbeitet. Bei der Eisenbahn! Das hat uns auseinandergebracht. Ich kann Ihnen also nicht wirklich sagen, was für ein Leben er führte.« Sie zuckte mit den Schultern, drehte sich um, nahm eine Zeitung vom Sofa und wies auf die Frontseite. »Haben Sie den Artikel im Tagblatt gelesen?«

Er nickte und griff nach der Zeitung.

»Sie wissen vielleicht schon, dass meine Tochter Nadine mit diesem Journalisten …«, sie deutete mit der Brille in der Hand auf die Zeitung, »… verheiratet ist.«

»Mit Bollag?« Das war neu. Kein Wunder war der am Tatort aufgetaucht.

»Das war, was ich mit der rebellischen Phase gemeint habe. Zum Glück ist das vorüber. Ebenso wie die Ehe mit diesem Schreiberling. Nadine ist nicht ganz unschuldig daran, dass das heute in der Presse steht. Ich habe mit ihr geredet, es wird nicht wieder vorkommen. Was ich damit sagen will: Ich wünsche nicht, dass weitere Details aus dem Leben meines Sohnes an die Medien gelangen. Ich erwarte, dass Sie Informationen über die Ermittlungen für sich behalten. Der Polizeidirektor wird darauf achten, ob Sie dem auch Folge leisten. Habe ich mich klar ausgedrückt?«

Jetzt drohte sie ihm auch noch. Er klappte das Notizbuch zu. »Dann erklären Sie mir bitte, weshalb Ihr Freund, der Polizeidirektor, eine Pressekonferenz abhalten will?«

Ihr Kopf fuhr zu ihm herum, sie öffnete den Mund, doch er stoppte sie mit einem Handzeichen. »Falls Ihre Bemerkungen dahin deuten sollten, dass die Polizei der Presse vertrauliche Informationen zuspielen könnte, so wird das nicht passieren. Das war gestern nicht der Fall und wird auch in Zukunft so bleiben. An Ihrer Stelle würde ich jedoch sicherstellen, dass es von Ihrer Seite aus keine weiteren Indiskretionen gibt.« Sie hob eine Hand, doch er ließ sich nicht bremsen. »Ich spreche nicht nur von Ihrer Tochter, sondern auch von Mitarbeitern in der Bank, von Leuten aus Ihrem Umfeld. Im schlimmsten Fall können solche Indiskretionen dafür sorgen, dass der Fall nie aufgeklärt wird. Habe ich mich ebenfalls klar ausgedrückt?«

Ihre Wangen nahmen eine leichte Röte an. »Sie vergreifen sich im Ton. Ich denke, Sie sollten jetzt gehen. Falls Sie weitere Fragen haben, können Sie mich über meine Sekretärin kontaktieren.«

Neuenschwander steckte das Notizbuch ins Jackett, die Audienz war offensichtlich beendet. »Nur eine Frage noch.« Er tippte sich mit dem Finger an die Schläfe. »Sie sagen, dass Sie und Ihr Sohn sich nicht sehr nahestanden. Und trotzdem haben Sie ihn finanziell unterstützt. Wieso?«

»Wie kommen Sie denn darauf?« Sie blickte erstaunt auf. »Ich lege großen Wert darauf, dass meine Kinder ihren Weg selber gehen. Dazu gehört auch, dass sie ihr eigenes Geld verdienen. Seit dem Ende seines Studiums hat Marcel von mir keinen Rappen mehr gekriegt.«

Er holte das Notizbuch nochmals aus der Tasche. »Wie kommt es dann, dass Ihr Sohn …«, er blätterte, bis er die Stelle gefunden hatte, »… drei Millionen Franken auf seinem Konto hatte? So viel verdient man nicht bei der Eisenbahn.«

Sie klappte den Mund auf und zu, wie ein Fisch auf dem Trockenen. Darauf hatte sie auf die Schnelle keine Antwort. Interessant.

18

Bollag blickte durch das Fenster auf die Gleise. Er saß im Personalrestaurant von Rail Cargo Switzerland, der Firmensitz war nur einen Katzensprung vom Bahnhof Basel SBB entfernt. Unter ihm machte sich ein weiß-roter ICE auf den Weg nach Köln oder Berlin, ihm gegenüber saß RCS-Chef André Völlmin. Er war Mitte 50, sah aber mit dem gebräunten Gesicht, der blonden Stachelfrisur und den Sommersprossen zehn Jahre jünger aus. Ein Geißenpeter in der Stadt.

Sie hatten das Essen bestellt und etwas Small Talk hinter sich gebracht. Bollag rutschte unruhig auf seinem Stuhl herum, bis Völlmin endlich zur Sache kam. »Ich fürchte, Sie verschwenden Ihre Zeit. Was Marcel betrifft, kann ich Ihnen nicht helfen.«

»Weshalb?«

Doch Völlmins Aufmerksamkeit galt schon der Serviertochter, die zwei überladene Teller in den Händen hielt und auf sie zusteuerte. »Zweimal Kalbsbraten mit Steinpilzsauce und Bandnudeln.«

Als sie die Teller auf den Tisch stellte, schwappte Sauce auf Völlmins weiße Manschetten. Er ergriff ihr Handgelenk, erst jetzt bemerkte sie den Fleck. »Oh, das tut mir aber leid!«

»Viel Betrieb heute, das kann passieren.« Er grinste.

»Ich bringe Ihnen einen Lappen, Herr Völlmin.«

»Nicht nötig, Vera. Vergessen Sie's.« Er hielt ihr Handgelenk eine Sekunde länger fest, und die junge Frau lächelte verlegen.

Als sie zum Nachbartisch ging, um eine Bestellung aufzunehmen, blickte der RCS-Chef ihr nach. »Vor dem Job habe ich Hochachtung. Das könnte ich nie.« Er benetzte die Serviette mit Speichel und versuchte, den Fleck auf der Manschette zu entfernen. »Mist. ...«

»Weshalb können Sie mir nicht helfen?«

»Also gut.« Er machte ein Gesicht, als ob er mit einem Kind spreche. »Wir haben den Fall in der Geschäftsleitung behandelt und beschlossen, den Medien keine Auskunft zu geben. Wir leiten alle Anfragen an die Polizei weiter. Und Sie können mir glauben, dass es heute eine

Menge Anfragen gab.« Er drehte Nudeln auf seine Gabel, tunkte sie in die Sauce und schob sie in den Mund.

»Und trotzdem treffen Sie sich mit mir.« Bollag schnitt ein Stück Fleisch ab, ließ es auf der Gabel stecken.

»Das ist pure Höflichkeit. Ich weiß, dass Sie ein Mitglied der Familie Laval sind. Oder waren. Deswegen habe ich dem Treffen zugestimmt. Aber ich kann Ihnen leider nichts über Marcel oder seine Arbeit bei uns erzählen.«

Woher wusste Völlmin, dass Nadine und er sich getrennt hatten? »Sie haben doch Interesse daran, Marcels Mörder zu finden.«

Völlmin spülte das Stück Fleisch, auf dem er kaute, mit Rotwein hinunter. »Deswegen kooperieren wir auch mit der Polizei. Aber ich glaube kaum, dass das Tagblatt etwas zur Lösung des Falles beitragen kann.«

Bollag hatte noch keinen Bissen gegessen, er hatte keinen Appetit mehr. Er legte die Gabel auf den Teller und schob ihn von sich. »Wenn Sie sich einmauern, könnte in der Öffentlichkeit der Eindruck entstehen, dass Sie etwas zu verbergen haben. Schließlich ist ein Mitglied Ihrer Direktion ermordet worden.«

»Mir gefällt nicht, was Sie hier versuchen. Ich lasse mich nicht unter Druck setzen.« Völlmin lächelte dünn. »Übrigens steht die Besprechung über das Werbebudget für das nächste Jahr bevor. Bis jetzt gehört das Tagblatt zu unseren wichtigen Geschäftspartnern.«

Bollag hob beschwichtigend die Hände. »Wollen wir jetzt noch messen, wer weiter pinkeln kann? Beantworten Sie mir wenigstens ein paar Fragen zu den Lokomotiven, die RCS kürzlich gekauft hat? Dann habe ich auch etwas fürs Blatt.«

Völlmin schnitt ein weiteres Stück Fleisch ab. »Legen Sie los.«

»Wie ist das Verfahren abgelaufen?«

»Wie üblich. Wir haben die Lokomotiven von verschiedenen Anbietern getestet und untersucht, welche unseren Bedürfnissen am ehesten entspricht.

»Von wie vielen Anbietern?«, hakte Bollag nach.

»Drei.«

»Wie hart ist der Konkurrenzkampf?«

Völlmin wedelte mit der Gabel. »Ich weiß, vorauf Sie hinauswollen. Vergessen Sie's. Deswegen wurde Marcel bestimmt nicht umgebracht. Klar, der Markt für Lokomotiven ist hart umkämpft. Und ja, die Anbieter versuchen alles, um Aufträge zu ergattern. Aber so weit geht doch niemand.«

»Wieso sind Sie da so sicher?«, ließ Bollag nicht locker.

»Weil es bei uns keine Diskussionen gab, der Entscheid fiel einstimmig. Marcel war für die Evaluation zuständig, sein Vorschlag an die Direktion war gut begründet. Die Leistungen und der Preis sprachen ganz klar für Bombardier. Daran ändert sein Tod gar nichts.« Völlmin blickte auf die Uhr, leerte sein Rotweinglas in einem Zug und stand auf. Seine Hände zitterten leicht.

Bollag erhob sich ebenfalls. »Sie sind nervös, Herr Völlmin. Ist es nicht so?«

»Wie bitte?«

»Einer Ihrer engsten Mitarbeiter wird am frühen Morgen beim Joggen erschossen. Die Art und Weise deutet auf einen Profikiller hin. Und Sie haben Angst, dass es etwas mit seiner Arbeit bei RCS zu tun haben könnte. Deswegen sind Sie so zugeknöpft.«

Völlmin zupfte seine Manschetten zurecht, zückte das

Portemonnaie und legte eine 50er-Note auf den Tisch. »Ich lade Sie ein.« Er trat nahe an Bollag heran und senkte die Stimme. »Ich will ehrlich mit Ihnen sein. Ja, ich mache mir Sorgen. RCS steht im Gegenwind. Meine Mitarbeiter leisten tolle Arbeit, trotzdem schreiben wir rote Zahlen. Unsere Aktionäre wollen, dass wir sparen, viele Arbeitsplätze stehen auf dem Spiel. Dieser Mordfall kommt zu einem denkbar schlechten Zeitpunkt – nicht, dass es je einen guten Zeitpunkt dafür gäbe.«

»Aber wer könnte ein Interesse daran haben, Marcel zu ermorden?«

Völlmin knöpfte das Jackett zu. »Ich weiß es nicht.« Er blickte sich um. »Aber wenn ich Polizist wäre, würde ich mich mal bei den Gewerkschaftern in Yverdon umhören.«

Die Gewerkschafter? Was hatten die mit Marcel zu tun? Sie gingen Seite an Seite durch das Restaurant. Als sie am Tresen vorbeikamen, zwinkerte Völlmin der jungen Serviertochter zu. Sie wandte den Blick ab.

19

Doris fand den grün schimmernden Bau an der Nauenstrasse in Basel etwas protzig. Sie stellte den Flyer in der Unterführung neben dem Veloweg ab, kettete ihn an und ging die Treppe hoch. Zwei Männer kamen aus dem Eingang von RCS. War das nicht der Chef André Völlmin persönlich? Die Männer unterhielten sich, gaben einander die Hand, und Völlmin ging ihr voraus ins Gebäude. In der Wirklichkeit sah er noch besser aus als in den Medien. Doris folgte ihm, stellte sich vor den Empfangsschalter und fragte nach Iris Rohrbach.

»Haben Sie einen Termin?« Die junge Frau hinter dem Tresen trug ein Headset und drückte fortwährend auf einen Touchscreen. Eva Gorcyzka stand auf dem Namensschild.

Natürlich hatte sie keinen Termin. »Mein Name ist Doris Lüthi, Frau Rohrbach kennt mich. Bitte sagen Sie ihr, dass ich wegen Marcel Laval hier bin.«

Frau Gorcyzka beäugte sie skeptisch und bat sie, gegenüber Platz zu nehmen. Dann tippte sie eine Nummer ein und sprach in das Headset. Gorcyzka. Die Arme. Wie oft pro Tag musste sie den Namen wohl buchstabieren?, überlegte Doris.

Nach fünf Minuten kam eine Frau aus dem Lift, Mitte 40, praktisch geschnittene Haare, grüner Rock und weiße Strickjacke. Der Beruf Sekretärin stand ihr ins Gesicht geschrieben. Sie sah mitgenommen aus. »Ich bin Iris Rohrbach.«

»Doris Lüthi. Wir haben schon oft telefoniert.« Rohrbach hatte als Schaltstelle zwischen RCS und Thommen fungiert. Am Telefon hatten sie sich immer gut verstanden. Hoffentlich erinnerte sie sich.

»Ach, diese Frau Lüthi sind Sie. Es ist schön, Sie kennenzulernen. Kommen Sie bitte mit.«

Sie stiegen in den Lift und fuhren zwei Stockwerke hoch.

Die Lifttür öffnete sich direkt in ein Großraumbüro mit grauem Teppich, kleine Trennwände schufen etwas

Privatsphäre für die Mitarbeiter, an den Arbeitsplätzen saßen nur wenige Menschen.

Rohrbach ging voran, betrat ein Sitzungszimmer, das eine bodentiefe Glaswand vom Großraumbüro abteilte, und schloss die Tür. Sie bot Doris einen Stuhl am Tisch an und setzte sich ihr gegenüber.

Ihre Hand fuhr zum Mund. »Oh, entschuldigen Sie. Ich habe Ihnen gar nichts angeboten. Möchten Sie etwas trinken?«

Doris winkte ab. »Keine Sorge, ich brauche nichts. Darf ich Sie Iris nennen? Wie geht es Ihnen?«

Rohrbach ballte die Hände zu Fäusten, Tränen traten ihr in die Augen. »Es ist schrecklich. Herr Laval war so …«, sie wog ihren Kopf von einer Seite zur anderen, suchte nach dem richtigen Wort, »… so voller Leben. Und er war immer so nett. ›Frau Rohrbach‹, hat er noch am Freitag zu mir gesagt, ›Frau Rohrbach, mit dieser Frisur sehen Sie aus wie Audrey Hepburn.‹« Sie verzog den Mund zu einem schiefen Lächeln, das schnell wieder erstarb. »Und plötzlich ist er tot.« Sie kramte ein Taschentuch aus ihrer Strickjacke und schnäuzte sich.

Doris legte ihre Hand auf Iris' Arm. »Ja, ich habe Herrn Laval auch gemocht … Und er hat immer so freundlich über Sie gesprochen … Hören Sie, Iris, mein Besuch ist nicht ganz uneigennützig.«

Sie hob den Kopf. »Ja?«

»Es geht um die Tests von gestern. Wir haben die neuen Messdaten nicht bekommen. Wissen Sie, wo die Unterlagen sind?«

Iris nestelte an ihrem Taschentuch herum. »Das tut mir leid, es ging gestern alles drunter und drüber. Die Daten … die Techniker haben mir die Ausdrucke am Nachmittag vorbeigebracht. Ich habe sie abgelegt wie immer … Im Büro von Herrn Laval. Aber ich darf dort jetzt nicht mehr hinein. Ein Polizist war hier und hat uns befragt. Er hat mich angewiesen, die Tür abzuschließen.«

Doris tätschelte Iris' Arm und setzte ihr großmütterliches Lächeln auf. »Ich kann verstehen, dass Sie sich an diese Anweisung halten wollen. Mir ginge es genauso. Aber ich würde nichts mitnehmen. Ich brauche bloß eine Kopie, fünf Minuten, und ich wäre weg. Sie wissen doch, wie Chefs sind. Und Sie kennen Herrn Thommen ein bisschen. Am Ende bin ich dann schuld, obwohl ich gar nichts dafür kann. Sie würden mir sehr helfen.«

Iris lehnte sich verschwörerisch vor. »Mein früherer Chef war auch so. Hat sogar herumgeschrien. Dabei war er der reinste Chaot, hat Termine noch vergessen, wenn ich ihn eine halbe Stunde vorher daran erinnert habe.« Sie blickte durch die Glaswand des Sitzungszimmers ins Großraumbüro, sah auf ihre Uhr. »Viele sind noch in der Mittagspause. Kommen Sie mit.«

Iris schritt voran, durchquerte den großen Raum, betrat ein kleines Büro, das zum Glück keine Glaswände hatte. Auf dem Pult stand im Halbkreis um die Tastatur eine kleine Fotogalerie. »Das ist mein Reich.« Sie holte einen Schlüssel aus der Schublade, trat an die Verbindungstür zum Raum nebenan, schloss auf und öffnete.

Marcel Lavals Eckbüro war groß und elegant ausgestattet, der Blick aus dem Fenster über die Gleise war fantastisch. An den Wänden hingen zwei Poster: eine Frau im Bikini am Strand und ein Korallenriff mit exotischen Fischen. Iris deutete mit einem Schwenk ihres Kinns darauf. »Die hat Herr Laval selber gemacht. Er war ein begabter Fotograf.«

Iris ging zu einem Schrank, zog die oberste Schublade heraus und entnahm ihr einen Hängeordner. Sie legte die Akten auf Lavals Schreibtisch. Dort drin steckten die Antworten auf alle Fragen. Endlich.

Iris schlug den Ordner auf. »Das hier sind die Testergebnisse der neuen Bremsen. Hier sind …« Sie stockte, blätterte vor und zurück. »Eigenartig.« Sie rieb sich mit dem Handrücken über die Stirn. »Ich bin sicher, dass ich die Blätter zuoberst in diesem Ordner abgelegt habe.« Sie wandte sich wieder zum Aktenschrank um, zog verschiedene Schubladen auf und durchsuchte die anderen Hängeordner. »Vielleicht habe ich sie woanders abgelegt. Ich war so durcheinander gestern.«

Das durfte doch nicht wahr sein. Doris war so nahe dran. Sie trat an den Schreibtisch und blätterte einen Stapel Papiere durch. Die früheren Testreihen waren feinsäuberlich nach Datum abgelegt. Die Zahlenkolonnen gaben Aufschluss über Bremskraft, Hitze, Abnutzung, Lärm. Die K-Sohlen waren auch extremen Belastungen bei Regen oder Kälte ausgesetzt worden.

Doris folgte einer Zahlenkolonne mit ihrem Finger und nickte. Es waren die Resultate, die von der Webseite mit den Testergebnissen verschwunden waren. Ihr Finger blieb bei einer Ziffer stehen. Nanu? Die Bremskraft war damals doch besser gewesen. Sie selbst hatte die Daten kontrolliert und sich die Endsumme gemerkt. Immer. Sie runzelte die Stirn, wie kam es zu diesem falschen Eintrag?

Hinter ihr hantierte Iris an den Schubladen und murmelte. »Vielleicht sind sie bei …? Da habe ich gestern auch …«

Doris blätterte rasch ein paar Seiten weiter, anderes Datum, anderer Test, und kontrollierte die Zahlenreihen. Auch hier lag der Wert tiefer, als sie ihn in Erinnerung hatte.

Iris schloss hinter ihr den Schrank. »Es tut mir leid, Doris, ich finde die Ergebnisse einfach nicht.« Das war wenig überraschend. »Aber ich kann bei den Technikern nachfragen und Ihnen die Unterlagen schicken.«

Doris nahm ein paar Blätter aus dem Hängeordner. »Das hier sind wenigstens die Ergebnisse der ersten Testphase. Wäre es Ihnen möglich, mir davon Kopien zu machen? So könnte ich meinem Chef beweisen, dass ich mich bemüht habe.«

Iris lächelte. »Wir Frauen müssen doch zusammenhalten.« Sie zeigte mit dem Daumen in ihr Büro. »Kommen Sie, der Kopierer steht gleich hier dr…«

»Was ist denn hier los?«, fragte eine laute Männerstimme.

Doris drehte sich erschrocken um.

André Völlmin stand breitbeinig im Türrahmen und stemmte die Fäuste in die Hüften. »Was tun Sie hier? Und was sind das für Akten?« Mit drei Schritten war er bei Doris und nahm ihr die Blätter aus der Hand. Er betrachtete sie kurz, steckte sie zurück in den Hängeordner, klappte ihn zu und schaute die Sekretärin scharf an. »Frau Rohrbach, sind Sie denn von allen guten Geistern verlassen? Die Polizei hat Ihnen klare Anweisungen gegeben.«

Iris ließ die Schultern hängen. »Es tut mir leid, Herr Völlmin.« Ihre Stimme war nur noch ein Flüstern. »Ich wollte Frau Lüthi von Thommen Rail bloß aushelfen.«

Doris konnte ihren Blick nicht von Völlmin nehmen, er jedoch ignorierte sie. »Es erstaunt mich sehr, dass Sie gegen die Anweisungen verstoßen.«

Mist, da hatte sie Iris schön reingeritten. Das hatte Doris nicht gewollt.

Völlmin klemmte den Ordner unter den Arm und machte einen Schritt auf Doris zu, er stellte sich dicht vor sie. Zu dicht. »Von Thommen? Sie haben hier nichts zu suchen.« Seine Stimme war scharf wie ein Messer. »Ich will, dass Sie unser Gebäude sofort verlassen.« Er nahm sie am Arm und zog sie zur Tür, dort drehte er sich nochmals um. »Frau Rohrbach, Sie warten in meinem Büro auf mich.«

Seine Hand um ihren Oberarm war wie eine Schraubzwinge, sie blieb stehen. »Sie tun mir weh.« Irgendetwas an ihm irritierte sie.

Er lockerte den Griff, ließ zögerlich los. Sie marschierte voran, er ging einen Schritt hinter ihr. Gemeinsam durchquerten sie das Büro, einige Blicke folgten ihnen. Seine Stimme war so laut, dass alle sie hören konnten. »Es ist eine Frechheit, was Sie sich da erlaubt haben.«

Eine Erinnerung drängte sich in ihr Bewusstsein. Doris konnte sie nicht richtig fassen. Sie drehte sich halb zu ihm um. »Ich kann Ihnen versichern …«

»Schweigen Sie! Sonst hole ich die Polizei.«

Er führte sie zum Lift, blieb auf dem Weg ins Erdgeschoss dicht neben ihr stehen und trieb sie bis zum Haupteingang vor sich her. »Herr Laval ist gestern unter tragischen Umständen ums Leben gekommen. Und heute durchwühlen Sie seine Akten. Das ist einfach unfassbar.« Speichel sammelte sich in seinem Mundwinkel, sein Atem roch nach Alkohol. Die Besucher im Wartebereich drehten sich um.

Doris suchte nach einer Begründung, doch sie konnte sich nicht konzentrieren. Wo hatte sie bloß …? Sie musste sich zusammenreißen. »Das ist ein Missverständnis. Ich kann Ihnen alles erklären, wenn Sie mir nur zuhören …«

»Gar nichts werden Sie!« Er drohte mit dem Finger. »Ich werde mich bei Ernst Thommen über Sie beschweren. Und lassen Sie sich nie mehr hier blicken.« Er drehte sich um, verschwand im Gebäude, und die Schiebetür schloss sich.

Sie blieb unschlüssig stehen und sah einem Hund zu, der sein Bein an der Ecke des Gebäudes hob. Schließlich stieg sie die Treppe zu ihrem Flyer hinunter, öffnete das Schloss und radelte gedankenverloren in Richtung Bahnhof. Auf dem Centralbahnplatz stürzte sie beinahe beim Überqueren der Tramschienen. Mit zittrigen Händen stoppte sie das Velo und atmete durch. Endlich fiel der Groschen. Die Stimme, sie kannte diese Stimme! Es war Völlmin gewesen, der sich letzte Nacht mit Ernst gestritten hatte.

20

Seine Hand um den Hörer war feucht geworden, Neuenschwanders Ohr fühlte sich heiß an. Endlich kam die Stimme zurück. »Es tut mir leid, Hauptmann Erni spricht immer noch auf der anderen Leitung.«

Verdammisiech. Diese eingebildeten Kerle im Verteidigungsdepartement. Er rollte mit den Augen. »Weiß er, weshalb ich anrufe?«

»Ich habe es ihm gesagt.« Der Frau am anderen Ende bemühte sich um einen freundlichen Ton. »Sie können auch gerne eine Nachricht hinterlassen. Er wird sich bestimmt melden.«

Neuenschwander wusste es besser. Gar nichts würde Erni. »Ich danke Ihnen.« Er legte auf.

In der Küche in seinem Lausner Häuschen roch es noch nach Kotelett und Bratkartoffeln, seinem Mittagessen. Der Besuch bei Gisèle Laval hatte ihm erst mal gereicht. Er war nach Hause gefahren, hatte von dort aus Polizeistellen in der ganzen Schweiz angerufen. Da es kein zentrales Waffenregister gab, war er auf die Datenbanken der Kantone angewiesen. Er hatte die Kollegen um die Namen von Personen gebeten, die im Besitz von Präzisionsgewehren waren. Das war kein großes Problem, sie hatten ihm ihre Unterstützung zugesagt. Die meisten waren aber sofort schmallippig geworden, als er seinen zweiten Wunsch geäußert hatte. Kaum einer hatte die Namen von Polizisten rausrücken wollen, die zu Scharfschützen ausgebildet worden waren. Er hatte Überzeugungsarbeit leisten und auch mal ein paar Freundschaftsdienste einfordern müssen. Mal sehen, wer die versprochenen Listen wirklich schickte.

Danach hatte er gegessen und sich eine halbe Stunde hingelegt. Gute Ernährung und genügend Schlaf waren wichtig bei einer derartigen Ermittlung, sonst schlichen sich Fehler ein.

Jetzt war er wieder voller Tatendrang, doch die Bürokraten in Bern machten ihm das Leben schwer. »Verdelli noch mal.« So langsam hatte er die Nase voll. Neuenschwander sah auf die Wanduhr in der Küche. 13.30 Uhr. Jetzt könnte er sich Gustav Büttler im Verteidigungsdepartement vornehmen, den Chef der Sektion Ausbildung im Heeresstab. Zwischen Mittagessen und Sitzungen waren Bundesangestellte in der Regel gut zu erreichen. Er tippte die Nummer ein.

Wieder hob eine freundliche Sekretärin ab. »Ich warte.« Wieder wurde er in eine Warteschleife geschickt, schon wieder dudelte ›Greensleeves‹.

Er klemmte den Hörer mit der Schulter ein, setzte Wasser auf und blickte in den kleinen Garten hinter seinem Haus. Zufrieden nahm er zur Kenntnis, dass die Tomaten prächtig wuchsen. Immer noch ›Greensleeves‹. Wenn der Herbst anbrach, pflückte er jeweils ein paar seiner schönsten Tomaten, schnitt die Kerne heraus und trocknete sie. In der ersten Aprilwoche pflanzte er die Kerne in einen Topf und freute sich bald über die kleinen Sprossen.

Hörte das Gedudel denn nie auf?

Doch jedes Jahr folgte die gleiche Enttäuschung. Kaum hatten die Triebe eine gewisse Größe erreicht, starben sie ab. Ende Mai fuhr Neuenschwander dann wieder ins Gartencenter, kaufte sich ein paar Jungpflanzen und setzte sie hinter dem Haus. Bevor er es im Herbst aufs Neue versuchte.

Im Hörer räusperte sich die Frauenstimme. »Sind Sie noch dran? Der Oberst ist immer noch besetzt.«

»Hören Sie mir zu, mir reicht es jetzt. Heute wurde ich im VBS eine Stunde lang von einer Person zur nächsten geschickt. Jetzt bin ich möglicherweise an der richtigen Stelle, aber Ihr Chef plaudert wohl gerade mit einem Kollegen über den Golfausflug vom nächsten Sonntag.« Er seufzte laut und fuhr sich mit der Hand über das Gesicht. »Sie machen jetzt Folgendes. Sie gehen in sein Büro und stellen sich vor sein Pult. Sie sagen ihm, dass die Polizei am Telefon ist und dass es um eine Mordermittlung geht.

Wenn er dann nicht reagiert, unterbrechen Sie die Telefonverbindung. Ist das klar?«

»Aber ich kann doch nicht … Er weiß, weshalb Sie anrufen. Ich habe es ihm …« Ihre Stimme klang verzweifelt.

»Ich suche nach einem Mörder. Je mehr Zeit vergeht, desto größer wird das Risiko, dass er entkommt. Wollen Sie dafür verantwortlich sein? Setzen Sie sich jetzt bitte in Bewegung. Los!«

Er hörte, wie der Hörer auf die Tischfläche geknallt wurde. Es raschelte im Hintergrund, 20 Sekunden später klickte es in der Leitung. »Ich muss schon sagen, dass ich Ihr Benehmen ungehörig finde, Herr Neuenschwander.« Eine tiefe Männerstimme bellte in den Hörer.

»Ich bin Kripo-Chef der Kantonspolizei Baselland und stecke mitten in einer Mordermittlung. Ich habe keine Zeit für Spielchen, Herr Büttler.«

»Oberst Büttler, wenn ich bitten darf.«

Mein Gott, was für ein Löli. »Vor mir aus auch Oberst Büttler. Ich brauche Ihre Unterstützung.«

Er schwieg für einen Moment. »Ich höre.«

»Gestern wurde in Seltisberg ein Mann ermordet, ein Kaderangehöriger von Rail Cargo Switzerland. Er war …«

»Wir haben Zeitungen in Bern, ich verfolge durchaus die Nachrichten. Ich bin im Bild über den Fall.«

Eins, zwei, drei, vier, fünf. Ruhig bleiben. »Der Täter hat aus großer Distanz auf das Opfer geschossen, das über einen Feldweg gerannt ist. Er gab nur einen Schuss ab.«

»Welche Distanz?«

»Etwa 600 Meter.«

Büttler blieb lange stumm. »Und was wollen Sie von mir?« Die Stimme klang noch distanzierter.

»Teilen Sie meine Meinung, dass nur ein exzellent ausgebildeter Schütze so einen Schuss platzieren kann?«

»Absolut.«

Das Wasser kochte. Neuenschwander nahm die Pfanne vom Herd. »Wie viele Leute gibt es in der Armee, die so eine Ausbildung haben?«

»Nicht viele … In allen Truppengattungen gibt es etwa zehn gute Präzisionsschützen pro Jahr. Die Lehrgänge führen wir seit rund 30 Jahren durch. Wir haben also schätzungsweise 300 Präzisionsschützen im Land, die in der Armee ausgebildet wurden. Für solch einen Treffer brauchen aber selbst sie ein bisschen Glück. Na ja, die meisten von ihnen.«

Neuenschwander war überrascht. »Tatsächlich?«

»Es ist sehr weit. Auf solch eine Distanz gibt es nur eine Handvoll, die kein Glück braucht. Die bringen zehn von zehn Schüssen ins Ziel.«

»Ich brauche eine Liste mit diesen Schützen.«

»Sind Sie verrückt?« Der Oberst lachte. »Das geht nicht.«

Neuenschwander ließ nicht locker. »Weshalb nicht?«

»Wir haben genaue Vorschriften. Diese Informationen unterliegen der Geheimhaltung.«

Was für eine Überraschung. »Sie stimmen aber mit mir überein, dass der Mörder vielleicht in der Armee ausgebildet wurde. Und da berufen Sie sich auf irgendwelche Vorschriften? Das kann nicht Ihr Ernst sein.«

Der Oberst schnaubte. »Sie wissen doch genau, wie das geht. Sie müssen uns eine schriftliche Anfrage schicken und um Einsicht in die Akten bitten. Das Gesuch wird von meinem Vorgesetzten und vom Generalsekretariat des Departementes geprüft. Falls wir es gutheißen, werden Sie einer Sicherheitsprüfung unterzogen. Danach können Sie die Akten hier im Bundesamt einsehen.«

Natürlich wusste er das. Neuenschwander kannte den Betrieb gut genug. »Wie lange dauert das?«

»Wenn es dringend ist, eine Woche. Falls Sie grünes Licht bekommen – ich betone *falls* –, dürfen Sie die Akten allerdings nur in Anwesenheit eines Mitarbeiters anschauen. Und Sie dürfen keine Kopien machen.«

Na gut, der wollte es nicht anders. »Hören Sie mir jetzt gut zu, Büttler. Wenn Sie uns bei der Aufklärung dieses Falles im Weg stehen, werde ich eine Ladung Gülle über Ihnen auskippen. Ich kann die Schlagzeilen vor mir sehen: *Bundesamt behindert polizeiliche Ermittlungen* oder noch besser: *Bundesamt hilft einem Mörder*. Das wird Ihrem Chef nicht gefallen. Dem Amtsdirektor auch nicht. Und dem Bundesrat schon gar nicht. Im Nationalrat wird es Anfragen geben, man wird einen Schuldigen suchen und dann werden sogar Sie merken, dass Sie in den Wind gepisst haben.«

Büttler wurde laut. »Das ist Erpressung. Ich bin seit 20 Jahren Offizier. So etwas habe ich noch nie erlebt.«

»Nennen Sie es, wie Sie wollen. Sie haben jetzt zwei Möglichkeiten. Entweder liefern Sie mir diese Listen. Oder ich mache einen kurzen Spaziergang vor die Polizeizentrale. Dort wimmelt es von Journalisten, die auf Neuigkeiten in diesem Fall warten.«

Es blieb eine Weile still. »Ich versichere Ihnen, dass wir Ihre Ermittlungen in keiner Weise behindern wollen.« Die Stimme des Obersts klang gepresst. »Ich werde versuchen, mit meinem Vorgesetzten zu sprechen.«

»Sprechen Sie, mit wem Sie wollen. Ich will diese Listen mit Namen und Adressen. Heute noch, bis spätestens 18 Uhr.«

»Heute noch? Mein Vorgesetzter ist unterwegs. Ich weiß nicht, ob ich ihn …«

»Das interessiert mich nicht. Die Zeit läuft.« Neuenschwander legte einfach auf.

21

Die Post, das Gemeindezentrum, ein altes Schulhaus und Häuser mit steilen Dächern, die sich eng aneinander schmiegten – das Dorfzentrum von Seltisberg war sehr überschaubar. Mitten drin wartete Bollag auf Nadine, mit der er Marcels Wohnung unter die Lupe nehmen wollte. Es war kurz vor 18 Uhr. Er hörte das Auto schon von Weitem kommen. Typisch Nadine. Sie jagte den Motor hoch und schaltete spät, die Reifen quietschten leicht in den Kurven.

Schließlich parkierte sie ihren schwarzen Audi TT hinter Bollags Polo vor dem umgebauten Bauernhaus. Nadine schloss das Verdeck, schaltete Mozarts Klavierkonzert aus.

Vor dem Eingang begrüßte sie ihn mit einem Kuss auf die Wange. Er sog ihren Duft ein. Aus dem Augenwinkel bemerkte er, wie sich im Haus gegenüber ein weißer Vorhang bewegte.

Sie sah viel besser aus als am Vortag. Nadine hatte das Jackett im Auto gelassen, der enge schwarze Rock und die weiße Bluse betonten ihre Figur. »Hast du mit deiner Mutter gesprochen?«

»Ja, sie wird die Strafanzeige zurückziehen.« Ihm stand wieder die Frau gegenüber, die er kannte, voller Gelassenheit und Selbstvertrauen. »Sie hat nicht gewusst, dass ich dich um Hilfe gebeten habe. Aber sie möchte nicht, dass du der Sache weiter nachgehst. Du weißt, wie sie manchmal sein kann.«

Und ob er das wusste. Es hatte in den vergangenen Jahren viele hitzige Wortgefechte gegeben zwischen ihm und seiner Schwiegermutter. Mrs. Perfect.

Sie gingen hinein, stiegen in den Lift, er drückte den Knopf für den zweiten Stock.

Wäre es nach Gisèle gegangen, hätte Bollag sein ganzes Leben umkrempeln müssen. Ein Journalist bei einer kleinen Tageszeitung war in ihren Augen vergleichbar mit einem Müllmann. Er wühlte im Dreck fremder Leute. Gisèle hatte ihm diverse Angebote gemacht. Er hätte Kommunikation für die Bank Laval, für die UBS oder Novartis machen können. Falls er unbedingt Journalist bleiben wollte, hätte Gisèle ihn bei einem seriösen Blatt wie der Neuen Zürcher Zeitung untergebracht. Die dafür nötigen Beziehungen hatte sie zweifellos. Nein, danke.

Oben glitt die Lifttür auf, er ließ ihr den Vortritt. »Die Polizei weiß, dass wir hier sind?«

»Ja, ich habe mit Kripo-Chef Neuenschwander gesprochen. Er sagt, sie seien fertig mit der Wohnung, wir dürften uns ruhig umsehen.«

Sie wollte den Schlüssel in das Schloss stecken, die Tür schwang aber von selbst auf. »Mein Gott!«

Im Flur waren Regale umgestürzt, Schuhe und Mäntel lagen verstreut auf dem Boden, ein eleganter Filzhut war flachgetreten. Im Wohnzimmer waren die Sofakissen auf einen Haufen geworfen und Schnipsel von zerrissenen Büchern wie Schokoladenstreusel darüber gestreut worden.

Bollag hielt Nadine am Arm zurück. »Pass auf, wo du hintrittst.« Unter einem umgestürzten Sessel lagen CDs und DVDs, die zerbrochenen Hüllen waren über den Boden verteilt. »Da hat jemand gründliche Arbeit geleistet. Ob die etwas Bestimmtes gesucht haben?«

Sie gingen langsam von Raum zu Raum. Im Schlafzimmer trat er auf Unterhosen und ein Päckchen Kondome, die Matratze war aufgeschlitzt. Ähnlich sah es in der Küche aus. Die Tür des Kühlschranks stand offen, Milch und Orangensaft hatten sich auf dem Boden zu einem See vermischt. Die Ablageflächen waren mit Reis, Mehl und Cornflakes bedeckt.

Bollag zog das Telefon aus dem Jackett. »Wir müssen die Polizei anrufen.«

Nach dem Anruf saß Nadine im aufgerichteten Sessel und sprach am Telefon mit ihrer Mutter. »Es muss in der Nacht oder heute passiert sein. – Nein, aufgebrochen. – Seit 20 Minuten. – Bald, haben sie gesagt. – Nein, nein, ich werde jemanden kommen lassen. – Ja, er ist noch hier. – Das hat er gesagt?«

Bollag stand am Fenster und starrte auf die Straße. Falls es irgendetwas Interessantes in der Wohnung gegeben hatte, war es bestimmt verschwunden. Draußen war es ruhig, keine Menschen oder Autos waren unterwegs. Ein Eichhörnchen huschte über den verrosteten Gartenzaun gegenüber und verschwand in einem Gebüsch. Dem Haus dahinter hätte ein neuer Anstrich nicht geschadet ... Der Vorhang vor dem Fenster wurde wieder zur Seite geschoben. Offenbar wollte jemand genau wissen, was im Dorfzentrum vor sich ging.

Er gab Nadine mit einer Geste zu verstehen, dass er in fünf Minuten wiederkomme, und nahm den Lift ins Erdgeschoss.

Im Laufschritt überquerte er die Straße und klingelte bei dem zweistöckigen Einfamilienhaus. *Wolff* stand unter der Klingel. Unkraut wucherte zwischen den Platten im Vorgarten. Neben der Tür war ein Mofa aufgebockt, Teile des Motors lagen verstreut herum.

Ein Schlüssel wurde gedreht, die Tür öffnete sich nur einen Spalt. »Was wollen Sie? Ich kaufe nichts.«

Durch den Spalt drang der Geruch von Zigaretten. »Ich bin der Schwager von Marcel Laval. Der Mann, der gegenüber gewohnt hat und ermordet worden ist. Darf ich Ihnen ein paar Fragen stellen?«

Sie öffnete die Tür ein kleines Stück mehr. »Sie sind nicht von der Polizei?«

Die Frau war klein und hager, sie hatte ein Gesicht wie eine getrocknete Pflaume, musste irgendwo zwischen 40 und 50 sein.

»Nein, ich bin Journalist. Ich arbeite für das Tagblatt.«

»Ich habe keine Zeitung. Haben Sie einen Ausweis?«

Er zückte eine Visitenkarte, hielt sie ihr unter die kleine Nase. »Bollag.«

Sie spitzte den Mund, schaute auf das Kärtchen, unter ihren dünnen Haaren war die Kopfhaut sichtbar. Schnell schloss sie die Tür. Mist, er hatte es verbockt.

Er hatte schon einen Schritt rückwärts gemacht, da rasselte eine Kette, die Tür ging wieder auf. Sie hatte sich die Haare gekämmt. »Ich habe gehört, dass der ›Blick‹ für Informationen zahlt. Sie auch?«

»Normalerweise nicht.« Er zückte sein Portemonnaie, holte eine Note heraus. »Aber vielleicht kann ich eine Ausnahme machen. 20 Franken. Wenn Ihre Antworten gut sind.«

»50. Und ich will das Geld im Voraus.«

Er schüttelte den Kopf und hielt ihr die Note hin. »20 jetzt, 20 nachher.«

Sie blickte auf die Note, in sein Gesicht, wieder auf die Note, nahm sie und öffnete die Tür ganz. »Kommen Sie rein.«

Sie ging ihm durch den Flur voraus ins Wohnzimmer und deutete auf ein abgewetztes Sofa, auf dem er Platz nahm. Der Raum war vollgestellt mit Möbeln, überall lagen Zeitschriften, Gala, Glücksrevue, es roch nach Katzenpisse. Sie setzte sich auf einen Stuhl zwischen Tisch und Fenster.

»Wie ich gesagt habe, ich möchte wissen …«

»Ich habe schon gehört, was Sie gesagt haben. Meine Ohren sind in Ordnung. Sie wollen etwas über Herrn Laval wissen. Über den kann ich nichts Schlechtes sagen. War immer nett, hat mich gegrüßt. Nicht so wie die anderen feinen Pinkel hier. Die uns die ganze Zeit schikanieren. Am liebsten möchten die uns weghaben.« Sie klopfte mit dem Finger auf den Tisch. »Aber den Gefallen tun wir denen nicht.«

»Haben Sie Laval gestern gesehen?«

»Nein, das ist doch ganz früh passiert. So früh stehe ich nicht mehr auf. Das habe ich 20 Jahre lang gemacht. Jeden Morgen. Frühstück für meinen Mann und drei Kinder. Jetzt nicht mehr. Ist nur noch der Kleine da und der mault, wenn ich ihm etwas hinstelle. Sagt, er braucht nichts zum Frühstück. Er ist ein guter Junge, der Stefan, hat es schwer in der Schule.« Sie seufzte und zeigte auf ein Foto an der Wand. Ein Teenager mit Pickeln. »Schreiben und Mathematik, verstehen Sie? Das sind nicht seine Stärken. Deswegen triezen sie ihn immer, da muss er sich halt wehren. Und der Rektor, dieser Idiot, hetzt mir gleich die Polizei auf den Hals. Mit Schulausschluss haben sie ihm gedroht. Das sollen sie mal versuchen. Ich würde mir gleich einen Anwalt nehmen.«

Für dieses Lamento hatte er nun wirklich nicht bezahlt. Bollag zeigte mit dem Finger auf die andere Straßenseite. »In die Wohnung von Laval ist jemand eingebrochen. Haben Sie etwas gesehen?«

Sie schien überrascht. »Dort drüben? Was sind das bloß für Leute? Brechen in die Wohnung eines Toten ein. Aber heute ist das bestimmt nicht passiert, das hätte ich gesehen.« Sie deutete mit der Hand auf das Fenster. »Von hier sehe ich alles, was im Zentrum los ist. Das habe ich mir angewöhnt, weil sie immer hinter Stefan her sind. Mal haben sie ihm unten an der Straße aufgelauert, drei von denen. Haben ihn verprügelt. Alle drei waren Söhne von feinen Herren.«

Bollag stand vom Sofa auf, trat zum Fenster und schob den Vorhang zur Seite. Er konnte die ganze Straße bis zum Gemeindezentrum überblicken.

»Tote Ratten haben sie uns in den Garten geworfen. Und hier, sehen Sie.« Sie öffnete die Schublade unter dem Tisch und fischte eine Metallkugel heraus. »Eine Scheibe haben sie uns damit eingeschlagen. Das muss eine Steinschleuder gewesen sein. Die hätten mir ein Auge ausschießen können. Und was macht die Polizei? Gar nichts. Die stecken doch unter einer Decke mit den hohen Herren. Und dann kommen sie gestern an und wollen meine Hilfe.

Nehmen Sie es mir nicht übel, er war ja Ihr Schwager. Aber mit der Polizei will ich nichts mehr zu tun haben. Ich habe ihnen die Tür vor der Nase zugeschlagen.«

»Ist Ihnen denn nichts aufgefallen? Auch nicht in den letzten Tagen?«

Sie blickte zu ihm hoch, schaute aus dem Fenster. »Na ja … Da war ein Auto. Vorne beim Haus von Grigoli hat es parkiert. Der war Anwalt unten in Liestal, ist weggezogen. Zuerst habe ich gedacht, dass die vielleicht das Haus kaufen wollen. Aber niemand ist ausgestiegen. Also habe ich gedacht, dass sie wieder hinter Stefan her sind. Als das Auto zum dritten Mal dort stand, bin ich raus, wollte ihnen den Marsch blasen. Da sind sie weggefahren.«

Bollag legte beide Hände auf die geblümte Plastik-Tischdecke und senkte seinen Kopf auf ihre Höhe. Sie roch nach Schweiß. »Haben Sie gesehen, wer in diesem Auto saß? Ein Mann oder eine Frau?«

»Das weiß ich nicht, es war dunkel im Innern. Aber ich bin sicher, dass es immer das gleiche Auto war, klein und weiß.«

»Erinnern Sie sich an das Kennzeichen?«

Sie zuckte mit den Mundwinkeln, öffnete die Schublade ein zweites Mal, nahm ein Post-it heraus und lächelte triumphierend. »Das kostet aber 50 Franken extra.«

Diesmal feilschte Bollag nicht.

22

Vier Männer zerrten an seinen Armen und hielten ihn zurück. Der Typ war groß und das gerötete Gesicht zu einer Fratze verzogen. Er streckte die Fäuste in die Luft wie für einen Schlag. Im Gesicht des Gegners ließen sich Erstaunen und auch Furcht ablesen. Die beiden Männer hatten ihre Auseinandersetzung inmitten einer Menschenmenge, die Aggression war sogar beim Betrachten des Fotos noch spürbar.

Die Befragung durch die Polizei in Seltisberg hatte einige Zeit in Anspruch genommen, Bollag war erst gegen 20 Uhr zurück in die Redaktion gekommen. Er hatte das Foto oben auf einem Stapel Ausdrucke gefunden, den ihm Alexandra, die Archivarin, im Newsroom auf den Tisch gelegt hatte. Es war im vergangenen Oktober im ›Blick‹ erschienen. Die Bildlegende erklärte das Geschehen: *Erhitzte Gemüter in Yverdon: Streikführer Fabrice Durand (links) und Marcel Laval, Leiter Unterhalt von RCS, geraten sich am Rand der Medienorientierung in die Haare.*

Bollag fischte die zugehörigen Artikel heraus. RCS hatte damals Kürzungen geplant, der Unterhalt der Lokomotiven sollte im Tessin konzentriert werden. Dadurch hätte die Firma 70 Millionen Franken pro Jahr gespart. In Yverdon wären 180 Angestellte arbeitslos geworden, deswegen waren sie in Streik getreten. Der Arbeitskampf hatte drei Monate gedauert, die Streikenden hatten viel

Unterstützung aus der ganzen Schweiz erhalten. Schließlich hatte RCS nachgegeben und die Abbaupläne waren in einer Schublade verschwunden.

Auch das Tagblatt hatte ausführlich über den Streik berichtet, allerdings ohne Marcel zu erwähnen. Bollag las in den Artikeln, dass sein Schwager die treibende Kraft hinter den Abbauplänen gewesen war.

Kein Wunder, waren die Angestellten sauer gewesen. Das musste Völlmin mit seiner Anspielung auf die Gewerkschafter in Yverdon gemeint haben.

Bollag ging quer durch das Großraumbüro zum Automaten in der Ecke. 1,50 Franken für einen Kaffee, das war modernes Raubrittertum. In seinem alten Büro hatte er eine eigene Maschine gehabt. Notgedrungen warf er das Geld ein. Die Gewerkschafter waren siegreich aus dem Arbeitskampf hervorgegangen. Wieso sollten sie nach wie vor so wütend sein auf Marcel, dass sie sogar … Das ergab keinen Sinn.

Er ging mit dem vollen Plastikbecher zurück zu seinem Schreibtisch und ackerte die weiteren Artikel durch.

Durand war im April als Präsident der Eisenbahner-Gewerkschaft abgesetzt worden. Laut der Pressemitteilung war die Basis unzufrieden gewesen mit Durands Taktik gegen RCS. Er habe als Sektionspräsident nicht vermittelt, sondern zur Eskalation beigetragen. Auf Anfrage des Tagblatts hatte er verlauten lassen, dass die Abwahl ein Affront sei. Er beschuldigte die Gewerkschaft der Wahlmanipulation.

Bollag legte die beiden Kopien beiseite. Im Prattler Anzeiger hatte Alexandra noch etwas gefunden.

Neue Hoffnung für Güterwagenfabrik

Pratteln. Die Güterwagenfabrik Thommen Rail schöpft Hoffnung. Die Entwicklung eines neuen Bremssystems könnte die Firma mit ihren 120 Arbeitsplätzen retten. Wie Firmenchef Ernst Thommen dem Prattler Anzeiger gegenüber ausführte, verursacht das neue System achtmal weniger Lärm als herkömmliche Methoden. Die Firma buhlt um einen Großauftrag von Rail Cargo Switzerland für die Sanierung von 5700 Güterbahnwagen. »Der Bund hat für die Lärmsanierung rund insgesamt 130 Millionen Franken zur Verfügung gestellt«, sagte Marcel Laval, Leiter Rollmaterial und Unterhalt bei RCS. Nach seinen Angaben soll der Zuschlag im Juni erfolgen.

Er fuhr zusammen, als er Haare auf seiner Wange spürte. Tanja Schneider klimperte mit ihren Armbändern und blickte über seine Schulter. »Was liest du da?«

Bollag drehte seinen Stuhl ein wenig und griff sich an die Brust. »Du darfst mich nicht so erschrecken. Ich bin ein alter Mann.« Mit dem Kinn deutete er auf den Stapel Ausdrucke. »Das sind Artikel über meinen Schwager.«

Sie lächelte, kam um ihn herum und setzte sich auf den Schreibtisch. Sie war ihm so nahe, dass sich ihre Beine berührten. »Und? Hast du etwas Interessantes gefunden?«

»Vielleicht. Es gibt da einen Gewerkschafter in Yverdon, der sehr wütend auf Marcel gewesen sein muss.« Er zeigte ihr das Foto mit den beiden Streithähnen. »Vielleicht wütend genug, um ihn umzubringen. Zudem muss RCS Güterwagen sanieren. Marcel war dafür verantwortlich. Da ist viel Geld im Spiel.«

Sie runzelte die Stirn und wickelte eine Haarsträhne um ihren Finger. »Und? Was fängst du damit an?«

»Ich werde diesem Durand mal auf den Zahn fühlen. Und mir mehr Informationen über die Lärmsanierung besorgen.« Sein Bein wurde heiß an der Stelle, wo Tanja es berührte. »Aber da ist noch etwas. Jemand ist in Marcels Wohnung eingebrochen, hat alles durchwühlt.«

Sie hielt eine Hand vor den Mund. »Oh, mein Gott.«

»Eine Nachbarin hat in den letzten Tagen mehrmals ein verdächtiges Auto in der Straße gesehen. Die Frau hat sich die Nummer notiert. Ein Baselbieter Kennzeichen.«

»Und du meinst, der Autofahrer ist dort eingebrochen?«

»Wer weiß?«

Sie spielte weiter mit ihren Haaren. »Und? Wem gehört das Auto?«

Er mochte Tanja, er mochte sie sehr. Nein, so konnte er sich nicht konzentrieren. Er zog sein Bein weg, löste die Verbindung. Sie schien es nicht zu bemerken. »Das weiß ich noch nicht. Ich habe die Nummer online bei der Motorfahrzeugkontrolle eingegeben, doch der Halter hat die Daten sperren lassen. Zum Glück habe ich vor zwei Jahren eine Geschichte über Schrebergärten in Muttenz geschrieben. Damals wollte die Gemeinde das Gelände zu einem Spottpreis verkaufen.«

Sie spielte ihm ein Gähnen vor. »Kommst du bald zum Punkt oder muss ich mir ein Sandwich holen?«

»Mein Artikel hat die Leute aufgeschreckt, die Gemeindeversammlung hat den Verkauf abgelehnt. Und der Sprecher der Schrebergärtner war mir sehr dankbar. Er arbeitet in der Motorfahrzeugkontrolle.«

Sie zog einen Mundwinkel in die Höhe und gab ihm einen Klaps auf die Schulter. »Du und deine Informanten … Der Einbruch in Marcels Wohnung – hast du das morgen im Blatt?«

»Nein. Der Anwalt der Lavals hat Druck gemacht. Rieder will nicht, dass ich etwas schreibe. Wir drucken vorerst nur noch Polizeimeldungen ab.«

Sie machte große Augen und schlug mit den Knöcheln auf den Tisch. »Dieses Schwein. Bei der Redaktionssitzung um 17 Uhr wollte Chefredaktor Imhof von Rieder wissen, was wir morgen über Laval im Blatt haben. Rieder hat gesagt, dass du nichts Neues hast. Deswegen gebe es keine Folgegeschichte.« Sie stieß sich vom Tisch ab. »Das hat Imhof nicht akzeptiert. Er besteht darauf, dass wir dran bleiben.« Sie zog die Augenbrauen zusammen. »Rieder hätte dich gleich nach der Sitzung anrufen sollen.«

Bollag nahm das Handy aus seinem Jackett und prüfte die Eingangsliste. »Kein Anruf.« Er erhob sich, stieß seinen Stuhl weg und ballte die Hände zu Fäusten. Jetzt hatte Rieder eine Grenze überschritten. »Ich werde ihn aus seinem Armani prügeln.«

Sie packte seinen Arm, ihre Armbänder klimperten. »Mach jetzt keinen Unsinn. Dann hätte er endlich den Grund, dich zu entlassen.« Sie machte eine leichte Bewegung mit dem Kopf und flüsterte: »Wenn man vom Teufel spricht.«

Bollag drehte sich um. Rieder kam mit dem freundlichsten Lächeln durch den Newsroom auf sie zu. Er rieb sich die Hände. »Bollag, ich habe dir 80 Zeilen frei gehalten. Was schreibst du über Laval?«

Tanja stand der dunkelrot geschminkte Mund offen. Bollag wollte einen Schritt nach vorn machen, doch sie umklammerte noch immer seinen Arm. Er schaute Rieder ins dämlich grinsende Gesicht. »Irgendwann, Rieder, irgendwann …« Er zog seinen Stuhl heran, setzte sich darauf, drehte Rieder den Rücken zu und begann zu tippen.

23

Doris stand zwischen Sträuchern und schaute zur Einfahrt hinüber. 1938 hatte Ernst Thommens Großvater die Villa am Talweg in Pratteln gebaut. Das Billardzimmer, die Bar im Untergeschoss, die Gemälde an den Wänden, das Schwimmbecken – all das waren nur ein paar der Annehmlichkeiten, mit denen Ernst Thommen aufgewachsen war.

Sie schob ihr Velo im Schatten der Sträucher ein paar Schritte weiter.

Inzwischen waren die Bilder längst verkauft und das Schwimmbecken lag trocken. Ernst wollte keinen Luxus zur Schau stellten, wenn es der Firma schlecht ging.

Sein Lexus IS war nicht zu sehen, in der Auffahrt stand nur die alte BMW, mit der Ernst am Wochenende seine Ausfahrten machte. Es hatte Zeiten gegeben, in denen Doris mitgefahren war, in Lederkluft und allem, was dazugehörte. Ernst schien die enge Kleidung sehr gefallen zu haben, denn er hatte seine Hände kaum von ihr lassen können.

Vom Dorfkern drang Verkehrsrauschen herüber. Obwohl es fast 21 Uhr war, war es noch immer warm und schwül. Doris schaute kurz zum Himmel. Die Wolken hatten sich wieder aufgehellt. Das Gewittergrollen vorhin war offenbar nur eine Drohung gewesen – zum Glück, denn sie hatte keinen Regenschutz dabei. Als sie ein Auto von der Straße aufs Grundstück heranfahren hörte, duckte sie sich hinter die Sträucher. Wieso versteckte sie sich eigentlich? Sie wollte doch mit Ernst reden.

Er parkierte den Lexus in der Einfahrt und stieg aus, mit seiner alten Ledertasche in der Hand. Der energische Schritt, gerade Schultern – was für ein Unterschied zu früher. Ihr Herz hämmerte, als sie aus dem Gebüsch trat. Es war Zeit, die Karten auf den Tisch zu legen. »Guten Abend, Ernst.«

Er zuckte zusammen, der Schlüssel in der Hand klimperte. »Doris? Mein Gott, hast du mich erschreckt.«

»Ich muss mit dir reden.«

»Jetzt? Aber wieso?« Er blickte unsicher zu den dunklen Fenstern der Villa hinüber.

Wovor hatte er Angst? »Falls Sandra da ist, können wir uns auch ins Auto setzen.«

Er blickte zum Lexus, schüttelte den Kopf, zögerte. »Sie ist in der Schule, komm mit rein.« Seine Stimme klang gepresst, er war nicht erfreut. Ernst schloss die Tür auf, ließ sie in den Flur vorangehen. »Die Kleinen hatten eine Aufführung, jetzt gibt es noch einen Umtrunk. Den Small Talk mit den Lehrern erspare ich mir.«

Er stellte die Tasche auf den Boden, schaltete die Alarmanlage neben der Eingangstür aus, hängte seine Jacke an einen Haken an der Wand und ging voraus in die Küche.

Doris folgte ihm. Pfannen mit Essensresten, vermutlich vom Mittagessen, standen auf dem Herd. Sie setzte sich an den Tisch, schob vier Teller zusammen und schraubte den Deckel auf das offene Glas Nutella. Sandra hatte es offensichtlich nicht so mit Hausarbeit. »Wir müssen reden.«

»Ja, ja, gleich.«

Er öffnete den Kühlschrank, das Licht erhellte kurz sein faltiges Gesicht. Er griff sich eine Flasche Feldschlösschen und nahm ein paar große Schlucke. »Ah, das habe ich gebraucht.« Anschließend setzte er sich zu Doris an den Küchentisch, stellte die Flasche vor sich hin, inspizierte das Etikett. »André Völlmin hat mich angerufen. Er hat sich über dich beschwert.« Er blickte hoch, seine Augenbrauen bildeten einen Strich. »Was hast du um Himmels willen heute bei RCS gemacht?«

»Die Testergebnisse von gestern gesucht. Sie waren nicht auf der Webseite. Ich will wissen, was passiert ist.«

Ernst starrte das Etikett an. »Du hättest ganz offiziell danach fragen können.« Er löste die Ecke des Papiers mit dem Fingernagel. »Stattdessen schleichst du dich ein. Das wirft ein schlechtes Licht auf die Firma.«

»Ernst, schau mich an.« Sie nahm ihm die Bierflasche aus der Hand. »Sag mir, dass mit unseren K-Sohlen alles in Ordnung ist.«

Seine Antwort kam schnell. Zu schnell. »Die Testresultate sind ausgezeichnet, RCS ist vollauf zufrieden.« Die Augen flackerten. »Natürlich ist alles in bester Ordnung.« Er griff nach der Bierflasche, hielt sich mit beiden Händen daran fest.

Ernst war schon immer ein schlechter Lügner gewesen. Doris betrachtete seine Finger und dachte an die schönen Dinge, die er damit gemacht hatte. Sie hatte ihn nie geliebt. Trotzdem hatte sie geglaubt, dass es eine spezielle Verbindung zwischen ihnen gab. Wann war sie zerrissen?

»Ich war vorhin in der Firma und habe die Unterlagen mit den alten Testergebnissen gesucht. Warum sind die verschwunden, Ernst?«

Er zeichnete mit dem Fingernagel Zickzacklinien auf die beschlagene Flasche. »Sie sind sicher verwahrt, mach dir keine Sorgen.«

»Ich mache mir aber welche. Ich habe die dokumentierten Testreihen bei RCS gesehen. Warum haben die andere Zahlen?«

Er lehnte sich zurück, seufzte. »Seit zwei Jahren hängt die Firma an einem seidenen Faden, Doris. Der Markt ist zusammengebrochen. Die wenigen Aufträge, die es heute noch gibt, werden in den Osten vergeben. Die Polen und Tschechen produzieren 50 Prozent günstiger als wir.«

Die alte Leier. »Ich weiß das alles.«

»Warum kannst du dir dann nicht vorstellen, unter welchem Druck ich stehe?« Er verwarf die Hände. »Weißt du, wie es ist, nicht mehr schlafen zu können? Ich träume immer wieder, dass mein Vater neben mir am Bett steht und mir Vorwürfe macht.«

Gut möglich. Doch das war nicht der Punkt. »Ich habe euch im Büro gehört, dich und Völlmin, als ihr gestritten habt. Du hast ihm gedroht.«

Er legte den Kopf in den Nacken, stöhnte. »Doris, Doris, du hast doch keine Ahnung vom Geschäft. Du bist und bleibst eine Romantikerin. Vielleicht ist es an der Zeit, dass du dich zur Ruhe setzt.«

Ach, jetzt wollte er sie weghaben. »Was ist nur aus dir geworden, Ernst? Was läuft hier ab?«

Er lehnte sich vor, seine Augen waren zwei leuchtende Punkte. »Es ist wie im Dschungel, nur der Stärkere überlebt. Heute holst du keinen Auftrag mehr mit einem feinen

Mittagessen und farbigen PowerPoint-Präsentationen. Im Osten haben sie uns da einiges voraus ... Mehr werde ich dir dazu nicht sagen. Aber glaub' mir, was auch immer ich mache, es ist nur zum Wohl der Firma. Ich werde alles tun, um sie zu retten. Alles.« Er lehnte sich noch weiter vor und blickte sie an, als ob er in ihrem Gesicht lesen würde. »Und ich weiß, du würdest nichts tun, was uns schaden könnte.«

Der Ausdruck in seinen Augen war hart geworden, auf einmal erschien Doris das Ticken der Wanduhr in der Küche wie Hammerschläge.

»Nein.« Sie schüttelte den Kopf. Nein, durch diese Bremsen würde niemand zu Schaden kommen. Doris stand auf. »Ich finde allein hinaus.«

Ernst setzte die Flasche an den Mund.

Sie ließ ihn in der Küche sitzen, verließ leise das Haus, ging über die Straße zu ihrem Velo. Sein Blick am Küchentisch, die Ausflüchte, das überdrehte Lachen beim Streit mit Völlmin. Diesen Mann kannte sie nicht mehr.

Und er sie auch nicht.

24

Neuenschwander schob seinen Stuhl zurück. »Falls jemand einen Kaffee holen will, ist das jetzt der Moment.«

Er sah der Ermittlerin Astrid Flückiger nach, als sie den Rapportraum in der Polizeizentrale verließ. Ihr langer schwarzer Zopf baumelte hin und her.

Jonas hob eine Büchse in die Höhe. »Wer braucht Kaffee, wenn es Cola gibt?«

Tatsächlich sah er überraschend munter aus. Die übrigen Angehörigen der Soko ließen ihre Köpfe hängen. Es ging auf Mitternacht zu, sie alle waren erschöpft und wollten ins Bett, denn nach wenigen Stunden Schlaf würde es wieder von vorn losgehen.

Astrid kam zurück und nahm Platz, einen dampfenden Becher in der Hand.

Neuenschwander stellte sich neben das Flipchart. »Gut. Wie weit sind wir? Roger?«

Roger Wagner rückte seinen massigen Körper in eine bequeme Position. »Ich bin fast durch mit den Nachbarn. Gebracht hat es nicht viel. Sie bestätigen, was wir schon wussten. Ach ja, du hast nach einer Haushälterin gefragt: Laval hatte offenbar keine. Hat alles alleine gemacht.«

Neuenschwander zog die Augenbrauen in die Höhe. Erstaunlich. »Was ist mit dem Einbruch? Könnte er in Zusammenhang mit dem Mord stehen?« Vielleicht hatte der Schütze etwas gesucht.

»Schwer zu sagen«, antwortete Wagner. »Könnte auch sein, dass jemand in der Zeitung über den Mord gelesen und die Gelegenheit beim Schopf gepackt hat. Auf jeden Fall hat die Kriminaltechnik die Wohnung nochmals gründlich durchgekämmt und Fingerabdrücke genommen. Morgen wissen wir mehr.«

Neuenschwander setzte sich auf die Kante des vordersten Tisches. »Was sagen die Leute über seinen Lebensstil?«

»Die Nachbarn sind sich einig darin, dass er viel Geld ausgab. Teure Autos, schicke Kleider, Ferien auf den Malediven.«

»Haben sie sich Gedanken darüber gemacht, woher das Geld kam?« Sie mussten das jetzt schneller abhaken.

Wagner zuckte mit den Schultern. »Die meisten wussten ja, dass er aus einer Bankiersfamilie kam. Zudem glaubten sie, dass er bei RCS gut verdient hat.«

Neuenschwander wedelte mit der Hand in der Luft herum. »Das hat er sicher. Aber nicht so viel, dass er mehrere Millionen auf die Seite legen konnte. Und wir wissen jetzt, dass es nicht von der Familie kam.« Er blickte in die Runde. »Wir müssen dem Geldfluss nachgehen. Morgen kümmerst du dich darum, Roger. Nimm Kontakt mit den Banken auf.« Er stand auf, schrieb auf das Flipchart: *Keine Haushälterin, Einbruch – Mörder?, Geldfluss.* Anschließend trat er vor Astrid und Barbara, die sich Notizen machten. »Wie sieht es bei euch aus?«

Barbara Hess räusperte sich, leckte die wulstigen Lippen, schlug ihren Notizblock auf und blickte ihre Kollegin an. Astrid nickte und ließ ihr den Vortritt. »Wir haben mit fünf Partnervermittlungen gesprochen. Drei von ihnen bestätigen, dass Laval ihr Kunde war. Mehr nicht. Sie pochen auf den Datenschutz. Zwei Firmen gaben uns gar keine Auskünfte. Wir werden richterliche Verfügungen brauchen, wenn wir die Unterlagen einsehen wollen.«

Roger Wagner meldete sich zu Wort: »Die Büchsenmacher sind genau gleich. Ich habe am Nachmittag mit einigen telefoniert. Die tun, als ob sie die Goldreserven der Nationalbank bewachen würden. Ohne Verfügungen geht gar nichts.«

Neuenschwander schnaubte. »Wieso bin ich nicht überrascht …? Gut, ich werde morgen mit der Staatsanwaltschaft reden. Astrid?«

»Jonas hat uns Namen und Adressen von 22 Frauen gegeben, mit 15 von ihnen haben wir sprechen können.« Astrids wohlklingender Walliser Dialekt füllte den Rapportraum aus. »Einigen ist die Sache peinlich, von ihnen haben wir nichts erfahren. Was uns die anderen erzählt haben, ergibt ein gewisses Muster. Laval behauptete, er sei auf der Suche nach der großen Liebe und in der Vergangenheit immer wieder enttäuscht worden. Bei den Treffen war er charmant, höflich, witzig. Einige der Frauen haben bereits am ersten Abend mit ihm geschlafen, andere nach dem zweiten oder dritten Treffen. Danach erkannte Laval, dass er doch noch nicht bereit war für eine neue Beziehung. Und tschüss.« Sie verdrehte die Augen ob so viel Dummheit.

Neuenschwander dehnte seinen verspannten Rücken. »Also ging es Laval nur um Sex?«

»Sieht so aus.«

»Wussten die Frauen voneinander, gab es böses Blut? Oder eifersüchtige Exfreunde?«

Astrid schüttelte den Kopf. »Die Frauen wussten nichts voneinander. Doch sogar jetzt scheinen sie ihm nicht richtig böse zu sein. ›Er hatte Stil‹, haben ein paar Frauen gesagt. Ich weiß nicht.« Sie kratzte sich am Kinn. »Ich denke nicht, dass diese Spur viel hergibt.«

In diese Falle war Neuenschwander auch schon getappt. Er reckte einen Finger warnend in die Höhe. »Ich möchte trotzdem, dass ihr dran bleibt. Gebt nicht auf, befragt weitere Frauen. Vielleicht schaut noch etwas dabei heraus.« Er ging zum Flipchart, ergänzte Stichworte. »Mladen, wie sieht es bei RCS aus?«

Kovac strich sich über die Glatze und grunzte. »Laval hätte jederzeit die Wahl zum Mitarbeiter des Jahres gewonnen. Mustergültiger Vorgesetzter, toller Kollege, guter Freund … Niemand hat ein schlechtes Wort über ihn verloren. Ich hätte kotzen können über die Schönfärberei.«

Neuenschwander kaute auf dem Stift herum, nahm ihn aus dem Mund. »Wie kommst du darauf, dass es bloß Schönfärberei war?«

»Körpersprache, Andeutungen, Aussagen, die sich glichen. Ich hatte den Eindruck, dass die einem Drehbuch folgten. Einigen schien nicht wohl dabei zu sein.« Er wackelte mit dem Kopf. »Es könnte sich lohnen, wenn ich ein paar Leute ein zweites Mal befrage. Diesmal aber nicht bei RCS, sondern hier bei uns.«

»Gut, mach das gleich morgen.« Neuenschwander ging die Tischreihen entlang nach hinten und trat neben Jonas, der an seinem Laptop saß. »Und du?«

»Wir haben im Lauf des Nachmittags Listen aus 23 Kantonen erhalten, drei fehlen noch. Ich habe sie vom Sekretariat in Datenbanken übertragen lassen.« Er hielt eine CD in die Höhe. »Dazu kommen die 375 Namen, die uns das Verteidigungsdepartement geschickt hat.«

375 Namen? Das war nicht die kleine Auswahl, die Neuenschwander gewünscht hatte. »Wann sind die gekommen?«

»Kurz nach 18 Uhr. Mit einem Kurier. Ich musste drei Papiere unterschreiben.«

Neuenschwander grinste. Er deutete auf den Monitor. »Wie viele Namen sind das insgesamt?«

»In den Kantonen sind es 853 Personen, dazu kommen die Soldaten. Das sind 1.225 Männer und drei Frauen, die in den vergangenen 30 Jahren in der Schweiz zu Präzisionsschützen ausgebildet wurden. Wo leben wir eigentlich?« Er hob den Kopf und blickte die Kollegen an. »Überlegt euch das mal. 1.228 Scharfschützen leben da draußen. Wenn zwei oder drei von denen durchdrehen, haben wir …«

Neuenschwander tippte ihm auf die Schulter. »Bleib bei der Sache, Jonas.«

»Äh … also. Die Namen habe ich versuchsweise mit der Motorfahrzeugkontrolle abgeglichen. 264 Personen haben ein Motorrad, 170 ein Motorrad mit 1.000 Kubik oder mehr. Wenn ich die Suche auf die Marken BMW und KTM beschränke, bleiben 27 Namen übrig. Diese Namen habe ich reduziert auf Personen, die einen Waffenschein für ein Präzisionsgewehr haben. Es sind 19 Männer.«

Roger Wagner trat neben Neuenschwander und blickte ebenfalls auf den Laptop hinunter. »Wie wäre es, wenn wir uns auf die deutsche Schweiz beschränken?«

Jonas klickte ein paarmal in die Tabelle. »Dann sind es noch zwölf Männer.«

Neuenschwander schüttelte den Kopf. »RCS hat Werkstätten im ganzen Land, Laval war viel unterwegs. Er kann sich überall Feinde gemacht haben. Wir lassen die Romandie und das Tessin drin … Ist einer der Scharfschützen von unserer Liste bei RCS angestellt?«

Jonas schüttelte den Kopf. »Die Präzisionsschützen bei der Polizei sind alle Profis. Es kann natürlich sein, dass jemand den Dienst quittiert und bei der Bahn angefangen hat. Aber diese Information finde ich hier nicht. Von den Soldaten hat keiner bei RCS gearbeitet. Aber die Daten sind zum Teil alt oder unvollständig.«

»Wie sieht es mit Einträgen in das Strafregister aus?«

»Dazu bin ich noch nicht gekommen.« Jonas tippte auf der Tastatur des Laptops herum. »Moment, das haben wir gleich.«

Er kopierte die 19 Namen, öffnete das Intranet und gab sie in eine Suchmaske ein, dann drückte er Enter. Während der Datenabfrage nahm er ein paar Schlucke Cola. Es dauerte 30 Sekunden, bis das Ergebnis der Suche auf dem Bildschirm angezeigt wurde.

»Ha! Ein Treffer. Den Herrn wollen wir uns doch mal genauer ansehen.«

Jonas klickte mit der Maus, und der Computer holte die Datei aus dem Zentralrechner. Alle versammelten sich hinter ihm und blickten auf den Bildschirm. Nur das Rauschen des Laptops war zu hören. Nach ein paar Sekunden erschien der Name *Peter von Arx*.

Die Soko-Mitglieder blickten sich ungläubig an. Neuenschwander stockte der Atem, er griff sich an den Kopf. Hatten sie denn nicht schon genug Probleme? Und jetzt auch noch das. »Gopferdammi.«

25

Das kleine Dorf Häfelfingen lag in einer Senke, die Häuser klebten an den steilen Hängen rund um das Zentrum. Es war ein sonniger Mittwochmorgen, und Bollag saß um 9.30 Uhr im Auto vor dem Haus von Anita Bussinger. Den Namen hatte ihm sein Kontaktmann in der Motorfahrzeugkontrolle genannt, ihr gehörte das Auto, ein weißer Ford Fiesta, den Marcels Nachbarin beobachtet hatte.

Ein Blick auf sein Handy belegte die Geschichte, die er bei einer Online-Recherche über Bussinger im Häfelfinger Blättli gefunden hatte: Es gab hier keinen Handyempfang. Ein Mobilfunkanbieter hatte eine Antenne im Dorf aufstellen wollen, doch die Bewohner waren auf die Barrikaden gegangen und hatten Unterschriften gesammelt. Nach einigem Hin und Her hatte der Anbieter das Projekt zurückgezogen. Verantwortlich für den Widerstand war Anita Bussinger gewesen.

Die Mauer des Bauernhauses aus mächtigen Steinen verrieten Bollag, dass es schon vor Jahrhunderten gebaut worden war. Eine Verschalung aus dunklem Holz bedeckte das Obergeschoss, Efeu überwucherte eine Hauswand. Bollag stieg aus und ging durch den Vorgarten. Er hatte angerufen und Bussinger um ein Interview gebeten.

Er klopfte an die uralte Haustür, eine Frau öffnete sofort und musterte ihn. Sie war 50 bis 60 Jahre alt, klein und schlank, aus ihrer schwarzen Mähne stachen weiße Strähnen wie Silberfäden heraus. Bollag streckte die Hand aus. »Ich bin …«

Sie musterte ihn aus grauen Augen. »Ich weiß, wer Sie sind. Ich lese das Tagblatt. Ich bin Anita Bussinger.« Ihre Hand war feingliedrig und kühl, ihr Mund ein harter Strich. »Kommen Sie herein.«

Sie ging voran in die Küche. Im Flur erhaschte er durch eine angelehnte Tür einen Blick auf einen Schreibtisch, einen Computer. Die Küchenwände bestanden aus hellem Holz, unzählige Postkarten aus aller Welt hingen daran, der Fensterrahmen und ein Regal waren mit Krimskrams vollgestellt: Katzen und Elefanten aus Glas, dekorierte Eier, farbige Kerzen. Duftkerzen. Es roch intensiv nach Zimt und … Muskat? Eine braun-weiße Katze huschte zwischen seinen Beinen hindurch und verschwand durch eine Klappe in der Hintertür.

Bussinger stellte eine Tasse auf ein Tablett, auf dem bereits eine Thermoskanne, Milch, Zucker und eine zweite Tasse standen.

Er streckte beide Arme vor. »Soll ich …?«

Doch sie griff sich das Tablett, öffnete mit dem Ellenbogen die Hintertür und steuerte auf einen Sitzplatz im Garten zu. Eine Bank, zwei Stühle, ein Tisch, alles aus verwittertem Holz. Die Steinplatten auf dem Boden waren kreisförmig ausgelegt, ein hohes Holzgitter mit Rosen schirmte den Sitzplatz gegen die Straße ab. Die Beete im Gemüsegarten sahen sehr gepflegt aus.

Bussinger stellte das Tablett auf dem Holztisch ab und deutete mit der Hand auf einen Stuhl, dessen Sitzfläche stark abgenutzt war. Bollag hielt nach Holzsplittern Ausschau, während er die Umhängetasche über den Kopf zog und sich sachte darauf niederließ. Sie füllte Kaffee in die Tassen und setzte sich ihm gegenüber auf die Bank. »Sie wollen also einen Artikel über die Mobilfunkantenne schreiben. Das ist doch eine alte Geschichte.«

»Für Sie vielleicht. Für unsere Leser nicht.«

»Dann hoffe ich, dass Sie sich Mühe geben. Meine Erfahrung zeigt, dass Journalisten eher schludrig arbeiten. Viele schreiben bloß ihre eigene Meinung.«

Ganz so Unrecht hatte sie damit nicht. Er holte einen Schreibblock aus der Tasche und legte ihn auf den Tisch. »Wie haben Sie es geschafft, die Mobilfunkfirma zu vertreiben?«

»Das war gar nicht schwierig. Die haben Fredy vom Gribihof …«, sie zeigte auf ein weißes Haus mit großer Scheune und einem Silo, das 100 Meter entfernt am Hang zu sehen war, »... überredet, dass er eine Antenne auf sein Silo stellt. Ich habe Unterschriften gesammelt, fast alle im Dorf waren dagegen.« Sie fuchtelte beim Sprechen mit den Händen, streckte die Arme aus, wackelte mit dem Finger. »Da hat es Fredy mit der Angst gekriegt, er wollte keinen Ärger. Die Firma hat auf den Vertrag gepocht, doch wir haben ein Schlupfloch gefunden.« Sie deutete auf den Block. »Wollen Sie denn gar nichts aufschreiben?«

»Bis jetzt kann ich mir das merken.« Er nahm einen Schluck Kaffee, er war fade. »Und wieso dieser Aufwand? Haben Sie etwas gegen Mobiltelefone?«

»Im Prinzip nicht. Es ist die Strahlung, die mir Sorgen macht. Die hat ganz gewaltige Auswirkungen auf den Menschen. So etwas brauchen wir hier im Dorf nicht.« Die Katze strich um Bussingers Beine und sprang auf ihren Schoß. »Wer mit dem Handy telefonieren oder eine SMS schicken will, kann einen Spaziergang den Hang hinauf machen. Dort oben ist der Empfang gut.«

Eine Fundamentalistin also. »Glauben Sie wirklich, dass die Strahlen gefährlich für Menschen sind?«

»Ich glaube es nicht, ich weiß es.« Sie las in seinem Gesicht. »Ich weiß genau, was Sie von mir halten. Ich kann Ihren Artikel bereits vor mir sehen ...« Mit den Fingern malte sie Anführungszeichen in die Luft. »Die Spinnerin aus Häfelfingen und ihr Kampf gegen die eingebildete Strahlung.« Sie lächelte ironisch. »Ach, von mir aus schreiben Sie das doch. Mittlerweile ist es mir egal.« Sie scheuchte die Katze mit der Hand weg und verschränkte die Arme.

»Ich habe ganz und gar nicht vor, so einen Artikel zu schreiben. Im Gegenteil. Ich habe Sympathie für Leute, die sich gegen Telefonriesen wehren.« Er zückte einen Kugelschreiber. »Wie wirkt sich die Strahlung auf Sie persönlich aus?«

Sie nahm einen Schluck Kaffee und lehnte sich zurück. »Wenn ich in der Nähe einer Antenne bin, bekomme ich Kopfschmerzen, mir bricht der Schweiß aus und ich kann mich nicht mehr konzentrieren. An Schlaf ist nicht zu denken. Ich bin Biologin und habe für ein Umweltbüro in Basel gearbeitet. Das musste ich aufgeben, weil ich es in der Stadt nicht mehr aushalte. Heute ist die Strahlung ja überall, in Zügen, Geschäften, Restaurants oder Büros. Hier im Dorf fühle ich mich wie im Exil. Ich wage mich nur noch am Donnerstagnachmittag raus, wenn ich zur Akupunktur fahre.«

Vielleicht sollte sie eher zum Psychiater gehen. »Haben Sie nicht einfach Pech, weil Sie so heftig auf die Strahlung reagieren?«

Sie klopfte mit dem Knöchel auf den Tisch. »Wachen Sie auf, Herr Bollag, ich bin kein Einzelfall. Haben Sie die Geschichte aus der Pariser Bibliothek mitbekommen? Da wurde WLAN installiert und 40 von 100 Angestellten klagten über Schwindelgefühle, Kopfschmerzen, Schlaflosigkeit. Die Stadt schaltete das WLAN wieder aus, die Probleme verschwanden. Man schätzt, dass in der Schweiz über 100.000 Menschen elektrosensitiv sind.«

100.000? Das musste er nachprüfen. »Das heißt aber nicht, dass die Strahlung wirklich schädlich ist. Was ist denn mit den anderen 7,9 Millionen Schweizern?«

Bussinger zuckte mit den Schultern. »Die spüren nichts von der Strahlung, das ist richtig. Aber das heißt nicht, dass sie ihnen nicht schadet. Die merken es einfach nicht. Dafür gibt es unzählige Beweise.«

»Tatsächlich? Erzählen Sie.«

Viele Seiten waren vollgeschrieben und sein Kopf dröhnte, als sie sich schließlich vom Gartentisch erhoben. 30 Minuten hatte Bussinger referiert, gemahnt, auf Studien und Zahlen verwiesen. Er war nicht überzeugt, doch etwas musste man der Frau lassen: Sie war eine wortgewandte und leidenschaftliche Rednerin.

Bei der Eingangstür reichte sie ihm die Hand zum Abschied. »Um mich selber mache ich mir keine Sorgen. Aber unsere Kinder und Enkelkinder werden die Rechnung in 30 oder 40 Jahren bezahlen müssen.«

Die Katze kam aus der Haustür und verschwand um die Ecke. Bollag sah ihr nach und entdeckte die Kühlerschnauze eines weißen Fords. »Danke, Frau Bussinger. Noch eine Frage …« Er musste improvisieren. »Ich habe einen Freund in Seltisberg, dort führt ganz in der Nähe eine Hochspannungsleitung durch. Einige Bewohner sollen gesundheitliche Probleme damit haben. Nun macht er sich Sorgen um seine Kinder. Haben Sie davon gehört?«

Sie hatte sein Interesse an ihrem Auto bemerkt und runzelte die Stirn. »In Seltisberg? Das würde mich nicht überraschen. Laut Studien können Hochspannungsleitungen Leukämie verursachen.«

»Wie weit weg von der Leitung müsste er denn leben, wenn er nichts riskieren möchte?«

Sie legte den Kopf schief. »Je weiter, desto besser. Wo wohnt er denn, Ihr Freund?«

Aufpassen jetzt. »Mitten im Dorf. Kennen Sie Seltisberg?«

Ihre Augen wurden schmal. »Nein, nicht wirklich. Dort war ich schon seit Jahren nicht mehr.«

Ach ja? Das kaufte er ihr nicht ab.

26

»Was willst du?« Vor Neuenschwander hatte Peter von Arx die Wohnungstür nur einen Spalt geöffnet. Er trug ein Unterhemd, die Haare waren zerzaust, im Mundwinkel hing eine brennende Zigarette. Das Gestöhne einer Frau drang aus dem Innern ins Treppenhaus des großen Blocks im Prattler Längi-Quartier.

»Mit dir reden.« Neuenschwander seufzte innerlich. Denn von Arx war einer von ihnen gewesen, ein Mitglied der Sondereinheit Barrakuda im Dienst der Polizei Basel-Landschaft. Sein Untergang hatte vor etwa zehn Jahren mit zwei Prostituierten angefangen. Die Ladys hatten sich darüber beschwert, dass von Arx ihre Dienste in Anspruch genommen und nicht bezahlt habe.

»Und wenn ich keine Lust dazu habe?« Asche segelte von der Zigarette auf den Boden.

Klagen über unnötige Gewalt bei Festnahmen, Drohungen gegen die Exfrau, Kokain, das in der Polizeizentrale verschwunden war … Von Arx war vor die Wahl gestellt worden: ein Verfahren riskieren oder den Dienst quittieren.

Neuenschwander machte ein gelangweiltes Gesicht. »Soll ich mit einer Vorladung wiederkommen?«

Von Arx drehte sich um und verschwand, die Tür blieb offen. Neuenschwander folgte ihm. Die Wohnung war überraschend aufgeräumt, Zigarettenqualm hing in der Luft. Von Arx stellte sich mit dem Rücken zu Neuenschwander, nahm rasch etwas vom Sofa und steckte es unter eine Zeitung auf dem Tisch. Daneben legte er die Fernbedienung. Er deutete mit dem Kinn auf den großen Fernseher, in dem ein Pornofilm lief. »Das ist etwas für dich. In deinem Alter geht im Bett ja nicht mehr viel.« Er setzte sich breitbeinig auf das Sofa, nahm die Zigarette aus dem Mund, streckte beide Arme über die Rückenlehne aus und grinste. »Ich würde dir ja gerne einen Kaffee anbieten. Leider ist das Wasser alle. Also, was willst du?«

Neuenschwander stand im Wohnzimmer und sah sich um. Die Farbe an den Wänden blätterte an verschiedenen Stellen ab. Er setzte sich mit dem Rücken zum Fernseher in einen freien Sessel. Auf dem Sofatisch standen ein Teller mit Essensresten und zwei leere Bierflaschen. »Frühstück?«

Von Arx antwortete mit einem Schulterzucken.

»Draußen steht ein schönes Motorrad. Eine BMW R 1200. Hast du die schon lange?«

Von Arx nahm einen Zug, blies den Rauch in Neuenschwanders Richtung. »Wie kommst du darauf, dass sie mir gehört?«

»Ich habe das Kennzeichen überprüft.«

»Bist du deswegen hergekommen?« Von Arx grunzte. »Ich habe die BMW seit ein paar Jahren. Sie ist nicht zu verkaufen.«

Ohne Druck kam er hier nicht weiter. »Wir untersuchen den Mord an Marcel Laval. In dem Zusammenhang ist dein Name aufgetaucht.«

»Aufgetaucht?« Von Arx zog die Augenbrauen in die Höhe. »Wie aufgetaucht?«

Neuenschwander drehte eine Handfläche nach oben. »Du kannst das hier jetzt einfach oder schwierig machen. Einfach wäre es, wenn du mir ein paar Fragen beantwortest. Wenn ich mit den Antworten zufrieden bin, verschwinde ich.«

Von Arx setzte sich auf, richtete die Zigarette auf ihn. »Und wenn nicht? Denkst du, du kannst mir Angst machen?« Er hob die Stimme. »Ich weiß genau, wie der Verein funktioniert. Glaub ja nicht, du kannst mir etwas anhängen, nur damit ihr einen verkorksten Fall lösen könnt.« Wütend funkelte er Neuenschwander eine Weile lang an und lehnte sich schließlich zurück.

Neuenschwander zückte sein Notizbuch und setzte die Lesebrille auf. In seinem Rücken stöhnten jetzt zwei Frauen. »Kanntest du Marcel Laval?«

»Nur aus dem Fernsehen.«

Aus der Körpersprache und dem Ton seiner Stimme ließ sich nichts herauslesen. »Du hast einen Waffenschein für ein SSG 2000. Wo hast du das Gewehr her?«

»Miese Recherche, Neuenschwander. Steht in euren Akten. Ich habe meine alte Dienstwaffe gekauft, als das SSG 3000 eingeführt wurde. Zu einem Vorzugspreis. Wie viele andere Kollegen übrigens auch.«

»Wo ist das Gewehr jetzt?«

»Es wurde mir vor drei oder vier Jahren bei einem Schießwettbewerb gestohlen. Leider.« Er sah zu Boden.

»Wieso hast du das nicht gemeldet? Der Waffenschein ist noch gültig.«

Von Arx machte ein unflätiges Geräusch und drückte die Zigarette in dem Teller aus. »Ich beschränke meine Kontakte zur Polizei auf das Allernötigste.«

»Schießt du regelmäßig?«

»Nicht mehr seit mein Gewehr weg ist.«

»Interessant.« Neuenschwander fasste in die Innenseite seines Jacketts, zog einen zusammengelegten Artikel heraus. »Wie kommt es dann, dass du vor zwei Jahren in Bisley warst?« Er öffnete die Kopie und las vor. »*Long Range Competition, 900 meters, 36 competitors, winner, Peter von Arx, Switzerland.* Was man nicht alles im Internet findet.«

Von Arx ließ sich Zeit, pulte mit den Fingern irgendetwas zwischen den Zähnen hervor. »Als ob du eine Ahnung vom Internet hättest.«

Neuenschwander hielt das Blatt zwischen Daumen und Zeigfinger in die Höhe. »War es schön in England?« Er warf es beiläufig auf den Tisch.

»Scheißwetter. Es hat die ganze Zeit geregnet.« Von Arx spreizte die Hände und legte sie aneinander. »Ich lüge nicht, ich schieße tatsächlich nicht mehr oft. Aber ab und zu bekomme ich eine Einladung ... Dann juckt es mich.«

»Und womit schießt du? Du hast ja kein Gewehr mehr.«

Er steckte sich eine neue Zigarette an, nahm einen tiefen Zug. »Distanzschützen sind wie eine große Familie. Da findet sich immer jemand, der dir eine Waffe leiht.«

Neuenschwander wies mit dem Arm durch den Raum. »Ein Plasmafernseher. Eine schicke Uhr am Handgelenk. Ein teures Motorrad vor dem Haus. Soweit ich weiß, hast du keinen Job. Wie bezahlst du das alles?«

Von Arx kniff den Mund zusammen. »Das geht dich einen Dreck an, du bist nicht von der Steuerfahndung. War es das mit deinen Fragen? Dann solltest du jetzt gehen.«

Die Frauen im Hintergrund kreischten. Das war nicht auszuhalten. Neuenschwander griff nach der Fernbedienung und stellte den Fernseher aus. »Wo warst du in der Nacht auf Montag?«

»Montag? Lass mich mal nachdenken.« Er tippte sich theatralisch an die Schläfe. Provinztheater. »Im Casino in Baden. Ich habe gepokert. Bis in den frühen Morgen.«

»Kann das jemand bestätigen?«

»Sicher. Man kennt mich dort.«

Bestimmt, irgendjemand ließ sich immer finden. Neuenschwander erhob sich und stopfte das Notizbuch in die linke Gesäßtasche. »Ich werde das nachprüfen.«

Von Arx stand auf, ging an ihm vorbei zur Wohnungstür.

Im Flur griff sich Neuenschwander an den Kopf. »Moment, der Ausdruck. Den brauche ich noch.«

Er ließ von Arx bei der Tür stehen, ging schnell ins Wohnzimmer, schnappte sich das Blatt Papier vom Tisch und schob dabei die Zeitung daneben zur Seite.

Was von Arx vorhin daruntergeschoben hatte, war eine Ausgabe des Rail-Cargo-Magazins, von dessen Frontseite ihm Marcel Laval entgegenlächelte. Sieh mal einer an, dachte Neuenschwander. Er rückte die Zeitung wieder zurecht und ging zur Tür. »Bis bald.«

Von Arx blies ihm Rauch ins Gesicht, wartete, bis Neuenschwander ins Treppenhaus getreten war und warf die Tür ins Schloss.

27

Das Firmengebäude stand mitten im Industriegebiet und war ein großer, rechteckiger Klotz. Die Fassadenfarbe teilte ihn in zwei Teile: die Werkhallen in dunkelgrau, die Bürogebäude in hellgrau. Überrascht war Bollag von den Dimensionen. Aufs Gelände von Thommen Rail hätten mehrere Fußballfelder gepasst. Vor der Werkhalle standen drei fabrikneue Güterwagen, der Wind trieb Papierfetzen über die Asphaltflächen.

Hohe Zäune mit Stacheldraht-Kronen sicherten die Firma vor ungebetenen Gästen. Farbenprächtige Graffiti an den Wänden zeugten allerdings vom mäßigen Erfolg dieser Schutzmaßnahme.

Bollag strebte kurz vor Mittag auf den Eingang zu. Zwei Männer rauchten und lachten, eine Frau hielt Bollag die Tür auf.

Wenig später saß er vor dem Firmenchef Ernst Thommen in einem Eckbüro, in dem die Zeit in den 60er-Jahren stehengeblieben war. Deckenleuchten wie kleine Ufos, Möbel aus massiver Eiche und eine Vitrine, in der Modelle von Bahnwagen ausgestellt waren. Kein Computer. Der einzig neue Gegenstand schien ein Tresor in der Ecke zu sein. Thommen setzte sich in einen knarrenden Bürostuhl aus blankem Holz. Er war klein und stämmig, hatte dichte weiße Haare, buschige Augenbrauen. Der Mann wäre ein guter Versicherungsvertreter. Ein Foto hinter ihm an der Wand zeigte Thommen in Uniform. Bollag zählte drei Streifen auf der Mütze, also Hauptmann. Auf weiteren Bildern waren verschiedene Güterwagen abgebildet. Thommen machte eine Kreisbewegung mit dem Arm. »Das sind unsere Verkaufsschlager. Sie haben die Firma 80 Jahre lang am Leben erhalten.«

Er stand wieder auf und ging ein paar Schritte. »Sie müssen entschuldigen, die Neuigkeiten haben mich etwas aufgewühlt … Ich muss schon sagen, Sie sind ganz schön schnell. Respekt. Die Medienmitteilung ist erst vor einer halben Stunde rausgegangen. Sie sind der erste Journalist, der sich meldet. Aber bestimmt nicht der letzte.«

Eine Medienmitteilung? Bollag bedachte ihn mit seinem schönsten Lächeln. Er war wegen des Artikels da, den Alexandra im Archiv gefunden hatte. Nun musste er schon wieder improvisieren. »Ja, danke … Ich war unterwegs. Die Redaktion hat mich …«

Thommen tippte mit der Fingerspitze auf eine Dokumentenmappe. »RCS hat ja eine ganze Abteilung für Kommunikation. Aber wir haben die Mitteilung natürlich etwas früher bekommen als die Medien.« Er öffnete die Mappe und hielt sich den Ausdruck mit dem ausgestreckten Arm auf Leseweite. »Ich darf doch kurz zitieren?«, fragte er rhetorisch mit vor Stolz glänzendem Gesicht.

Bollag nickte lieber bloß.

»*Lärmsanierung für Güterwagen. Basel. Rail Cargo Switzerland hat heute den Zuschlag für den Umbau von 3.100 Güterwagen der Firma Thommen Rail in Pratteln gegeben.*« Thommen strahlte Bollag an und bewegte die zweite Hand wie ein Dirigent. »*Die Schweizer Wagenbaufirma überzeugte im Vergabeverfahren mit dem besten Angebot in Bezug auf Preis, Technik und Zuverlässigkeit. Der Auftrag hat ein Volumen von rund 50 Millionen Franken und steht im Zusammenhang mit der Lärmsa-*

nierung der Schweizer Eisenbahnen. Die Umbauarbeiten der ersten Phase werden zwei Jahre in Anspruch nehmen, in der zweiten Phase werden 2.600 weitere Güterwagen saniert.« Er seufzte und legte das Blatt weg. Für einen Moment sah es aus, als würde er in Tränen ausbrechen.

»Ich gratuliere. Was bedeutet das für Ihre Firma?«

Thommen fing sich und klatschte die Hände zusammen. »Das bedeutet, dass 120 Menschen gesicherte Arbeitsplätze haben. Und dass ich vielleicht endlich wieder einmal länger schlafen kann.« Er wischte sich mit einer Rückhand über die Stirn. »So ein Bieterverfahren ist sehr anstrengend.«

Die Sekretärin kam herein, ohne zu klopfen, und stellte ein Tablett mit zwei herrlich duftenden Kaffees auf den Tisch. Eine Schale mit Pralinés stand daneben. Sie lächelte. »Die Truffes sind von mir, Ernst, zur Feier des Tages.«

»Wunderbar, Viola.« Er griff sich sofort eine schwarze Kugel und stecke sie in den Mund. »Greifen Sie zu, Herr Bollag.« Er nuschelte kauend. »Die sind ausgezeichnet.«

Bollag nahm ein Stück, biss ab, der Geschmack von Kakao und Cognac breitete sich in seinem Mund aus. Die waren wirklich gut, ebenso der Kaffee. »Ich habe im Prattler Anzeiger über Ihr neues Bremssystem gelesen. Ich nehme an, dass Sie den Zuschlag deswegen bekommen haben. Werden Sie die Bremsen in die Güterwagen einbauen?«

»Genau. Unsere K-Sohlen, so nennen wir unsere neuen Bremsen, haben …« Das Telefon auf dem Schreibtisch klingelte. Thommen hob entschuldigend die Finger der Linken und presste den Hörer an sein Ohr. »Das ist jetzt gerade ungünstig, Viola. – Aha. – Nein, nein, schon gut. Kann er warten? – Nein? Also gut.«

Thommen blickte Bollag ernst an, als ob ein Bundesrat persönlich in der Leitung wäre. »Ich würde Ihnen gerne alles über das Bremssystem erzählen, aber Sie sehen ja.« Er schwang den Hörer durch die Luft, kratzte sich am Ohr. »Wenn es Ihnen recht ist, wird Sie meine Sekretärin zu jemandem bringen, der das noch viel besser kann als ich.«

Bollag hatte nichts dagegen, und nach einem kurzen Gang durch das Bürogebäude stand er mitten in einem Wirrwarr aus Aktenschränken, Ordnern, Büchern und Papierstapeln. Vor ihm saß eine schlanke Frau mit kurzem, schlohweißem Haar. Die Fransen hingen Doris Lüthi keck in die Stirn.

28

Doris erkannte ihn sofort. Mittellange schwarze Locken, dunkelbraune Augen, dicke Augenbrauen, ein kantiges Kinn. Über eins achtzig groß, schwarze Lederschuhe, verwaschene Jeans, schwarzes Hemd und ein schwarzes Jackett, das sich über die Oberarme spannte. Es war der Mann, den Völlmin vor dem RCS-Gebäude verabschiedet hatte. Dieser Herr Bollag sah aus wie ein Basler Läckerli: hart und süß. Viola hatte ihn als Journalist vom Tagblatt vorgestellt.

Er blieb stehen, bis sie ihn mit einer Handbewegung zum Sitzen aufforderte. Wohlerzogen war er also auch. »Wie kann ich Ihnen helfen?«

Der Journalist nahm vor ihr auf dem zerschlissenen Polstersessel Platz. »Können Sie mir erklären, wie das neue Bremssystem funktioniert?«

Wieso war er hier?, fragte sich Doris. Hatte sein Besuch etwas mit Laval zu tun? Sie nahm die Lesebrille ab und rieb sich den Nasenrücken. »Verstehen Sie etwas von der Materie?«

Er winkte ab.

»Also gut. Güterwagen machen viel Krach, das haben Sie bestimmt auch schon gehört. Der Grund dafür sind die Bremsen. Heute haben die Bremsen Sohlen aus Gusseisen. Sie drücken von außen auf das Rad, das durch den Abrieb mit der Zeit uneben wird. Die holprigen Räder rattern auf den Schienen, was den Lärm verursacht.«

Er zückte einen Schreibblock und machte sich Notizen. »Fabrikneue Güterwagen machen also keinen Lärm?«

»Richtig, der kommt erst mit der Abnutzung. Da setzen wir mit unseren K-Sohlen an. Die bestehen aus Komposit-Materialien, das ist eine Verbindung aus Metallfasern und Kautschuk-Harzverbindungen. Sie gehen sehr schonend mit den Rädern um. Die K-Sohlen sind zwar teurer als die herkömmlichen Bremsen, sie halten dafür aber viel länger.«

Er schaute mit skeptischer Miene vom Block auf. »Und das funktioniert? Ich meine, ist das auch sicher?«

Mein Gott, das hoffte sie. »Nun ... RCS hat sich ja jetzt für unser System entschieden.«

Er studierte ihr Gesicht wie eine Straßenkarte. »Das ist keine Antwort auf meine Frage.«

Schlaumeier. Das wusste sie selbst. Sie hatte nicht einstimmen können in den Jubel, der am Morgen durch die Firma gegangen war. Champagnerkorken hatten geknallt,

Harassen mit Bier waren herumgetragen worden. Die Angestellten hatten den Zuschlag gefeiert. Doch Doris hatte ihren Verdacht nicht abstreifen können. Die verschwundenen Testergebnisse, falsche Zahlen in den Unterlagen, das Geschwafel von Ernst – das alles war zu auffällig und schwirrte unaufhörlich durch ihren Kopf. Und jetzt legte dieser Journalist den Finger auf den wunden Punkt. Waren die K-Sohlen wirklich sicher? Ja, so lange keine Beweise dagegen sprachen. »Das System ist sehr komplex. Wir haben ein Produkt, das gut funktioniert. Aber es wird mit den Jahren bestimmt noch besser werden.«

Er machte sich keine Notizen. »Wie hart war die Konkurrenz bei der Ausschreibung?«

»In der Schweiz gibt es keinen anderen Produzenten für diese Bremsen. Aber ich weiß, dass eine Firma aus Holland mit im Rennen war. Und zwei aus Deutschland.«

»Wer war bei RCS dafür zuständig?«

Was sollte diese Frage?, wunderte sich Doris. Sie wurde vorsichtig. »Sie wissen das längst. Ich habe Ihren Artikel über Marcel Laval gelesen.«

Sein Gesicht wirkte hart, in seinem Unterkiefer arbeiteten die Muskeln.

Also lag sie mit ihrer Vermutung richtig. »Sie sind gar nicht wegen der Bremsen hier.«

Er quittierte den Satz mit einem leichten Nicken, legte den Kugelschreiber auf den Notizblock. »Kannten Sie ihn gut?«

Doris rang mit sich. Sollte sie ihm etwas von ihrem Verdacht erzählen? Konnte sie ihm trauen? Einem Journalisten?

Aus dem Flur drang ein Johlen durch die Tür, im nächsten Moment wurde sie geöffnet, Erwin Kohler steckte seinen Kopf herein. »Doris, alle ... Oh, Entschuldigung. Ich will nur sagen, alle treffen sich unten in der Werkhalle. Ernst möchte ein paar Worte zur Belegschaft sagen.«

Sie brauchte Zeit zum Überlegen. »Komm ruhig rein.«

Er betrat das Büro, nickte Bollag zu, sah sie verunsichert an.

»Mein Kollege Erwin Kohler. Er ist der echte Experte für die K-Sohlen. Herr Bollag ist vom Tagblatt und interessiert sich dafür.«

Bollag stand auf und die beiden Männer schüttelten sich die Hände. Bescheiden winkte Erwin ab und deutete auf sie. »Glauben Sie ihr kein Wort. Niemand weiß mehr als sie.« Er hob zwei Finger zum Abschied. »Ich will euch nicht länger stören. Vielleicht sehen wir uns später.«

Doris wartete, bis Erwin draußen war. »Wo waren wir?« Bollag saß einfach da, ließ ihr Zeit, hielt die Stille aus. Hut ab. »Sie haben mich nach Marcel Laval gefragt. Ich kannte ihn ziemlich gut. Er hat uns bei der Entwicklung der K-Sohlen stark unterstützt.« Wie gerne sie mit jemandem offen reden würde.

»Wie schätzten Sie ihn ein? Was war er für ein Typ?«

»Sehr kompetent, freundlich, offen für neue Ideen. Es war ihm ein Anliegen, dass in der Schweiz weiterhin Güterwagen produziert werden. Ich habe gern mit ihm zusammengearbeitet.«

Seine Augen huschten durch das Büro. »Und in welcher Funktion, wenn ich fragen darf? Entschuldigen Sie, es ging etwas schnell im Büro von Herrn Thommen. Mir ist nicht ganz klar, was Sie hier eigentlich tun.«

Da war er nicht der Einzige. »Ich bin bloß das Mädchen für alles. Oder eher die Großmutter. Ich bin schon lange dabei und habe viele Entwicklungen miterlebt. Deswegen fragt man mich nach meiner Einschätzung.«

Er lächelte, seine Augen bildeten Fältchen. »Nach dem, was Ihr Kollege eben sagte, tönt das wie die Untertreibung des Jahres.« Er lehnte sich vor, legte die Arme auf das Pult. »Auch ich möchte Sie um Ihre Einschätzung bitten.« Sein Tonfall klang verschwörerisch, der Blick suchte eine Übereinkunft. »Was auch immer Sie mir sagen, bleibt unter uns. Ich verspreche, dass ich das nicht in einem Artikel verwenden werde.«

Doris spürte ein Brennen auf ihren Wangen.

»Glauben Sie, dass der Mord an Marcel Laval etwas mit seiner Arbeit zu tun haben könnte?«

Da war sie, die Frage, die sie sich selbst ununterbrochen stellte. War Marcel auf die gefälschten Ergebnisse gestoßen und deswegen umgebracht worden? Aber das würde heißen, dass Ernst … Nein, das war undenkbar. Auch wenn er gesagt hatte, dass er alles tun würde, um die Firma zu retten … Nein, es war absurd. Sie hatte keinerlei Beweise, sie konnte ihren Verdacht nicht einem Journalisten gegenüber äußern.

»Frau Lüthi?« Er sah ihr forschend ins Gesicht.

»Nein, das kann ich mir nicht vorstellen. Es ist mir ein Rätsel, wieso Marcel Laval umgebracht wurde.«

Er blickte sie nachdenklich an. »Sie haben keine Idee, kein Bauchgefühl?«

Und ob sie ein Bauchgefühl hatte. Ein ganz schlechtes. »Nein.«

Er schien ihren Gedanken zu lauschen und nickte leicht. Im nächsten Moment holte er sein Portemonnaie aus dem Jackett, nahm eine Visitenkarte heraus und legte sie auf den Tisch. Mit dem Kugelschreiber kritzelte er eine Nummer darauf. »Wenn Sie … wenn Sie etwas hören oder wenn Ihnen doch noch etwas einfällt, wäre ich dankbar für einen Anruf. Ich habe auch meine private Handynummer draufgeschrieben. Ich verspreche Ihnen, dass ich alle Informationen vertraulich behandeln werde.«

Sie nahm die Visitenkarte in die Hand.

Er stand schon auf, schaute ihr in die Augen. Sein Gesicht sagte ihr, dass er hart im Nehmen war und nicht schon bei leichtem Gegenwind umkippte. So einen Freund könnte sie jetzt brauchen.

Er streckte die Hand über den Tisch aus, hielt ihre etwas länger als nötig und verabschiedete sich mit einem Kopfnicken. »Ich finde allein hinaus, danke.«

Als sich die Tür hinter ihm geschlossen hatte, strich sie mit dem Daumen über die Visitenkarte. ›Rufen Sie mich an, wenn Ihnen etwas einfällt.‹ Darauf würde sie vielleicht zurückkommen.

29

Distanzen konnte der Jäger gut abschätzen. Wenn er die Augen eines Gegners noch sah, war dieser nicht weiter als 100 Meter entfernt. War ein Gesicht zu erkennen, waren es weniger als 200 Meter. Beine waren bis 400, Körper bis 500 und Bewegungen bis 600 Meter auszumachen.

Jetzt beobachtete er Arbeiter, die ein Floss auf dem Rhein in eine Bühne für ein Anti-Rassismus-Festival verwandelten. Er sah sie Kabel und Scheinwerfer tragen und schätzte die Distanz auf 520 Meter. Er drückte den Auslöseknopf des Lasergerätes, das einem Feldstecher ähnelte. Wenige Sekunden später hatte der Lichtstrahl die Entfernung exakt ausgemessen: 510,4 Meter. Von der Distanz her war der Schuss kein Problem.

Er war auf Erkundungstour und stand auf der Wettsteinbrücke in Basel. Auf der Bühne knapp vor der Mittleren Brücke würde der ›Puma‹ in acht Tagen eine Rede halten. Der Jäger hatte die Möglichkeiten für verschiedene Feuerstellungen erkundet, das Tram, die Velofahrer, die Fußgänger beobachtet, er war am Rheinufer entlangspaziert und hatte die Häuser unter die Lupe genommen. Der Auftritt des ›Pumas‹ war für 13.30 Uhr geplant, also wartete er bis 13.30 Uhr.

Er merkte sich den Stand der Sonne und die Länge der Schatten. Das Wetter war schön, der Kontrast zwischen Hell und Dunkel groß. Das würde die Sache etwas schwieriger machen. Er hoffte auf einen bedeckten Himmel am Tag des Anschlags.

Er ging über die Brücke, stieg hinunter zum Oberen Rheinweg. Zwei Stellungen kamen infrage, keine war optimal. Eine Position lag etwa 20 Meter über der Bühne auf einem Fassadengerüst, das für Malerarbeiten aufgebaut worden war. Bei einem Schuss von oben war die Abweichung der Kugel durch die Erdanziehungskraft schwer einzuschätzen. Zudem waren da noch zwei Bäume, zwischen denen der Schuss hindurch gehen musste. Das gefiel ihm nicht.

Die zweite Position auf einem Pfeiler unter der Wettsteinbrücke war besser, sie bot ein freies Schussfeld über das Wasser. Allerdings würde er den ›Puma‹ von dort aus nur im Profil zu sehen bekommen, was die Trefferfläche verkleinerte. Aus einer Distanz von 510,4 Metern war die Aufgabe schwierig, aber machbar. Eine Herausforderung.

Er ging den Uferweg hinab, setzte sich auf eine Bank und blickte über den Fluss zum Münster.

Was ihn hier aber am meisten störte, war der unberechenbare Wind. Für längere Zeit regte sich kein Lüftchen, doch dann wehte wieder eine Bö über den Fluss. Mit einem konstanten Wind kam er klar, die Abweichung konnte er berechnen. Böen jedoch waren der größte Feind jedes Präzisionsschützen. Nein, dieser Wind hier gefiel ihm ganz und gar nicht.

Alle Beobachtungen notierte er in seinem Einsatzbuch. Er hatte Skizzen der möglichen Feuerstellungen gezeichnet, Flusslauf, Häuser, Fenster, Straßen, Gebüsche, Mülltonnen und Bäume sowie die dazugehörenden Entfernungen eingetragen.

Schließlich war er die möglichen Fluchtrouten über die Brücke und durch die Gassen abgeschritten, hatte Parkplätze für ein Auto oder Abstellplätze für sein Motorrad gesucht, die Fahrpläne von Tram und Bus überprüft.

Er holte eine Kamera aus der Tasche und machte ein Foto vom Münster. Er war ganz der harmlose Tourist in Basel. Bei solchen Erkundungen gab er sich stets große Mühe, niemandem aufzufallen. Er verweilte nie zu lange am selben Ort, machte keine auffälligen Gesten und hütete sich davor, Selbstgespräche zu führen.

Vor allem aber hielt er sich an die wichtigste Regel für Präzisionsschützen: Er hielt sich nie an Orten auf, an denen er nichts verloren hatte. Also mied er Fabrikareale, private Grundstücke oder Treppenhäuser in Wohngebäuden.

Falls er sich für den Schuss wirklich in solch eine Stellung begeben müsste, würde er sich zuvor eine glaubwürdige Tarnung zulegen. Er würde sich in einen Elektriker verwandeln oder einen Polizisten.

Die Beschaffung von Informationen, das Studium von Karten und die Planung der Mission versetzten ihn zurück in die Zeiten, in denen er dank seiner außergewöhnlichen Fähigkeiten etwas Besonderes gewesen war. Die Ausbildung zum Präzisionsschützen in der Armee hatte er als Berufung empfunden. In der zivilen Welt hatte sich dieses Gefühl niemals eingestellt. Er hasste inkompetente Vorgesetzte, komplizierte Gespräche, undurchschaubare Beziehungen. In solchen Momenten sehnte er sich nach der geordneten Welt der Armee, wo die Regeln klar und einfach waren: Nur der Stärkste überlebte.

Er stand auf, steckte die Kamera weg und schlenderte den Rhein entlang.

Als er 40 geworden war, hatten sie ihm mit einem Handschlag für seinen Militärdienst gedankt, ein letztes Mal Suppe mit Spatz serviert und die Ausrüstung abgenommen. Aus und vorbei. Danach war er in ein tiefes Loch gefallen. Das alles war Jahre her, er hatte sich aufgerappelt und überlebt.

Doch die Erinnerung war nicht verblasst. Nun näherte sich endlich der Tag, an dem er ihnen alles zurückzahlen würde. Er würde eine klare Botschaft an die Unterdrückten in dieser Welt senden: Wehrt euch! Wenn nötig, würde er die Mission mit seinem Leben bezahlen. Der Gedanke ließ ihn ganz ruhig werden.

Das wäre die Sache wert.

30

Im Autobahnrestaurant in Deitingen nahm sich Bollag ein Schinkensandwich und ein Rivella aus dem Kühlregal, zahlte und wartete auf das Wechselgeld. Die junge Kassiererin brauchte neue Einfränkler und haute die Münzrolle etwas zu heftig auf die Kante des Tresens. Die Rolle brach und 50 Geldstücke verteilten sich über Tisch und Boden. Jugendlicher Übermut. In aller Seelenruhe sammelte sie die Münzen ein. Er las ein paar der Einfränkler auf, die vor seine Füße gerollt waren, und legte sie auf den Tresen.

Beim Regal mit den Zeitschriften stand ein Typ, der ein Magazin in der Hand hielt. Jeans, weiße Turnschuhe, blaues T-Shirt mit dem Logo des FC Basel, kurze schwarze Haare, Dreitagebart, Sonnenbrille. Er begutachtete den Hintern der Kassiererin, als sie unter den Tresen kroch. Den hatte er doch schon einmal gesehen, grübelte Bollag. Nicht irgendwann, sondern heute. Wann war das gewesen? Und wo? Im Kopf spulte er ab, was er am Morgen getan hatte. Der Film stoppte in Pratteln. Da war der Typ wieder, beim Parkplatz vor Thommen Rail. Er hatte auf einer Bank am Radweg gesessen und Zeitung gelesen.

Die Kassiererin legte das Wechselgeld auf den Tisch und lächelte verlegen. »Tut mir leid …«

»Kein Problem.« Er klaubte die Münzen vom Tisch.

Draußen auf dem Parkplatz stieg er in sein Auto. Im Rückspiegel sah er, wie der FCB-Fan gerade zu einem kleinen blauen Wagen schlenderte, irgendetwas Koreanisches, Hyundai oder Kia vielleicht. Diese Dinger sahen alle gleich aus.

Bollag hatte es eilig, sonst kam er zu spät nach Yverdon. Er fuhr auf die A 2 und bog wenig später auf die A 5 in Richtung Biel ab. Der Gewerkschafter Durand hatte sich zu einem Treffen bereiterklärt. Das Foto und der Artikel ließen darauf schließen, dass Durand ein Hitzkopf war. Den musste er mit Samthandschuhen anfassen. Die Frage war: Hatte er den Streik und die Auseinandersetzung mit Marcel so persönlich genommen, dass er ihn getötet hatte? Auch Doris Lüthi ging Bollag nicht aus dem Kopf. Die Frau wusste irgendetwas. Wie kam er an sie heran?

In der Innenstadt von Biel entdeckte er im Rückspiegel das koreanische Auto vom Parkplatz, es war ein paar Fahrzeuge hinter seinem Polo. Der Typ war ihm gefolgt. Wer zum Teufel war das?

Er fuhr den Bielersee entlang, kam wieder auf die Autobahn, vor ihm lag der Neuenburgersee, und mit jedem Kilometer wuchs sein Ärger. Verdammt noch mal, was wollte dieser Idiot? Bei der nächsten Gelegenheit würde er den Kerl zur Rede stellen. Er bremste ab, wollte den Koreaner zum Überholen zwingen, da bog der bei der Ausfahrt Neuenburg von der Autobahn ab. Bollag lehnte den Kopf gegen die Stütze und atmete ein paarmal tief durch. Mann, offenbar wurde er langsam paranoid.

30 Minuten später hatte ihn das Navi auf den großen Parkplatz beim Freibad von Yverdon geführt. Er blickte sich um, schön war es hier. Vor ihm lag die Badi, dahinter eine Tartanbahn, rechts Plätze für Tennis und Fußball und der Hafen. Alles lag auf engem Raum direkt am See. Beinahe wie Ferien.

Als Erkennungsmerkmal für das Treffen diente Bollags Auto, der Tagblatt-Schriftzug war nicht zu übersehen. Er blickte auf die Uhr, der ehemalige Gewerkschaftsführer war unpünktlich.

20 Minuten nach dem vereinbarten Termin fuhr ein dunkelgrüner Range Rover mit aufheulendem Motor auf den Parkplatz. Er stoppte kurz in der Einfahrt, beschleunigte wieder und hielt auf dem Parkfeld neben Bollag. Der Fahrer ließ das Autofenster herunterfahren. »C'est vous le journaliste?«

Bollag nickte.

Ein Mann wie ein Amboss, braun gebrannt, mit Bürstenhaarschnitt, stieg aus. Die Ärmel seines T-Shirts waren abgeschnitten, die Arme mit Tattoos bedeckt. Eines davon zeigte eine Bombe, das markante Erkennungsmerkmal der Grenadiere. Durand war in der Armee also bei der Elitetruppe gewesen. In der Hand hielt er ein Mobiltelefon und drückte ein paarmal auf dessen Tasten. »Parlez-vous français?«

»Un peu. Aber Ihr Deutsch ist bestimmt viel besser als mein Französisch.«

»D'accord.« Er hielt das Telefon in die Höhe. »Nur, damit das klar ist. Ich nehme unser Gespräch auf. Ich lasse mich nicht verarschen von Journalisten. Alors, was wollen Sie?« Sein Deutsch war ausgezeichnet, die Miene grimmig.

»Ich habe gelesen, dass Ihre Kollegen Sie abgewählt haben. Die Gewerkschaft schreibt in der Medienmitteilung, dass der Streik …«

»Mit dieser Medienmitteilung können Sie sich den Hintern wischen.« Er zeigte seine Zähne wie ein angriffslustiger Hund. »Angeschmiert haben sie mich. Am Abend vor der Wahl waren viele Stimmzettel bereits ausgefüllt.

Das hat mir ein Freund erzählt. Natürlich stand da nicht mein Name drauf … Was schauen Sie mich so an, glauben Sie mir etwa nicht?«

»Wieso sollte jemand Wahlzettel fälschen?«

Er wischte die Frage mit einer Handbewegung weg. »Sind Sie dumm? Das ist doch klar. Ich habe nicht gekuscht vor RCS, sondern denen meine Meinung gesagt. Das hat den Herren nicht gepasst, évidemment. Sie wollen jemanden an der Spitze der Gewerkschaft, den sie manipulieren können.« Er fuchtelte mit dem Telefon in der Luft herum. »Ja, und den haben sie jetzt. Ich bin sicher, dass da Geld geflossen ist. RCS hat jede Menge davon.«

Das stimmte zweifellos. »Sie glauben also, dass RCS hinter Ihrer Abwahl steht?«

Er warf beide Arme in die Luft. »Mais oui, wer denn sonst? Zu viele Arbeitskollegen haben mir geschworen, dass sie meinen Namen in die Urne gelegt haben. Alle waren überrascht von der Abwahl. Die Schweine von RCS haben ein ganz mieses Spiel gespielt.«

Bestimmt haben alle Kollegen Tränen vergossen. »Und Marcel Laval?«

Er ging von links nach rechts wie ein Tiger im Käfig. »Ah, Laval, ce salaud … Das war der Schlimmste von allen. Wenn es nach ihm gegangen wäre, hätten wir hier in Yverdon alle die Stelle verloren.« Er schlug mit der Faust auf die Kühlerhaube des Polos, ein dumpfer Knall hallte über den Parkplatz. »Der hat die ganzen Abbaupläne ja ausgearbeitet, dieses Schwein! Ich habe gelesen, dass er tot ist.« Er schnitt eine Grimasse. »Und jetzt all diese Lobeshymnen auf ihn, auf seine Leistungen. Das sind alles – wie sagt man?– des hypocrites?«

»Heuchler.«

»Absolument. Ich bin froh, dass er tot ist. Keine Träne weine ich dem nach. Der hat immer scheinheilig gelächelt, während er hinter dem Rücken die hohle Hand machte.« Er spuckte auf den Boden.

Bollag horchte auf. Nanu? »Was meinen Sie damit? War er bestechlich?«

»Naturellement. In der Gewerkschaft hört man so einiges. Die Kollegen in Basel erzählten von verschiedenen Aufträgen, die nicht korrekt vergeben wurden. Da bekamen die teuersten Angebote den Zuschlag. Oder Firmen ohne Erfahrung. Laval hatte immer seine schmutzigen Hände im Spiel.« Scharf sah er Bollag an. »Aber das schreiben Sie nicht in der Zeitung, verstanden? Sonst habe ich die Anwälte von RCS am Hals.« Er seufzte und lehnte sich gegen die Kühlerhaube, die Muskeln an seinem Bizeps zuckten.

»Sie selber waren sehr wütend auf Laval.«

»Natürlich war ich wütend. Schließlich ist er schuld … Attendez … Was ziehen Sie hier ab?«

Er steckte das Handy in die Gesäßtasche, trat zwei Schritte vor und drückte Bollag seinen Zeigfinger auf die Brust. »Versuchst du etwa, mir einen Mord anzuhängen? Ich warne dich. Bring so einen Scheiß nicht in deinem Blatt. Sonst reiße ich dir den Arsch auf.« Er tippte bei jedem Wort auf Bollags Brust.

»Fassen Sie mich nicht an.«

Durands Zeigfinger stoppte wenige Zentimeter vor Bollag. »Ist das eine Drohung, petit journaliste? Willst du mich verprügeln? Na komm, schlag zu.«

Bollag ballte die Hände zu Fäusten, starrte ihm in die Augen.

Durand blieb ein paar Sekunden drohend stehen, er zögerte, schien einer inneren Stimme zu lauschen und machte dann einen Schritt rückwärts. »Heute ist dein Glückstag.« Er ging zum Range Rover, hielt sich am Rahmen der offenen Fahrertür fest. »Du arbeitest beim Tagblatt, ja? In Liestal? Du lässt meinen Namen raus aus deiner beschissenen Mordgeschichte. Sonst werde ich dir die Fresse polieren.« Er stieg in das Auto. »Glaub mir, ich werde dich kriegen.« Mit quietschenden Reifen fuhr er davon.

Bollag setzte sich in den Polo und wartete, bis sich die Anspannung etwas gelöst hatte. Musste er die Drohung ernst nehmen? Bestimmt. War Durand zu einem Mord fähig? Vielleicht. Würde er den Namen aus der Geschichte heraushalten? Auf keinen Fall.

Er startete den Motor, fuhr quer über den Parkplatz und bog in die Straße ein, die ihn zurück zur Autobahn brachte. An der Ampel vor dem Bahnhof Yverdon entdeckte er im Rückspiegel einen blauen Koreaner. Er umklammerte das Lenkrad fest mit beiden Händen. »Dreh jetzt nicht durch.«

31

Neuenschwander putzte die Lesebrille mit einer Ecke seines Hemdes und starrte den Zettel auf seinem Schreibtisch an. Schließlich gab er sich einen Ruck und griff zum Telefon.

»Stampfli.«

»Äh, ja … Neuenschwander. Erinnern Sie sich? Vom Mühleisen. Sie haben mir gestern …«

»Ich weiß sehr gut, wer Sie sind, Herr Neuenschwander. Es freut mich, dass Sie anrufen.«

Ihre Stimme war warm. Er spürte ein angenehmes Kribbeln im Bauch, zeichnete Kringel auf den Notizblock neben dem Telefon. »Ich habe mir gedacht … Ich wollte fragen … äh …«

Sie lachte herzlich. »Und Sie sind wirklich Chef der Kriminalpolizei? Das wäre jetzt der Moment, wo Sie sagen könnten: ›Möchten Sie mit mir essen gehen? Irgendwann in den nächsten Tagen? Selbstverständlich lade ich Sie ein.‹ Und ich würde sagen: ›Das wäre sehr nett. An welches Restaurant hatten Sie gedacht? ‹ Darauf könnten Sie …«

»Gut, gut, ich habe verstanden.« Er grinste, lehnte sich zurück und entspannte sich. Er hatte sich nicht getäuscht: Sie war umwerfend. Er zog größere Kringel auf seinem Block. »Wie wäre es mit dem Restaurant Bad Schauenburg? Am Freitagabend um 19 Uhr?«

»Das würde mich freuen. Holen Sie mich ab? Ich habe kein Auto und das Bad Schauenburg ist etwas abgelegen.«

»Gerne. Aber wir müssen nochmals darüber diskutieren, wer wen einlädt. Ich habe schon mal gehört, dass emanzipierte Frauen heutzutage alles selber bezahlen wollen.«

Da war es wieder, das wohlklingende Lachen. Er konnte sie vor sich sehen, wie sie den Kopf in den Nacken warf, wie ihre Schultern bebten. »Da machen Sie sich keine Sorgen. Ich bin sehr altmodisch.«

Das wollte er doch hoffen.

Er legte auf, Jonas stand in der Tür und schüttelte den Kopf. »Mann, du hast wirklich ein Händchen für Frauen.«

Neuenschwander überging den Kommentar. »Hast du etwas Neues?«

Jonas kam ins Büro und setzte sich auf den Stuhl vor dem Schreibtisch. Die halbvolle Flasche Cola light stellte er auf die Tischplatte. »War das die Klassefrau aus dem Mühleisen? Ich hätte nicht gedacht, dass du bei der landen kannst. Obwohl, ein blindes Huhn …«

»Du meinst wohl, ich gehöre auf das Abstellgleis, was?« Er lächelte und deutete auf die Flasche. »Und wehe, du schüttest die Giftbrühe über meine Akten. Also, was gibt es Neues?«

»Moment.« Jonas setzte die Flasche an den Mund, leerte sie in einem Zug. »Das Casino bestätigt, was von Arx gesagt hat. Er war in der Nacht auf Montag dort, hat gepokert. Offenbar gibt es dafür ein paar Zeugen.«

»Keine Chance, dass er Zeit für den Mord hatte?«

Jonas zuckte mit den Schultern. »Der Manager weiß nicht genau, wann er gegangen ist. Er will noch den Dealer an seinem Tisch fragen. Das ist der Kartengeber. Aber selbst, wenn es zeitlich möglich wäre … Ich halte es für wenig plausibel. Wer macht schon eine Nacht lang durch, wenn er am nächsten Morgen jemanden umbringen will?«

»Jemand, der ein Alibi braucht. Von Arx hat gelogen. Er wusste sehr genau, wer Laval war. Deswegen will ich, dass du selber nach Baden fährst. Quetsch den Manager und diesen Kartengeber aus, befrag weitere Zeugen. Auch welche, die nicht direkt im Casino arbeiten. Finde heraus, ob das Alibi wasserdicht ist.«

Jonas nickte halbherzig und schraubte den Verschluss auf die leere Flasche, das Telefon klingelte. Neuenschwander nahm ab.

»Akim hier. Ich habe etwas, das dich interessieren wird. Kannst du in die Technik kommen?«

»Schon unterwegs.« Er legte auf.

Er griff sich das Jackett, das über seiner Stuhllehne hing. »Akim hat etwas gefunden. Wir sollen ins Labor kommen.« Im Gehen schlüpfte er in die Ärmel.

Jonas war einen halben Meter hinter ihm. »Egli hat dich gesucht. Er möchte wissen, wann wir die Pressekonferenz machen.«

Neuenschwander stöhnte. »Mist. Ich hatte gehofft, er würde es vergessen. Was hast du ihm gesagt?«

Sie gingen durch den langen Korridor, vorbei an den neusten Fahndungsplakaten, eine Sammlung beschlagnahmter Waffen war in einem Schrank ausgestellt. An einem Plastikcontainer stoppte Jonas und warf die PET-Flasche ein. »Dass wir daran arbeiten.«

»Gut. Versuch, ihn so lange wie möglich hinzuhalten.«

»Meinst du nicht, dass uns eine Medienorientierung weiterhelfen könnte?«

Er blieb vor dem Lift stehen, drückte den Knopf und drehte sich zu Jonas um. »Dass wir Zeugen suchen, steht schon in der Medienmitteilung. Wenn wir uns jetzt auch noch mit einem Hilferuf an die Öffentlichkeit wenden, sieht das nach Verzweiflung aus. Dann kommen die Verrückten aus ihren Löchern. Hellseher und Amateurdetektive. Wir haben keine Zeit für so etwas. Wir haben ein paar handfeste Spuren, denen gehen wir nach. Erst wenn sie im Sand verlaufen, will ich die Medien einschalten.«

Der Lift kam, sie betraten die Kabine und fuhren in das Erdgeschoss. Jonas legte den Kopf schief. »Ich weiß nicht. Ein ausgebildeter Scharfschütze mit Waffenschein und

Motorrad … Wir gehen von verdammt vielen Annahmen aus. Unser Täter kann durch viele Maschen geschlüpft sein.«

»Klar, wir wühlen mit bloßen Händen im Heuhaufen und hoffen, dass uns eine Nadel sticht. Gleichzeitig sorgen wir aber dafür, dass der Heuhaufen kleiner wird. Am Ende bleibt die Nadel übrig.« Hoffentlich.

Sie betraten das Erdgeschoss, er stieß die Schwingtür zur Kriminaltechnik auf, der Geruch von desinfizierenden Chemikalien stieg ihnen in die Nase.

Akim Oecal fuhr sich mit einer Hand durch die Haare, begrüßte sie mit einem Lächeln und ging voraus, seine glänzenden Schuhe quietschten auf dem Linoleum. Sie marschierten vorbei an Tischen, auf denen Gestelle mit Gläsern, beschriftete Flaschen und Pipetten standen, auf einem Herd köchelte eine Flüssigkeit, ein Haufen Erde lag daneben. Neben einem Pult an der Rückwand des Labors stand ein surrender überdimensionierter Computer auf etwas, das wie ein Kühlschrank aussah. Akim klopfte auf das Gehäuse des Rasterelektronenmikroskops. »Unser Baby hat gute Arbeit geleistet.«

Er setzte sich hin und bewegte die Computermaus, drei Monitore erwachten zum Leben. Er klickte ein paarmal und auf dem linken Bildschirm erschien ein Baumstamm. Jedenfalls sah es für Neuenschwander so aus.

Akim wies mit einem Kugelschreiber auf das Foto. »Das hier ist eine Faser, die wir im Wald bei Seltisberg gefunden haben. Es handelt sich um Jute, also ein natürliches Material.«

Neuenschwander ließ die Schultern hängen. »Das ist weit verbreitet. Die Faser könnte also überall herkommen.«

Akim schüttelte den Kopf. »Nicht diese hier. Normalerweise brennt Jute wie Zunder. Doch diese wurde mit FRP-103 behandelt. Das ist ein Spray, das die Jute feuerfest macht.«

Also doch kein gewöhnlicher Stoff. »Und wieso sollte das jemand tun?«

»Das ist genau der Punkt. FRP-103 wurde von der US-Armee entwickelt. Es sorgt dafür, dass bestimmte Kleider nicht so schnell brennen. Tarnanzüge zum Beispiel.«

Neuenschwander wollte etwas einwenden, doch Akim stoppte ihn mit einer abwehrenden Geste. »Ich weiß, ich weiß. Jute ist kein ideales Material für Tarnanzüge. Ziemlich schwer, man schwitzt schnell. Deswegen tragen Soldaten heute normalerweise Anzüge aus leichtem, synthetischem Material.«

Er klickte, auf dem mittleren Monitor erschien ein Gebüsch. »Das hier ist ein Soldat, der einen Ghillie-Suit trägt. Das ist ein spezieller Tarnanzug, der den Träger perfekt mit seiner Umwelt verschmelzen lässt. Auch für geübte Beobachter ist er kaum zu entdecken. Bis vor ein paar Jahren bestanden die meisten Ghillie-Suits aus Jute, heute gibt es auch dafür Hightech-Material. Diese Anzüge sind sehr beliebt unter Präzisionsschützen.«

Neuenschwander kratzte sich am Kinn. »Wie sicher bist du, dass wir es damit zu tun haben?«

»Sehr sicher. Denn wir haben noch einen zweiten Hinweis gefunden. Diese Faser hier wurde zur Tarnung dunkelgrün eingefärbt.«

Neuenschwander klopfte Akim auf die Schulter. »Gute Arbeit.« Er wandte sich an Jonas. »Jetzt müssen wir überlegen, was das für die Ermittlungen bedeutet.«

Oecal stand auf. »Wenn ich euch meine Meinung sagen darf?«

Neuenschwander nickte.

Oecal hob den Daumen. »Erstens. Konzentriert euch auf die Armee. Die Polizei verwendet keine Ghillie-Suits.« Der zweite Finger. »Wie gesagt, Ghillie-Suits aus Jute sind etwas aus der Mode gekommen. Ich denke, dass unser Schütze einen dieser alten Anzüge getragen hat.«

Neuenschwander massierte seinen Nacken. »Dann müssen wir einen Mann suchen, der nicht mehr im Dienst ist.«

Jonas' Mobiltelefon klingelte. Er nahm ab und verzog sich in eine Ecke. Akim lehnte sich gegen das Pult und hob noch einen Finger hoch. »Drittens. Unser Mann wird kaum mit dem Ghillie-Suit unterwegs gewesen sein. Das wäre viel zu auffällig, vor allem, wenn er tatsächlich ein Motorrad benutzte. Also hat er den Tarnanzug sehr wahrscheinlich in einer Tasche oder einem Rucksack transportiert. Dazu kam das Gewehr – selbst wenn es zerlegt war, ist es immer noch recht unhandlich. Mit all dem Gepäck ist er vielleicht jemandem aufgefallen.«

Komm du mir jetzt nicht auch noch mit einer Pressekonferenz, dachte Neuenschwander. Er blickte Jonas entgegen, der das Gespräch beendet hatte und mit großen Schritten auf sie zukam.

»Die Zentrale hat einen Anruf aus Seltisberg durchgestellt. Ein neuer Zeuge hat sich gemeldet.«

32

»Wir sammeln alles, was mit der Geschichte der Eisenbahn zu tun hat. Fachartikel, Plakate, Videos, Bilder, alte Protokolle und Beschlüsse.« Die hohe Stimme passte nicht zum breiten Berndeutsch des Mannes.

Das Schweizer Eisenbahnarchiv lag in einem Nebengebäude des Berner Bahnhofs, Bollags Blick fiel durch die breite Glasfront auf eine verkehrsreiche Straße. Der große Raum wurde dominiert von Regalen, die mit Schachteln vollgestopft waren. Der Inhalt war mit Schnörkelschrift darauf vermerkt.

Mit nervösen Gesten wies der Archivar hinter dem Tresen auf die zahlreichen Schränke hin, die im Saal verteilt waren. Er war ein Junge von vielleicht 25 Jahren mit verbissenem Gesichtsausdruck und einer kleinen Nase. Wie ein Hamster. Zwei Kugelschreiber, die in seiner Brusttasche steckten, hatten blaue Flecken auf dem Hemd hinterlassen.

Bollag blickte auf das Formular auf dem Tisch. »Und wie stelle ich eine Suchanfrage?«

Der Archivar tippte auf das Papier. »Sie füllen das hier aus, wir kümmern uns um den Rest.«

Bollag nahm sich ein Formular und schrieb *Thommen Rail* darauf, darunter *Gewerkschaft RailSwiss, Marcel Laval* und *Fabrice Durand*.

Auf dem Rückweg von Yverdon hatte er den Abstecher gemacht, zu dem ihm Alexandra, die gute Fee des Tagblatt-Archivs, geraten hatte. Denn in Bern schlummerten unzählige Dokumente über den Bahnverkehr in der Schweiz. Der blaue Koreaner war ihm die ganze Zeit dicht auf den Fersen gewesen, im Stadtverkehr hatte er ihn aber aus den Augen verloren. Er wandte sich an den Archivar: »Reicht das für eine Recherche? Oder brauchen Sie mehr Informationen?«

Der Hamster nahm das Formular und überflog es flüchtig. »Das dürfte reichen.« Er legte das Blatt in einen Eingangskorb auf den Tresen. Der Haufen darin war verdächtig groß.

Bollag setzte sich in den Empfangsbereich, nahm die Eisenbahn-Revue vom Tisch und blätterte darin. In der Rubrik ›Aktuell‹ blieb er an einer Nachricht hängen. Bei einer Testfahrt mit den neuen K-Sohlen von Thommen Rail hatte es laut dem Artikel eine Panne gegeben. Die Ursache werde von RCS untersucht. Interessant. War Doris Lüthi bei ihrem Gespräch deswegen so eigenartig gewesen?

Als er aufsah, war der Haufen im Eingangskorb noch immer gleich hoch. Der Mann sortierte Fotografien und legte sie in Schachteln ab, beschriftete diese mit schnellen Schriftzügen. Bollag ging zurück zum Tresen. »Habe ich etwas vergessen? Muss ich noch etwas ausfüllen?«

Der Hamster nahm das Blatt aus dem Korb. Seine Lippen bewegten sich leicht, als er die Einträge las. »Ach, die Telefonnummer fehlt noch. Die sollten Sie aufschreiben. Dann können wir Sie anrufen.«

»Wieso anrufen? Wie lange dauert denn das?«

»So ein bis zwei Wochen.«

Das durfte doch nicht wahr sein. Er schluckte schwer. »Hören Sie, ich heiße Bollag und bin Journalist beim Tagblatt. Ich brauche diese Informationen sofort.«

Der Hamster zuckte mit den Schultern. »Jeder kommt an die Reihe, wenn er dran ist.«

Bollag schaute sich um, außer ihnen war niemand in Sicht. »Aber hier ist doch gar …«

»Herr Bollag?« Ein Mann kam hinter einem Regal hervor und streckte die Hand aus. »Aebischer. Erinnern Sie sich an mich?«

Der Mann war schmal, hatte einen weiß gesprenkelten Bart und eine Metallbrille. Aebischer? Es dauerte einen Moment, bis es in seinem Hirn klickte. Martin Aebischer war Sprecher des Bundesamtes für Verkehr gewesen, Bollag hatte den Mann in seiner Berner Zeit verschiedentlich an Medienkonferenzen getroffen. Seit sie sich zum letzten Mal gesehen hatten, war er sichtlich gealtert. »Natürlich erinnere ich mich! Was machen Sie denn hier im Bahnarchiv?«

Aebischer wandte sich an seinen Kollegen. »Sämi, ich übernehme das … Ich bin weder jung noch dynamisch. Deswegen bin ich jetzt hier.«

Sie setzten sich auf die beiden Sessel im Empfangsbereich. Der ehemalige BAV-Sprecher erzählte vom neuen Amtsdirektor, der mit einem jungen, dynamischen Team hatte arbeiten wollen. Deswegen sei er auf ein Abstellgleis geschoben worden. »Wie kann ich Ihnen helfen?«

Bollag berichtete von Marcel Laval und den Recherchen, die er angestellt hatte. »Ich weiß nicht genau, was Sie hier alles ablegen. Aber der Mord an meinem Schwager könnte mit seiner Arbeit zu tun haben. Ich bin dankbar für jeden Hinweis.«

»Eine schreckliche Sache. Aber ich zweifle daran, dass wir hier so etwas haben. Bei uns finden Sie vor allem historische Unterlagen.«

Mist. Aber vielleicht war das Gedächtnis von Aebischer besser als das Archiv. »Kannten Sie ihn?«

»Ich habe ihn ein paarmal an Sitzungen getroffen. Er war ein …«, er suchte nach dem passenden Wort, »… interessanter Mensch.«

»Man hat mir erzählt, dass Marcel einige Feinde hatte.«

Aebischer zuckte mit den Schultern. »Wer in so einem großen Unternehmen Entscheide trifft, hat immer Feinde.« Er rieb sein Ohrläppchen zwischen Daumen und Zeigfinger, spitzte nachdenklich die Lippen. »Aber vielleicht … Moment, ich glaube, dass es bei Marcel Laval tatsächlich mal eine Geschichte gab … Geben Sie mir ein paar Minuten.«

Aebischer verschwand hinter den Regalen. Draußen vor dem Schaufenster kroch der Verkehr im Schritttempo vorwärts. Bollag schaltete sein Handy ein, vier Anrufe von Tanja Schneider in den vergangenen zwei Stunden. Etwas musste passiert sein. Er wählte ihre Nummer in der Redaktion.

»Verdammt, Bollag, wo steckst du?«

Er fasste kurz zusammen, was er den ganzen Tag gemacht hatte. »Und jetzt warte ich hier im Bahnarchiv.«

»Rieder hat zu einer Sitzung eingeladen. Das Thema ist Laval. Wir, Tele Nordwest, Radio Edelweiß, alle werden dabei sein. Wir treffen uns um sechs. Weißt du davon?«

Dieser Scheißkerl. »Nein.«

»Das habe ich mir gedacht.«

Er blickte auf die Uhr, es war 16.40 Uhr. Von Bern nach Liestal brauchte er eine Stunde, wenn er nicht im Stau stecken blieb. »Ich werde mich beeilen. Danke, Tanja.«

Sie schnaubte. »Rieder verderbe ich gerne den Spaß.«

Die nächsten Minuten saß er wie auf Nadeln, er wünschte sich eine Runde zu Hause am Boxsack. 16.50 Uhr zeigte Bollags Armbanduhr. Vor den Fenstern des Archivs war der Berner Verkehr komplett zum Stillstand gekommen, einige Autofahrer hupten entnervt.

Weitere zehn Minuten später trat Aebischer endlich hinter den Regalen hervor. Er wedelte mit einem dünnen Heft. »Entschuldigung, das hat etwas länger gedauert.« Er legte das Heft auf den Tisch: *Magnetfeldexposition der RCS-Angestellten*. »Das ist eine Studie, die vor ein paar Jahren gemacht wurde.«

Magnetfeldexposition? Was war denn das? Und was hatte das mit Marcel zu tun?

»Bevor Marcel Laval bei RCS in die Geschäftsleitung aufstieg, war er unter anderem für die Lokomotivführer zuständig. Einer von ihnen hatte Probleme am Arbeitsplatz. Er beschwerte sich häufig über Migräne und Schwindelgefühle im Führerstand. Einmal ist er bei der Arbeit ohnmächtig geworden. Zum Glück hat das Sicherungssystem funktioniert und den Zug automatisch gestoppt. Aber von dem Moment an war klar, dass er ein Sicherheitsrisiko darstellte. Er musste seinen Job aufgeben.«

Zum ersten Mal erfuhr Bollag etwas über den Aufstieg von Marcel bei RCS. Ausgerechnet jetzt, wo er es ziemlich eilig hatte. »Entschuldigen Sie, Herr Aebischer, ich bin etwas …«

»Ich komme gleich zum Punkt. Der Mann hieß Bruno Dettwiler. Er beharrte darauf, dass die elektromagnetische Strahlung in der Lok schuld war an seinen Gesundheitsproblemen. Er wollte eine Entschädigung und später sogar eine Rente. Laval hat das kategorisch abgelehnt. Es gab einen bösen Streit, die Sache hat vor Gericht geendet.

Dettwiler konnte natürlich nicht belegen, dass seine Probleme von der Lok her stammten. Er musste RCS ohne Entschädigung verlassen.«

»Und dieses Papier hier?« Bollag nahm das dünne Heft vom Tisch und blätterte darin.

»RCS hat diese Studie bei der Universität Bern in Auftrag gegeben. Das Unternehmen wollte im Hinblick auf weitere Verfahren beweisen, dass Dettwilers Anschuldigungen aus der Luft gegriffen waren. Doch sie deutet eher auf das Gegenteil hin.«

Bollag zog die Augenbrauen in die Höhe. »Dann hätte das Gericht aber für Dettwiler entscheiden müssen.«

»Vielleicht hätte es das, wenn die Studie zu Ende geführt worden wäre. Als die Resultate aber in die falsche Richtung deuteten, haben Laval und sein Chef Völlmin die Übung abgebrochen. Das hier«, er deutete mit der Hand auf das Heft, »lässt keinen wissenschaftlichen Befund zu. Die Universität Bern dachte, dass die Studie später vielleicht weitergeführt wird. Die Rohdaten waren interessant, deswegen hat man uns eine Kopie überlassen.«

Marcel, Marcel. »Ein Mann mehr, der wütend auf meinen Schwager war.«

»Dettwiler war mehr als nur wütend, Herr Bollag. Irgendwie muss er im Nachhinein von der halbfertigen Studie erfahren haben. Er hat geschworen, sich zu rächen.«

Bollag beugte sich vor. »Sind Sie sicher?«

»Lokführer halten zusammen wie Pech und Schwefel. Ein paar von ihnen sind in Kontakt mit Dettwiler geblieben, einer hat mir davon erzählt.«

»Wer ist das?«

Aebischer verzog das Gesicht. »Den Namen kann ich Ihnen nicht nennen, das wäre ein Vertrauensbruch.«

Mist. »Und Dettwiler? Komme ich an den heran?«

»Das sollte möglich sein. Soweit ich weiß, wohnt er ganz in Ihrer Nähe.«

33

Das Gesicht glich einer fast ausgereiften Tomate, der Bauch quoll über den Gürtel. »Sind Sie von der Polizei?« Hans Mohler redete hastig und gestikulierte dabei mit den Armen. Wie ein Dampfkochtopf unter hohem Druck schien er gleich zu platzen. »Ich hatte eigentlich Herrn Wagner erwartet. Er war gestern hier.«

Neuenschwander und Jonas zückten ihre Polizeiausweise und hielten sie Mohler unter die Nase. »Herr Wagner ist unterwegs. Sie haben uns angerufen?«

»So? – Ja, ich habe angerufen. Kommen Sie bitte herein.« Er ging ihnen mit Trippelschritten voraus durch den Flur, unterstrich seine Worte mit Handbewegungen. »Es ist wegen Richard, meinem Sohn. Er war zwei Tage auf einer Schulreise, ist heute zurückgekommen.« Mohler durchquerte die Küche, in der es nach Knoblauch und Essig roch. »Deswegen wusste ich gestern nicht ... Das tut mir leid ... Er hat vielleicht ... Kommen Sie bitte hier durch. Richard ist draußen. Mit Stefan, einem Nachbarsjungen. Schon wieder.« Er öffnete eine Tür, die zu einem geteerten Platz hinter dem Haus führte.

Neuenschwander hörte im Hof das Geräusch eines Balles, der auf den Boden prallte. Der Basketballkorb war über der Garage angebracht, darunter rangelten zwei Jugendliche um den Ball.

»Richard, komm mal bitte.«

Die beiden hielten inne und kamen mit wippenden Schritten herüber. Sie waren vielleicht 15 oder 16, die Hosen rutschten über ihre dürren Hintern, die Baseballmützen hatten sie zur Seite gedreht.

Der Vater stellte sie vor, die Jungs bemühten sich um lässige Posen.

Neuenschwander wandte sich an den Größeren von ihnen. »Also, Richard, du hast etwas beobachtet?«

Der Junge warf den Ball von seiner linken in die rechte Hand und zurück, sein Mund war umrandet von Pickeln. »Richie, ich heiße Richie.« Er sprach den Namen Englisch aus, der Vater stöhnte. »Und ich weiß nicht, was mein Alt…, was mein Vater will. Ich habe nichts Besonderes gesehen. Aber er macht immer gleich Stress.« Er bewegte den Kopf leicht in Jonas' Richtung, sein Freund Stefan prustete los. Es musste die neongrüne Krawatte sein.

Der Kopf des Vaters leuchtete wie eine Tomate. »Himmelhergott, kannst du dich nicht für fünf Minuten …«

Neuenschwander legte Mohler die Hand auf den Arm. »Warum lassen Sie uns nicht für einen Moment alleine? Trinken Sie einen Kaffee oder ein Bier. Wir schaffen das schon.«

Der Vater blickte von Neuenschwander zu seinem Sohn und zurück. Daraufhin verzog er sich in die Küche.

»Also, Richie, warum lässt du nicht uns entscheiden, ob es wichtig ist? Kannst du uns erzählen, was du gesehen hast?«

Der Ball flog von der linken in die rechte Hand und wieder zurück. »Na ja, ich hab diesen Typen gesehen, der da drüben wohnt. Ist der echt ermordet worden?«

Neuenschwander nickte. »Er wurde erschossen.«

»Echt krass … Also, ich hab ihn gesehen.«

»Wann war das?«

Links, rechts, links, rechts. »Am Sonntag … am Abend. Ich bin danach ins Haus, habe Transformers geguckt. Es muss fast acht gewesen sein.«

»Warst du alleine draußen?«

»Ja, Steve hier«, er deutete mit dem Daumen auf den zweiten Jungen und grinste, »musste heim. Seine Mami hat ihn gerufen. Musste für das Lager packen. Ich hab noch ein wenig gechillt und so … Dann bin ich auch rein.« Er rollte den Ball von Hand zu Hand. Rechts, links, rechts, links.

Mit einer raschen Bewegung griff sich Neuenschwander den Ball und klemmte ihn unter den Arm.

Richie blickte mit großen Augen erst auf seinen Ball, dann zu Neuenschwander.

»Gut, du hast also Marcel Laval gesehen. Und?«, hakte Neuenschwander nach.

»Laval … ja, so hieß der. Er kam aus dem Haus. Aber er war nicht alleine. Da war dieser zweite Mann … Ich meine, beide kamen aus dem Haus.«

»Das Haus, in dem Laval wohnte.«

»Genau … Ähm …« Er streckte die Hand aus. »Darf ich? … Ich kann mich sonst nicht konzentrieren.«

Neuenschwander gab den Ball zurück, Richie riskierte ein Lächeln in Richtung Steve und drehte den Ball zwischen seinen Fingern. »Es sah so aus … Ich meine … Die beiden hatten voll Stress miteinander … Sie waren laut …

Und sie haben Gesten gemacht. – Sie wissen schon ... etwa so –«, er ruderte mit den Armen in der Luft herum, »und mit den Fingern aufeinander gezeigt.«

»Hast du gehört, was sie gesagt haben?«

»Nein, die waren zu weit weg.«

»Und dann?«

»Na ja ... nichts ... Laval ist ins Haus gelaufen ... also ziemlich schnell, hat die Tür aufgerissen und zugeknallt und so ... Und der andere ist weggefahren ... Hat den Motor hochgedreht.«

»Hast du sein Kennzeichen erkennen können?«

»Sein Kennzeichen? Nö ...« Ein Lächeln breitete sich auf seinem Gesicht aus. »Aber die Maschine, die kenne ich. Eine BMW K 1300 S.«

»Ein Motorrad?«

»Klar. Ein geiler Töff.«

Jonas warf Neuenschwander einen Blick zu, Vater Mohler schob den Kopf aus der Küchentür. »Mit Motorrädern kennt sich Richard aus. Er hat Stapel mit Heften in seinem Zimmer. Und die Wände volltapeziert mit Bildern. Entschuldigung.«

Der Kopf zog sich zurück, Richie deutete mit dem Daumen auf Steve. »Wenn wir beide 18 sind, dann machen wir die Töffprüfung und kaufen beide einen. Aber keine BMW. Ich will eine Ducati. Dann cruisen wir quer durch Europa.«

Steve nickte mit ernster Miene. »Voll geil.« Die beiden stießen die Fäuste zusammen.

Und wie wollten die Jungs das bezahlen? Mit Profi-Basketball? Neuenschwander holte Luft. »Gut, Richie. Sehr gut. Kannst du uns noch etwas zum Mann mit dem Motorrad sagen?«

»Na ja … ich weiß nicht, wie der heißt oder so. Aber ich hab den schon ein paarmal hier gesehen. Der Töff stand oft vor dem Haus drüben. Und der Typ war nett.«

Neuenschwander zog die Augenbrauen zusammen. »Du kennst ihn?«

»Ja … also, nein. Ich hab einmal mit ihm gequatscht … über den Töff und so. Was er bezahlt hat, wie viel PS und so … Das war nicht so ein blöder Verpiss-dich-Typ … Ich meine … Der war echt nett.«

»Kannst du ihn beschreiben?«

Er blies die Wangen auf. »Beschreiben … Ich weiß nicht … Das ist nicht so mein Ding. Das sagt auch meine Zeichnungslehrerin.«

Er grinste Steve an, spielte ihm den Ball zu. Dieser machte ein paar Schritte und warf den Ball gekonnt in den Korb. Er holte den Ball, warf ihn zurück zu Richie, schlenderte herüber. Die beiden Jungs klatschten ab.

Neuenschwander wedelte mit der Hand und zog ihre Aufmerksamkeit wieder auf sich. »Richie, konzentrier dich bitte, das ist wichtig. Wie groß war er, welche Farbe hatte sein Haar, war er dick oder dünn, trug er eine Brille? Alles kann uns helfen.«

Richie starrte den Ball an und begann dann, zu dribbeln. Plonk, plonk, plonk. »Oh, Mann … Also … Das ist echt schwierig …« Er hielt den Ball zwischen den Händen fest. »Würde es helfen, wenn ich Ihnen ein Foto zeige?«

»Du hast ein Foto von dem Mann?«

»Also … Ich nicht … Aber ich hab grade erst eins gesehen … in der Zeitung.«

34

»Habe ich etwas verpasst?« Ohne anzuklopfen, platzte Bollag um 18.10 Uhr in das Sitzungszimmer. Rieder saß zurückgelehnt am Kopfende des Tisches und unterbrach, was immer er getan hatte. Neben Tanja hatten Michael Lipp und Stefanie Gyr vom Tagblatt Platz genommen, dazu kamen Andy Küng von Tele Nordwest und Claudia Leuenberger von Radio Edelweiß. Sie sahen aus wie Börsenhändler in den braunen Ledersesseln am schwarz lackierten Konferenztisch. Und dazu dieser schreckliche rote Spannteppich.

Rieder sah ihn verdutzt an und schluckte. »Bollag … Gut, dass du es geschafft hast.« Er musterte Tanja böse, sie sah ihn nicht an.

Bollag setzte sich Rieder gegenüber ans Kopfende des Tisches. Er öffnete seine Umhängetasche, nahm die Studie heraus und legte sie vor sich auf den Tisch.

Die Muskeln in Rieders Unterkiefer bebten. »Wie ich bereits gesagt habe, Laval ist das Topthema im ganzen Land. Der Mord ist vor unserer Haustür passiert. Das heißt, dass wir besser sein müssen als die Konkurrenz. Was das Tagblatt bis jetzt geleistet hat, war ganz ok, aber mehr nicht. Ich verlange deutlich mehr.«

»Ich bin nicht deiner Meinung.« Tanja tippte mit dem Finger auf den Tisch, ihre Armbänder klimperten. »Wir liegen ganz klar in Führung. Gestern hatten wir den Namen von Laval, heute die Geschichte mit dem Einbruch in seine Wohnung. Beides hatten wir exklusiv, alle anderen Medien mussten nachziehen.«

»Einbrüche haben wir jeden Tag in der Zeitung, das ist nun wirklich nichts Besonderes. Ich bezweifle sowieso, dass er etwas mit dem Mord zu tun hat.«

»Quatsch, das liegt …«, wehrte sich Tanja.

Rieder schnitt mit der Hand durch die Luft. »Das hier ist keine Diskussionsrunde. Ich erwarte Vorschläge für Geschichten. Also, woran arbeitet ihr?« Er schaute einen nach dem anderen an, ignorierte Tanjas verärgerte Miene.

Michael kritzelte auf seinen Block, Esther sah zum Fenster hinaus, die übrigen Kollegen inspizierten die Wände.

»Verdammt noch mal«, rief Rieder aus. »Also gut. Da draußen ist ein Killer unterwegs. Ich will, dass Tele Nordwest eine Straßenumfrage macht. Ich will wissen, ob sich die Bevölkerung noch sicher fühlt im Stedtli.«

Eine Straßenumfrage? Bollag hätte schreien können.

TV-Sternchen Küng, Liestals Antwort auf Brad Pitt, nickte so eifrig, dass eine lange Haarsträhne in sein Gesicht fiel. Er strich sie mit der rechten Hand aus den Augen, während er sich mit der linken Notizen machte.

»Und wenn ich das nächste Mal ein Brainstorming einberufe, dann erwarte ich konkrete Vorschläge.« Rieder lehnte sich zurück, warf den Kugelschreiber auf den Tisch. »Was ist mit dir, Bollag?« Er schnaubte verächtlich. »Hast du eigentlich gearbeitet heute? Oder hast du dir einen freien Tag gegönnt?«

Idiot. »Ich habe einen Aufhänger für morgen.«

Rieder verzog den Mund. »Ach ja? Und was steht da drin?«

»Thommen Rail hat einen Großauftrag von RCS bekommen. Ich habe mit dem Firmenchef gesprochen und …«

Rieder stöhnte, streckte beide Arme seitwärts aus. »Das ist alles? Dafür warst du einen Tag unterwegs? Das sind nun wirklich keine News mehr.«

»Doch. Denn Marcel Laval war verantwortlich für das Auswahlverfahren. Er hat die Tests geleitet, das war sein wichtigstes Geschäft in den vergangenen Wochen. Ohne Laval hätten sie den Zuschlag nie bekommen, sagt Thommen Rail.«

Rieder öffnete den Mund, doch Bollag ließ ihn nicht zu Wort kommen.

»Lass mich jetzt ausreden, sonst sitzen wir in einer Stunde noch hier.«

Rieder setzte erneut zum Protest an, besann sich jedoch eines Besseren.

»Zweitens habe ich einen Gewerkschafter in Yverdon, der Laval gehasst hat. Vielleicht erinnert ihr euch an den Streik in der RCS-Werkstätte. Laval war der entscheidende Mann, der die Sparpläne ausgearbeitet hatte. Er hat sich dort eine Menge Feinde gemacht. Dazu gibt es übrigens gutes Bildmaterial. Ich denke, dass wir das vom ›Blick‹ bekommen können. Und dann habe ich das hier.« Er deutete auf das dünne Heft, das vor ihm auf dem Tisch lag. »Laval hat eine Studie zum Thema Elektrosmog am Arbeitsplatz in Auftrag gegeben. Die ersten Resultate waren offenbar alles andere als schmeichelhaft für RCS. Deswegen hat Laval die Studie abgebrochen. Das alleine wäre schon eine gute Story.«

»Und diese Studie ist echt? Woher hast du sie?«

Vergiss es. Bollag faltete die Hände auf dem Tisch und blickte Rieder direkt in die Augen. »Für die Quelle lege ich meine Hand ins Feuer.«

»Dein mangelndes Urteilvermögen hat diese Zeitung

schon einmal in große Schwierigkeiten gebracht. Ich will wissen, von wem du die Studie hast.«

»Das behalte ich für mich. Ich möchte nicht, dass der Name des Informanten wieder im Rotary Club die Runde macht.«

Rieder sprang auf, der Sessel schoss nach hinten und krachte gegen die Wand. »Was erlaubst du dir?«

»Dafür habe ich gute Zeugen. Soll ich die auch nennen?«

Rieder drohte mit dem Finger. »Glaube nicht, dass ich das vergesse, Bollag.« Er schob seine Blätter zusammen und starrte auf einen unbestimmten Punkt. »Macht euch an die Arbeit.«

Rieder marschierte mit erhobenem Kopf und geröteten Wangen aus dem Sitzungszimmer und durch den Newsroom. Bollag sah ihm durch die Glaswand nach. Es herrschte eine gedrückte Stimmung, als die Kollegen leise ihre Notizblätter zusammenpackten und aufstanden. Am Ende blieben nur Tanja und Bollag übrig.

Sie stand auf, setzte sich neben ihn und schaute ihm ins Gesicht. »Diese Insubordination kann dich deinen Job kosten.« Sie lächelte schief.

»Solche Fremdwörter darfst du beim Tagblatt gar nicht verwenden. Wir sind eine Regionalzeitung. Rieder findet, dass unsere Leser so etwas nicht verstehen.«

»Nur, weil er sie selber nicht kennt.«

Er hielt einen Finger vor ihr Gesicht. »Du solltest dich nicht über deinen Chef lustig machen. Er wird noch hier sein, wenn ich schon lange Geschichte bin. Als Chefredaktor.«

Sie stieß ihn mit dem Ellenbogen an. »Und du?«

»Meine Chancen auf den Posten sind im Moment suboptimal.«

Sie legte ihm die Hand auf den Arm. »Lass deine Sprüche, Bollag. Was wird aus dir? Du kannst dich nicht jeden Tag mit Rieder anlegen, er sitzt am längeren Hebel. Oder ist das so ein Ding zwischen Männern, das ich nicht verstehe?«

Bollag fuhr sich mit beiden Händen durch die Haare. Er verstand es selbst nicht. »Es geht einfach mit mir durch, wenn ich den Typen bloß sehe … Aber letztlich spielt es keine Rolle, meine Zeit hier läuft so oder so ab. In diesem Newsroom werde ich wahnsinnig, Tagblatt online kotzt mich an. Solange ich Exklusivstorys liefere, werden sie mich nicht feuern. Aber Rieder wartet nur auf einen Fehltritt. Bis ich den mache, werde ich bestimmt nicht kuschen vor diesem Arsch.«

»Wie du meinst.« Tanja zuckte mit den Schultern. »Und was ist mit dem Mordfall?«

»Was ich erfahren habe, wirft ein ganz neues Licht auf Marcel. Er hat sich viele Feinde gemacht, konnte große Mengen Geld bewegen …« Bollag stand auf und ging zu einem Flipchart. Er nahm sich einen Filzstift.

Tanja lehnte sich zurück und faltete die Hände hinter dem Kopf. »Bitte jetzt keine Lehrernummer.«

»Ich versuche bloß, meine Gedanken zu ordnen. Hilfst du mir?«

Sie beugte sich vor, legte die Ellenbogen auf den Tisch. »Also gut, wer kommt für den Mord an Laval infrage?«

»Da fallen mir eine ganze Menge Leute ein. Die unterlegenen Konkurrenten bei der Ausschreibung für die Lokomotiven, ebenso bei der Sanierung der Güterwagen. Der Gewerkschafter in Yverdon.« Er schrieb Stichworte auf den Flipchart. »Möglicherweise wurde Marcel in den letzten Tagen von einer Frau aus Häfelfingen beobachtet. Ihr

Auto wurde jedenfalls mehrmals vor seinem Haus gesehen. Die Frau kämpft gegen Mobilfunkantennen. Diese Sache mit der Strahlung ...«

Er ging ein paar Schritte, blieb stehen, klopfte mit dem Filzstift auf seine Lippen. »Marcel hat einen Lokomotivführer entlassen, der auch unter Strahlung litt ...«

Tanja griff nach der Studie. »Kennen sich diese Antennengegnerin und der Lokführer?«

»Das frage ich mich auch. Wenn die sich kennen, gäbe das eine explosive Mischung.« Der Verschluss des Filzstiftes flog weg und Bollag hatte einen chemischen Geschmack auf der Zunge. Er wischte sich über den Mund, der Handrücken war grün. »Ich hoffe, das steht mir.«

Tanja lachte. »Sieht etwas billig aus. Dunkelrot wäre besser.«

Es war schön, mit ihr hier zu sein, herumzualbern. Was in aller Welt empfand er bloß für diese junge Frau? Bollag nahm ein Taschentuch aus der Hosentasche und wischte damit nachdenklich über seine Lippen. »Ich muss mit diesem Lokführer reden.«

35

Das 14er Tram leuchtete in der Dunkelheit wie ein Weihnachtsbaum. Niemand stieg an der Haltestelle Kästeli ein oder aus. Doris Lüthi beobachtete durch ihr Bürofenster, wie es beschleunigte und verschwand.

Sie ging zur Tür, öffnete sie leise und horchte. Kein Laut. Vor einer guten Stunde waren die letzten Kollegen verschwunden. Es war bestimmt niemand mehr in der Firma. Trotzdem …

Sie huschte in den Flur, ihre Schuhe klapperten auf den Fliesen. Zu laut. Sie zog sie aus und ging die Wand entlang auf Strümpfen weiter. Nur das Licht aus ihrem Büro warf noch einen leichten Schimmer in den Flur. Egal. Sie hätte den Weg auch mit geschlossenen Augen gefunden. Nach über 50 Jahren im dritten Stock kannte sie jeden Nagel an den Wänden, jeden Riss auf dem Boden. Vor der Tür zum Direktionszimmer blieb sie stehen, horchte noch einmal in die Gänge. Sie hörte es plötzlich überall knacken, surren und rauschen. Aber da war nichts, was nicht hierher gehörte. Leise drückte sie die Türklinke.

Die Tür bewegte sich nicht. Sie drückte die Klinke erneut, rüttelte daran. Abgeschlossen, tatsächlich. Dabei schloss Ernst sonst nie ab. Außer damals, als er seiner neuen Sekretärin einen Brief diktiert hatte … Anschließend war sie mit gesenkten Augen und falsch zugeknöpfter Bluse hinter ihren Schreibtisch geschlichen. In diesem Moment hatte Doris gewusst, dass ihre Affäre mit Ernst zu Ende war. Aber warum hatte er jetzt die Tür verriegelt?

Doris biss sich auf den Daumennagel und schlich zurück in ihr Büro. Dann hatte sie eine Idee. Sie öffnete die Schubladen ihres Schreibtisches. Irgendwo musste doch … Da, ganz unten, ganz hinten – der Zweitschlüssel. Er stammte noch aus der Zeit, als sie die Assistentin von Ernst Senior gewesen war. Er hatte ihr den Schlüssel zur Aufbewahrung anvertraut.

Eilig ging sie zurück zu Ernsts Büro. Der Schlüssel passte. Es brauchte nur ein bisschen Kraft, um ihn im

Schloss zu drehen. Mit einem lauten Knacken schob sich der Riegel zurück. Sie drückte die Klinke und steuerte schnurstracks auf den Tresor in der Ecke hinten links zu.

Als sie am Schreibtisch vorbeikam, knipste sie die Lampe darauf an. Vor dem Tresor ging sie in die Hocke und betrachtete das Tastenfeld. Dieses moderne Ding mit der elektronischen Sicherung hatte Ernst vor ein paar Jahren gekauft. Zuvor hatte er sich immer wieder über das Ungetüm geärgert, das noch sein Großvater angeschafft hatte. Dessen mechanisches Zahlenschloss war so fein eingestellt gewesen, dass es bei leicht zittrigen Händen mehrere Anläufe brauchte, um die Tür zu öffnen. Nun diente der alte Tresor seiner Tochter als Schmuckschatulle.

Sie tippte die Zahlen 1, 4 und 19 ein und versuchte den Tresor zu öffnen. Ohne Erfolg. Wie war das möglich? Sie wiederholte die Prozedur, das Ergebnis blieb das Gleiche. »Er hat den Code doch nicht verändert. Unmöglich.«

Doris setzte sich auf den Boden. Ernst war ein Familienmensch, der viel auf Traditionen gab. Nie im Leben würde er einen anderen Code verwenden als den, den sich sein Großvater ausgedacht hatte. Am 1. April 1919 war die Firma gegründet worden, so war die Zahlenkombination entstanden. Zum Öffnen des alten Tresors waren vier Ziffern nötig gewesen. Vermutlich war das neue Modell besser gesichert. Also vielleicht fünf oder sechs Stellen …

Ein lautes Knacken im Flur – Doris zuckte zusammen. Alle nächtlichen Geräusche waren ihr vertraut, doch dieses kannte sie nicht, es gehörte nicht hierher. Eisige Kälte erfasste sie. Doris stand auf, sprintete zur Bürotür, lauschte hinaus. Waren es doch die Heizungsrohre gewesen? Oder war da jemand? Sie blieb eine Weile bewegungslos stehen. Nichts regte sich. Mein Gott, sie war zu alt für so etwas.

Wieder am Tresor bückte Doris sich zum Schloss. Sie durfte nicht zu viele Fehlversuche machen. Es gab bestimmt eine Sicherheitsfunktion. Also gut, den alten Code auf sechs Zahlen erweitern, hieße: 0-1-0-4-1-9. Sie tippte die Ziffern ein.

Ja! Das rote Licht sprang auf grün. Sie drehte den Hebel und die Tresortür öffnete sich. Ein paar Bündel Euro und Dollar, diverse Heftordner, eine Uhr und goldene Manschettenknöpfe lagen drin. Sie griff nach den Ordnern, blätterte sie durch.

»Na bitte.« Der dritte enthielt, was sie gesucht hatte: die Testergebnisse, feinsäuberlich nach Datum abgelegt. In einem Plastikmäppchen hinten im Ordner steckte eine CD ohne Beschriftung.

Sie ließ den Tresor offen stehen, verließ das Direktionszimmer und huschte zurück in ihr Büro. Dort schlug sie den Ordner auf und ging die Zahlenreihen durch. Ja, das waren die Ergebnisse, die sie kannte. Alles war in bester Ordnung. Und jetzt?

Sie legte die CD in das CD-Laufwerk ihres Laptops. Sekunden später erschienen zwei Ordner auf dem Bildschirm. Sie öffnete einen davon, er enthielt verschiedene Excel-Dokumente, nach Datum geordnet. Doris klickte auf eine Datei, in der weitere Zahlenreihen zum Vorschein kamen. Sie beugte sich weiter zum Bildschirm vor. Ja, diese Tabellen hatte sie in Lavals Büro gesehen. Sie erkannte sofort, dass es hier Abweichungen gab.

Doris nahm den Ordner in die Hand, ging die Reihen systematisch durch und verglich die Zahlen auf dem Papier mit denjenigen auf dem Bildschirm.

Laut den Papieren im Aktenordner hatten die Bremsen alle Tests mit Bravour bestanden. Die Messdaten auf dem Bildschirm sagten etwas anderes. Bei Nässe und großer Belastung hatte es Probleme gegeben, einige Aussetzer waren verzeichnet worden. Keine dramatischen Ausfälle, aber trotzdem. Das mussten die Originalunterlagen sein.

Ihr war sofort klar, was das bedeutete. Diese Bremsen durften so nicht in den Verkauf gehen, das Risiko war viel zu hoch. Es waren weitere Tests und Verbesserungen nötig. RCS würde das Geschäft abblasen, was das Aus für Thommen Rail bedeutete. 120 Menschen würden ihre Arbeit verlieren.

Wollte sie dafür verantwortlich sein? Bestimmt nicht. Doch die Erinnerung an die Testfahrt und das lähmende Entsetzen, das sie empfunden hatte, ließen ihr keine Wahl. Sie konnte nicht zulassen, dass Menschen in Gefahr gerieten.

Was jetzt? Die Polizei könnte sie kaum informieren. Ernst war ein guter Bekannter von Polizeidirektor Jauslin. Und überhaupt. Waren diese Excel-Dateien Beweis genug? Doris war sich nicht sicher. Und wieso kaufte RCS die Bremsen, obwohl Laval von den Problemen gewusst hatte? Hatte ihn Ernst deswegen umgebracht? Ernst – ein Mörder? Das konnte sie nicht mehr völlig ausschließen.

Sie schaute auf den Bildschirm, da war noch der zweite Ordner. Sie öffnete ihn, er enthielt vier MP3-Dateien. Musik? Sie klickte auf eine davon, das Tuten eines Telefons, eine Stimme am anderen Ende, dann Ernst. Er unterhielt sich mit einem Mann. Wieso hatte er Anrufe mitgeschnitten?

Sie saß da, hörte zu, der Raum schien sich mit Wasser zu füllen, sie bekam keine Luft mehr. Sie klickte auf die übrigen Dateien, erfasste nach und nach die ganze Geschichte. Doris war wie vor den Kopf gestoßen. Wie in aller Welt hatte es so weit kommen können?

Eine leichte Panik ergriff Doris. Das war alles viel zu groß für sie, darüber musste sie gründlich nachdenken.

Sie kopierte die Dateien auf ihren Memorystick, brachte die Unterlagen zurück ins Direktionszimmer, schloss den Tresor und ging in ihr Büro, wo sie den Laptop ausschaltete.

Sie fuhr zusammen. Da war es wieder, das Geräusch im Flur. Die Härchen auf ihrem Arm stellten sich auf. War jemand im Gebäude?

Ihre Panik wuchs. Sie musste schnellstens raus hier. Doris packte alles in ihre Tasche, löschte das Licht.

Moment. Im Türrahmen drehte sie sich nochmals um, huschte zurück zu ihrem Tisch und griff nach der Visitenkarte, die darauf lag.

36

»Eine Hausdurchsuchung? Bei André Völlmin, dem Chef von Rail Cargo Switzerland? Bist du verrückt?« Mit der einen Hand rückte Egli die Brille auf seiner Nase zurecht, mit der anderen lockerte er den Krawattenknoten.

Alle schauten Neuenschwander an. »Der Junge hat ihn klar identifiziert, da gibt es keinen Zweifel.« Der Mittwochabend war bereits weit fortgeschritten, sie saßen im

Büro von Polizeichef Egli. Neuenschwander und Jonas hatten rechts vor dem großen Schreibtisch Platz genommen, links Staatsanwältin Judith Affolter.

Es hatte eine Weile gedauert, bis Richie Mohler das Foto im Altpapier gefunden hatte. Der Mann darauf war André Völlmin gewesen. Der Junge hatte keinen Zweifel gehabt, dass er es gewesen war, mit dem Laval gestritten hatte. Die Soko hatte sich sofort an die Arbeit gemacht und so viele Informationen über den Chef von RCS zusammengetragen wie möglich.

Affolter klopfte mit ihrem Kugelschreiber rhythmisch auf den Schreibblock, den sie auf ihren übergeschlagenen Beinen balancierte. Sie war eine dieser gradlinigen jungen Frauen, die Kinder und Karriere irgendwie unter einen Hut brachten. »Was haben Sie sonst noch?«

»Unser Zeuge hat einen Streit am Sonntagabend beobachtet. Am nächsten Morgen wurde Laval erschossen.« Er hielt ein Blatt in die Höhe, es war ein Ausdruck der Motorfahrzeugkontrolle. »Völlmin ist als Halter einer BMW registriert, eine große Maschine. Frische Spuren einer solchen Maschine haben wir in der Nähe des Tatortes gefunden.« Das nächste Blatt. »Zudem besitzt er zwei Waffen, eine Pistole, eine Glock 17, und ein Sturmgewehr 57.«

Sie machte sich Notizen. »Woher hat er die Waffen?«

»Die Glock 17 hat er in einem Basler Waffengeschäft gekauft. Das Sturmgewehr durfte er behalten, als er ausgemustert wurde.«

Sie wippte nervös mit ihrem Fuß. »Könnte er Laval damit umgebracht haben?«

»Theoretisch ja.«

Sie blickte auf, ließ sich nichts vormachen. »Aber …?«

Neuenschwander fuhr sich mit der Hand über das Gesicht. »Na ja … Das Kaliber stimmt, 7,62 … Und das Sturmgewehr 57 ist eine zuverlässige Waffe, auf 300 Meter ziemlich präzise. Laval wurde aber aus 600 Metern getötet. Mit einem einzigen Schuss. Wir haben unseren Kriminaltechniker dazu befragt. Er meint, dass dafür eine Spezialwaffe nötig sei.«

Affolter klopfte weiter mit dem Kugelschreiber, ein klassischer Takt. Ihr Fuß wippte fortlaufend dazu. Auf Aktenschränken hinter ihr waren Eglis gesammelte Werke aufgereiht. Gesetzesbücher und Nachschlagewerke standen in Reih und Glied. Der Raum war nüchtern, keine Diplome, keine Fotos. Ganz Egli.

Schließlich seufzte Affolter. »Es tut mir leid, aber das ist mir alles noch zu dünn. Das reicht nicht für einen Durchsuchungsbefehl … Und für einen Haftbefehl schon gar nicht.«

»Ich bin der gleichen Meinung.« Egli nickte. Mit dem dünnen Haar, dem kantigen Gesicht und der randlosen Brille glich er einem Aktenschieber. Das kam der Wahrheit ziemlich nahe, denn der Jurist war als Quereinsteiger zur Polizei gekommen. Neuenschwander hatte damals größte Bedenken gehabt. Doch Egli machte seine Sache gar nicht so schlecht. Außer in Momenten wie diesen.

Egli unterstrich seine Worte mit dem Zeigfinger. »André Völlmin ist nicht irgendwer. Stellt euch den Skandal vor, wenn wir sein Haus durchsuchen und nichts finden.«

Noch gab sich Neuenschwander nicht geschlagen. »Und was ist mit dem Streit, den unser Zeuge beobachtet hat?«

Affolter winkte ab. »Völlmin war Lavals Chef, die können über Kopierpapier oder eine Spesenabrechnung gestritten haben. Falls es überhaupt ein Streit war. Vielleicht hat der Zeuge das Ganze falsch eingeschätzt. Ein Anwalt würde ihn in der Luft zerreißen.«

Jonas beugte sich vor. »Und Völlmins Schießkünste?«

Die Staatsanwältin zog eine Braue hoch. »Was ist damit?«

Jonas erklärte: »Unsere Recherchen zeigen, dass Völlmin ein ausgezeichneter Schütze ist. Er hat diverse Wettbewerbe gewonnen.«

»Das haben viele andere Schützen auch.« Sie blätterte in den Unterlagen, die Neuenschwander ihr vor der Sitzung hatte zukommen lassen, und deutete auf ein Blatt. »Wenn ich das hier richtig verstehe, ist der Mörder vermutlich zum Präzisionsschützen ausgebildet worden. Hat Völlmin so eine Ausbildung?«

Jonas lehnte sich zurück. »Das wissen wir nicht. In den Namenslisten der Armee taucht er nicht auf, bei der Polizei war er nie. Was nicht heißt, dass er keine solche Ausbildung hat. Vielleicht sind unsere Unterlagen unvollständig. Wir haben bereits eine Anfrage an die Armee geschickt mit der Bitte um weitere Informationen … Zudem ist das mit dem Präzisionsschützen bloß eine Annahme.«

Sie wedelte mit einer Hand. »Das reicht einfach nicht.«

Egli stand auf. Blaues Licht schimmerte durch die Scheibe hinter ihm, eine Patrouille rückte gerade aus.

Er rieb die Hände an seinen Hüften, als ob er zwei Revolver einstecken wollte. »Ihr habt gute Arbeit geleistet, vielleicht ist das der Durchbruch. Wir brauchen weiß Gott endlich Resultate in dieser Ermittlung. Regierungsrat Jauslin ruft mich dauernd an, die Mutter des Toten macht Druck. Aber wir brauchen konkrete Anhaltspunkte dafür, dass Völlmin in den Mord verwickelt ist. Wenn ihr die bringt, habt ihr meine volle Unterstützung.«

Das war's. Alle erhoben sich von ihren Stühlen.

Affolter war bereits zur Tür hinaus, als Egli Neuenschwander und seinen Assistenten mit einem Handzeichen stoppte. »Heinz, die Pressekonferenz ist fällig. Die Medien lassen mir keine Ruhe. Und Jauslin auch nicht. Wie wäre es morgen?«

»Du hast die Staatsanwältin gehört, das ist alles noch sehr dünn. Willst du damit vor die Journalisten treten? Vielleicht können wir bald schon ein paar Resultate präsentieren.«

Egli verzog sein Gesicht, deutete ein Nicken an. »Meine Geduld ist nicht unendlich.«

Vor der Tür stand ein Polizist in Uniform. Er hob die Hand zum Gruß und streckte Neuenschwander eine Zeitung entgegen. »Wir kommen gerade vom Bahnhof. Das Tagblatt von morgen wurde angeliefert. Das wird Sie interessieren.« Er deutete mit dem Finger auf ein großformatiges Foto.

Jonas reckte den Kopf, Neuenschwander setzte die Lesebrille auf, stellte sich unter eine Neonröhre im Flur und hielt die Zeitung dicht vor die Augen.

Der Kripo-Chef schüttelte den Kopf. »Durand? Wer zur Hölle ist Durand?«

37

Es war nach Mitternacht. Bollag saß allein in der Redaktion, die riesigen Druckmaschinen im Erdgeschoss ließen den Boden erzittern. Frustriert lehnte er sich in seinem Stuhl weit zurück und starrte an die Decke. Bruno Dettwiler war schwer zu finden. Bollag hatte schon im Internet, in Telefonbüchern und mithilfe des Auskunftsdienstes gesucht. Er war auf sieben Männer dieses Namens in der ganzen Schweiz gestoßen. Drei von ihnen hatte er gleich aussortiert: einen Architekten, einen Landwirt und einen Elektriker. Bei vier Männern fand er keine Berufsangaben. Einer von ihnen hatte ihm am Telefon versichert, dass er kein Lokführer sei. Die drei übrigen hatte er nicht erreicht. Also hatte er Alexandra Rüegger im Archiv beauftragt, etwas über Dettwiler auszugraben. Fehlanzeige.

Auf dem Pult vor ihm lag der erste Abzug der neuen Ausgabe des Tagblatts. Er hatte den Aufhänger für die Frontseite geschrieben und zwei Artikel für den Lokalteil. Der Text auf der Frontseite befasste sich mit der Strahlenstudie. Das Institut für Sozial- und Präventivmedizin der Universität Bern hatte im Auftrag von RCS verschiedene Berufsgruppen von Bahnangestellten untersucht: Lokomotivführer, Zugbegleiter und Stationsangestellte. Es hatte sich herausgestellt, dass besonders Lokomotivführer starken elektromagnetischen Feldern ausgesetzt waren. Die Strahlenbelastung war abhängig von Fahrzeug und Strecke. Besonders hoch war sie auf der Gotthardlinie, wo viel Energie für die Bergfahrt gebraucht wurde. Die Grenzwerte der Strahlenbelastung wurden dort weit überschritten.

Wie sich diese Belastung auf die Angestellten auswirkte, hatten die Experten in einem nächsten Schritt betrachtet. Sie hatten aktuelle und ehemalige Lokomotivführer befragt, sich durch viele medizinische Dossiers gearbeitet. Sie fanden Hinweise darauf, dass Lokführer ein signifikant höheres Risiko als andere Berufsgruppen hatten, an Krebs zu erkranken. Da musste Laval die Notbremse gezogen haben. Das Fazit der Experten war entsprechend schwammig: *Ob die Hochspannungsleitungen und deren Magnetfelder wirklich die Ursachen für das erhöhte Krebsrisiko sind, lässt sich nicht schlüssig nachweisen.*

Bollag schaukelte auf seinem Stuhl, schloss die Augen.

Vor dem Verfassen des Artikels hatte er einen RCS-Sprecher beim Abendessen gestört. Dieser hatte die Echtheit der Studie bezeugt, darüber hinaus aber keinen Kommentar abgeben wollen.

Der Hauptartikel im Lokalteil behandelte den Erfolg von Thommen Rail, Lavals Beteiligung daran und die Konflikte in Yverdon. Das Foto mit der Prügelei stand dreispaltig über dem Text. Die Sprecherin der Kantonspolizei hatte sich dazu bloß entlocken lassen, dass die Untersuchungen im Gang seien und in alle Richtungen liefen. Auf der Gemeindeseite beschrieb Bollag schließlich den Kampf der Antennengegnerin Anita Bussinger gegen die Mobilfunkfirma. Diesen Artikel hätte er zwar aufschieben können, doch er passte vom Thema her gut zur Frontseite. Hinweise verknüpften beide Artikel.

Die Tür zur Redaktion wurde geöffnet. »Hallo Max.«

Nur mit Mühe konnte er ein Umkippen des Stuhls verhindern. Nadine lehnte in der Eingangstür, ihre leicht zerzausten blonden Haare fielen lose auf die Schultern.

»Was machst du denn hier? Und wie bist du hereingekommen?«

Sie trug ein ärmelloses dunkelrotes Kleid, das deutlich über den Knien endete, und Schuhe mit hohen Absätzen. Ein Lächeln lag auf ihren Lippen. »Schmidt aus der Wirtschaftsredaktion ist gerade rausgegangen. Ich war bei dir zu Hause, weil ich mit dir … Aber du bist natürlich noch im Büro.« Sie sagte es leicht dahin, doch es klang wie ein Vorwurf.

»Was soll ich alleine in meiner Wohnung, ohne dich. Da bin ich lieber im Büro.« Eins zu eins.

Sie kam auf ihn zu. »Hast du etwas herausgefunden?« Mit einer Hand strich sie das Haar hinter ihr linkes Ohr.

Bollag fasste zusammen, was er im Lauf des Tages erfahren hatte. Den Vorwurf, dass Marcel bestechlich gewesen sein sollte, behielt er für sich.

»Dein Bruder hatte ein Talent dafür, sich viele Feinde zu machen.«

Sie lehnte sich an sein Pult und seufzte. »Ich weiß, dass Marcel nicht immer … Er konnte ein schwieriger Mensch sein. Wir Lavals«, sie breitete die Arme aus. »stecken voller Widersprüche. Und der Druck im Geschäft macht es auch nicht leichter.«

Irgendetwas in ihrer Stimme ließ Bollag aufhorchen. Nadine biss sich auf die Lippe und suchte nach den passenden Worten. Schließlich schüttelte sie den Kopf.

Er stand auf. »Läuft es schlecht in der Bank?«

Sie schmunzelte matt und dehnte ihren Rücken. Der Stoff des Kleides spannte sich über ihren Brüsten. »Im

Gegenteil. Viele Kunden der UBS und der Credit Suisse wechseln zu uns. Bei der Krise …«

»Viel Arbeit?«

»Sehr viel Arbeit.«

»Siehst du.«

Nadine hob den Zeigfinger und wedelte damit. »Nein, das sehe ich nicht. Es ist nicht das Gleiche. Wenn ich in unser Zuhause zurückgekommen bin, habe ich das Büro hinter mir gelassen. Bis zum nächsten Morgen kann ich abschalten. Du nicht. Beim Zähneputzen, im Restaurant, im Kino, egal wo wir hingegangen sind – deine Geschichten waren immer mit dabei. Wir haben nie unbeschwert ausgehen können, Freunde treffen. Dein Körper war zwar da, der Rest aber nicht.«

Das hatten sie alles doch schon besprochen. Er atmete seufzend aus, hakte die Daumen in die Gesäßtaschen seiner Jeans ein. »Ich liebe meinen Beruf, Nadine. Ich wollte immer Journalist sein, mein ganzes Leben lang. Es war mein Ziel, ins Bundeshaus zu kommen. Ich habe viel Energie investiert, um es zu erreichen. Ich wollte nie einer von vielen sein. Ich wollte der Beste sein …«

Sie öffnete den Mund, sagte jedoch nichts.

»Aber ich habe mich nicht nur deswegen in die Arbeit vergraben. Wir waren beide nicht mehr wie früher. Es gab mal eine Zeit, da hast du geflucht über diese Scheißbanker.«

Sie verschränkte die Arme. »Und jetzt bin ich selber eine von ihnen. Das willst du doch sagen, oder? Ich habe mich verändert, ja. Vielleicht bin ich auch bloß erwachsen geworden. All die Sprüche, der Aufstand gegen meine Eltern. Das war alles in Ordnung zu der Zeit. Aber irgendwann waren diese Zeiten vorüber.«

Er ballte eine Faust, stieß damit über seinen Kopf in die Höhe, grinste. »Für mich nicht. Avanti o popolo, alla riscossa.« Er ließ die Faust sinken und schüttelte langsam den Kopf. »Aber diese ganze Geschichte in Bern hat einiges verändert. Mein Leben, meinen Beruf, das hier«, er machte einen Halbkreis mit dem Arm, der den ganzen Newsroom umfasste, »das ist nicht mehr meine Welt. Ich glaube nicht, dass ich hier eine Zukunft habe.«

Sie zog die Augenbrauen zusammen, trat an ihn heran und legte eine Hand auf seinen Arm. »Was willst du denn machen ohne all das? Dafür lebst du doch. Hast du dir das gut überlegt?«

Er zuckte mit den Schultern, fühlte sich auf einmal ungewohnt hilflos. Sanft strich sie ihm über die Wange, ihre Hand war trocken und warm. Er lächelte. »Und du tust mir Unrecht, ich war mit den Gedanken nicht immer im Büro. Beim Sex war ich voll bei dir.«

Sie war ihm jetzt ganz nahe. »Das stimmt, im Bett waren wir immer spitze. Wenn nur der Rest in unserem Leben ebenso einfach wäre.«

Sie schloss die Arme um ihn, für ein paar Sekunden blieben sie regungslos stehen, eng umschlungen. Dann presste sie ihren Schoß gegen ihn, strich mit den Fingern seinen Rücken hinab, drückte seinen Hintern. Er spürte ihre Brüste, streichelte die nackten Arme, die nackten Schenkel, zog den Rock in die Höhe und glitt mit der Hand über ihre Pobacken, in ihren Slip, zwischen die Beine. Leise stöhnte sie auf.

Plötzlich trat sie einen Schritt zurück und blickte sich um. »Wessen Büro ist das dort?«

»Rieders.«

Sie nahm ihn an der Hand und ging voran. »Dieser Idiot. Ich bin ihm kürzlich bei einem Treffen der Handelskammer begegnet. Der hat mich doch tatsächlich angebaggert.«

Die Tür zu Rieders Büro schloss sie hinter sich. Dabei öffnete sie den Reißverschluss ihres Kleides, ließ es heruntergleiten, stieg heraus und legte es sorgfältig auf den Besucherstuhl. Dann hakte sie ihren schwarzen Spitzen-BH auf und streifte ihn ab. Schließlich schob sie ihre Daumen unter den Bund des Seidenslips, zog ihn aufreizend langsam herunter und legte ihn auf den BH und das Kleid.

Wie schön sie war.

In ihren hohen Schuhen ging sie zu Rieders Pult, schob ein paar Stifte, Notizzettel und einen Taschenrechner zur Seite und setzte sich darauf. Mit beiden Armen stützte sie sich ab und schlug die Beine übereinander. Herausfordernd sah sie Bollag an. »Jetzt du.«

Er schälte sich in Windeseile aus seinen Kleidern, warf Schuhe, Jeans, Hemd, Socken und Shorts auf den Boden. Mit ihren Blicken tastete sie seinen Körper ab, stieg vom Pult, kam lächelnd auf ihn zu und tätschelte seinen Bauch, der etwas fülliger geworden war.

Er zuckte mit den Schultern. »Hab ein paar harte Monate hinter mir.«

Zärtlich streichelte er ihre samtweiche Haut, die nahtlos gebräunt war. »Solarium?«

»Meine neue Wohnung hat eine Dachterrasse.«

Er liebte ihre schlanken Arme, den muskulösen Rücken, die kleinen Brüste, deren Warzen aufgerichtet waren. Hand in Hand gingen sie zum Schreibtisch, wechselten kein Wort.

Nadine setzte sich auf die Tischplatte, spreizte die Beine. Im Bett waren sie immer ein perfektes Team gewesen. Sie hatten nichts verlernt, fanden schnell den gemeinsamen Rhythmus. Sie lächelte ihn an, legte sich hin, er erhöhte das Tempo. Nach ein paar Minuten atmeten sie schwer, der Schweiß glänzte auf ihrer Haut. Aus Nadines Kehle drang ein leises Stöhnen. Der Klang ihrer Stimme, die Bewegung ihrer Hüften ließen Wärme in Bollag aufsteigen. Als sie schließlich aufschrie und zusammenzuckte, kam auch er wenig später zum Höhepunkt. Zeitschriften, Stifte und der Taschenrechner landeten krachend auf dem Boden.

Bollag legte seinen Kopf auf ihre Brust, bis er wieder klar denken konnte. Dann blickte er zu ihr hoch.

Nadine lächelte nicht. Sie hatte Tränen in den Augen und schüttelte langsam den Kopf. »Wenn doch alles so einfach wäre.« Ihre Stimme war ganz leise.

Als sie von der Schreibtischplatte glitten, schwand das Gefühl von Innigkeit. Sie schlüpfte rasch in ihre Kleider.

Bollag nahm die Boxershorts vom Boden, zog sie an, sein Handy klingelte. Um diese Uhrzeit? Er kramte es aus den Jeans. Nadine sammelte die Zeitschriften und Stifte auf dem Boden zusammen, er wandte sich von ihr ab. »Ja?«

»Doris Lüthi von Thommen Rail. Können wir uns morgen treffen?«

»Klar. Wollen Sie in die Redaktion kommen?«

»Ja. Wäre 8.30 Uhr in Ordnung?« Er hörte, wie sie die Stimme zu einem Flüstern senkte. »Ich habe etwas gefunden. Ich kann jetzt nicht sprechen. Ich glaube, jemand ist hinter mir her. Morgen werde ich Ihnen alles erklären. Ich weiß, weshalb Marcel Laval umgebracht wurde.«

»Was …?« Es klickte im Hörer, bevor er den Satz zu Ende sprechen konnte.

38

Bollag wälzte sich hin und her, stieß die viel zu warme Decke mit den Füßen weg. 2.30 Uhr leuchtete es blau auf dem Digitalwecker. An Schlaf war nicht zu denken. Er setzte sich im Bett auf. Das matte Licht von der Rathausstrasse her warf Streifen auf seine Wände.

Was hatte Doris Lüthi entdeckt? Und wieso war Nadine in die Redaktion gekommen? Der Sex mit ihr war wunderbar gewesen. Doch das reichte ihm nicht. Hatten sie eine gemeinsame Zukunft?

Vielleicht würde eine Runde am Boxsack helfen. Er setzte sich auf die Bettkante, streckte den Rücken durch und schaute aus dem Fenster. Im Haus auf der anderen Straßenseite leuchtete ein kleiner Punkt in der Dunkelheit auf. Er saß da, rieb sich die stoppligen Wangen. Der helle Punkt leuchtete erneut. Da rauchte jemand eine Zigarette.

Moment mal.

Plötzlich war er hellwach. In den vergangenen Tagen waren Handwerker in der Dachwohnung schräg gegenüber gewesen. Die stand zurzeit leer.

Bollag erhob sich, stellte sich in die Ecke neben das Fenster. Es war wie immer nachts einen Spalt geöffnet, von draußen zog eine kühle Brise herein. In der Ferne hörte er einen Güterzug durch Liestal rattern. Ein Hund bellte. Er beugte sich leicht vor und spähte hinaus. Das Haus lag zehn Meter entfernt, schräg gegenüber, im Blumenhaus Büchi im Erdgeschoss kaufte er manchmal für das Grab seiner Eltern ein. Darüber befanden sich zwei Wohnetagen, dann das Dach, drei Lukarnen ragten daraus hervor. Dort hatte er das Glimmen gesehen. Alle Fenster waren dunkel, nichts bewegte sich. Bollag verharrte regungslos zehn Sekunden, zwanzig, sein Nacken begann zu schmerzen. Da war es wieder, das Glimmen.

Er setzte sich auf den Boden, drückte den Rücken gegen die Wand. Wer war das? Der Kerl aus dem koreanischen Auto? Auf allen vieren kroch er in den Flur, sammelte unterwegs die Kleider ein. Dort erst stand er auf, zog sich hastig an, schlüpfte in die Turnschuhe, verließ die Wohnung und nahm die Treppe bis ins Erdgeschoss. Die Eingangstür ging auf die Rathausstrasse hinaus, im Licht der Straßenlampen stünde er wie auf einem Präsentierteller. Also durch die Hintertür in die Mühlegasse.

Auf der Gasse blieb er stehen und lauschte. Eine Katze huschte vorbei, Grillen zirpten. Sonst war alles still. Beim Interdiscount fünf Meter weiter oben hing eine Lampe, sie warf schwaches orangefarbenes Licht zwischen die Häuser. Er wandte sich nach rechts, ging ein paar Meter die Gasse hinunter und bog nochmals nach rechts ab. Die Nonnengasse war eng und düster, sie verband die Mühlegasse mit der Rathausstrasse. Glasscherben unter seinen Schuhen knirschten. Er blieb stehen, machte zwei Schritte seitwärts und ging weiter in die Nonnengasse hinein.

Plötzlich hörte er Schritte in der Rathausstrasse. Zuerst leise, dann immer lauter. Tock, tock, tock. Er presste sich an die Wand.

Eine Gestalt kam in sein Blickfeld, blieb stehen. Dunkle Hose, Lederjacke, Glatze. Bollag machte sich klein, versuchte mit der Wand zu verschmelzen. Der Mann sah sich um, kam näher, zögerte, sah sich nochmals um. Er betrat die Nonnengasse, war nur wenige Meter entfernt. Hastig fummelte er an seiner Kleidung herum. Eine Waffe? Dann hörte Bollag ein leichtes Stöhnen, ein Plätschern. Nach einer Minute schloss der Mann den Reißverschluss seiner Hose und war gleich danach verschwunden.

Bollag atmete auf, machte ein paar Schritte und wich dem Rinnsal auf dem Boden aus. Auf den letzten Metern war die Gasse überbaut, er befand sich in einem kurzen Tunnel. Mit einem Satz wechselte er die Seite und drückte sich an die Wand. Der Blumenladen war jetzt direkt gegenüber. Er streckte den Kopf vor, spähte hinauf. War der Beobachter immer noch dort?

Bollag wartete, nichts regte sich. Hatte er sich getäuscht? Ein paar Minuten vergingen, in denen er gebannt das Fenster im Auge behielt. Da! Ein Flämmchen flackerte auf, das Glimmen setzte wieder ein. Er blickte die Rathausstrasse hinauf und hinab. Irgendwann würde der Kerl rauskommen müssen.

Ein Räuspern ließ ihn zusammenfahren. Er zog sich zwei Schritte zurück in die Nonnengasse. Das Räuspern war von der anderen Seite der Rathausstrasse gekommen, vom Durchgang, der zur Stadtkirche führte. Dort stand jemand. Wer war das? Noch ein Beobachter?

Er schlich zurück in die Mühlegasse, huschte zum Regierungsgebäude hinunter und bog zwei weitere Male ab. Nun stand er am unteren Ende der Rathausstrasse. Links und rechts waren Geschäfte aneinandergereiht, die Buchinsel, Herberia, die Stadtapotheke, die Konditorei Aebischer. Der Durchgang zur Kirche lag 50 Meter weiter oben, zurückversetzt von der Straße. Auf leisen Sohlen trippelte er an den Mauern der Häuser auf der linken Straßenseite bis zum Uhrengeschäft an der Ecke. Dort ging er in die Hocke, spähte in den Durchgang. Er lag im

Dunkeln, schwaches Licht einer Lampe bei der Stadtkirche beleuchtete den Platz davor. Die Silhouette eines Mannes hob sich von der Kirchmauer ab.

Da setzte sich der Mann im Durchgang langsam in Bewegung, kam in seine Richtung. Bollag zog seinen Kopf zurück, fiel fast auf den Hintern, fing sich mit den Händen ab. Er blickte sich um, entdeckte fünf Meter entfernt zwei Stufen, die Holztür des Coiffeurgeschäfts, die von einem Schaufensterkasten leicht verdeckt war. Er huschte hin, drückte sich gegen die Eingangstür.

Die Schritte waren zögerlich, entfernten sich, kamen wieder näher. Dann war es still, der Mann musste ganz nahe sein. Bollags Herz schlug schneller, er atmete leise durch den Mund. Nach einer Minute schob er den Kopf langsam vor, wagte einen Blick, zog ihn rasch wieder zurück. Der Fremde stand jetzt vor dem Uhrengeschäft, starrte in das Schaufenster. Schmächtig, dunkel gekleidet, Baseballmütze. In der Ferne hörte Bollag das Surren eines Velos, der Mann setzte sich in Bewegung, die Schritte verhallten.

Bollag spähte die Rathausstrasse hinauf, sah das Fahrrad vor dem Coop, das Surren wurde lauter. Ein paar Sekunden später sauste es an ihm vorbei, der Rocksaum der jungen Frau darauf flatterte im Wind.

Als sie um das Regierungsgebäude verschwunden war, hörte er die Schritte des Mannes erneut auf dem Pflaster, diesmal energischer als zuvor. Sie entfernten sich, stoppten. Er riskierte es, nachzusehen. Der Fremde stand nun mitten auf der Rathausstrasse, hob den Kopf hoch. Die Straßenlampen erhellten die feinen Gesichtszüge unter der Baseballmütze.

Das war ja gar kein Mann.

Bollag streckte den Kopf weiter vor, ihm stockte der Atem. Anita Bussinger hob eine Hand, machte ein Zeichen in Richtung der Lukarnen und verschwand um die Ecke in die Rosengasse.

39

Unter der Brücke ratterte ein Güterzug hindurch, Container an Container auf dem Weg nach Hamburg oder Rotterdam. Neuenschwander wäre gerne aufgesprungen, um das alles hier hinter sich zu lassen. Zwei Polizeiwagen mit blinkenden Lichtern sperrten die Baslerstrasse in Frenkendorf ab. Sie bildeten eine Ehrengarde, viel Verkehr gab es um 3 Uhr nachts nicht. Ein paar Anwohner standen auf Balkonen und an Fenstern der umliegenden Häuser. Weiße Wandschirme blockierten ihre Sicht auf den Unfallort, grelle Scheinwerfer auf Gestellen beleuchteten die Szenerie.

Neuenschwander atmete durch und marschierte auf die gelben Absperrbänder zu. Er war wach im Bett gelegen, als der Anruf gekommen war. Die Geschichte im Tagblatt hatte ihm keine Ruhe gelassen. Wie hatten sie bloß diesen Durand übersehen können? Ausgerechnet ein Journalist rieb ihnen unter die Nase, dass es einen weiteren Verdächtigen gab. Diesen Bollag hatte er unterschätzt.

Mit einem lauten Klacken schloss der Gerichtsmediziner die beiden Schnallen seines Koffers. Altes, abgenutztes Leder bei solch einem bubenhaften Gesicht? Der Koffer musste ein Erbstück sein, dachte Neuenschwander.

Der Arzt stellte sich vor ihn und nickte zur Begrüßung. »Ein gebrochener Halswirbel. Die Frau war sofort tot. Das Auto muss sehr schnell gefahren sein. Mehr kann ich Ihnen nach der Untersuchung sagen.«

»Sind Sie fertig? Darf ich?«

»Sie gehört Ihnen.«

Der Arzt reichte ihm Gummihandschuhe, Neuenschwander streifte sie über und schlüpfte in Schuhüberzüge. Für eine Weile stand er einfach still, prägte sich den Ort ein, die Lage der Leiche, das Fahrrad. Er näherte sich der toten Frau wie einem scheuen Reh, zog ihr den Rock über die Knie, blickte in das Gesicht. Es war eine alte Dame mit kurzem weißem Haar, das gesprenkelt war von Blut. Sie hatte Schürfwunden am Kinn und an den Armen, ein Unterschenkel stand in einem schrägen Winkel ab. Er schloss ihre leeren Augen und strich die zerzausten Haare glatt. Die Inschrift der Pestglocke von Ziefen kam ihm in den Sinn, gegossen vor 450 Jahren. *Alles Fleisch verschlisst wie ein Kleid. Das ist der alte Bund. Mensch, du musst sterben.* Ja, aber nicht auf diese Art.

Das Velo lag fünf Meter entfernt, eines dieser neumodischen Dinger mit Elektroantrieb. Beide Reifen waren verbogen, der Rahmen ebenso. Er richtete sich auf und ging auf die junge Polizistin zu, die am Absperrband Wache hielt. »Wer hat sie gefunden?«

»Eine Krankenschwester. Sie war auf dem Heimweg nach einer Nachtschicht, hat die Frau hier liegen gesehen. Sie hat gleich erkannt, dass sie tot war. Wir haben ihre Aussage aufgenommen und sie nach Hause fahren lassen … Ich hoffe, das war in Ordnung. Sie war fix und fertig.« Sie suchte Zustimmung in seinem Gesicht.

Er zog die Augenbrauen zusammen. Im Prinzip war das korrekt gewesen. Doch die jungen Kollegen durften nicht übermütig werden. »Ich schätze es nicht, wenn solche Entscheide über meinen Kopf hinweg gefällt werden. Das nächste Mal fragen Sie mich vorher. Verstanden?«

Sie wich seinem Blick aus und nickte.

»Irgendwelche Zeugen?«

»Nein, bis jetzt nicht.«

Über ihre Schulter hinweg sah er eine bekannte Gestalt mit schnellen Schritten näherkommen. »Was tust du denn hier? Diese Kuh in der Einsatzzentrale. Ich habe ihr gesagt, sie soll dich schlafen lassen. Es ist bloß ein Unfall mit Fahrerflucht.«

Jonas winkte ab. »Niemand hat mich geweckt. Ich war wach, habe den Funk gehört. Und … na ja.«

Neuenschwander stemmte die Hände in die Hüften und schüttelte den Kopf. »Junge, das ist Mist. Hast du denn kein Privatleben? Leg dir endlich eine Freundin zu. Sonst klappst du irgendwann zusammen.«

Jonas schielte kurz hinüber zu der jungen Polizistin, die zugehört hatte und den Kopf senkte. Nanu?

»Danke für den Rat, Papa. Was ist passiert?«

Neuenschwander brachte ihn auf den neusten Stand. Jonas sah sich um. »Wo sind die Techniker?«

»Unterwegs, hoffe ich. Brauchen wohl noch einen starken Kaffee.«

Jonas schob das Kinn in Richtung der Leiche. »Weißt du, wer das ist?«

»Noch nicht.« Er ging zur Tasche, die zwei Meter von der Frau entfernt lag, öffnete den Reißverschluss und schaute hinein. Diverse Papiere und allerlei Dinge von Papiertaschentüchern über eine kleine Taschenlampe bis zum Portemonnaie fanden sich darin. Er fischte das Portemonnaie heraus und klappte es auf. 70 Franken in Noten, etwas Kleingeld, diverse Kärtchen, eine Identitätskarte. »Sie heißt Doris Lüthi. 74 Jahre alt … Hier ist ein Visitenkärtchen mit der Privatadresse … Sie hat an der Fasanenstrasse oben in Frenkendorf gewohnt. Vermutlich war sie auf dem Heimweg.«

Jonas blickte sich um und deutete auf die schmale Straße, die zwischen den Wohnblöcken und der Bahnstrecke lag. »Das ist der Veloweg von Basel nach Liestal. Sieht so aus, als ob sie aus Richtung Basel kam und hier abbog.«

»Mitten in der Nacht wird sie nicht sehr weit gefahren sein. Mit einem Velo.«

»Da wäre ich nicht so sicher. Mit so einem Flyer bist du verdammt schnell unterwegs.«

Neuenschwander streckte den Arm aus, zeigte über die Bahnbrücke die Baslerstrasse hinunter. »Der Autofahrer muss von der Rheinstrasse unten abgebogen sein. Wenn er hier rauffuhr, wohnt er vielleicht auch in Frenkendorf. Er hat sie übersehen und peng … So ein Sauhund. Unmöglich, dass er den Aufprall nicht mitbekommen hat. Lässt sie einfach liegen und haut ab.«

»Vielleicht war er besoffen.«

»Wir werden morgen alle Fahrzeughalter in Frenkendorf überprüfen. Am Auto muss es Spuren geben.« Er griff nach dem Visitenkärtchen. »Thommen Rail in Pratteln. Die bauen doch Güterwagen, oder? Vielleicht hat sie dort mal gearbeitet. War bei einem Betriebsfest oder so.« Er nahm das Mobiltelefon in die Hand. »Kannst du dir mal die Kontakte anschauen?«

Jonas drückte auf die Tasten, Neuenschwander sah sich nochmals die Leiche an. Sie lag auf der Seite, ein Arm ausgestreckt, der andere angewinkelt. Wie im Nothelferkurs. Vielleicht hatte die Krankenschwester sie in diese Position gelegt. Er würde nachfragen müssen. Die Hand des ausgestreckten Armes war geöffnet, die Innenfläche verschmutzt. Da war etwas; er konnte es nicht richtig erkennen. Er wandte sich an die Polizistin am Absperrband. »Haben Sie eine Taschenlampe?«

Sie eilte im Laufschritt zu ihrem Streifenwagen, kam mit einer riesigen Taschenlampe zurück und reichte sie ihm.

Er leuchtete in die Handfläche, setzte die Lesebrille auf. Es waren Buchstaben oder Zahlen, mit einem Kugelschreiber gekritzelt. Der Schweiß und der Velogriff hatten sie verwischt. »Schau dir das hier mal an.«

Jonas reagierte nicht, starrte auf das Display. Neuenschwander richtete sich auf.

Jonas griff sich mit einer Hand an den Kopf. »Läck mir, das gibt es ja nicht.«

Neuenschwander stand auf und ging zu seinem Kollegen hinüber, der unablässig auf das Mobiltelefon starrte. »Was hast du?«

Jonas spitze die Lippen und schmatzte. »Rate mal, wen Frau Lüthi zuletzt angerufen hat.«

40

Er war zu spät dran. Die Glocke im Primarschulhaus klingelte, er konnte sie aus der Ferne hören. Es würde ein Donnerwetter geben, Frau Kunz würde ihn nachsitzen lassen. Bei dem Gedanken daran lächelte er diebisch. Er liebte das Nachsitzen bei der hübschen Frau Kunz. Das Klingeln wurde lauter.

Mit einem Schlag war Bollag wach. Es klingelte wirklich. Lange. Jemand war an der Wohnungstür.

Er kam wacklig auf die Beine, schlurfte zur Tür und öffnete. Die hatte er doch schon mal gesehen. Das waren die Polizisten, die im Mord an Marcel ermittelten. Rote Augen, zerzauste Haare. Sie sahen übernächtigt aus.

Der Pitbull ließ die Hand von der Klingel sinken. »Haben wir Sie geweckt?« Sie stellten sich nicht nochmals vor.

Bollag antwortet mit einem Grunzen. »Kommen Sie rein.« Er drehte sich um, ging in die Küche, schaltete die Kaffeemaschine ein, füllte frisches Wasser nach. Die roten Ziffern am Herd standen auf 7.10 Uhr. Welcher Tag war heute? Es musste Donnerstag sein.

Er drängte sich an den Polizisten im Flur vorbei und zog im Schlafzimmer Jeans über die Boxershorts. Zurück in der Küche setzte sich Bollag auf den Küchenstuhl, fuhr sich mit einer Hand über die Bartstoppeln. »Machen Sie das öfter? Leute am frühen Morgen belästigen?«

Der Hacker blieb in der Küchentür stehen, lehnte sich gegen den Rahmen. Er trug eine diagonal gestreifte

Krawatte, gelb und schwarz, darunter ein blaues Hemd. Mann, und das auf nüchternen Magen. Der Pitbull zog den zweiten Stuhl heraus, ließ sich darauf nieder, legte ein Tagblatt auf den Tisch. »Steckte im Briefkasten.«

»Die Polizei, dein Freund und Helfer. Was wollen Sie?«

»Wir haben gedacht, dass wir uns mal unterhalten sollten. Sie waren fleißig in den letzten Tagen.«

Neuenschwander, genau, so hieß der. »Und?«

»Wir stellen uns ein paar Fragen.«

Das grüne Licht ging an, die Kaffeemaschine war bereit. Er drückte den Startknopf und ein angenehmer Duft füllte die Küche. Er nickte den Polizisten zu. »Für Sie auch?«

Beide schüttelten die Köpfe. Er setzte sich mit der Tasse an den Tisch. »Was für Fragen?«

»Zum Beispiel, wieso Sie nicht ehrlich mit uns waren.«

»Was soll das heißen?«

»Sie haben uns nicht gesagt, dass Marcel Laval Ihr Schwager war.«

Der musste mit Gisèle gesprochen haben. »Das hat doch mit der Sache nichts zu tun.«

Neuenschwander tippte mit dem Zeigfinger in die Handfläche. »Oh doch, das hat sehr wohl etwas damit zu tun. Oder wären Sie sonst nach Seltisberg gekommen?«

Bollag rührte in seinem Kaffee, nahm einen Schluck, stellte die Tasse auf den Tisch. »Vielleicht ja, vielleicht nein.«

Neuenschwander ließ die Worte für ein paar Sekunden in der Luft hängen. »Waren Sie beim Militär, Herr Bollag?«

»Wieso wollen Sie das wissen?«

»Es ist eine einfache Frage. Ich wäre dankbar für eine einfache Antwort. Dann sind wir bald wieder weg.«

Klar doch. »Füsilier bei der Infanterie.«

»Sie können also schießen.«

Bollag zuckte mit den Schultern. »Ja, das habe ich in der Rekrutenschule gelernt. Ich war ein miserabler Schütze.«

»Wie verstanden Sie sich mit Ihrem Schwager?«

Er lehnte sich zurück, starrte Neuenschwander an. »Ach so, daher weht der Wind. Wieso fragen Sie nicht gleich, ob ich ihn umgebracht habe? Dann kann ich bald unter die Dusche.«

Neuenschwander drehte die Handflächen gegen die Decke. »Und?«

»Was und?«

»Haben Sie Ihren Schwager umgebracht?«

Er schnaubte. »Ich habe geahnt, dass Ihre Untersuchungen nicht vom Fleck kommen. Aber ich hätte nicht gedacht, dass Sie so verzweifelt sind.«

Der Kripo-Chef zeigte mit dem Finger auf ihn. »Sie haben meine Frage nicht beantwortet.«

Er beugte sich vor, legte die Ellenbogen auf den Tisch, suchte den Blickkontakt. Neuenschwander beobachtete jede seiner Bewegungen. »Nein, ich habe Marcel nicht umgebracht. Ich habe ihn seit Monaten nicht mehr gesehen.«

»Wann zuletzt?«

Bollag zuckte mit den Schultern. »An Weihnachten war ich nicht bei den Lavals, also muss es am 1. August gewesen sein. Die Familie macht immer so ein Tamtam am Nationalfeiertag.«

Der Hacker stieß sich mit dem Ellenbogen vom Türrahmen ab, zückte ein Büchlein und schrieb mit. Jetzt fiel Bollag auch dessen Namen ein, Schaub, ja, so hieß er.

Dessen Chef behielt Bollag im Auge. »Und danach nicht mehr? Kein einziges Mal?«

»Vielleicht sind wir uns mal begegnet, bei einer Medienorientierung oder beim Einkaufen im Stedtli. Aber gesprochen haben wir nicht mehr. Wir standen uns nicht sehr nahe.«

Neuenschwander sah sich in der Küche um, ließ ein paar Sekunden verstreichen. »Haben Sie ein Auto oder ein Motorrad?«

»Nein.«

»Aber Sie sind doch mit einem Auto nach Seltisberg gekommen.«

»Das gehört dem Tagblatt. Freiwillig würde ich bestimmt nicht mit einem solchen Werbeaufdruck herumfahren.«

»Was ist das für ein Auto?«

»VW Polo. Das Tagblatt hat drei davon.«

»Wann waren Sie zuletzt mit einem davon unterwegs?«

Er nahm einen Schluck Kaffee, ließ sich Zeit. »Was wollen Sie? Habe ich ein Rotlicht überfahren?«

Neuenschwander hob die Hand wie ein Polizist, der den Verkehr stoppt. »Beantworten Sie einfach meine Frage. Wann waren Sie zuletzt mit dem Auto unterwegs?«

»Gestern. Ich war für Recherchen in Yverdon und in Bern.«

»Und dann?«

»Dann war ich im Büro, habe die Artikel geschrieben und bin nach Hause gegangen.« Die beiden Polizisten warfen sich einen Blick zu. Hier lief etwas ab, das er nicht verstand.

»Kann das jemand bestätigen?«

Er stand auf. »Es reicht. Entweder sagen Sie mir, um was es hier geht, oder Sie gehen.«

Neuenschwander rührte sich nicht von der Stelle, deutete mit dem Finger auf die Zeitung auf dem Tisch. »Ein interessanter Artikel. Woher kennen Sie Herrn Durand?«

Bollag lehnte sich gegen den Küchentresen, verschränkte die Arme. »Das war eine Recherche. Ich nehme an, Sie haben ihn auch befragt.«

»Unsere Untersuchungen gehen in alle Richtungen. Und wir mögen es ganz und gar nicht, wenn Sie uns immer wieder reinpfuschen. Ich wäre Ihnen dankbar, wenn Sie solche Artikel in Zukunft mit mir besprechen würden. Vor der Veröffentlichung.«

Bollag legte seinen Kopf schräg, schnaubte. »Sie machen Witze, ja? Sie glauben wohl nicht ernsthaft, dass ich meine Artikel mit Ihnen absprechen werde.«

Neuenschwanders Wangen röteten sich, er hob die Stimme. »Das ist eine Morduntersuchung, Bollag. Mit solchen Artikeln gefährden Sie unsere Ermittlungen. Da geht mir die Pressefreiheit, ehrlich gesagt, am Arsch vorbei. Und wenn Sie uns nochmals in die Untersuchungen pfuschen, bekommen Sie Ärger mit uns.«

Er zuckte mit den Schultern. »Stellen Sie sich hinten in die Warteschlange.«

Neuenschwander schüttelte den Kopf, lehnte sich zurück und verzog den Mund zu etwas, das beinahe ein Lächeln war. »Wieso überrascht mich das nicht? Suchen Sie den Ärger eigentlich bewusst oder findet er sie einfach so?«

»Es ist eine natürliche Begabung.«

Der Kripo-Chef legte die Ellenbogen auf den Tisch, bemühte sich um einen versöhnlichen Ton. »In einer

Mordermittlung blicken wir vielen Leuten unter das Bett. Leider stoßen wir dort immer wieder auf Sie. Das gibt uns zu denken.«

Bollag setzte sich wieder. »Ich bin Journalist, ich krieche unter Betten. Dort lassen sich die besten Geschichten finden. Oder Müll, wie meine Schwiegermutter meint.« Er schaute auf die Uhr am Herd.

»Haben Sie es eilig?«, wollte Neuenschwander wissen.

»Ich habe einen Termin. Um 8.30 Uhr.«

»Darf ich fragen, mit wem?«

»Ich dachte, damit wären wir durch.«

Neuenschwander tippte mit dem Zeigfinger auf die Tischplatte. »Lassen Sie mich raten: Es ist eine Frau ...«

Bollag horchte auf.

»... und sie heißt Doris Lüthi.«

Ein kalter Schauer lief über Bollags Rücken. Er starrte Neuenschwander an. »Was ist passiert?«

Neuenschwander faltete die Hände auf dem Tisch, blickte Schaub an, dann wieder Bollag. »Ich denke, wir nehmen jetzt doch einen Kaffee.«

41

Die kleine Werkstatt befand sich am Dorfrand von Gelterkinden, gleich unterhalb der Bahnlinie. Sie war eingeklemmt zwischen einem Pizzakurier und einer Spenglerei. Fünf zerbeulte und ausgeweidete Autos füllten den asphaltierten Hof, den Boden bedeckten Ölflecken und Reifenspuren. Über dem Tor hing ein Blechschild mit einer amerikanischen Flagge, daneben las Bollag die Aufschrift *Paul's*. Der Renault auf der Hebebühne in der Halle war das einzige Fahrzeug, das halbwegs fahrtüchtig aussah. Es war niemand in Sicht.

»Hallo?« Er blieb vor einem Fiat ohne Motorhaube und Türen stehen, Kabel hingen vom Armaturenbrett, die Sitze waren aufgeschlitzt.

So zerlegt kam er sich auch vor.

Seit dem Besuch der beiden Polizisten am frühen Morgen und den Informationen über Lüthis Tod zermarterte er sich das Hirn. Wie zum Teufel passte das alles zusammen? Ein Unfall mit Fahrerflucht, gerade als Doris Lüthi den Grund für Marcels Tod herausgefunden haben wollte? Nie im Leben. Wer brachte einfach so eine alte Frau um? Derselbe, der Marcel erschossen hatte? Aber sie lebten doch im Baselbiet, verdammt noch mal. Wem hier ein Punk mit zwei Sicherheitsnadeln in der Wange entgegenkam, wechselte die Straßenseite. Sicher gab es die heile Welt auch hier nicht, aber das war doch kein Tummelfeld für Serienkiller.

Lüthi musste etwas sehr Wichtiges entdeckt haben. Dieser Meinung war auch Neuenschwander gewesen. Bollag hatte alle Karten auf den Tisch gelegt, hatte von der Begegnung mit dem Gewerkschafter Durand, vom Besuch bei Thommen Rail, vom Gespräch mit Lüthi und ihrem kurzen Anruf mitten in der Nacht berichtet.

Nun ja, er hatte fast alle Karten auf den Tisch gelegt. Von Dettwiler und Bussinger hatte er nichts erzählt. Welches Problem hatte diese Frau? Weshalb lungerte sie mitten in der Nacht vor seiner Wohnung herum? Und wo war Dettwiler, den er hier treffen sollte? Er griff zum Handy.

»Kann ich Ihnen helfen?«

Er fuhr herum, das Handy fiel ihm beinahe aus der Hand. »Ich habe Sie nicht kommen hören. Sie haben mir einen schönen Schrecken eingejagt.«

Der Mann hatte dichtes schwarzes Haar, unter dem blauen Overall zeichnete sich ein kleiner Bauch ab. Er war Mitte 50 und wirkte irgendwie abgekämpft. »Sind Sie Bollag?«

Nachdem die Polizisten in der Früh gegangen waren, hatte er die Adressliste der namensgleichen Bruno Dettwilers abgearbeitet. Der Richtige war der Letzte auf der Liste gewesen. Natürlich. Er wohnte in Gelterkinden, 20 Minuten von Liestal entfernt, und hatte einem Treffen in der Werkstatt zugestimmt.

»Der bin ich.«

Dettwiler schlängelte sich um die Autowracks herum und marschierte in eine Ecke der Werkstatt, wo eine große Harley aufgebockt stand. Das Motorrad glänzte im Licht der Neonröhren, die Werkzeuge in der Halterung an der Wand waren der Größe nach sortiert und blitzten. Er nahm einen Schlüssel in die Hand, beugte sich vor, drehte eine Zündkerze heraus.

»Schöne Maschine.« Das war sie wirklich.

»Eine Softail Fat Boy, Baujahr 1995, 1.300 Kubik.«

»Gehört sie Ihnen?«

»Der einzige Luxus, den ich mir noch leisten kann.«

Es roch nach Benzin und Schmiermitteln, auf einem Wandkalender hantierte eine Schwarzhaarige mit einer Federgabel unter einem Auto. Sie trug einen knappen Slip und Stöckelschuhe. »Arbeiten Sie hier mit?«

»Hier? Nein. Paul hätte kein Geld, um jemanden anzustellen. Aber er lässt mich an meiner Maschine werkeln.« Dettwiler blickte hoch. »Sie kommen also wegen Laval. Was wollen Sie wissen?«

»Ich habe gehört, weshalb Sie entlassen wurden. Sie müssen sich damals ganz schön verschaukelt vorgekommen sein.«

Er nahm einen sauberen Putzlappen von der Werkbank und reinigte die Zündkerze, begutachtete sie im Licht. »Das können Sie laut sagen.« Seine Stimme klang immer noch ganz ruhig. »Die Anwälte von RCS haben mich wie einen Klosterschüler aussehen lassen. Als mir ein ehemaliger Kollege später von der Elektrosmog-Studie erzählt hat, fühlte ich mich gleich ein zweites Mal über den Tisch gezogen.«

Mit dem Lappen fuhr Dettwiler in die Ritzen, holte auch das letzte Staubkorn heraus. Er hob die Schultern. »Aber so ist das nun mal. Die da oben leben nach ihren eigenen Regeln. Wir Kleinen müssen sehen, dass wir irgendwie über die Runden kommen.« Er drehte die saubere Zündkerze hinein, holte die nächste heraus.

»Das scheint Sie nicht mehr besonders aufzuregen. Man hat mir erzählt, dass Sie damals sehr wütend waren.«

Er hielt inne, nickte. »Das stimmt. Ich war sehr wütend. Aber ich habe meinen Frieden mit der ganzen Geschichte gemacht. Ich beziehe eine Invalidenrente, fahre mit dem Motorrad aus, gehe in die Berge. Ich habe nicht viel, aber es reicht. Eigentlich müsste ich Laval und Völlmin sogar dankbar sein.«

Er legte die Zündkerze auf die Werkbank, wischte die verschmutzten Hände ab, sah Bollag ins Gesicht. »Ich bin immer schon überzeugt davon gewesen, dass jeder früher oder später für seine Taten geradestehen muss. Und so ist es ja auch gekommen, nicht wahr?«

War der in einer Freikirche? »Empfinden Sie keine Erleichterung, keine Schadenfreude?«

»Wegen Laval? Nein. Im Grunde genommen tut er mir leid.«

»Wieso das?«

»In seinem ganzen Leben ist er nie aus seinem Hamsterrad herausgekommen. Verstehen Sie, was ich meine?«

Bollag nickte. Ja, das kannte er nur zu gut. »Darf ich fragen, wo Sie am Montag waren?«

Dettwiler zog die Augen zu Schlitzen zusammen. »Meinen Sie, ich habe ihn umgebracht?« Er spitzte die Lippen. »Nun, das kann ich Ihnen nicht verübeln. Einen guten Grund dafür hätte ich wohl gehabt. Aber ich war es nicht. Ich bin mit einem Kollegen auf der Belchenflue gewesen. Wenn es nötig sein sollte, wird er Ihnen das sicher bestätigen.«

Sie spazierten zwischen den Autowracks aus der Werkstatt zum Vorplatz, Bollag wich verrosteten Lenkungen und Getrieben aus. Er fischte den Autoschlüssel aus seiner Tasche. »Sagen Sie, kennen Sie Frau Bussinger aus Häfelfingen?«

»Nein …« Er runzelte die Stirn. »Moment, ist das die Frau aus Ihrem Artikel? Nein, die kenne ich nicht. Würde ich aber gerne mal kennenlernen. Scheint ein interessanter Mensch zu sein.« Er nickte anerkennend. »Aber ich bin nicht der Typ für Aktionsgruppen. Deswegen bin ich bei RCS auch Lokführer geworden und nicht Kundenberater.« Der Tonfall stimmte, Dettwilers Blick war fest. Doch seine Unterlippe zitterte leicht.

»Danke.« Bollag wies mit dem Daumen in die Werkstatt. »Und viel Glück mit der Harley.« Er stieg in seinen Wagen und fuhr los.

Der Mann wäre ein guter Pokerspieler. Oder Mörder.

42

Der Jäger saß an seinem Küchentisch. Er hatte sich ein Glas Mineralwasser eingeschenkt. Kein Tropfen Alkohol bis zum Ende der Mission. Vor ihm lagen das Einsatzbuch, Fotos, Straßenkarten, Stadtpläne, ein Taschenrechner und diverse Ausdrucke aus dem Internet. Er hatte in Bern, Küsnacht und Sissach Distanzen gemessen, Feuerstellungen gesucht, Wind und Wetter analysiert.

Er sah in den Ofen. Die Lasagne war goldbraun, genau richtig. Dennoch musste er sich dazu zwingen, einen Happen zu essen; er brauchte die Energie. Die vergangene Nacht hatte viel Kraft gekostet. Und Schlaf.

Der Jäger holte einen Teller aus dem Schrank, legte die Aluschale aus dem Ofen darauf und stellte beides auf den Tisch, wo bereits Besteck lag.

Mit 20, 30 hatte er nächtelang beobachten und planen können. Das war lange her. Heute führte er solche Missionen nur noch durch, wenn es unabdingbar war. In den letzten Tagen hatte er improvisiert, das Ergebnis war nicht perfekt, aber befriedigend. Er war seinem Ziel wieder einen Schritt näher gerückt. Nun musste er die Weichen für das Endspiel stellen.

Er schnitt ein Stück Lasagne ab, wartete, bis es etwas abgekühlt war, und steckte es in den Mund. Sehr heiß.

Das Einsatzbuch, in dem er alle Beobachtungen zusammengefasst hatte, lag neben dem Teller. Er las die einzelnen Einträge.

Basel: Gute, ebenerdige Feuerstellung auf der Wettsteinbrücke, freies Schussfeld über den Rhein, ›Puma‹ nur im Profil zu erkennen. Distanz 510,4 Meter, böiger Wind am Tag der Beobachtung, gute Fluchtrouten.

Bern: Feuerstellung um zwölf Meter erhöht, freies Schussfeld, frontale Sicht auf ›Puma‹, Distanz 285,1 Meter. Problematischer Zugang zur Schussstellung in einem Geschäftshaus, kurze Distanz zum Zielobjekt erschwert die Flucht.

Immer noch zu heiß. Er nahm den Rand der Aluschale zwischen Finger und Daumen, hob sie hoch und schaufelte die Nudeln auf den Teller. Dampf stieg auf.

Küsnacht: Feuerstellung um vier Meter erhöht auf dem Dach einer Autogarage, Schussfeld zwischen zwei Gebäuden in 17 Meter Abstand, Sichtwinkel von 40 Grad auf ›Puma‹, Distanz 435,9 Meter, leichter, konstanter Wind vom See. Gute Fluchtrouten.

Er nahm einen Bissen, hielt inne und ergänzte den letzten Eintrag: *›Puma‹ tritt in einem Gebäude auf, Schuss durch Glasscheibe erforderlich, Einsatz von Hohlspitzmunition nicht ratsam.*

Er blätterte eine Seite weiter.

Sissach: Feuerstellung 23 Meter erhöht in einer Scheune, freies Schussfeld über ein Feld und Sitzreihen der Gäste, Sichtwinkel auf ›Puma‹ 30 Grad, Distanz 960,3 Meter, kein Wind am Tag der Beobachtung. Geschützte Fluchtroute über Waldweg.

Er kontrollierte, ob er etwas vergessen hatte. Nein, das traf es gut. Bern und Basel strich er. In Basel missfiel ihm, dass er den ›Puma‹ nur von der Seite sähe. Zudem war die Gefahr von böigem Wind über dem Wasser ein unberechenbarer Faktor. In Bern wäre er zwar so nahe dran, dass er mit geschlossenen Augen träfe, aber das Einsickern in die Feuerstellung und die Flucht nach dem Schuss wären problematisch.

In Küsnacht gefielen ihm Distanz, Feuerstellung und Fluchtrouten. Verdammt, wenn der ›Puma‹ bloß nicht in einem Gebäude aufträte. Der Schuss durch eine Scheibe bremste eine Kugel ab. Zudem veränderte das Glas die Flugrichtung. Bei Hohlspitzmunition wäre die Ablenkung noch größer. Also müsste er ein Vollmantelgeschoss verwenden, das eine kleinere Zielwirkung hatte. Oder er könnte zwei Schüsse kurz hintereinander abfeuern. Die erste Kugel würde die Scheibe zertrümmern, die zweite hätte eine freie Flugbahn. Das würde aber die potenzielle Fehlerquote verdoppeln. Zudem widersprach es dem Ethos der Präzisionsschützen: ›Ein Schuss, ein Treffer.‹

Der Jäger strich Küsnacht von der Liste.

Er schnitt die Lasagne in kleine Stücke, wendete sie ein paarmal im Teller und schob eine volle Gabel in den Mund.

Also blieb nur Sissach übrig. Ein Fest, für das eine Bühne und ein Zelt auf offener Wiese aufgebaut würden. Die Feuerstellung und die Sicht boten ihm keine unüberwindbaren Probleme. Nur die Distanz von 960 Metern war verdammt groß. Auf diese Entfernung verlor eine

Kugel etwa acht Meter an Höhe, ganz zu schweigen von der seitlichen Abweichung bei Wind.

In früheren Jahren hatte der Jäger unter diesen Bedingungen schon zahlreiche präzise Treffer gelandet. War er noch so gut? Ja, das war er.

Nachdem er aufgegessen hatte, fasste er seinen Entscheid auf einer Seite zusammen, fügte einen Übersichtsplan von Sissach dazu, legte beide Blätter in das Faxgerät und tippte die Nummer des ›Generals‹ ein. Das Gerät piepte beim Anwählen.

Der Schmerz schnitt unvermittelt wie ein Messer durch sein Hirn und raste durch das Rückenmark in Hände und Füße.

Er wurde zu Boden geworfen, wälzte sich im Flur, biss sich auf die Zunge, Blut füllte seinen Mund. Tramal … Sein Körper zuckte, gehorchte nicht.

Mit der Kraft aller Gedanken zwang er den rechten Arm unter seine Kontrolle, zwängte die Finger in die Hosentasche, ertastete die Packung, zog sie heraus, drückte mit dem Daumen ein paar Kapseln durch die Folie auf den Boden.

Zahlreiche dicht aufeinanderfolgende Stiche ließen ihn zusammenfahren, er zappelte mit den Beinen, traf Garderobenständer und Schirm, schlug mit dem Kopf gegen die Wand, die Kapseln kullerten über die kalten Fliesen.

Eine … nur eine …

Er drückte seinen Kopf nach unten, streckte die Zunge heraus, leckte eine oder zwei Kapseln aus dem Dreck auf und zwang sich zum Schlucken.

Die Stiche zerfurchten sein Hirn weiter, bis seine Gedanken verwirbelt wurden wie Wasser in einem Ausfluss und er in die Dunkelheit entkam.

43

Nach einer Viertelstunde Fußweg vom Tagblatt erreichte Bollag den kleinen Schwieripark am Eingang zum Oristal. Er blieb hinter einem Haselstrauch stehen. Ein Mann mit Glatze, ganz wie er sich am Telefon beschrieben hatte, saß schon auf der vereinbarten Parkbank und schaute sich nervös um. Sein Name war Gregor Minder, und er arbeitete im kantonalen Amt für Umweltschutz und Energie. Er hatte wichtige Informationen angeboten und um ein persönliches Gespräch über Mittag gebeten. ›Herr Bollag, Sie sind in Gefahr‹, hatte er gesagt. Also hatte Bollag sich mit ihm verabredet.

Er beobachtete Minder eine Weile lang aus 20 Meter Distanz. Der Glatzkopf hatte einen abgeschiedenen Treffpunkt gewünscht, er wollte nicht mit einem Journalisten gesehen werden.

Mit den Augen suchte Bollag die Umgebung ab. Zwei Jugendliche mit Skateboards saßen auf einer Mauer und rauchten Gras, der Geruch wehte über die ganze Anlage. Eine junge Frau in einem geblümten Kleid schob ihren Kinderwagen den Weg entlang, sonst war niemand in Sicht.

Minder drehte sich um und stand auf, als er Bollags Schritte hörte. »Sind Sie mein Termin?«

Bollag nickte und streckte die Hand aus. Sein Informant war über 30, mittelgroß und sportlich. Typ Marathonläufer.

Sie setzten sich auf die Parkbank.

»Ich haben Ihren Artikel gelesen. Über die Mobilfunkantenne.« Er tippte mit dem Finger auf das Tagblatt, das neben ihm auf der Bank lag. »Ich bin Umweltingenieur. Vor sieben Jahren habe ich meine Lizentiatsarbeit an der ETH Zürich geschrieben. Die Geschichte der Anti-AKW-Bewegung in der Schweiz.«

Er machte eine besorgte Miene, lehnte sich vor, legte die Ellenbogen auf die Oberschenkel. »Bevor ich Ihnen davon erzähle … Schützen Sie Ihre Quellen?«

Wovor hatte der Angst? »Das kann ich Ihnen garantieren.«

»Mein Name wird in diesem Zusammenhang nirgends erscheinen? Sie werden niemandem von mir erzählen?«

»Das verspreche ich.«

Minder nickte bedächtig, wie um sich selbst Mut zu machen. »Ich muss ein wenig ausholen.« Er zog eine Packung Marlboro aus der Hosentasche und steckte sich eine Zigarette an. Doch kein Marathonläufer.

»Sie wissen bestimmt, dass man in den 1970er-Jahren in Kaiseraugst ein Atomkraftwerk bauen wollte. Es gab Kundgebungen, Protestmärsche und Petitionen, das Baugelände wurde mehrmals besetzt.«

Bollag kannte die Geschichten, die ein paar ältere Journalistenkollegen noch heute mit glänzenden Augen erzählten. Vom offenen Widerstand, den Demonstrationen. Aber das war lange her.

»Für meine Lizarbeit habe ich in der Anti-AKW-Szene recherchiert. So stieß ich erstmals auf den Namen Anita Bussinger.«

Hier ging es um Bussinger? »Ich verstehe nicht ganz. War sie an der Technischen Hochschule?«

»Nein, nein. Sie gehörte sozusagen zu meinen Studienobjekten.«

Bollag verstand nur Bahnhof. Doch er ließ Minder reden.

Dieser blies Rauch aus. »Die AKW-Gegner besetzten das Baugelände in Kaiseraugst, bis der Bundesrat einen Baustopp verfügte und Gespräche anbot. Dann zogen sie ab. Damit war jedoch eine Gruppe von Radikalen nicht einverstanden. So kam es zur Spaltung der Szene.«

Die Frau setzte sich auf eine Bank in ihrer Nähe, öffnete zwei Knöpfe ihres geblümten Kleides und begann, ihr Baby zu stillen. Sie schaute auf und lächelte, Bollag wandte sich ab.

Minder räusperte sich. »Einige dieser Radikalen wurden militant in ihrem Kampf gegen AKWs. Es gab Brand- und Sprengstoffanschläge, Gebäude, Strommasten und Autos wurden zerstört. Dass keine Menschen zu Schaden kamen, war eher Glück als Planung.«

Komm zur Sache, Mann. »Hatte Bussinger damit etwas zu tun?«

Minder wackelte mit dem Kopf. »Ich bin mir nicht sicher. Es ist ziemlich schwierig, Informationen über diese Zeit zu bekommen. Einige Leute, die damals protestiert haben, sitzen heute in Regierungen oder Direktionen. Sie möchten die Vergangenheit begraben.«

»Warum haben die mit Ihnen gesprochen?«

»Weil mein Vater mitgekämpft hat in Kaiseraugst. Das hat mir ein paar Türen geöffnet. Er ist Gerichtsschreiber beim Strafgericht. Aber er schwärmt noch heute von damals.« Minder lächelte.

Bollag wurde ungeduldig, das hier zog sich zu sehr in die Länge. »Und was ist nun mit der Bussinger?«

»1990 stimmten die Schweizer der Initiative für ein AKW-Moratorium zu. Der Bau von neuen Atomkraftwerken war damit nicht mehr möglich. Die Radikalen suchten sich ein neues Ziel für ihren Kampf gegen die Bonzen und gründeten die Aktionsgruppe gegen Elektrosmog. Da war Bussinger die treibende Kraft, das weiß ich.«

»War das eine große Gruppe?«

Minder zuckte mit den Schultern. »Schwer zu sagen. Ich bin bei meinen Recherchen bloß auf eine Handvoll Leute gestoßen.«

»Haben Sie Bussinger befragt?«

»Das wollte ich.« Er drückte die Zigarette auf einer Bodenplatte aus und warf sie in den Abfalleimer neben der Bank. »Aber sie hat sich geweigert. Sie fand, man solle diese alten Geschichten ruhen lassen.«

»Aber Sie haben trotzdem nicht aufgegeben.«

»Ich musste ja meine Lizarbeit schreiben und stand unter großem Druck. Dieser Aspekt der Anti-AKW-Bewegung war neu, ich wollte mehr wissen. Also habe ich über meinen Vater andere Quellen angezapft und einiges über die AGE erfahren. Die Gruppe kämpfte in ihren frühen Tagen vor allem gegen Hochspannungsleitungen. Sie behauptete, dass die elektromagnetischen Felder bei Kindern Leukämie verursachen. Mit dem Aufkommen von Mobilfunkantennen und WLAN weitete die AGE ihr Aktionsgebiet aus.«

Jetzt kamen sie langsam zur Sache. Die Frau legte das Baby in ihren Schoß, schloss ihren BH und knöpfte den Rock zu. Dann hob sie das Kind an die Schulter und klopfte auf seinen Rücken.

Bollag hakte nach. »Und? Ist an dieser Angst vor Elektrosmog etwas dran? Sie sind doch Umweltingenieur.«

»Es gibt ein paar Studien, die Hinweise in diese Richtung liefern. Eindeutige Beweise fehlen bis heute. Aber das ist nicht der Punkt.«

Minder schaute sich um und senkte die Stimme.

»Es geht darum, wie die AGE bei ihren Aktionen vorgeht. In ihren frühen Jahren hat sie Informationsstände aufgebaut und Flugblätter verteilt. Später wurden die Mittel drastischer. Drohungen, Beschattungen, Brandanschläge, suchen Sie sich etwas aus. Mit der Zeit schreckte die AGE nicht mehr davor zurück, Menschenleben in Gefahr zu bringen.«

Nun übertrieb er aber. »Und woher wollen Sie das wissen?«

Der Ingenieur schaute auf seine Hände, die er im Schoß gefaltet hatte. »Ich habe es selber erlebt.« Er blickte hoch, schaute sich wieder um. Der hatte wirklich Angst.

»Als die AGE merkte, dass ich weiter in ihrer Vergangenheit wühlte, bekam ich Drohanrufe. Man hat mir Briefe mit Exkrementen geschickt, die Pneus an meinem Roller wurden aufgeschlitzt. Und ich glaube, dass ich auch beobachtet wurde. Da war so ein Typ an der Uni, der mir ein paarmal aufgefallen ist. Und plötzlich sehe ich den in meiner Straße.«

»Wie haben Sie darauf reagiert?«

Minder drehte seine Handflächen, hob die Schultern. »Ich habe mir vor Angst fast in die Hosen gemacht. Ich bin kein Luther, Herr Bollag, ich wollte bloß eine gute Lizarbeit schreiben. Also habe ich die AGE darin mit keinem Wort erwähnt. Als die Arbeit dann fertig war und veröffentlicht wurde, hörten die Belästigungen auf.«

»Und Sie glauben, dass Bussinger hinter all dem steckte?«

»Vor Gericht könnte ich das nicht beweisen. Aber ja, ich bin mir sicher. Deswegen wollte ich Sie warnen.«

Er schob seinen Kopf näher zu Bollag, seine Stimme war nicht mehr als ein Flüstern. »Auch wenn sie vielleicht nicht so ausschaut. Diese Frau ist gefährlich. Nehmen Sie sich vor der in Acht.«

44

Unten im Dorf schloss Anita Bussinger die Haustür ab, stieg in ihren Ford Fiesta und fuhr davon. Endlich.

Bollag hatte sich an ihre Worte erinnert. Sie verlasse das Dorf nur noch am Donnerstagnachmittag, wenn sie zur Akupunktur gehe. Zwei Stunden hatte er hinter einem Fliedergebüsch am Hang mit Sicht auf Bussingers Haus ausgeharrt und in der schwülen Hitze wie ein Schwein geschwitzt.

Sie war der Schlüssel zu allem.

Er blickte sich nach neugierigen Nachbarn auf den Terrassen der Häuser am Hang um. Dann schlich er sich über das Feld hinunter und stieg über den Holzzaun in den Garten.

An der Küchentür holte er einen Draht aus seiner Tasche. Die Tür hatte außen keine Klinke, aber eine Katzenklappe. Er musste sich auf den Boden legen, um den Draht in die richtige Position zu bringen.

Bollag formte eine Drahtschlinge und schob den Arm durch die Klappe. Beim vierten Versuch schaffte er es, die

Schlinge innen um die Klinke zu legen. Er zog fest daran und die Tür ging auf. Bollag robbte hinein und schloss sie wieder.

Drinnen köchelte etwas auf dem Herd, das einen süßlichen Duft verströmte. Es sah aus, als ob sie bald zurückkäme. Er musste sich beeilen, suchte das Arbeitszimmer, an dem er beim letzten Besuch im Flur vorbeigegangen war.

Licht brannte dort. Nicht gerade eine Stromsparerin. An einer Wand hing ein Poster von Che Guevara, daneben stand ein Schreibtisch, darunter ein Computer. Er war eingeschaltet, wie die grünen Leuchtdioden verrieten.

Bollag setzte sich und holte mit einem Tastendruck den Computer aus dem Schlafmodus. Das System verlangte kein Passwort.

Der Ordner ›Eigene Dokumente‹ enthielt eine Reihe von Unterordnern, von denen einer den Titel ›AGE‹ trug. Er öffnete ihn, weitere Unterordner: ›Aktionen‹, ›Briefe‹, ›Flugblätter‹, ›Referate‹. Er klickte auf ›Aktionen‹, worauf etwa 30 Word-Dokumente als Icons angezeigt wurden.

Es handelte sich um Vorlagen für Flugblätter. Ein paar Minuten lang klickte er sich durch die anderen Ordner, aber er entdeckte nichts Interessantes. Falls es auf diesem Computer brisante Informationen über die AGE gab, mussten sie versteckt sein.

Bollag wandte sich einem dunkelroten Aktenschrank auf seiner rechten Seite zu, dessen fünf Schubladen alphabetisch von oben nach unten beschrieben waren. Er öffnete die oberste Schublade und durchsuchte den Hängeordner zur AGE. Bussinger war gut organisiert, alles war penibel abgelegt. Flugblätter, Einladungen, Schreiben von Behörden. Langweilig.

Die zweite und die dritte Schublade enthielten Steuerunterlagen, Bankauszüge und Rechnungen. Er überflog die Bankauszüge. Bussinger war finanziell nicht auf Rosen gebettet.

Die vierte Schublade enthielt CDs: Neil Diamond, Elton John, Rod Stewart, Barbra Streisand, ein richtiges Gruselkabinett. Die letzte Schublade war leer.

War das alles? Er schaute sich um und unternahm schließlich einen neuen Versuch am Computer. Er startete einen Suchlauf mit verschiedenen Stichwörtern: ›Dettwiler‹ und ›Minder‹ brachten keine Treffer. ›Aktionsgruppe‹ und ›AKW‹ waren besser, es erschienen lange Listen. Bollag klickte auf einige Icons, nichts von Bedeutung. Und jetzt?

Sein Blick ging zurück zum Aktenschrank. Die unterste Schublade war leer. Wieso eigentlich? Ordnete Bussinger zurzeit Akten um?

Er kniete sich vor den Schrank und zog die Schublade erneut heraus. Er tastete das Metall nach einem doppelten Boden ab, doch da war nichts. Auch in den Schubladen darüber konnte Bollag nichts Besonders entdecken.

Erst als alle offen standen, fiel ihm etwas auf. Die unterste Schublade schien 20 Zentimeter kürzer zu sein als alle anderen. Er rüttelte daran, doch sie ließ sich nicht ganz herausziehen.

Er schob alle Schubladen zurück und tastete den ganzen Schrank an Fugen und Kanten, Flächen und Griffen ab. Nach einer Weile stieß er unten an der Rückwand tatsächlich auf einen Widerstand. Ein Stift ragte aus dem Metall. Er ließ sich nach unten drücken, eine Feder bewegte ihn zurück in die Ausgangsposition. Bollag versuchte es mehrmals, doch nichts passierte. Also öffnete er die unterste Schublade wieder.

In dem Moment schwang die Bürotür in seinem Rücken auf. Es lief ihm kalt über den Rücken. Ertappt. Das hier konnte er nicht erklären, es war schlichtweg illegal.

Er hielt inne. Warum schrie Bussinger nicht?

Langsam drehte er sich um. Doch der Türrahmen war leer. Er setzte sich auf seinen Hintern, warf den Kopf in den Nacken, stieß Luft aus. »Mensch, Kleine, willst du mich umbringen?« Auf dem Boden saß Bussingers Katze, deren Schwanz aufgeregt hin und her tanzte, während sie ihn beobachtete.

Bollag atmete tief durch und wandte sich wieder dem Metallstift zu. Es brauchte seine Zeit, bis er den Mechanismus verstand. Indem er gleichzeitig an der Schublade zog und den Stift drückte, ließ sich die Verriegelung lösen. Die Schublade glitt ganz heraus und weitere Hängeordner kamen zum Vorschein, die hinter einer metallischen Trennwand versteckt gewesen waren. A-D, E-J, K-P, Q-Z. Er holte die Papiere von A bis D heraus: Notizblätter, Ortspläne, Briefe, Fotos, Zeitungsartikel. Hurra.

Wie viel Zeit hatte er? Er sah zum Schreibtisch, auf dem ein Drucker-Scanner stand. Ein neues Modell mit Papiereinzug und Auswurf. Das Papierfach war voll. Er legte den Stapel Unterlagen in den Einzug und drückte auf ›Copy‹.

Der Drucker wärmte sich auf, begann Augenblicke später leise seine Arbeit und spuckte gestochen scharfe Kopien in rascher Folge aus.

Bollag nahm weitere Blätter aus dem Hängeordner und wartete, bis der Papiereinzug leer war. Er durfte nichts durcheinanderbringen. Dann legte er die neuen Dokumente in das Eingangsfach, räumte die Originale zurück in den Schrank und drückte auf ›Kopieren‹. So arbeitete er sich nach und nach durch alle Unterlagen.

Bollag war bei Q-Z angekommen, es fehlten noch wenige Blätter. Da hörte er ein lautes Knacken wie von einem Schlüssel. Er horchte. Das Schloss der Haustür klickte. Verdammt.

Er machte drei Schritte zur Bürotür.

»Anita, hast du noch Rucola?« Die Stimme kam von draußen, eine Nachbarin.

Bussinger blieb in der Eingangstür stehen. »Klar, wie viel brauchst du? Dieses Jahr ist er besonders schön.«

Bollag schloss die Bürotür leise, huschte zum Kopierer, der ein Dokument nach dem anderen ausspuckte. Er nahm die bereits kopierten Originalseiten und legte sie eilig zurück in den Aktenschrank.

Die Worte der Nachbarin konnte er nicht verstehen, Bussinger stand immer noch in der Eingangstür. »Über 50 Kilo. Ich mache Konfitüre daraus. Du kannst gerne etwas abhaben.«

Noch fünf Dokumente, vier, drei ... Und plötzlich ging nichts mehr. Die Maschine stand still und gab ein Piepsen von sich. Er blickte auf die Anzeige: Papierstau.

Hektisch öffnete er die Abdeckung des Papiereinzugs. Nichts. Die LCD-Anzeige wies ihn an, die Tonerkassette auszubauen.

Bussinger lachte. »Aber so dick ist er doch gar nicht.«

Bollag öffnete die Abdeckung und nahm die Kassette heraus. Ein zerknittertes Papier hatte sich verklemmt. Er zog daran, doch es riss entzwei. Hektisch drehte er an einem Rädchen, bis der Rest des Blatts zum Vorschein kam. Er knüllte es zusammen und steckte es in seine Hosentasche. Schweiß tropfte auf den Drucker. Mist. Er wischte ihn mit der Hand weg, schob die Tonerkassette wieder hinein und schloss die Abdeckung. Das Gerät erwachte mit einem Höllenlärm zu neuem Leben.

»In Ordnung. Ich bringe dir den Rucola gleich rüber.« Bussingers Schritte klackten durch den Flur in die Küche, sie öffnete die Tür in den Garten. Der Fluchtweg war versperrt.

Bollag griff sich die letzten Originale, steckte sie in den Aktenschrank und schloss leise die Schublade. Die Kopien nahm er unter den Arm, öffnete das Fenster und kletterte hinaus in den Hof. Dabei streifte er mit den Rippen einen vorstehenden Nagel, sein Hemd riss. Nur mit Mühe konnte er einen Schrei unterdrücken.

Als er mit den Füßen auf einem Kiesweg stand, zog er leise das Fenster hinter sich zu. In dem Moment sah er, wie der Drucker die beiden letzten Dokumente ausspuckte.

45

Neuenschwander blickte im Landratssaal über den bunt zusammengewürfelten Haufen, der zur Medienorientierung erschienen war. Er saß vorn auf einem Stuhl, der sonst einem Regierungsrat vorbehalten war. Die Sitze der Parlamentarier waren in einem großen Rechteck vor ihm angeordnet, darauf hatten etwa 30 Journalisten Platz genommen.

Neben Neuenschwander rückte Polizeichef Dieter Egli

den Krawattenknoten ein letztes Mal zurecht. Sein Zeigfinger zitterte, als er auf das Mikrofon klopfte. Der Lärm im Saal verebbte. »Meine Damen und Herren, ich darf Sie herzlich begrüßen. Ich sehe, dass neben lokalen Journalisten auch ein paar von auswärts anwesend sind. Deswegen stelle ich Ihnen kurz die Referenten vor. Zu meiner Linken sitzt Regierungsrat Theo Jauslin, Justiz- und Polizeidirektor des Kantons Baselland, zu meiner Rechten Heinz Neuenschwander, Chef der Kriminalpolizei und Leiter der Ermittlungen im Fall Laval.«

Nach den Enthüllungen im Tagblatt hatten Journalisten die Polizeizentrale mit Fragen bestürmt, einige waren sogar vor der Gutsmatte aufgekreuzt. Da hatte Neuenschwander dem Druck des Polizeichefs nachgeben müssen. Und das alles wegen Bollag.

»Wir werden zwei kurze Statements abgeben, danach können Sie Ihre Fragen stellen.« Egli blickte von seinen Notizen hoch.

Neuenschwanders Magen zog sich zusammen. Bollag hatte sie wie Anfänger aussehen lassen. Doch der Journalist hatte wichtige Hinweise geliefert. Lüthi war ermordet worden, daran hatte er keinen Zweifel. Und sie hatte etwas im Mordfall Laval entdeckt. Zumindest hatte sie das Bollag erzählt. Die Frage war, was. Den ganzen Morgen hatte die Soko jeden Winkel in ihrem Leben beleuchtet und die Verbindungen zu Laval überprüft – bisher ohne neue Erkenntnisse. Eines musste man Bollag lassen, er hatte eine gute Spürnase. Der wäre ein guter Polizist geworden. Wo war er überhaupt? Neuenschwander konnte ihn nirgends entdecken.

Egli räusperte sich. »Zunächst möchte Herr Regierungsrat Jauslin ein paar Worte sagen.«

Jauslin beugte seinen massigen Oberkörper vor, brachte die wulstigen Lippen nahe an das Mikrofon. »Sehr geehrte Damen und Herren«, die Stimme überschlug sich im Lautsprecher, Jauslin zog seinen Kopf etwas zurück, »Herr Laval war ein sehr geschätztes Mitglied meiner Partei, des Gemeinderates von Seltisberg und der Geschäftsleitung von Rail Cargo Switzerland.«

Neuenschwander betrachtete die Journalisten in seiner Nähe. Ein Junge mit Bartflaum, T-Shirt und Turnschuhen, kam vermutlich von ›20 Minuten‹. Der Herr im Zweireiher wohl eher von der NZZ. Und die Frau mit der roten Brille kannte er von der Tagesschau.

Jauslins Bariton dröhnte in den Lautsprechern. »Die schreckliche Tat wühlt die Polizei, die Bevölkerung und auch mich persönlich auf. Im Namen der Kantonsregierung spreche ich den Angehörigen mein Beileid aus. Und ich versichere Ihnen, dass unsere Kantonsbehörden alles daran setzen werden, um den Täter so rasch wie möglich zur Strecke zu bringen.« Bei den letzten Worten schnitt er mit der Hand wie mit einem Schwert durch die Luft.

Es gab ein paar Lacher im Saal, einige Journalisten murmelten. Jauslin lehnte sich zurück, offensichtlich zufrieden mit sich selbst.

Egli klopfte wieder auf sein Mikrofon. »Der Mörder von Marcel Laval hat eine Waffe mit Kaliber 7,62 verwendet. Er ist vermutlich auf einem Motorrad vom Tatort geflüchtet, dabei könnte er einen Rucksack und einen Koffer bei sich gehabt haben. Wir bitten Personen, die sachdienliche Angaben zur Tat machen können, sich mit der Polizei Basel-Landschaft in Verbindung zu setzen.«

Jauslin beugte sich nochmals vor, räusperte sich. »Die Familie des Opfers hat gemeinsam mit dem Kanton Baselland eine Belohnung ausgesetzt. Wer Hinweise liefert, die zur Festnahme des Täters führen, erhält eine Summe von 100.000 Franken.«

100.000? Verdammt, das war viel mehr als üblich. Wieso wusste Neuenschwander nichts davon?

Das Gemurmel im Saal wurde lauter, Arme schossen in die Höhe, unverständliche Sätze wurden gerufen. Egli hielt beide Hände hoch. »Ruhe, bitte. Wir stehen Ihnen jetzt für Fragen zur Verfügung. Einer nach dem anderen.« Er wies auf den Herrn im Zweireiher.

Der Journalist stand auf. »Hofer vom SonntagsBlick. Haben Sie konkrete Spuren? Gibt es Verdächtige?«

Egli sah zu Neuenschwander herüber. Klar, das blieb an ihm hängen. »Ja, wir haben eine ganze Reihe von Spuren, die wir zurzeit auswerten. Wir ermitteln in viele Richtungen. Und ja, es gibt eine Anzahl von Verdächtigen. Nächste Frage.« Das hier wollte er so schnell wie möglich hinter sich bringen.

Egli deutete auf einen zweiten Journalisten, doch der Zweireiher blieb stehen. »Mit Verlaub, aber ich habe nicht den Eindruck, als ob Sie mit Ihren Ermittlungen vom Fleck kommen. Was für Spuren haben Sie? Und was sind das für Verdächtige?«

Sein Eindruck interessierte Neuenschwander einen Dreck.

Eglis Zeigfinger hing in der Luft und zitterte, er warf ihm wieder diesen Blick zu. Neuenschwander musste sich zusammenreißen. »Dazu kann ich aus taktischen Gründen keine Angaben machen. Nächste Frage.«

Der Zweireiher schnaubte. »Und dafür bin ich von

Zürich nach Liestal gefahren? Diese Veranstaltung ist ein Witz.« Er setzte eine Miene auf, die wohl seine Empörung ausdrücken sollte, und nahm Platz.

Na, wenigsten darin waren sie sich einig.

Weitere Journalisten stellten ihre Fragen, Egli nahm einen nach dem anderen dran. Es ging um die Waffe, Lavals Hintergrund, das Motorrad, die Soko, Zeugen. Alle Antworten hielt Neuenschwander so kurz und unverbindlich wie möglich. Das lief doch gar nicht so schlecht, er würde es bald hinter sich haben.

Dann deutete Egli auf Andy Küng von Tele Nordwest. Küng stand auf, fuhr sich mit einer Hand durch die Haare. »Laut dem Tagblatt hat die Polizei Baselland eine der miesesten Aufklärungsquoten in der Schweiz. Sind Sie diesem Fall überhaupt gewachsen?«

Es wurde still im Saal, alle Augen richteten sich auf Neuenschwander. Dieser Idiot Küng kam ihm gerade recht. »Ich habe diesen Schwachsinn im Tagblatt gelesen. Der Artikel ist wieder einmal ein typisches Beispiel dafür, wie oberflächlich einige Journalisten …«

»Wenn ich dazu etwas sagen darf.« Jauslin hatte sich vorgebeugt, seine Lippen klebten am Mikrofon.

Was sollte das jetzt?

Jauslin räusperte sich, es donnerte in den Lautsprechern. »Es ist richtig, dass unsere Polizei gewisse Probleme mit der Aufklärung von Fällen hat. Und ich habe Verständnis dafür, dass die Bevölkerung verunsichert ist.«

So ein Scheiß. Ihre Aufklärungsquote bei schweren Verbrechen war hervorragend. Neuenschwander schüttelte den Kopf. Und wer, bitte schön, war hier verunsichert?

»Wir haben das Problem erkannt und eine Task Force

mit externen Experten eingesetzt. Sie werden die Abläufe in der Polizei unter die Lupe nehmen und Verbesserungen vorschlagen.«

Was? Davon hörte Neuenschwander zum ersten Mal. Egli starrte auf seine Fingernägel. Der war also im Bild.

»Und was den Fall Laval betrifft, so habe ich heute mit dem Vorsteher des Justiz- und Polizeidepartementes gesprochen. Bundesrat Cortesi hat uns seine Unterstützung zugesichert. Ab Montag werden zwei erfahrene Beamte der Bundespolizei unseren Ermittlern zur Seite stehen.«

Dieser Drecksack. Klar, sie hatten ein Wahljahr. Das war aber kein Grund, Neuenschwander so in den Rücken zu fallen.

Egli begutachtete weiterhin seine Finger, Neuenschwanders Magen brannte wie Feuer. Nein, das musste er sich nicht bieten lassen. Er raffte seine Papiere zusammen und stand auf, es wurde totenstill. Neuenschwander marschierte die Pultreihen der Journalisten entlang zum Ausgang auf der anderen Seite des Saals, ihre Blicke folgten ihm. Als er zur Tür kam, begann das Gemurmel, als er sie öffnete, wurden die Stimmen lauter. Als er sie hinter sich schloss, ging das Geschrei los.

46

Vor ihm lag ein Stapel mit gut 100 kopierten Blättern aus Bussingers Archiv. Dossiers über Politiker, Firmenchefs, Journalisten oder Vereinspräsidenten. Bollag saß zu Hause an seinem Küchentisch, eine Tasse Kaffee und einen Schreibblock vor sich. Die Schramme entlang seiner Rippen brannte, doch die Neugier war größer.

Er fing ganz vorn an. Andermatt, Peter, vier Seiten. Der Chef der Swisscom war verheiratet, hatte ein Kind, ein Segelboot auf dem Thunersee und eine Ferienwohnung in Grindelwald. Sein Haus war ein moderner Betonkasten in der Grundstrasse in Olten, wie Bollag auf einem Foto sehen konnte. Weitere Bilder zeigten eine hübsche Frau Hand in Hand mit einem Mädchen, das ein Kindergarten-Dreieck und eine Znünitasche trug, sowie einen weißen Mercedes. Neben den Mercedes war ein Datum gekritzelt: *16. September*. Er blätterte ein paar Seiten weiter, fand keine Erklärung dafür. Er holte seinen Laptop, loggte sich ins Internet ein und ging ins Onlinearchiv des Tagblattes. Dort fand er nach kurzer Suche eine Polizeimeldung, die am 18. September erschienen war:

Sachschaden bei Autobrand

Olten. In der Nacht auf Montag, 16. September, wurde auf einem Parkplatz an der Grundstrasse in Olten ein Auto durch ein Feuer zerstört. Die Feuerwehr konnte verhindern, dass weitere Fahrzeuge in Brand gerieten. Die Schadenssumme beläuft sich auf mehrere zehntausend Franken, verletzt wurde niemand. Die bisherigen Abklärungen deuten auf Brandstiftung hin, die Kantonspolizei Solothurn sucht Zeugen.

Bollag zog das zerrissene Hemd aus und warf es in den Mülleimer unter der Spüle. Die blutige Schramme war etwa zehn Zentimeter lang. Mit nacktem Oberkörper las er weiter.

Der nächste war Beer, Guido. Er hatte weniger Glück gehabt als Andermatt. Der Vizepräsident des Stromkonzerns Axpo war vor gut einem Jahr durch einen lauten Knall geweckt worden. Als er aus dem Fenster blickte, brannte die Garage vor seinem Haus in Rapperswil. Beim Versuch, das Feuer zu löschen, erlitt Beer eine schwere Rauchvergiftung. Er hatte zwei Wochen im Spital gelegen. Im Tagblatt-Archiv fand Bollag neben der Polizeimeldung einen Artikel über den Anschlag.

Er stand auf, ging ins Badezimmer und versorgte seine Wunde mit etwas Desinfektionsmittel. Es brannte wie Feuer. Zurück am Küchentisch ließ ihn die Neugierde zwei Namen überspringen, er las gleich bei B wie Bollag weiter. Zunächst stachen ihm ein paar Zeilen ins Auge.

Sie wollen also einen Artikel über die Mobilfunkantenne schreiben? Das ist doch eine alte Geschichte.

Für Sie vielleicht schon. Für unsere Leser nicht.

Dann hoffe ich, dass Sie sich Mühe geben. Meine Erfahrung zeigt, dass Journalisten eher schludrig arbeiten. Viele schreiben bloß ihre eigene Meinung.

Er dachte zurück an den Garten, den verwitterten Holztisch. Bussinger musste irgendwo ein Gerät versteckt und das Gespräch aufgezeichnet haben. Es waren fünf Seiten, sie hatte jede Frage und jede Antwort sorgfältig dokumentiert.

Auf einem weiteren Blatt fand er detaillierte Angaben über sich: *Wohnadresse: Rathausstrasse 30 in Liestal, seit 2001 beim Tagblatt, Germanistikstudium an der Uni Basel. Sechs Jahre verheiratet mit Nadine Laval, Vizedirektorin der Bank Laval. Getrennt, keine Kinder.* Eine Kopie zeigte das Foto von ihm und Bundesrätin Mangold aus dem ›Blick‹. *Siehe Mangold* stand von Hand geschrieben darüber. Darunter lag sein Artikel über Bussinger und die Mobilfunkantenne.

Gänsehaut bekam er, als er die Serie von Bildern betrachtete. Er vor Thommen Rail, beim Gespräch mit Durand in Yverdon, beim Verlassen des Eisenbahnarchivs, in Unterhosen mit einer Zeitung an seinem Küchentisch. Und dann sah er sich und Nadine, nackt, auf dem Schreibtisch von Rieder.

Diese Dreckschweine.

Auf den letzten beiden Fotos saß er mit Gregor Minder auf der Bank. Sie waren sogar von vorn aufgenommen worden. Wie zur Hölle hatten sie die gemacht? Dort war keiner gewesen, nur Gras, dahinter ein steiler Hang … Die Frau mit dem Baby!

Wie krank waren diese Typen? Hatten sie ihn auch beobachtet, als er bei Bussinger eingebrochen war? Nein, dann wären sie wohl eingeschritten. Aber wofür dieser ganze Aufwand? Er blickte zur Dachwohnung auf der anderen Straßenseite. Es ging auf 20 Uhr zu, die Handwerker waren weg. Vermutlich stand in diesem Moment jemand dort drüben mit einer Kamera in der Hand.

Wut stieg in ihm hoch. Er würde nach Häfelfingen fahren und dieser Bussinger Bescheid stoßen, gleich jetzt. Diese blöde Kuh!

Er ging ins Schlafzimmer und zog ein frisches Hemd über, das Handy klingelte. Eine unbekannte Nummer.

»Du kommst dir sehr clever vor, was?« Die Stimme eines Mannes, Baseldeutsch.

»Wie bitte?«

»Du meinst, du seist klüger als alle anderen. Immer einen Schritt voraus. Überraschung, Arschloch. Du bist nicht so klug, wie du denkst.«

Der Einbruch. Sie mussten die Papiere im Drucker entdeckt haben. Er brauchte Zeit zum Nachdenken. »Wer ist da?«

»Halt die Klappe und hör zu. Für dich ist das alles ein großer Spaß, ja? Dich interessiert nur dein Name in der Zeitung. Möglichst groß.«

Er setzte sich auf den Boden, den Rücken zu Wand. »Das ist vollkommener Blöd…«

»Halt die Klappe! Das ist unsere einzige Warnung. Du hältst dich aus der Sache raus. Keine Schnüffeleien mehr, keine Artikel. Sonst werden wir uns um dich kümmern. Oder um deine Frau. Und kein Wort über diesen Anruf. Zu niemandem. Hast du das kapiert?«

Nadine. Er musste sie warnen. Er gab keine Antwort.

»Hast du das kapiert, Bollag?«

Oder brachte er Nadine durch eine Warnung erst recht in Gefahr? Er gab immer noch keine Antwort.

»Nein? Dann frag mal im Kantonsspital nach deinem Freund Minder, du Arschloch.« Es klickte, die Leitung war tot.

Minder? Bollag eilte in die Küche, schloss den Rollladen, setzte sich an den Laptop, gab ›Kantonsspital Liestal‹ bei Google ein. Seine Finger zitterten, er vertippte sich mehrmals. Er ging auf die Webseite, die Telefonnummer stand ganz oben. Er zückte sein Handy, gab die Nummer ein, stellte sich als Bruder von Gregor Minder vor. Die Frau in der Telefonzentrale verband ihn mit einem Assistenzarzt.

»Ihrem Bruder geht es den Umständen entsprechend gut. Er hat komplizierte Brüche an beiden Armen. Wir haben ihn operiert, er liegt noch auf der Intensivstation.«

»Was ist geschehen?«

»Er ist vom Rad gefallen, wollte sich mit den Armen auffangen. Ja, so etwas ist schnell passiert.«

Bollag bedankte sich, legte auf.

Verdammt, die meinten es ernst. Er musste sofort unter Leute, warf die Kopien in seine Tasche und verließ die Wohnung.

Der Wind hatte aufgefrischt, Papier wirbelte durch die Rathausstrasse, dunkle Wolken bedeckten den Himmel. Es roch nach Regen. Er eilte die Straße hinunter, am Regierungsgebäude vorbei. Hinter dem Orisbach kam schon das Tagblatt-Gebäude in Sicht.

Über die Kreuzung bei der Kantonalbank fuhr ein kleines Auto, kam schnell auf ihn zu. Zwei Männer mit dunklen Sonnenbrillen und Baseballmützen saßen darin. Der Mann auf dem Beifahrersitz lehnte sich nach vorn, holte etwas aus dem Handschuhfach. Bollag sah sich um, er stand auf der Brücke über dem Bach, gegenüber lag die Sportbar, geschlossen. Der Wagen war noch zehn Meter entfernt, fünf, zwei. Mit kreischenden Bremsen hielt er an. Der Mann auf dem Beifahrersitz blickte hoch, sprang heraus, er war klein und pummelig, ging hinten um das

Auto herum, öffnete die Hecktür. Der Fahrer stieg aus, sah sich um, blickte Bollag an. Er war schmächtig, die Augen huschten hin und her.

Und diese Witzfiguren bedrohten ihn? Da waren sie an den Richtigen geraten.

Er warf die Tasche auf den Boden, ballte die Hände zu Fäusten, straffte die Schultern und marschierte auf den Fahrer zu.

Der Fahrer sah ihn kommen, riss die Augen auf, machte zwei Schritte rückwärts. »Haben Sie die Pizza bestellt?«

47

Die schwere Glastür fiel hinter Bollag ins Schloss. Er lehnte sich an den Tresen beim Empfang, atmete durch. An der Wand hingen Plakate: Circus Knie, Justin Bieber, Patent Ochsner. *Tickets hier erhältlich.* Wann hatte er zum letzten Mal einen unbeschwerten Abend verbracht?

Oben in der Redaktion war um diese Uhrzeit viel Betrieb, die Damen vom Schalter hatten um 18 Uhr Feierabend gemacht. Er brauchte etwas Zeit, um sich zu sammeln. Die ganze Geschichte machte ihn fertig, er durfte jetzt nicht durchdrehen. Er musste analysieren, einen Plan machen, systematisch vorgehen. Als Erstes …

Das Klimpern von Schmuck riss ihn aus seinen Gedanken, Schritte auf der Treppe. »Hoi, Tanja.«

Sie kam in den Empfang, blickte geradeaus, steuerte auf die Tür zu. Er hielt sie am Arm fest. »Was ist passiert?«

Sie drehte den Kopf, presste die Lippen aufeinander, ihre Augen waren gerötet. »Ich werde kündigen.«

Nein, das durfte sie nicht. »Rieder?«

Er führte sie am Arm um den Tresen herum, zog einen Stuhl unter einem Schreibtisch hervor. Doch sie wollte sich nicht hinsetzen, lehnte sich stattdessen mit dem Po gegen einen Schreibtisch, kreuzte die Arme und schüttelte den Kopf. »Er hat mich gestern zu Hause angerufen. Wollte wissen, ob ich dich über die Sitzung informiert habe. Ich habe es zugegeben … Er meinte, dass ich mich für eine Seite entscheiden müsse. Es werde sich lohnen, wenn ich nett zu ihm sei. Gerade vorhin hat er gezeigt, was er damit meint. Hat im Kaffeeraum meinen Hintern begrabscht. Ich könnte kotzen.«

Dieses Arschloch. Bollag legte eine Hand auf ihren Oberarm. Sie beugte sich vor, lehnte ihren Kopf gegen seine Schulter. Er tätschelte ihren Rücken. Am liebsten würde er in Rieders Büro rennen und dem Arsch eine Abreibung verpassen.

In dem Moment wurde Bollag klar, was er für Tanja empfand. Er wollte sie beschützen, mit ihr quatschen und herumalbern. Mehr nicht. Sie war die kleine Schwester, die er nie gehabt hatte. »Ich kümmere mich darum.«

Rieder war am Telefon, als er dessen Büro betrat. Er deckte die Sprechmuschel mit einer Hand ab. »Was soll das? Siehst du nicht, dass ich beschäftigt bin! Warte draußen.«

Bollag setzte sich auf den Stuhl vor dem Schreibtisch, schlug die Beine übereinander, lächelte den Lokalchef an.

Rieder stieg die Röte ins Gesicht. »Nein, nein, nur ein

Angestellter. Hör zu, Schatz, kann ich dich gleich zurückrufen? Dauert höchstens fünf Minuten.« Er knallte den Hörer auf.

Bollag wies mit der Hand auf das Telefon. »War das deine Frau, Rieder? Geht es ihr gut? Und deiner Tochter auch?«

»Was willst du?«

»Weiß deine Frau schon, dass du Kolleginnen zu Hause anrufst und in der Redaktion belästigst?«

Rieder lehnte sich zurück. »Ach, Tanja. Hat sie sich bei dir ausgeheult? Dann hat sie sich offensichtlich für eine Seite entschieden. Schade, sie hat Potenzial. Sie hätte es hier weit bringen können.«

»Aber nur, wenn sie sich an deine Regeln hält.«

»Wer nicht für mich ist, ist gegen mich. So einfach ist das. Und ich merke mir meine Freunde, Bollag.«

Bollag stellte die Beine nebeneinander, beugte sich vor. »Ich will, dass du Tanja in Ruhe lässt.«

Rieder lächelte dünn. »Was du willst oder nicht willst, ist mir völlig egal. Du hast hier nichts zu melden.«

»Ist es dir auch egal, wenn ich mit dem Chefredaktor rede? Ihm von deinen Spielchen erzähle.«

Rieder war nicht beeindruckt. »Dann tu das doch. Meinst du, er wird dir glauben? Du hast es verbockt im Bundeshaus, deine Glaubwürdigkeit ist zerstört. Der Alte würde dich aus seinem Büro jagen.« Er griff nach einer kleinen Büchse auf dem Tisch, nahm ein Bonbon heraus und steckte es sich in den Mund. Der Geruch von Pfefferminz breitete sich aus.

»Was bist du für ein Schwachkopf, Bollag. Fickst eine Bundesrätin und lässt dich dabei erwischen.« Mitleidig schüttelte er den Kopf.

Vielleicht war das ein Ansatz. Er setzte ein betretenes Gesicht auf. »Das hätte jedem passieren können. Dir auch.«

»Ach, findest du?« Er legte beide Ellenbogen auf den Tisch, lächelte, deutete mit dem Finger durch die Glasscheibe in verschiedene Richtungen. »Brigitte aus der Wirtschaft, Claudia von Radio Edelweiß, Sandra vom Feuilleton und Jessica vom Empfang unten. Weißt du, was die alle gemeinsam haben?«

»Du hattest sie im Bett?«

Rieder grinste anzüglich. »Und ob ich das hatte. Aber im Gegensatz zu dir bin ich diskret. Ich habe eine Familie zu Hause und eine Karriere vor mir. Und du? Die Frau ist weg. Und der Job bald auch. Dafür werde ich sorgen. Und jetzt verschwinde aus meinem Büro.«

So ein mieses Arschloch. Bollag erhob sich, ging zur Tür, nahm die Klinke in die Hand und schüttelte den Kopf. »Ich muss zugeben, dass ich mich in dir getäuscht habe. Ich habe dir nicht zugetraut, dass du so ein Schwein bist.« Er kam zurück zum Pult, stemmte die Arme auf die Tischplatte. »Kennst du dich aus mit Smartphones? Ich bin eher der altmodische Typ, mein Handy ist von vorgestern. Aber kürzlich habe ich erfahren, was so ein modernes Teil alles kann.« Er holte ein iPhone aus der Brusttasche seines Hemdes, drückte eine Taste. »Das hier gehört Tanja. Hast du gewusst, dass man damit Gespräche aufnehmen kann? Tolle Sache. Die lassen sich sogar ganz einfach per Mail verschicken.« Er tippte mit dem Finger ein paarmal auf den Bildschirm. Rieders Stimme erklang: *»… Sandra vom Feuilleton und Jessica vom Empfang unten. Weißt du, was die alle gemeinsam haben?«*

Rieder starrte auf das iPhone und kniff den Mund zusammen. Bollag brachte seinen Kopf so nahe an das Ohr seines Chefs, dass er dessen Angstschweiß riechen konnte. »Nachdem das jetzt geklärt ist, sollten wir von Mann zu Mann miteinander reden. Erstens: Von heute an lässt du Tanja in Ruhe. Du rufst sie nicht mehr zu Hause an, du bedrängst sie nicht im Büro. Du gehst nett und anständig mit ihr um. Ist das klar?«

Rieder deutete ein Nicken an.

»Gut. Zweitens: Du lässt mich arbeiten. Keine Tricks mehr, du fällst mir nicht in den Rücken, du informierst mich über alles Wichtige. Verstanden?«

Nochmals nickte Rieder knapp. Seine Lippen zitterten, Wut flackerte in seinen Augen.

Bollag richtete sich auf. »Dann ist ja alles bestens. Wir werden bestimmt noch gute Kollegen.« Er drehte sich um, spazierte bewusst langsam aus dem Büro und ließ die Tür offen stehen.

Nur einmal hatte er sich besser gefühlt in diesem Raum.

48

Der Newsroom leerte sich langsam, es kehrte Stille ein. Die Abschlussredaktoren kontrollierten die fertigen Seiten ein letztes Mal. Normalerweise liebte Bollag diesen Moment in seinem Arbeitstag. Die Hektik war vorüber, die Anspannung ließ nach, bald würde man das Ergebnis als fertige Zeitungsausgabe zu Gesicht bekommen.

Doch heute hatte er sich mit den Kopien aus Bussingers Archiv in eine der Gummizellen in der Ecke des Newsrooms zurückgezogen und blätterte erneut deren Informationssammlung durch.

Die Unterlagen zu Marcel waren sehr umfangreich und enthielten genaue Angaben über seine Person. Darüber hinaus gab es diverse Zeitungsartikel, ein Porträt aus dem Rail-Cargo-Magazin sowie Screenshots von Marcels Webseite. Er war im April intensiv von Bussinger oder ihren Leuten beobachtet worden.

5.55: Zurück von der Joggingrunde.

6.30: Verlässt das Haus, fährt mit Jaguar weg.

7.10: Ankunft bei RCS in Basel, Auto in Tiefgarage abgestellt.

9.10: Geht ins Restaurant Gundeldingerhof, unbekannter Begleiter.

So ging das über 18 Seiten. Was für ein Aufwand. Während einer Woche hatten die Beschatter jeden von Marcels Schritten genau dokumentiert, zudem hatten sie zahlreiche Bilder gemacht. Bollag sah sie durch. Marcel im Gespräch mit Leuten, beim Händeschütteln, Arm in Arm mit einer Frau, auf einem Podium, beim Einkaufen, beim Joggen, vor dem Kino mit einer anderen Frau, im Casino.

Ein Lichtschein irritierte Bollag. Er blickte durch die Glastür in den Newsroom. Vor den Fenstern zuckten Blitze durch die Nacht, ein paar Sekunden später donnerte es.

Einige Menschen auf den ausgedruckten Digitalaufnahmen kannte Bollag, darunter waren Polizeidirektor Jauslin, André Völlmin, Nadine, Gisèle, Ernst Thommen, ein Fußballer vom FCB ... Er blätterte zurück. Ernst Thommen? Der Chef von Thommen Rail stand gemeinsam mit Marcel vor dessen Wohnhaus in Seltisberg. Eigenartig. Bollag betrachtete noch einmal alle Details.

Die Kamera hatte das Datum und die Uhrzeit festgehalten: *18. April, 21.30 Uhr*. Auf dem nächsten Foto war André Völlmin an derselben Stelle zu sehen, *18. April, 21.40 Uhr*. Völlmin, Thommen und Marcel trafen sich, okay, das war wohl nichts Besonderes bei den Aufträgen der RCS. Aber weshalb am Abend bei Marcel zu Hause?

Bollag blätterte die Kopien bis zum Buchstaben T durch. Entgegen seiner Erwartung hatten die Elektrosmog-Gegner über Ernst Thommen kein Dossier angelegt. Für André Völlmin hingegen schon. Der RCS-Chef war seit 16 Jahren verheiratet, seine Frau hatte eine Teilzeitstelle als Primarlehrerin, ihre Kinder waren 11 und 14 Jahre alt, sie lebten in Reinach. Ein Zeitungsausschnitt zeigte einen lachenden Völlmin, ein Sektglas in der Hand, der einer Frau mit Igelfrisur zuprostete. *André Völlmin und seine Gattin Belinda Lombardi am Neujahrsapéro der ›Handelskammer beider Basel‹.*

Ein kleiner Artikel war ausgeschnitten und auf ein Blatt geklebt worden. Völlmin hatte beim Feldschießen 2011 als einziger Schütze in Reinach 72 Punkte erreicht, das Maximum. Drei Fotos waren vor dem Hotel Bellevue in Gstaad gemacht worden. Völlmin und eine Frau von schräg hinten aufgenommen, aber eindeutig nicht Belinda Lombardi. Sie war zu schlank und hatte die Haare zu einem Pferdeschwanz gebunden. Eine Affäre? Hatte die AGE Völlmin damit erpresst? Irgendetwas an der Frau …

Bollag holte eine Lupe aus der Schublade des Schreibtisches. Beim Kuss waren Völlmin und die Frau mit dem Pferdeschwanz von der Seite zu sehen, ihr Gesicht war fast ganz verdeckt. Auf dem zweiten Foto gingen sie Arm in Arm in Richtung Hotel, der Fotograf hatte sie von hinten abgelichtet. Das dritte Bild zeigte die beiden am Eingang des Hotels, die Frau schien in die Kamera zu lächeln. Bollag zuckte vor dem Bild zurück. Sie sah ihm durch die Lupe direkt ins Gesicht. Es war, als ob ihm jemand eine Faust in den Magen rammte.

Nadine.

Das konnte nicht sein. Das durfte nicht sein. Nadine würde nie und nimmer … Und schon gar nicht mit so einem Typen.

Bollag ließ alles stehen und liegen, stürmte aus der Redaktion.

Der Regen prasselte heftig herunter. Er irrte ziellos durch die Gassen Liestals, nicht fähig zu einem klaren Gedanken. Nadine und Völlmin. Sie hatten eine Affäre. Es musste so sein. Wie lange ging das schon? Waren sie immer noch zusammen?

Völlig durchnässt betrat er schließlich den McDonald's beim Bahnhof und stellte sich vor den Tresen.

»Wie üblich?« Die junge Frau mit den Kraushaaren und der schwarzen Brille kannte er von zahlreichen Besuchen spät am Abend.

Er nickte knapp. Sie füllte einen Becher, schwarz, stülpte den Deckel darüber. Dampf stieg aus der kleinen Öffnung auf, als sie ihn auf das Tablett stellte. »Sie arbeiten mal wieder lange.«

Er blickte zum Fenster hinaus in den Regen und deutete ein Lächeln an. Sie sagte nichts weiter, als sie das Geld einkassierte.

Vor dem McDonald's stolperte Bollag über einen Bordstein, ein paar heiße Tropfen verbrühten seine Hand. Verflucht. Er hob das Gesicht gegen den Regen und versuchte, den dumpfen Nebel in seinem Kopf zu vertreiben.

Die Tür zur Redaktion war abgeschlossen, der Empfang dahinter dunkel. Einzig der Schriftzug ›Tagblatt‹ über der Tür war wie immer hell erleuchtet. Er nahm den Kaffee in die linke Hand und kramte nach dem Schlüssel. Mit halbem Auge blickte er durch die Glastür, während er Jacken- und Hostentaschen abtastete.

Eine Straßenlampe in seinem Rücken beleuchtete die schmale Schützenstrasse, die von Bäumen gesäumt war. Der Orisbach rauschte laut. Sein eigenes dunkles Schattenbild im spiegelnden Glas erschien ihm jämmerlich. Die Haare, die Kleider, alles hing an ihm herunter wie das Fell bei einem Yak.

Plötzlich bemerkte er eine Bewegung in seinem Spiegelbild, eine Gestalt sprang heran. Sie hielt etwas in der Hand und holte aus ... Bollag ging sofort in die Knie, der Schlag streifte seinen Rücken leicht. Als der Angreifer zum zweiten Schlag ausholte, duckte sich Bollag schnell hinter die Zeitungsbox, laut krachte der Baseballschläger auf deren Metall. Bollag fühlte auf einmal den Kaffeebecher, noch immer heiß zwischen seinen Fingern. Hastig entfernte er den Deckel. Als der Fremde wieder ausholte, schoss Bollag nach oben und schleuderte dem Mann die heiße Flüssigkeit ins Gesicht. Der Angreifer schrie auf, ließ den Schläger fallen, riss die Hände vor das Gesicht. Bollag gab dem Baseballschläger einen Tritt, er rollte über die Straße.

»Conard!«, brüllte der taumelnde Kerl auf einmal.

Bollag erkannte ihn nun, es war der Gewerkschafter Fabrice Durand, der wütend auf ihn zu stürzte.

Durand war zehn Zentimeter größer und mindestens

20 Kilo schwerer. Bollag wich nach hinten aus, prallte mit dem Rücken gegen den Metallgriff der Eingangstür.

›Mit der linken Hand abdecken, die Schläge nahe am Körper halten, keine wilden Schwinger, den Gegner in Sicherheit wiegen, dann zuschlagen‹, echoten seines Vaters Worte in ihm.

Die rechte Faust Durands blockierte Bollag mit seiner Linken und schlug mit der Rechten zurück. Doch er traf nur den Hals seines Gegners. Scheiße, zu überhastet, schoss es ihm durch den Kopf. Durand holte schon wieder aus. Bollag konzentrierte sich auf die Abwehr.

Als Durand ihn am Hemd zu fassen bekam, zu sich hinzog, verpasste er Bollag einen harten Treffer auf die linke Wange.

Verdammt. Bollag wurde schwindlig. Durand stellte ihm ein Bein und warf ihn auf den Rücken. Mit dem Kopf prallte er gegen den Pfosten der Straßenlampe, schützte den Schädel mit den Armen.

Der erste Tritt der schweren Arbeiterstiefel traf Bollags Hüfte, der zweite die Rippen. Er rollte sich seitlich zu einer Kugel zusammen, der nasse Boden war kalt, und spürte zwei weitere Tritte in seinen Rücken.

»Baise-toi, sale fils de pute.« Durand atmete schwer, ging um ihn herum und versetzte ihm nochmals einen Tritt gegen die Brust.

Von diesem Drecksack würde er sich nicht fertigmachen lassen. Bollag packte mit beiden Händen zu, drehte sich gleichzeitig auf den Rücken und rammte seinen Fuß in Durands Kniekehle. Der Schwung reichte. Mit einem Grunzen landete Durand auf dem Boden.

Bollag erhob sich so schnell, wie es die schmerzenden Rippen zuließen. Er stand da und blickte auf seinen Gegner hinunter. Sein Herz hämmerte wie ein Basketball auf Beton. »Genug jetzt.«

Durand kam schwerfällig auf die Beine, sein Bizeps zuckte. Schon im nächsten Moment hob er erneut die Fäuste und griff wieder an. Bollag duckte sich unter dem ersten Schwinger hinweg, blockierte den zweiten mit seinem Arm. Mit seiner Linken landete er einen kurzen, trokkenen Schlag auf der Nase. Durand schrie auf. Bollags nächste Schläge trafen das Kinn, die Wange und nochmals das Kinn Durands. Mit einem Stöhnen sackte der Gewerkschafter in die Hocke.

Nadine ..., dachte Bollag.

Er holte aus und versetzte seinem Gegner mit aller Kraft einen Schlag ins Gesicht.

... verdammt, wie konntest du ...

Mit voller Wucht schlug er ein zweites Mal zu.

... mir das antun?

Beim dritten Schlag kippte Durand nach hinten und blieb röchelnd auf dem Boden liegen.

49

Die Sonne strahlte flach durch das Fenster, Chefredaktor Imhof zog die Augen zu einem schmalen Spalt zusammen. »Meine Herren, ich mag es nicht, an einem Freitagmorgen um 7 Uhr von einem Tagblatt-Leser aus dem Schlaf geholt zu werden, der mich über eine Schlägerei vor unserer Redaktion informiert. Noch weniger mag ich es, wenn einer unserer Journalisten darin verwickelt ist. So richtig sauer werde ich, wenn ich Bilder davon bei der Konkurrenz sehe.«

Er drehte seinen Bildschirm ein wenig, sodass Rieder und Bollag darauf schauen konnten. ›Blick online‹ zeigte ein Foto mit zwei Männern im Kampf, über ihren Köpfen leuchtete der Schriftzug ›Tagblatt‹. Die Auflösung war schlecht, das sah nach Handykamera aus. *Tagblatt-Redaktor verprügelt Leser* stand darunter.

Es war 8 Uhr morgens, doch Imhof saß bereits ohne Jackett und Krawatte hinter seinem Pult. Das tat er in der Regel erst, wenn es auf die Deadline zuging. Er öffnete den obersten Hemdknopf und rollte die Ärmel hoch.

Lokalchef Rieder bewunderte seine glänzenden Schuhe und sah gar nicht erst auf.

Bollag saß übernächtigt und unrasiert in zerknitterter Kleidung vor dem Tisch des Chefredaktors. Bis um 3 Uhr hatten sie ihn auf dem Posten festgehalten, zwei Männer auf dem Nachhauseweg hatten ihn von Durand weggerissen und die Polizei gerufen. Zeugen hatten Durands Angriff beobachtet, der Baseballschläger war sichergestellt worden. Durand wurde mit einem Jochbein- und Rippenbruch sowie zahlreichen Prellungen im Spital behandelt.

Gut so.

Auf eine Anzeige verzichtete er, was kein Wunder war.

Bollag hatte sich in den feuchten Kleidern aufs Bett geworfen und war um 7.40 Uhr von Imhofs Sekretärin aus dem Schlaf geholt und ins Büro bestellt worden.

»Sie sehen beschissen aus, Bollag.« Imhof deutete auf

sein Gesicht. »Ich spare mir die Frage, ob Sie tatsächlich in eine Prügelei verwickelt waren.« Er stand auf, trat hinter seinen Sessel, stützte die Hände darauf ab.

Imhof hatte das einzige Büro in der Redaktion, dessen Wände nicht aus Glas bestanden. Zum Glück, denn auf Gaffer konnte Bollag verzichten. Der Blick durch die beiden großen Fenster zeigte das Regierungsgebäude gegenüber. Der weiße Koloss wirkte im Stedtli ein wenig fehl am Platz.

»Bollag? Hallo ... Was haben Sie dazu zu sagen?« Imhofs Hände umklammerten das Polster des Sessels.

Bollag fuhr sich mit der Hand über das Gesicht, hielt aber sofort inne. Er stöhnte. Das linke Auge und die Wange schmerzten, die Lippe war aufgeplatzt. Er rief sich den vergangenen Tag in Erinnerung. Doris Lüthis Tod, die AGE, der Einbruch, die Dossiers, der Drohanruf. Die Bilder von Nadine. »Es ist kompliziert ...«

»Dann erklären Sie es, verdammt noch mal.« Die Finger gruben sich tief in das Polster.

Rieder reckte sich auf seinem Stuhl und hob die Hand wie ein Streber. »Wenn ich dazu etwas bemerken darf. Das ist nur der Höhepunkt einer ganzen Reihe von Fehlleistungen von Bollag. In den vergangenen Wochen hat er«, er deutete mit dem Daumen auf ihn, »eine Panne nach der anderen produziert. Ich kann nicht länger mit solchen ...«

Imhof schnitt ihm das Wort ab. »Warten Sie, bis Sie an der Reihe sind, Rieder.« Er gab dem Sessel einen Stoß, sodass er gegen den Schreibtisch knallte. »Ich höre, Bollag.«

Er betrachtete die Zeitungsartikel hinter dem Chef, die gerahmt an den Wänden hingen. Es waren Artikel, die

Preise gewonnen hatten. Imhofs Stolz. Zwei der Texte, *Bundesbeamte machen die hohle Hand* und *Spitzensportler hängen an der Nadel*, hatte Bollag verfasst. »Der Mann hat mich angegriffen. Ich habe mich bloß verteidigt.« Er wollte wieder ins Bett.

Imhof ging hin und her, die Hände hinter dem Rücken. »Und? Weshalb hat er Sie angegriffen?

»Das hängt mit meinen Recherchen zusammen. Ich verfolge immer noch den Mord an Marcel Laval.«

Imhof macht eine Kreisbewegung mit der Hand. »Muss ich Ihnen hier die Würmer aus der Nase ziehen? Ich will die ganze Geschichte hören. Wieso ist der Mann auf Sie losgegangen? Gehört er zu den Verdächtigen?«

»Ich glaube nicht, dass er Laval umgebracht hat. Er ist wegen des Artikels ausgerastet, den wir gestern im Blatt hatten. Er ist der Gewerkschafter aus Yverdon.«

Imhof kramte auf seinem Tisch nach einem Tagblatt vom Vortag, schlug die Zeitung auf, blätterte zum Bild auf der Lokalseite, deutete auf Durand. »Der hier?«

»Ja.«

Der Chefredaktor betrachtete das Foto und strich sich mit einem Finger über die Lippen. »In dem Fall müssen wir uns wohl keine großen Sorgen machen. Der Mann hat offenbar einen Hang zur Gewalt ... Aber wieso glauben Sie, dass er nichts mit dem Mord zu tun hat? Genau so jemand könnte das doch gewesen sein.«

Auf dem Schreibtisch standen Fotos von Imhofs Kindern und Enkelkindern. Bollag überlegte, ob er reinen Tisch machen sollte. Doch Minder lag im Spital, mit der AGE war nicht zu spaßen. Nein, er durfte nicht noch weitere Personen in die Geschichte hineinziehen. »Darüber kann ich nicht sprechen.«

Imhof schaute Rieder an und dann wieder ihn. »Sie können nicht? Oder Sie wollen nicht?«

Bollag schüttelte den Kopf, hielt Imhofs Blick stand.

Dieser lehnte sich vor, legte die Hände auf den Schreibtisch. »Sie sind ein Angestellter des Tagblatts. Gemäß Arbeitsvertrag sind Sie verpflichtet, Ihre Vorgesetzten über Ihre Arbeit zu informieren. Und das verlange ich jetzt von Ihnen. Ich will wissen, was Sie herausgefunden haben.«

Nein, das musste er allein ausfechten. Er blieb stumm.

Rieder nickte. »Sehen Sie? So geht das schon seit Wochen. Dieser unverschämte Kerl hält sich an keine Anweisungen. Er kommt, wann er will. Er schreibt, was er will. Ich finde, es ist höchste Zeit, dass wir ein Exempel …«

»Seien Sie still, Rieder. Ich komme hier durchaus ohne Ihre Ratschläge aus.« Imhofs Wangen waren gerötet. »Sie sind bis auf Weiteres suspendiert, Bollag.«

»Was heißt das?«

»Das heißt, dass Sie Ihre Sachen packen können. Ich will Sie vorerst nicht mehr in der Redaktion sehen. Sie bekommen weiter Ihren Lohn, arbeiten aber nicht mehr am Fall Laval. Und auch an keiner anderen Geschichte. Falls Sie es sich anders überlegen und mich über ihre Recherchen informieren wollen, rufen Sie mich an.«

»Ich kann die Sache jetzt nicht ruhen lassen. Es ist zu viel …«

Imhof drohte mit dem Zeigfinger. »Ich warne Sie, Bollag. Sollte ich erfahren, dass Sie hinter meinem Rücken weiter recherchieren, bleibt es nicht bei einer Suspendierung. Dann können Sie sich einen neuen Job suchen. Erst diese Sache mit der Bundesrätin und jetzt das. Sie können froh sein, dass ich Sie nicht sofort rauswerfe. Und jetzt verlassen …«

Das reichte. Bollag sprang von seinem Stuhl auf, der nach hinten kippte und auf den Boden schlug. Die Hände hatte er zu Fäusten geballt. »Wissen Sie was, Imhof? Sie können mich mal. Unterstützung hätte ich brauchen können nach dieser …«, er warf beide Hände in die Luft, »… dieser Sache mit der Bundesrätin. Da war nämlich nichts dran, gar nichts. Alle haben mich an den Pranger gestellt, mich wie einen Aussätzigen behandelt. Haben Sie mir den Rücken gestärkt? Nein. Sie haben mich zum Abschuss freigegeben, indem Sie mich aus dem Bundeshaus abzogen.«

Bollag holte sein Portemonnaie aus der Gesäßtasche, klappte es auf und holte den Tagblatt-Ausweis heraus. »Ich erspare Ihnen die Mühe, mich zu entlassen. Ich kündige.«

Er blickte in das verdutzte Gesicht von Imhof und warf ihm den Ausweis hin. Dann machte er kehrt und öffnete die Tür mit so viel Schwung, dass sie gegen die Wand knallte.

Die konnten ihn alle am Arsch lecken. Er würde sich seine Recherchen von niemandem verbieten lassen.

50

Es war ein klarer Morgen, das Gewitter der letzten Nacht hatte die Luft gereinigt. Neuenschwander entging nur knapp einem Sturz, als das Vorderrad seines Velos einen Stein touchierte.

Ein Stück weiter probierte er die Schaltung: Grip Shift, hatte Jonas erklärt, ganz einfach. Er drehte am Griff, blickte nach unten zwischen seine tretenden Beine und tatsächlich, die Kette sprang auf das nächste Zahnrad.

Es bimmelte schrill.

Herrgott, der 14er!

Er brachte das Velo knapp vor dem Tramgleis zum Stehen.

Er und Velofahren. Wie hatte er bloß auf diese Schnapsidee kommen können. Vor 20 Jahren war er das letzte Mal auf einem Fahrrad gesessen.

Er stand nahe der Haltestelle Kästeli und sah sich um. Rechts hinter ihm lagen die Werkhallen von Thommen Rail, links wanden sich große Rohre um die Halle einer Chemiefirma. Er wollte den Weg abfahren, den Doris Lüthi vermutlich vor ihrem Tod genommen hatte. Vielleicht verstand er dann, was sie gemeint hatte …

Er trat wieder in die Pedale, bog nach links in den Veloweg ein.

Um ein Haar hätte er nach der Pressekonferenz alles hingeschmissen, so sauer war er gewesen. Polizeichef Egli war am Abend in sein Büro gekommen, hatte sich entschuldigt, ihn bekniet und versichert, dass die Bundespolizisten nur Berater sein würden. Er selbst behalte selbstverständlich die Leitung des Falles.

Schließlich hatte Neuenschwander eingewilligt. Doch nicht wegen Egli. Sondern wegen Marcel Laval und Doris Lüthi. Er konnte sie nicht im Stich lassen.

Auf der linken Seite des Velowegs reihten sich Industriebauten aneinander, rechts standen riesige silberne Zylindersilos. Neuenschwander richtete seine Aufmerksamkeit auf alles, was Zahlen hatte.

›Schauen Sie sich das an, Herr Neuenschwander.‹ Im Basler Institut für Rechtsmedizin hatte der Pathologe mit dem Bubengesicht die Hand von Doris Lüthi gegen das Licht gehalten. Ihr nackter Körper war unter einem weißen Tuch verborgen gewesen, ihr Gesicht hatte einen bläulichen Schimmer angenommen. Neuenschwander hatte sich zur Handfläche hinabgebeugt. Zahlen. Mit einem Kugelschreiber waren vier Zahlen in feiner Schnörkelschrift auf die Hand gekritzelt. Sie waren etwas verwischt, doch er hatte 1, 8 und 3 erkennen können. Die vierte Zahl war kaum lesbar gewesen. Doch der Arzt hatte keinen Zweifel gehabt: 1833.

Es war die Handschrift von Doris, wie sie bei Vergleichen festgestellt hatten. Und so hielt Neuenschwander nun Ausschau nach den Zahlen.

Er kam an Wohnblöcken vorbei, die wie Soldaten aufgereiht waren.

Doris hatte etwas Wichtiges entdeckt, das hatte sie Bollag am Telefon erzählt. Unter ihren persönlichen Sachen hatten sie jedoch nichts gefunden, was mit Laval in Verbindung gebracht werden konnte. Vielleicht hatte sie gewusst, dass sie verfolgt wurde, und deswegen die Beweise versteckt. Und die Zahlen, so hoffte Neuenschwander, waren ein Hinweis.

Er stoppte an der Bahnhofstrasse. Rechts lag der Coop, links das Restaurant Grotto, ein altes Haus inmitten von modernen Würfeln, darum herum viel Asphalt, wenig grün. Er bog links ab in Richtung Bahnhof, kam an der UBS-Filiale und einer Apotheke vorbei. Vielleicht war es in der Bank. Die Zahlen konnten die Nummer eines Schließfaches sein. Aber mitten in der Nacht wäre Doris Lüthi bei keiner Bank reingekommen.

Geradeaus sah er die Schienen, links lag der Bahnhof. Er stoppte abrupt, hinter ihm hupte ein Auto. Auf seinen Füßen tippelnd hob Neuenschwander das Velo von der Straße und wich zur Seite auf das Trottoir aus. Als das Taxi vorbeifuhr, zeigte ihm der glatzköpfige Taxifahrer den Vogel.

Der Bahnhof wäre ein gutes Versteck für jemanden, der sich mit Güterwagen auskannte. Vielleicht stand hier ein bestimmter Güterwagen von Thommen Rail auf dem Abstellgleis. Die waren bestimmt nummeriert. Neuenschwander holte sein Notizbuch hervor, setzte die Brille auf und hielt seine Überlegungen fest.

Er schwang sich wieder aufs Velo und bog nach rechts ab, wo der Veloweg der Bahnlinie nach Frenkendorf folgte. Er radelte durch das Fröschmattquartier, links Lärmschutzwände und Stromleitungen, rechts Wohnsiedlungen, die Sekundarschule, Einfamilienhäuser. Dann wurden die Wohnblöcke höher, die Lärmschutzwände ebenso.

Gab es hier vierstellige Hausnummern? Das war eher unwahrscheinlich, aber vielleicht nummerierte man die Postfächer durchgehend. Den Kollegen stand viel Arbeit bevor.

Nach ein paar 100 Metern folgte ein letzter großer Block, eine Querstraße, dann war Pratteln abrupt zu Ende. Rechts zog sich ein Wald über den Hang hinauf, links lag ein Feld mit jungem Mais, dazwischen das Gleis und der Radweg.

Auf der Querstraße standen zwei Autos vor der Schranke am Bahnübergang. Neuenschwander hörte einen Zug aus der Ferne heranbrausen.

Er sah sich weiter um. Durch den Wald schlängelte sich ein Pfad den Hang hinauf, dort oben lag der Friedhof Blözen. Es gab die seltsamsten Dinge – könnte es sich um ein nummeriertes Grab handeln …? Er machte sich eine weitere Notiz, der Intercity rauschte in hohem Tempo vorbei, die Seiten seines Büchleins flatterten im Luftzug.

Neuenschwander trat wieder in die Pedale, folgte dem Veloweg.

Eine Gruppe von Rennvelofahrern in engen Hosen und bunten Leibchen schoss an ihm vorbei, ihre Räder surrten, zwei und zwei nebeneinander, dicke Muskelstränge zogen sich über ihre Waden.

Der Wald wich etwas zurück, eine Wiese breitete sich aus, hinter einem Zaun war ein Gemüsegarten angelegt, dahinter stand ein einsamer Bauernhof. Er hielt am Zaun an, im Garten jätete eine Frau.

»Entschuldigen Sie.« Die Frau blickte auf. Sie war um die 40, kräftige Statur, wettergegerbtes Gesicht. »Ich suche einen Ort, ein Versteck oder so etwas. Als Hinweis habe ich eine vierstellige Nummer. 1833. Sagt Ihnen das etwas?«

Die Frau richtete sich nun ganz auf, schirmte die Augen mit einer Hand vor der Sonne ab. »Sie sind schon der dritte Schatzsucher diese Woche.« Sie lachte. »Mein Sohn macht auch Geocaching.«

Was? »Äh, ja, wie schön.«

»Es kommen immer wieder Sucher hier vorbei mit ihrem GPS.« Die Frau deutete mit Unkraut in der Hand gerade aus. »Ich glaube, da drüben im Wald ist das Cache, da, wo die Tannen aufhören.«

Er bedankte sich und setzte seine Fahrt fort. Links der Schienen stapelten sich Türme von Containern in einem Frachthof, darüber ragte ein riesiger Kran mit gespreizten Beinen auf.

Geocaching? Cache? Was zur Hölle sollte denn das sein? Er würde Jonas fragen müssen.

Am Waldrand rechts entdeckte er kleine Hütten, um die herum Schrebergärten blühten. Keine Brücke führte vom Veloweg hinüber zum Gelände mit den Containern, das Bahngleis war mit einem Zaun abgesperrt. Nein, bis dort drüben war Doris kaum gefahren. Dann schon eher in die Schrebergärten.

Er strampelte die Straße zum Parkplatz hinauf, keuchte, das Hemd klebte ihm am Rücken.

Die Siedlung war ziemlich groß, Fahnen aus Italien, der Schweiz, Kroatien. Männer und Frauen jeden Alters werkelten in ihren Gärten, kleine Kinder rannten herum.

Falls Doris hier eine Parzelle besaß, gäbe es jede Menge Verstecke. Neuenschwander seufzte. Gut, dass Egli die Soko auf seinen Wunsch hin aufgestockt hatte. Ein paar Kollegen würden sich in den Gärten umsehen müssen.

Er ließ das Velo zurück auf den Weg rollen, radelte am Robi-Spielplatz vorbei, danach kam der erste Wohnblock von Frenkendorf in Sicht. Zwischen den Schienen und einem steilen Bord drängten sich Häuser auf engem Raum. Der größte Teil des Dorfes lag rechts oben auf dem Plateau, dort hatte auch Doris Lüthi gewohnt.

Der Veloweg stieg leicht an, Neuenschwander schaltete in einen kleineren Gang.

Er überholte Kinder auf dem Schulweg, die Eisenbahnbrücke kam in Sicht, der Unfallort. Zum Glück, seine Beine wurden langsam müde. Es wurde steiler, er schaltete mit beiden Handgriffen gleichzeitig. Die Kette rasselte, stockte und schließlich trat er ins Leere. Das Velo rollte ein paar Meter den Hang hinauf, blieb stehen. Er wollte den Fuß vom Pedal nehmen und blieb hängen. Schließlich verlor er das Gleichgewicht und kippte zur Seite.

»Huereverdammisiech.«

Neuenschwander befreite sich von dem Velo, stand auf und wischte sich Dreck von der Hose. Die Schulkinder verharrten zehn Meter entfernt und feixten. Er stellte das Velo auf die Räder und schob es die letzten Meter zur Brücke.

Wo der Veloweg in die Straße mündete, stand wie abgesprochen ihr Auto. Jonas lehnte am Kotflügel, eine Cola light in der Hand, und grinste.

Ein schönes Spektakel, das er ihm geboten hatte. »Ich warne dich, Jonas. Kein Wort.«

51

Der Soldat beim Wachhaus sah kurz in das Auto, salutierte und öffnete die Schranke. Der Jäger gestattete sich ein dünnes Lächeln. Die vielen Auszeichnungen an seiner alten Uniform verschafften ihm nach wie vor Respekt.

Er fuhr an den vier Kasernengebäuden und sieben Panzerhallen vorbei und dann hinaus auf das riesige Gelände. Der Waffenplatz Bure war der größte Truppenübungsplatz in der Schweiz. Ein Anruf bei einem Kameraden aus der Dienstzeit hatte ihm den Zugang verschafft. Es würde keine Aufmerksamkeit erregen, wenn der Jäger hier trainierte.

Er folgte einer Teerstraße, bog auf einen schmalen Feldweg ab und parkierte das Auto auf einem abgelegenen Teil des Geländes. Er stieg aus und sah sich um. Wiesen, Wälder und dazwischen viele Pisten, die den Panzerfahrern als Übungsgelände dienten. Hier kannte sich der Jäger aus, während seiner Dienstzeit hatte er ein paar Lehrgänge in Bure besucht.

Er marschierte zum Rand einer zehn Meter breiten Piste, die in eine Senke abfiel. Die Panzerraupen hatten tiefe Spuren in den Boden gefressen.

Mithilfe seines Lasers maß er 960 Meter ab und stellte sein Ziel auf – einen Holzrahmen mit 1,70 Metern Höhe und 40 Zentimetern Breite. Er spannte einen festen Karton ein, auf den er Kreise mit verschiedenen Durchmessern gezeichnet hatte. Danach rammte er an gut sichtbaren Stellen zwei rot-weiße Schießfahnen in den Boden.

Nun suchte er eine Feuerstellung 23 Meter über dem Ziel bergan. Er achtete darauf, dass er den Holzrahmen in einem Winkel von 20 Grad vor sich stehen sah.

In Position auf dem Bauch drückte der Jäger fünf Patronen in das Magazin und schob es in das Gewehr. Er setzte die Ohrenschützer auf.

Mit bloßem Auge war das Ziel kaum auszumachen, nur ein weißer Fleck in der Landschaft, 960 Meter weit entfernt.

Er zog die Sig Sauer SSG 3000 an die Schulter und spähte durch das Zielfernrohr. Die Sicht war noch etwas unscharf und er korrigierte mit dem Stellknopf. Es erstaunte ihn immer wieder, wie groß und klar selbst kleine Objekte mit einer 24-fachen Vergrößerung wurden. Er zog den Verschluss zurück, entsicherte das Gewehr mit dem Daumen, legte den Kopf an den Schaft und zielte.

Eine sanfte Brise wehte über den Waffenplatz. Der Jäger spürte einen leichten Windzug im Gesicht, es mussten fünf bis sechs Stundenkilometer sein.

Er zog den Abzug durch.

Die Kugel verließ den Lauf mit einem lauten Knall und 900 Metern pro Sekunde, nach fast einem Kilometer war sie nur noch etwa halb so schnell. Die Staubfahne erhob sich einen Meter neben dem Ziel, der leichte Seitenwind hatte das Geschoss versetzt. In seinem Kopf stellte er ein paar Berechnungen an, bezog das Gewicht der Kugel und die Entfernung ein, drückte ab.

Verflucht.

Er war dem Ziel zwar nahegekommen, hatte es aber nochmals verfehlt. Er korrigierte am Zielfernrohr, nahm den Karton erneut ins Visier und schoss ein drittes Mal.

Endlich landete der Schuss genau dort, wo er ihn haben wollte: in der Mitte der Scheibe auf einer Höhe von 1.30 Meter.

Der Jäger spürte zunächst noch eine leichte Unsicherheit. Zwischen den folgenden Schüssen ließ er sich viel Zeit, damit der Lauf der Waffe etwas abkühlen konnte. Danach fand er seinen Rhythmus und setzte weitere 17 Kugeln genau ins Ziel.

Nach vier Magazinen und 20 Schüssen zerlegte der Jäger die SSG 3000 in ihre Einzelteile und packte sie in den Koffer.

Kurz darauf deponierte er sie im Auto und schlenderte dann die Panzerpiste hinunter, um seine Leistung unter die Lupe zu nehmen: Das Brett zeigte 18 Treffer, alle lagen im Bereich der Markierungen. Aber der Streubereich war groß, zu groß. Das war indiskutabel. Nun sah er bestätigt, was er vermutet hatte. Für diese Mission war seine geliebte SSG 3000 ungeeignet.

Der Jäger tauschte die Kartonscheiben aus, marschierte zurück zum Auto und holte den zweiten Schießkoffer. Er nahm den Schaft, den Lauf, den Verschluss und das Zielfernrohr aus der Polsterung und setzte die Sako TRG-41 zusammen, ein gedrungenes, hässliches Gewehr aus Finnland. Hässlich und bösartig. Das Magazin füllte er mit ›.338 Lapua Magnum‹-Patronen für große Distanzen.

Zurück in Position überdachte er die Einstellungen, zog etwas Höhe ab, weil die Magnum-Patronen eine stärkere Ladung hatten, die Kugeln schneller als der Schall fliegen würden. Er spürte den Schaft aus Polyurethan an der Wange, der exakt nach seinen Wünschen gefertigt worden war, nahm das Ziel ins Visier und drückte ab. An seiner Schulter fühlte er sofort den Unterschied zwischen den beiden Waffen. Die TRG, Kaliber 8,6, schlug härter ein.

Der erste Schuss traf das Ziel etwas hoch, sein zweiter war bereits im Zentrum.

Nun begab er sich wieder in die Blase, in der er mit der Waffe verschmolz. Er hatte die Fähigkeit, die gleiche Konzentration über einen langen Zeitraum aufrechtzuerhalten.

Nach 30 Kugeln konnte er durch das Zielfernrohr sehen, wie der Karton fast in Einzelteile zerfiel.

Schließlich nahm er das Gewehr auseinander, verstaute es im Auto. Aus dem Augenwinkel konnte er erkennen, dass sich eine Gruppe von Rekruten am Rand der Panzerpiste versammelt hatte. Einer beobachtete die Schießbahn mit einem Feldstecher.

Der Jäger spazierte zurück zur Zielscheibe, betrachtete die Löcher. 29 Treffer hatte er eng beieinander in der Mitte der Scheibe platzieren können, nur ein Schuss lag 30 Zentimeter weiter weg. Viel besser. Er hatte noch nicht alles verlernt. Nun war er bereit für das Endspiel.

Zufrieden schlenderte er zurück zu seinem Auto, die Zielscheibe unter dem Arm, vorbei an den Rekruten. Sie hockten inzwischen unter zwei Bäumen, rauchten Zigaretten und warteten auf Befehle. Er hörte einen von ihnen zischen. »Habt Ihr gesehen, wie der alte Sack geschossen hat? Ich glaub, ich spinne. So ein Arschloch.«

Das entlockte dem Jäger nicht mehr als ein Schmunzeln.

52

Neuenschwander hatte im Restaurant Falken einen Teller Gulasch mit Spätzli verdrückt. Als er aus der Tür trat und die vier Stufen hinunterging, entdeckte er ein kleines Loch in seiner Hose. Rechts am Knie war sie aufgerissen. Mist. Sollte er schnell nach Hause fahren?

»Herr Neuenschwander, darf ich Ihnen ein paar Fragen stellen?«

Er schreckte hoch und starrte in eine Linse. Rechts vom Kameramann stand eine junge Frau und hielt ihm ein Mikrofon unter die Nase. Sie war stark geschminkt.

Das war doch der Lockenkopf, den er schon öfter in den Nachrichten von Tele Basel gesehen hatte. Wie hieß sie noch gleich?

»Äh, nein, keine Zeit.« Über ihre Schulter hinweg blickte er zum rettenden Haupteingang der Gutsmatte.

Verflucht.

Vor der Tür zur Polizeizentrale lungerten drei weitere Journalisten und ein Fotograf herum. Unbekannte Gesichter. Sie hatten ihn aber noch nicht bemerkt. Neuenschwander schwenkte nach links ab, schlug den Fußweg zwischen dem Restaurant Falken und der Gutsmatte ein und steuerte auf den Hintereingang der Zentrale zu.

Die Stöckelschuhe der Fernsehfrau klackerten unbeirrt auf den Betonplatten neben ihm. »Bitte, Herr Kommissar, nur ein kurzes Statement. Wieso haben Sie die Pressekonferenz gestern verlassen? Schmeißen Sie Ihren Job hin?«

Der Kameramann überholte sie im Laufschritt, ging rückwärts und richtete sein Objektiv ohne Unterlass auf ihn. Die Journalistin fuchtelte mit dem Mikrofon vor seinem Gesicht herum. »Was ist mit dem Gewerkschafter Fabrice Durand? Gehört er zu den Verdächtigen?«

Neuenschwander grunzte unwirsch und schüttelte den Kopf. Der Kameramann verlangsamte seinen Schritt und stellte sich ihm in den Weg.

»So nicht, junger Mann.« Neuenschwander schob ihn zur Seite, der Mann stolperte über einen Randstein, knickte mit dem Fuß um.

»Au!« Beinahe wäre ihm die Kamera aus der Hand gerutscht. Er blickte Neuenschwander wütend an. »He, Sie, was soll das?«

Der Lärm schreckte die Journalisten vor dem Haupteingang auf, sie kamen im Eilschritt um die Ecke. Neuenschwander klaubte das Schlüsselkärtchen aus seiner Hosentasche und erreichte die Hintertür, während die Journalisten näher kamen.

»Moment, Herr Neuenschwander, nur ein paar Fragen. Wieso setzt Ihnen Regierungsrat Jauslin zwei Bundespolizisten vor die Nase?« – »Haben Sie um Hilfe gebeten?« – »Kommen Sie schon, wir machen hier bloß unseren Job.«

Neuenschwander musste zweimal ansetzen, bis es ihm gelang, das Kärtchen richtig durch den Schlitz der Türkontrolle zu ziehen. Er öffnete die Tür, eine Hand auf der Schulter hielt ihn zurück. Er packte sie mit der freien Linken, drehte sich langsam um und starrte dem Journalisten ins Gesicht: »Nicht anfassen, verstanden?« Er drückte zu. Fest.

»He, das tut weh.« Die Stimme klang gepresst, der Journalist verzog das Gesicht.

Neuenschwander ließ los, zog die Tür mit dem Ellenbogen ganz auf, schlüpfte hindurch und stieß einen Seufzer aus, als sie sich mit einem Klick hinter ihm schloss. Diese Kerle wurden immer aufdringlicher. Die Polizei musste bald Resultate präsentieren, sonst würde das noch schlimmer werden.

Im Lift nach oben ging er die Aufträge durch, die er erteilt hatte. Sein Team – Hess, Flückiger, Wagner und Kovac – holte alle möglichen Informationen über André Völlmin ein, durchsuchte Datenbanken, sprach mit Waffenhändlern und Vorgesetzten in der Armee.

Zu ihren Rechercheaufgaben gehörten aber weiterhin auch Marcel Lavals Onlinebekanntschaften, seine Bankkonten und die Verbindung zum Gewerkschafter Durand.

Er verließ den Lift im dritten Stock und stoppte vor den Postfächern. Eine Spesenabrechnung, von Egli unterschrieben, zwei Werbebriefe, der ›Blick‹, der Tages-Anzeiger und die Berner Zeitung. Er klemmte alles unter den Arm.

Jonas war im Casino gewesen und hatte vom Kartengeber erfahren, dass der Expolizist von Arx gegen 4 Uhr in der Früh gegangen war. Er konnte als Täter nicht ganz ausgeschlossen werden, war auf der Liste aber nach unten gerutscht. Nun durchkämmte Jonas erneut die Namen und konzentrierte sich auf Armeeangehörige, die nicht mehr im Dienst waren.

Die beiden Werbebriefe warf er in die Kiste für das Altpapier, die Spesenrechnung legte er in das Fach der Abteilungssekretärin.

Fünf weitere Kolleginnen und Kollegen waren an diesem Morgen zum Team gestoßen. Er hatte sie angewiesen, Verbindungen zwischen Marcel Laval und Doris Lüthi zu suchen, deren Bekannte und Verwandte zu befragen. Um das Rätsel der vier Ziffern zu lösen, klopften sie bei Gemeindeverwaltungen, Taxiunternehmen, Telefongesellschaften, der Post und beim Güterbahnhof an. Zwei Mitarbeiter waren in Frenkendorf und Pratteln unterwegs, sie befragten Anwohner des Velowegs und Besitzer von Schrebergärten. Zeugenaussagen halfen ja manchmal doch …

Hatte er etwas übersehen? Neuenschwander wusste, dass sie auf einer völlig falschen Fährte sein konnten. In den 40 Jahren bei der Polizei hatte er aber gelernt, seinem Bauchgefühl zu vertrauen. Und das sagte ihm, dass sie dem Täter näher kamen.

Es blieb noch eine Sache.

Er ging durch den Flur und schlug den ›Blick‹ auf. *Kripo-Chef lässt Regierungsrat sitzen*. Scheiße. Er faltete die Zeitung gleich wieder zusammen und warf sie, zusammen mit den anderen Blättern, in einen Abfalleimer. An der Tür zu Jonas' Büro machte er Halt.

»Sagt dir Geocaching etwas?«

Jonas hackte auf der Tastatur herum. Vor ihm auf dem Bildschirm hatte er Namenslisten, auf dem Tisch standen drei leere Flaschen Cola. Er blickte auf. »Klar. Das ist ein Spiel. Du versteckst eine Plastikbox oder so etwas und stellst die zugehörigen Koordinaten ins Internet. Wer ein GPS hat, kann sie dann suchen.«

»Und was versteckt man da?«

Jonas drehte sich um. »Alles Mögliche. Das können kleine Andenken oder Souvenirs sein. Oder ein Kugelschreiber.«

Neuenschwander runzelte die Stirn. »Und was ist der Sinn der Sache?«

»Es ist ein nettes Hobby. Häufig verstecken Ortskundige die Schätze an einem besonders schönen oder markanten Platz. Das führt Ortsfremde dann dorthin.«

»Könnte Doris Lüthi da mitgemacht haben?«

Jonas spitzte die Lippen. »Möglich. Da machen Alte und Junge mit. Sogar du könntest das … Vier Zahlen sind allerdings keine GPS-Koordinaten. Das müssten mehr sein.«

Neuenschwander wies mit der Hand auf den Monitor. »Kannst du nachschauen, ob es zwischen Pratteln und Frenkendorf ein Versteck hat?«

»Klar.« Jonas wandte wieder sich zum Bildschirm, öffnete den Browser und gab ›Geocaching‹ und dann ›Pratteln‹ ein. Wenige Klicks später erschien eine Karte mit etwa 20 Punkten. »Jeder Punkt ist ein Cache, also ein Versteck. In Pratteln hat es eine ganze Menge.«

»Und am Veloweg nach Frenkendorf?«

Jonas zoomte in die Karte. »Hm ... Direkt am Veloweg sehe ich keinen.« Er deutete auf den Bildschirm. »Schau mal, der hier ist zwischen den beiden Dörfern, der Veloweg ist in der Nähe. Aber er liegt hinter der Bahnlinie, und bis Frenkendorf führt keine Brücke über das Gleis.« Er klickte auf den Cache, der Name *Hülfte* wurde eingeblendet.

Neuenschwander schaute auf den Bildschirm, kratzte sich am Kinn. Er trommelte mit dem Fingernagel einen Takt auf den Tisch, reckte sich, tippte mit dem Knöchel gegen die Stirn. Natürlich, er war ein Idiot. In Geschichte war er doch immer gut gewesen. Er schlug Jonas auf die Schulter. »Verdammi, du bist ein Genie.«

53

Der Haufen Erde neben dem Grab war unter einem grünen Tuch versteckt. Die langen Haarsträhnen des Pfarrers flatterten wie Flaggen im Wind, als er ein letztes Gebet sprach. Die Trauergäste standen in dichten Reihen um das Loch im Boden. Bollag entdeckte unter ihnen die Spitze der FDP Baselland, den vollzähligen Gemeinderat von Seltisberg, ein paar Journalisten und die Leitung von RCS – inklusive André Völlmin.

Als der Pfarrer die vorderste Reihe der Trauernden entlangschritt und die Hände der Angehörigen schüttelte, griff die Harfenspielerin erneut in die Saiten. An den Mauern des kleinen Seltisberger Friedhofs hatten sich Fotografen postiert, die das Geschehen durch ihre Objektive verfolgten.

Sie bekamen einiges vor die Linsen, denn die Familie Laval hatte sich natürlich nicht lumpen lassen. Parkplatzeinweiser, üppiger Blumenschmuck, Musik, übergroße Bilder von Marcel auf Gestellen, Einladungen mit Goldprägung zum Trauermahl im Liestaler Hotel Engel – alles vom Feinsten.

Nadine und Gisèle hielten die Köpfe gesenkt, sie trugen elegante Kleider und große schwarze Hüte. Schleier verdeckten ihre Gesichter, hin und wieder fuhren ihre Hände mit Taschentüchern darunter.

Bollag stand ganz hinten, weit weg von Nadine und den Angehörigen. Einzelne Trauernde traten vor und warfen Blumen in das Grab.

Nach dem Defilee zogen zwei Männer in Überkleidern das grüne Tuch zur Seite und begannen, den Erdaushub in die Grube zurückzuschaufeln. Die Trauergemeinde zerstreute sich langsam, das Gemurmel erstarb. Vereinzelt heulten auf dem Parkplatz bereits die Motoren der Limousinen auf. Bollag trat an den Rand der Grube und blickte auf den dunkelbraunen Sarg mit den goldenen Griffen. Die Erdklumpen trafen das Holz mit dumpfem Knall.

Plötzlich stand Nadine neben ihm und nahm seine Hand. »Danke, dass du gekommen bist.« Gemeinsam schauten sie zu, wie der Sarg unter der Erde verschwand.

Er blickte zur Seite, durch den Schleier sah er ihr Gesicht im Profil. Sie trug eine weiße Perlenhalskette und dazu passende Ohrringe, war auf schmerzhafte Weise schön.

Nadine drehte den Kopf, ihre Hand schnellte zum Mund. »Mein Gott, was ist denn mit dir passiert?«

Bollag betastete die geschwollenen Stellen in seinem Gesicht. »Ich bin in eine Schlägerei geraten.«

Sie schüttelte den Kopf. »Wie machst du das bloß?«

»Was?«

Sie deutete mit dem Kinn auf sein Gesicht. »Das. Dass du dich immer wieder in Schwierigkeiten bringst.«

Er schüttelte den Kopf, mied ihren Blick.

»Was ist passiert?«

Nein, das war nicht der richtige Augenblick.

Sie nahm ihn am Arm, führte ihn in eine Ecke des Friedhofs zu einer Bank unter einem mächtigen Baum. Auf ihrer rechten Seite reihten sich Wände aus Ziegelsteinen aneinander, in die quadratische Nischen eingelassen waren, viele von ihnen mit Blumen geschmückt. Urnengräber.

Nadine ließ sich auf die Bank nieder, zog ihn zu sich herab, lüftete den Schleier. Ihre Augen waren gerötet. »Hast du etwas herausgefunden? Über Marcel? Erzähl es mir.«

Eine übergewichtige junge Frau in einem schwarzen Minirock schlurfte vorbei, einen bunten Blumenstrauß in der Hand. Sie schielte kurz in ihre Richtung.

Nein, nicht hier. Er stand auf, steckte die Hände in die Hosentaschen, schüttelte abermals den Kopf.

In ihren Augen lag ein Flehen. »Bitte, ich muss es wissen.«

Er schaute auf sie hinab. »Es ist nicht Marcel … Ich weiß es … Ich weiß von dir und Völlmin.«

Nadine fuhr zusammen, als hätte er sie geohrfeigt. Ihr Mund bildete ein stummes O.

»Wolltest du mir irgendwann davon erzählen? Oder geht mich das nichts mehr an?«

Sie blickte auf ihren Schoß, verknotete die Hände, gab keine Antwort. Die junge Frau im Minirock stand vor einem Urnengrab, legte den Blumenstrauß in eine Nische und faltete die Hände zum Gebet.

Er starrte auf ihren Scheitel. »Ich möchte nur eines wissen. Fing das an, bevor du ausgezogen bist?«

Sie sprach zu ihren Fingern. »Du und ich ... Wir sind nicht mehr zusammen ...« Sie betupfte die Augen. »Ich treffe mich mit anderen Leuten ... Gerade du solltest das verstehen.«

»Das ist keine Antwort auf meine Frage.« Bollag schrie innerlich, doch er gab seiner Stimme einen ruhigen Klang.

Nadine hob den Kopf, blickte ihm ins Gesicht, sagte nichts.

»Ich denke, dass du mir eine Antwort schuldest. Wenigstens das.«

Nadine schüttelte kaum merklich den Kopf, flüsterte, Tränen strömten über ihr Gesicht. »Es fing vor etwa einem Jahr an.«

Also doch. »Ein Jahr? Also bevor du glaubtest, dass ich eine Affäre habe. Gut, nur das wollte ich wissen.«

Sie erhob sich rasch und stellte sich vor Bollag, hinderte ihn am Gehen. »Du hast dich immer in deine Arbeit vergraben, hast mich nicht mehr an dich herangelassen. Ich kann dir ...«

Er breitete die Arme aus. »Warum, Nadine?«

Ihre Augen verengten sich. »Du hast gar keine Ahnung, wie schwierig du auszuhalten bist. Hast du nicht gemerkt, dass du jeden Abend mit einer miesen Laune nach Hause gekommen bist? Hast dein Bier aus dem Kühlschrank geholt und dich vor den Fernseher gepflanzt. Oder bist in den Boxclub verschwunden. Du bist nie mit mir ausgegangen, zu keiner Vernissage, in kein Konzert.«

Ihre Miene schwankte zwischen Trauer und Wut. »Ich bin gut in meinem Beruf, ich habe Erfolg. Du hast das nie anerkannt, bist immer nur hergezogen über meinen Job, die Bank, über meine Familie. Du bist die Negation pur.«

Endlich sprach sie Klartext. Er schaute in ihr Gesicht, senkte die Stimme. »Ich habe dir nie etwas vorgemacht. Geld, die Einladungen, Ansehen – das war mir nie wichtig.«

Ein ratschendes Geräusch, erschrocken drehte er den Kopf. Die junge Frau im kurzen Rock hatte ein blau glänzendes Geschenkpapier in der Hand. Sie öffnete eine Verpackung, nahm ein rotes Feuerwehrauto heraus und stellte das Spielzeug neben den Blumenstrauß.

Nadines Stimme wurde fester, sie verschränkte die Arme. »Ja, deine Prioritäten waren von Anfang an klar. Und dabei spielte es keine Rolle, was ich wollte.« Sie zerknüllte das Taschentuch in der Faust.

Und sie wollte einen anderen Mann. »Du warst mir wichtig … Immer … Ob du es mir glaubst oder nicht: Ich habe dich nie betrogen.«

Für ein paar Sekunden blickte sie ihn mit zweifelnden Augen an. Dann wurde ihre Stimme sanfter, sie legte eine Hand auf seinen Arm. »Das mit Völlmin, es ist vorbei … Es war nichts … Nur eine Ablenkung. Es tut mir wirklich leid.«

»Und was war das am Mittwochabend in der Redaktion? Ich hatte gedacht …«

»Belästigt er dich, Nadine?« Gisèle Laval stürzte mit raschen Schritten zwischen sie und legte den Arm schützend um ihre Tochter. Sie starrte Bollag aus aufgerissenen Augen an, schob ihren Kiefer vor wie eine Bulldogge. »Was glaubst du eigentlich, wo du bist? Hör auf, Nadine bei der Beerdigung ihres Bruders zu belästigen.« Sie nahm Nadine am Arm und wollte sie wegführen. »Komm, Kleines, die Gäste warten.«

Nadine löste sich aus der Umklammerung und drückte die Hand ihrer Mutter. »Ich komme gleich, Maman. Gib mir noch eine Minute.«

Gisèle ließ widerstrebend die Hand ihrer Tochter los. Abschätzig musterte sie Bollag von Kopf bis Fuß. »Du kommst ja bestimmt nicht zum Trauermahl.« Sie wartete keine Antwort ab und stampfte davon. Ihre Schritte klackten auf dem Asphalt.

Nadine blickte Bollag in die Augen. »Das am Mittwoch … Ich hatte das doch nicht geplant. Ich wollte nur mir dir reden. Und dann ist es einfach … passiert.«

»Wolltest du mir etwa erzählen, dass du eine Affäre hast?«

Nadine presste die Lippen zusammen. »Ja, das wollte ich. Ich wollte dir erklären, wie es dazu gekommen ist.« Sie holte mehrmals Luft und hielt seinen Blick fest. Plötzlich griff sie nach seiner Hand, presste sie an ihr Kinn und drückte so fest zu, dass ihre Knöchel weiß wurden. »Und ich wollte dir sagen …« Sie schluckte. »Ich glaube, dass er der Mörder von Marcel ist. André Völlmin hat meinen Bruder umgebracht.«

54

Auf einem kleinen Hügel über dem Veloweg ragte ein Obelisk etwa zwei Meter hoch auf. Das Denkmal war aus rotem Sandstein gemeißelt worden. Es thronte auf einem niedrigen Podest, das von einer Steinmauer eingefasst war. Neuenschwander umkreiste das Denkmal, betrachtete es von allen Seiten, las die Inschrift. *Die Freiheit war seine Braut, für sie ging er gerne in den Tod.* Ziemlich pathetisch. Aber trotzdem ein Stück Baselbieter Geschichte.

Bis in die 1830er-Jahre hatte es nur einen Kanton Basel gegeben, der die Stadt und die Region vereint hatte. Doch die Landgemeinden hatten sich gegen die Dominanz der aristokratisch regierten Stadt gewehrt und 1832 den Kanton Basel-Landschaft gegründet. Scharmützel zwischen Stadt und Land in den Monaten danach hatten am 3. August 1833 in der Schlacht an der Hülftenschanze gegipfelt. 71 Menschen waren dabei ums Leben gekommen. Noch im gleichen Jahr war der neue Kanton von der Eidgenossenschaft anerkannt worden. Das Denkmal bei Frenkendorf erinnerte an Obergerichtsschreiber Heinrich Hug, der an dieser Stelle gestorben war.

Neuenschwander ärgerte sich, dass er nicht früher daran gedacht hatte. *1833* hatte Doris Lüthi auf ihre Hand geschrieben. Natürlich kannte sie das Denkmal. Denn die alte Dame war Baselbieterin, hatte sogar in der Nähe gewohnt. Das hätte ihm früher einfallen müssen.

Auf dem Robi-Spielplatz 20 Meter unter ihm spannte

ein junger Mann die Stoffwand eines Tipis mit einer Schnur, dahinter radelte eine Familie mit zwei Kindern über den Veloweg. Hammerschläge – Metall auf Metall – von den Frachtcontainern jenseits der Bahnlinie drangen zu ihm herüber.

Neuenschwander konzentrierte sich. Welche Beweise hatte Doris gefunden? Papiere? Das quadratische Podest maß zwei mal zwei Meter, es war mit Kies bedeckt. Er betrachtete den Obelisken. Nein, falls es Papiere waren, konnten sie nicht am Denkmal selbst zu finden sein.

Sein Blick wanderte umher. Ein Holzzaun schirmte Besucher vor dem steilen Abhang rechts ab, auf der linken Seite breiteten sich Gebüsche und Bäume aus, weiter unten verlief ein kleiner Bach. Er würde Verstärkung brauchen, wenn er das alles absuchen wollte. Er schloss die Augen, stellte sich Doris vor. Es war Nacht, als sie hier gewesen war. Vermutlich hatte sie keine Taschenlampe gehabt. Oder doch? Ja, da war eine kleine Lampe unter ihren Sachen gewesen.

Er schaute sich um, bückte sich, strich mit den Fingern durch den Kies. Es war nur eine sehr dünne Schicht, die Erde darunter war hart. Sie hätte graben müssen, um etwas zu verstecken. Neuenschwander schloss wieder die Augen.

Die kleine Taschenlampe warf einen schwaches Licht auf den Pfad, Doris atmete schwer, war gestresst und hatte Angst. Sie kam hoch zum Denkmal, umkreiste das Podest, suchte nach einem sicheren Versteck. Es musste schnell gehen. Sie ging nicht in den Wald, dort könnte sie stolpern, sich verletzen. Es musste direkt beim Denkmal sein.

Er sah genauer hin. Die Mauer um das Podest war von

Rissen durchzogen, Granitplatten lagen auf dem oberen Rand. Er setzte sich darauf, fuhr mit den Fingern in Spalten und Löcher. Wenn er mit einem Abschnitt fertig war, rutschte er einen Meter weiter und begann von vorn. Wenig später kam er zurück zum Ausgangspunkt. Nichts.

»Du machst es mir nicht einfach, Doris.«

Er fuhr mit dem Zeigfinger nochmals unter die Granitplatten. Stopp. Unter seinen Fingerspitzen fühlte sich der Stein kühl und rau an, wurde glatt, dann wieder rau. Er ging in die Knie, blickte in den Spalt zwischen Mauer und Granitplatte. Da steckte etwas.

Er drückte seinen Zeigfinger in den Schlitz, kratzte mit Fingernagel an der Kante. Plastik. Er versuchte, den Gegenstand mit den Fingern herauszuziehen, doch der Spalt war zu schmal.

Gopfridstutz. So ging das nicht.

Er holte sein Sackmesser aus dem Jackett, war ›allzeit bereit‹, seit seinen Jugendjahren bei den Pfadfindern. Neuenschwander öffnete die spitzige Aale und steckte sie in den Spalt. Das dünne Etwas ließ sich bewegen, Millimeter für Millimeter. Schließlich konnte er es mit Daumen und Zeigfinger packen und herausziehen. Ein schwarzer Speicherstick.

»Gut gemacht, Doris.«

Neuenschwander schloss die Tür zum Rapportraum in der Gutsmatte. Jonas hatte sich bereits hingesetzt, den Laptop aufgeklappt. Er steckte den Stick in die Buchse. »Na, dann wollen wir mal sehen.« Auf dem Bildschirm erschienen fünf Ordner, Jonas öffnete einen davon. Er enthielt Fotos. Alte Lokomotiven, Flugzeuge, Kinder vor einer Modelleisenbahn. Jonas zeigte mit dem Finger darauf. »Die Ausstellung kenne ich. Die ist im Verkehrshaus in Luzern.«

Bilder von einem Ausflug? Oder war irgendwo etwas Wichtiges drauf, zum Beispiel ein geheimes Treffen? »Die Fotos werden wir uns noch genauer anschauen. Mach weiter.«

In einem Ordner namens ›Doris‹ befanden sich Briefe an die Steuerverwaltung, die Kantonalbank und an einen Anwalt. Ordner Nummer drei enthielt Excel-Tabellen. Es waren Listen mit Zahlen, technisches Zeug. Das würden sich die Experten ansehen müssen. In Ordner Nummer vier lagen eigenartige Dokumente.

Neuenschwander zog einen Stuhl hervor, setzte sich neben Jonas. »Was ist das?«

»MP3-Dateien. Könnte Musik sein.« Jonas klickte auf eine davon, im Hintergrund waren leichtes Verkehrsrauschen und Vogelgezwitscher zu hören. Plötzlich setzten Stimmen ein:

»Ernst, schön dich zu sehen. Gehen wir ein Stück?«

»Danke für die Ausschreibung, André. Wir machen gerne mit. Du bekommst unsere Offerte bis Ende Monat.«

»Gern geschehen. Es ist doch klar, dass wir euch bei so etwas berücksichtigen möchten. Sonst geht der Auftrag ins Ausland. Aber ich muss dich warnen. Die Konkurrenz ist stark.«

»Du weißt, dass das Überleben der Firma von diesem Auftrag abhängt. Können wir unsere Position irgendwie verbessern? Ich denke an eine Abmachung wie bei den Kesselwagen. Du weißt schon, nur zwischen dir und mir.«

»Darüber lässt sich reden. Aber ich denke, dass wir dies-

mal auch Laval einbeziehen müssten. Er ist für die Evaluation zuständig.«

»Ist er zuverlässig?«

»Absolut. Wir hatten bei anderen Ausschreibungen ähnliche Arrangements. Es gab nie Probleme.«

»Was hast du dir denn vorgestellt?«

»Es geht um 50 Millionen. Ich denke, 300.000 wären angebracht. 200 für mich, 100 für Laval.«

»300, das ist ganz schön happig … So viel kann ich nicht einfach auf den Tisch legen. Könnten wir den Betrag splitten? Die Hälfte vor, der Rest nach dem Zuschlag?«

»Kein Problem, Ernst.«

Jonas stieß einen Pfiff aus, schaute Neuenschwander an. »Das ist ja irre. Korruption live. Wer sind diese Typen?«

Das war wirklich unglaublich. »Der eine muss Völlmin sein. Der andere … ich weiß nicht … vielleicht dieser Thommen, der Chef von Thommen Rail. Wir werden eine Stimmenanalyse machen. Was ist da sonst noch?«

Jonas klickte auf die zweite Datei.

Sie erfuhren, dass die erste Geldübergabe geklappt hatte und vier Anbieter im Rennen um den Auftrag waren.

Er klickte auf die dritte Aufnahme.

»Ernst, es gibt Probleme.«

»Was ist passiert?«

»Laval sagt, dass die K-Sohlen bei Nässe und starker Belastung Schwächen zeigen. Wie sehen eure Messresultate aus?«

»Das ist Quatsch. Wir haben Hunderte Tests durchgeführt, die K-Sohlen halten jeder Belastung stand. Bestimmt haben deine Leute Fehler bei der Datenerfassung gemacht.«

»Ich wollte bloß, dass du im Bild bist.«

Jonas schüttelte den Kopf. »Sind die blöd? Weshalb nehmen die das überhaupt auf?«

»Es liegt doch auf der Hand, dass nur einer von ihnen davon wusste. Es war eine Absicherung.«

Jonas klickte auf die letzte Datei, das Tuten eines Telefons war zu hören. Völlmin nahm ab.

»Danke, Ernst, dass du zurückrufst. Ich habe schlechte Nachrichten. Laval kriegt kalte Füße.«

»Was soll das heißen?«

»Dass er nicht länger mitmachen will. Er hat Angst. Er glaubt, dass die K-Sohlen irgendwann versagen werden.«

»Dieser Schafseckel! Ich habe von Anfang an gefürchtet, dass er uns Schwierigkeiten macht … Du hast ihn mit reingezogen. Sag ihm, dass er keinen Rückzieher machen kann.«

»Ich habe versucht, mit ihm zu reden. Es hat nichts genützt. Er befürchtet, dass wir Menschen in Gefahr bringen.«

»So ein Hurensohn! Weiß er, wie viele Arbeitsplätze an diesem Auftrag hängen? Der kann jetzt nicht den Schwanz einziehen! Nein, das darf nicht passieren. Hast du verstanden, André? Wenn wir diesen Auftrag nicht bekommen, werden wir untergehen. Und damit meine ich nicht nur Thommen Rail. Hast du mich verstanden?«

»Willst du mir etwa drohen?«

»Du kannst das verstehen, wie du willst. Bring einfach Laval zur Vernunft.«

»Ich habe es ja versucht, aber … Gut, ich werde nochmals mit ihm reden.«

»Du musst ihn überzeugen. Er hat keine Wahl.«

»Jaja, schon gut … Ich werde mich um ihn kümmern.«

Neuenschwander ballte die Hand zur Faust, als er die letzten Worte hörte. »Jetzt haben wir Völlmin.«

55

Bollag stand am späten Nachmittag vor dem Haupteingang der Polizei und schaute die Fassade hoch. Die Gutsmatte war ein moderner, grauer Klotz, den er noch nie betreten hatte. Ihm war nicht recht wohl bei der Sache, doch er musste mit Neuenschwander reden. Er drückte die Taste der Sprechanlage.

»Polizei Basel-Landschaft. Sie wünschen?«

»Ich muss mit Kripo-Chef Neu…«

Rechts hielt ein Polizeifahrzeug mit blinkenden Lichtern. Die Scheibe auf der Beifahrerseite fuhr herunter. Neuenschwander steckte seinen Kopf aus dem Auto, am Steuer saß der junge Kollege, Schaub. »Wollen Sie zu mir? Ganz schlechter Zeitpunkt.« Er sprach gehetzt, seine Wangen waren gerötet.

»Ich muss sofort mit Ihnen reden. Ich habe neue Informationen über Völlmin. Wichtige Informationen.«

»Völlmin? Scheiße.« Neuenschwander sprach leise mit seinem Kollegen. Schließlich winkte er: »Steigen Sie hinten ein.«

Kaum hatte Bollag sich hineingesetzt, gab Schaub Gas. Rosarote Krawatte, der ließ nichts aus. Sie bogen in die Rheinstrasse ab, fuhren mit hoher Geschwindigkeit in

Richtung Basel. »Keine Sirene? Ich hatte mir das immer gewünscht.«

»Das hier ist kein Jux. Wir sind auf dem Weg zu einem Einsatz.« Neuenschwander drehte sich auf seinem Sitz um, musterte Bollags Gesicht. »Sie sehen grauenhaft aus. Die Kollegen haben mir von der Schlägerei berichtet, den Kerl haben Sie übel zugerichtet. Seien Sie froh, dass Sie ohne Anzeige davonkommen. Also, was haben Sie für Informationen?«

»Ich war auf der Beerdigung von Marcel. Dort hat mir Nadine erzählt, dass es Probleme gab zwischen Marcel und Völlmin. Nadine ist meine Frau.«

»Jaja. Und?«

»Marcel hat offenbar nur Andeutungen gemacht. Aber Nadine hat daraus geschlossen, dass er und Völlmin in krumme Geschäfte verwickelt waren. Dabei ist viel Geld geflossen. Marcel wollte aussteigen, hatte aber Angst vor Völlmin.«

Das Gesicht des Kripo-Chefs blieb unergründlich, er machte auf Sphinx. Eigenartig.

Schaubs Augen erschienen im Innenspiegel. »Und wieso rückt Ihre Frau erst jetzt damit heraus?«

Bollag zuckte mit den Schultern. »Sie wollte ihre Familie schützen. Deswegen hat sie mich auch gebeten, ein wenig nachzuforschen.«

Das Funkgerät meldete sich zu Wort: »Birs vier an Birs eins. Eine Nachbarin hat bestätigt, dass er zu Hause ist. Sie hat ihn vor zwei Stunden kommen sehen. Antworten.«

Neuenschwander sprach ins Mikrofon: »Birs eins an Birs vier. Verstanden. Ende.«

Er öffnete einen Straßenplan.

Bollag linste über seine Schulter nach vorn. Reinach. Was war denn in Reinach?

Der Kripo-Chef studierte die Straßen und griff erneut zum Funkgerät. »Birs eins an alle. Riegelt das Quartier in einem Umkreis von 200 Metern um das Haus ab. Niemand kommt rein, niemand fährt raus. Antworten.«

Männer und Frauen quittierten den Auftrag über Funk. Bollag kapierte nichts. »Was ist los?«

Neuenschwander drehte sich wieder nach hinten um. »Wir sind Ihnen dankbar für Ihre Informationen. Wo können wir Sie absetzen?«

Er hatte eine andere Reaktion erwartet. Mehr Interesse. Es sei denn… »Sie wussten das alles schon, oder? Was läuft hier ab?«

Eine Männerstimme ertönte: »Birs sieben an Birs eins. Wir haben Völlmins Porsche. Er steht in einer Werkstatt in Reinach. Unfallschaden vorne rechts. Antworten.«

Unfallschaden? Die beiden Polizisten warfen sich einen Blick zu und lächelten. Neuenschwander griff wieder zum Mikrofon. »Birs eins an Birs sieben. Verstanden. Gute Arbeit. Sichern Sie das Auto, niemand geht auch nur in seine Nähe. Rufen Sie den technischen Dienst an und lassen Sie es abholen. Ende.«

Verdammt, die waren ihm weit voraus. »Sie sind hinter Völlmin her. Wollen Sie ihn festnehmen?«

»Birs elf an Birs eins. Wir haben den Architekten aus einem Konzert holen müssen. Aber wir haben den Grundriss. Jemanden vom Grundbuchamt konnten wir auch auftreiben. Wir fahren vorbei und holen die Pläne ab. Antworten.«

Der Kripo-Chef trommelte mit den Fingern auf das Armaturenbrett. »Birs eins an Birs elf. Verstanden. Beeilt euch. In einer halben Stunde will ich alles in der mobilen Einsatzzentrale haben. Ende.«

Er nahm wieder die Karte zur Hand, fuhr die Linien mit dem Finger nach. »Wir dürfen kein Risiko eingehen. Wir müssen die Nachbarn rausschaffen.«

Schaub drehte ihm den Kopf zu. »Ist das nicht etwas übertrieben?«

»Nein. Der Kerl ist ein verdammt guter Schütze. Wenn der etwas merkt und auf uns wartet, wird es Tote geben.« Er drückte auf den Knopf am Mikrofon. »Birs eins an alle. Ich will, dass die Häuser im Umkreis von 100 Metern geräumt werden. Es gibt keine Ausnahmen, auch wenn die Leute beim Abendessen sind. Ich will keine Uniformen in der Nähe des Hauses sehen. Und findet heraus, ob die Frau und die Kinder dort sind. Antworten.«

Als die Polizisten den Auftrag bestätigten, machte Neuenschwander ein Zeichen, Schaub fuhr rechts heran.

Bollag beugte sich nach vorn. »Kommen Sie schon. Sie können mich nicht einfach rauswerfen. Ich habe schließlich auch etwas dazu beigetragen. Bringen Sie mich auf den neusten Stand.«

Neuenschwander schnaubte. »Ein Journalist ist das Letzte, was wir jetzt brauchen können. Sie würden den ganzen Einsatz vermasseln. Steigen Sie aus.«

»Ich arbeite nicht mehr beim Tagblatt. Ich habe heute gekündigt.«

Der Polizist rümpfte die Nase.

»Doch, es stimmt. Wenn Sie mich mitfahren lassen, werde ich keine Zeile schreiben. Ich schwöre es. Und ich werde die Klappe halten.«

»Das wäre ja mal etwas ganz Neues.« Neuenschwander blickte seinen Kollegen am Steuer an, der hob die Schultern.

»Birs vier an Birs eins. Wir haben hier eine Frau Degen. Ihre Tochter geht mit Völlmins Tochter zur Schule. Sie sagt, dass die Frau und die Kinder über das Wochenende zu den Großeltern nach Bellinzona gefahren sind. Antworten.«

»Birs eins an Birs vier. Verstanden. Gute Arbeit. Ende.« Neuenschwander schlug mit der Handfläche auf das Armaturenbrett. »Er ist alleine. Jonas, wir dürfen keine Zeit verlieren, gib Gas.«

Schaub blinkte und drückte das Gaspedal durch.

Im Nächsten Moment drehte sich Neuenschwander um. »Also gut, Bollag. Aber wehe, Sie quatschen blöd herum. Ich schwöre, dass ich Sie abführen lasse.«

Bollag zweifelte keine Sekunde daran.

56

Die Männer der Sondereinheit Barrakuda wechselten wenige Worte. Die acht Polizisten in schwarzer Kampfmontur wiederholten Bewegungen, die sie 1.000 Mal geübt hatten. Sie luden ihre Waffen, zogen kugelsichere Westen über, setzten Helme auf, kontrollierten die Funkgeräte und reckten die Daumen in die Höhe. Die Elitetruppe der Baselbieter Polizei war bereit für den Einsatz.

Bollag beobachtete sie durch das Fenster eines umgebauten Ford Transit. Der Kleinbus stand, von Bäumen verdeckt, am Arvenweg in Reinach, Völlmins Haus lag um die Ecke. Eine Wand in der mobilen Einsatzzentrale war behängt mit Monitoren, davor saßen Neuenschwander und eine junge Polizistin, etwas nach hinten versetzt zwischen ihnen Schaub. Der Kripo-Chef studierte den Quartierplan und den Grundriss des Hauses. Seine Truppe hatte Straßensperren aufgestellt, Nachbarn aus der Gefahrenzone begleitet und in einem nahegelegenen Schulhaus untergebracht. Beobachter und Scharfschützen hatten ihre Positionen eingenommen, versteckte Kameras waren rings um das Haus aufgestellt worden. Sie übertrugen schwarzweiße Bilder einer Villa in die Einsatzzentrale. Im Innern brannte Licht.

Neuenschwander suchte einen Schalter am Mikrofon, das vor ihm auf dem Tisch stand. »Goppeletti, Sarah, wie funktioniert das hier?« Sie deutete mit dem Finger auf den Knopf. »Birs eins an alle, wie ist die Situation im Haus? Antworten.«

Die Reaktionen kamen prompt.

»Birs zwei an Birs eins. Keine Bewegung in den Räumen auf der Ostseite. Antworten.«

»Birs drei an Birs eins. Keine Bewegung auf der Westseite. Antworten.«

»Birs vier an Birs eins. Keine Bewegung auf der Nordseite. Antworten.«

»Birs fünf an Birs eins. Im Süden auch nichts. Antworten.«

Neuenschwander grunzte. »Verstanden. Ende.« Er drehte sich zu seiner Kollegin um. »Wie sieht es mit Geräuschen in der Villa aus?«

Schaub hatte erzählt, dass die Beobachter mit hochsensiblen Mikrofonen ausgerüstet waren.

»Fehlanzeige«, sagte die junge Polizistin.

Neuenschwander verzog den Mund, Schaub zuckte mit den Schultern. »Vielleicht schläft er.«

»Mir gefällt das nicht.« Der Bus schaukelte, als Neuenschwander durch die Hintertür hinaussprang. Er trat zum Leiter der Barrakudas, einem langen Kerl mit kräftiger Figur. Es war offensichtlich, dass die Truppe loslegen wollte.

Bollag drehte das Ohr zum Fenster des Einsatzwagens, versuchte mitzuhören. Vergeblich.

Die beiden Männer führten eine gestenreiche Unterhaltung, versprühten das Testosteron gleich kübelweise. Schließlich versammelte Neuenschwander die acht Barrakudas um sich und streckte zwei Finger der rechten Hand in die Höhe. Wie ein Rütlischwur. Er salutierte zum Abschied, und die Männer verschwanden im Laufschritt um die Ecke der Quartierstrasse.

Ächzend erklomm er wenig später die Einstiegsstufen und nahm wieder vor den Monitoren Platz. »Kann jemand mal die Klimaanlage anstellen? Bei dieser Scheißhitze kann ich nicht klar denken.«

Der Pitbull war in seinem Element. Aus purer Gewohnheit holte Bollag einen Schreibblock aus der Umhängetasche. Er blätterte ein paar Seiten vor, setzte den Stift an. Die Polizisten hatten ihm vom Speicherstick erzählt, von der Bestechung. Hätte sich Doris Lüthi ihm doch nur anvertraut. Vielleicht wäre sie dann noch am Leben.

Neuenschwander wiederholte die Umfrage bei Beobachtern und Scharfschützen. Nichts Neues.

Bollag seufzte, klappte den Schreibblock zu und steckte ihn in die Tasche. Er hatte keine Zeile geschrieben. Für wen auch.

Die Barrakudas hatten ihre Positionen eingenommen,

vier von ihnen trugen Helmkameras und Mikrofone. Die Monitore zeigten einen Vorplatz mit einem Toyota Prius, den Garten mit einem großen Pool, ein Küchenfenster und eine Hintertür.

Neuenschwander drückte abermals auf den Sprechknopf. »Birs eins an alle. Achtung, Zugriff erfolgt in wenigen Minuten. Birs eins an Barrakuda eins. Ihr habt grünes Licht. Ich wiederhole, grünes Licht. Antworten.«

Bollag war frustriert. Verdammt, was gäbe das für eine Superstory.

Der Leiter der Barrakudas quittierte die Meldung, kurz darauf bewegte er sich geduckt um den Toyota herum, rannte auf den Eingang zu, zwei weiße Säulen stützten das Vordach, darunter eine dunkle Tür. Er stellte sich daneben, drückte den Klingelknopf. Als sich nichts tat, hämmerte er mit der Faust gegen die Tür.

»Herr Völlmin, hier ist die Polizei. Machen Sie bitte auf.« Er wiederholte den Aufruf zwei Mal, wartete jeweils 20 Sekunden dazwischen.

»Barrakuda eins an alle. Zugriff in einer Minute«, sprach er dann in sein Mikrofon.

Ein Polizist in Uniform steckte den Kopf durch die Tür der Kommandozentrale im Lieferwagen. »Der Gemeindepräsident von Reinach steht mit dem Auto vor der Sperre. Er will wissen, was hier los ist. Und er will sofort mit dem Leiter sprechen.«

Neuenschwander presste die Lippen aufeinander, rote Flecken zeichneten sich auf seinen Wangen ab. »Sag ihm freundlich, er kann mich mal.« Er konzentrierte sich wieder auf die Bildschirme.

Schaub beschwichtigte den verdutzten Kollegen mit der Hand und schüttelte leicht den Kopf.

Der Uniformierte schloss leise die Tür, als das Splittern von Glas und laute Explosionen übertragen wurden. Was war denn das? Schaub sah zu Bollag herüber. »Blendgranaten und Tränengas.«

Zwei Männer brachen die Eingangstür mit einer Ramme auf und drangen in den Flur ein, ihre Kollegen kamen durch die Küche, die Schiebetür im Garten und ein Fenster. Das Tränengas legte sich als Schleier vor die Kameralinsen, die Lampen auf den Waffen durchleuchteten den Nebel wie Autoscheinwerfer.

»Barrakuda drei an Barrakuda eins. Küche gesichert.«

»Barrakuda zwei an Barrakuda eins. Flur gesichert.«

»Barrakuda fünf an Barrakuda eins. Garage gesichert.«

»Barrakuda sieben an Barrakuda eins. Wohnzimmer gesichert.«

Unter den Gasmasken klangen die Stimmen blechern wie ein Grammofon. In rascher Folge meldeten sich die Barrakudas aus dem Büro, der Abstellkammer, einem Schlafzimmer, einem Badezimmer und dem Keller.

»Barrakuda zwei an Barrakuda eins. Erdgeschoss und Keller sind gesichert.«

Im Gleichschritt stürmten die Männer die Treppe hoch in den zweiten Stock, zwei gingen voran, zwei sicherten nach hinten ab. Es sah aus wie eine gut einstudierte Choreografie.

Die Luke von der Fahrerkabine zum Kommandoraum wurde geöffnet, ein Polizist steckte den Kopf hindurch. »Chef, wegen der Klimaanlage …«

Neuenschwander schlug mit der Faust auf den Tisch. »Raus!« Über die Monitore huschten die Bilder, die Barrakudas waren schnell.

»Barrakuda zwei an Barrakuda eins. Schlafzimmer links gesichert.«

»Barrakuda vier an Barrakuda eins. Badezimmer oben gesichert.«

»Barrakuda sechs an Barrakuda eins. Schlafzimmer rechts ... Achtung ... Scheiße!«

Aufgeregte Schreie gellten durch die Lautsprecher, die Stimmen überschlugen sich. Die wackligen Bilder zeigten eine Person, die auf einem Bett lag. Der Barrakuda schien für einen Moment stillzustehen, denn die übertragenen Bilder wurden klarer. Es war zu erkennen, dass etwas nicht stimmte mit dem Schlafenden. Die Wände waren fleckig.

»Barrakuda eins an Birs eins. Wir haben ihn ... Aber er ist tot ... Sieht so aus, als habe Völlmin sich das Hirn aus der Birne gejagt.«

»Verflucht.« Neuenschwander stieß das Mikrofon weg, es prallte gegen die Wand. Schaub lehnte sich zurück und raufte sich die Haare.

Die hatten Völlmin offenbar lebend fassen wollen. Bollag dachte an Nadine, an Marcel, an Doris Lüthi. Er nicht. Er war froh, dass der Scheißkerl tot war.

57

Wie lange war es her? Vier Jahre? Fünf? Er konnte sich nicht erinnern, wann er zum letzten Mal ein Rendezvous gehabt hatte. Neuenschwander grinste sich im Spiegel an, fuhr mit der Hand über die glatt rasierten Wangen, kämmte die Haare, die noch nass vom Duschen waren. Er schlüpfte in das hellblaue Hemd, streifte die dunkelblaue Krawatte über, zog die graue Hose und das passende Jackett an. Ein Kontrollblick noch, ganz passabel. Abmarsch.

Brigittes Haus war leicht zu finden, sie wohnte an der Sichternstrasse in Liestal, gleich beim Gymnasium. Gegen 22 Uhr hielt er davor an. Aus Völlmins Villa hatte er ihr inmitten der Polizisten und Kriminaltechniker gehetzt nur mitgeteilt, dass er sich verspäten werde. Zum Glück war sie nicht eingeschnappt gewesen. Zumindest hatte sie nicht so geklungen. »Komm einfach, wenn du fertig bist«, hatte sie gesagt. Von seinen Exfrauen hätte er anderes zu hören bekommen.

Er parkierte, stieg aus. Das Haus war ein schöner Altbau mit Erkerfenstern und großem Garten, abstrakten Steinfiguren und einem Schwimmbecken hinter dem Haus. Beeindruckend.

Ein paar Schritte vor der dunkelgrünen Tür mit einer kleinen Scheibe aus Milchglas begriff er, dass er gleich mit leeren Händen vor ihr stünde. Mist. Er würde besser noch schnell zum Bahnhof fahren und Schokolade kaufen.

Hinter ihm ging die Haustür auf, als er sich gerade umdrehte. »So schnell ist mir noch keiner weggerannt.« Sie stand da in hellbraunen Hosen und einer ärmellosen weißen Bluse und lachte – erfrischend wie ein kühles Bier nach der Sauna.

Er breitete die Arme aus und ging mit einem Grinsen auf die Haustür zu. »Ich bin etwas aus der Übung. Ich habe das Mitbringsel vergessen.«

Sie zog eine Augenbraue in die Höhe, lächelte. »Einmal lasse ich das durchgehen. Sonnenblumen und schwarze

Truffes mag ich besonders.« Sie hielt die Tür auf und bat ihn hinein.

Die große Glasscheibe im Wohnzimmer ließ ihn in den Garten hinaus blicken. Antike Möbel und eine Plastik aus hellem Stein schmückten den Raum, zwei farbige Gemälde hingen an den Wänden. Der Tisch war festlich für zwei Personen gedeckt.

Der Geruch von Lorbeerblättern und Gewürznelken hing in der Luft. »Es riecht wunderbar. Aber ich habe ein schlechtes Gewissen. Ich wollte dich doch ins Bad Schauenburg einladen.« Sein Magen knurrte vor Hunger.

»Ich habe Nachrichten gehört und dachte, dass du noch später kommst. Und dass du am Verhungern bist.« Sie verschwand in der Küche. »Setz dich. Kalbsplätzli mit Steinpilzrisotto, ist das in Ordnung?«

»Herrlich.« Er stellte sich an die Schiebetür und blickte hinaus in den Garten. Das Wasser im Pool warf kleine Wellen, darum herum standen Plastiken aus Stein. Kugeln mit Dellen, durchlöcherte Zylinder, verbogene Kringel.

Sie kam zurück, stellte eine Schüssel Tomatensalat auf den Tisch. »Mein Mann war Bildhauer.« Sie deutete mit dem Ellenbogen hinaus. »Dafür bin ich ihm Modell gestanden. Ob du's glaubst oder nicht.« Damit ließ sie ihn wieder allein.

Jetzt sah er die Rundungen mit anderen Augen an. Ihm wurde warm, er zog das Jackett aus, lockerte die Krawatte und setzte sich an den Tisch. Servietten aus Leinen, Porzellanteller, Kristallgläser, eine Kerze im silbernen Ständer. Brigitte hatte Klasse.

Fleisch zischte in heißem Bratfett in der Küche. Ob sie die Tomaten selbst zog? Der Anblick der roten Scheiben versetzte ihn ein paar Stunden zurück. Das Blut Völlmins war über die ganze Wand verschmiert gewesen. Er hatte sich mit seiner eigenen Waffe umgebracht, einer Glock 17. In einem Schrank im Keller hatten sie neben dem Sturmgewehr eine SSG 3000 mit Zielfernrohr gefunden. Akim nahm die Waffe gerade auseinander. In der Garage hatte eine BMW R 1200 C, Baujahr 2001, gestanden. Noch fehlte der Tarnanzug, dieser Ghillie-Suit, aber es war nur eine Frage der Zeit, bis seine Leute den finden würden. Die Techniker durchkämmten das Haus.

Neuenschwander zündete die Kerze an.

Warum nur konnte er sich nicht richtig freuen? Die Erleichterung war groß gewesen, Polizeichef Egli und Regierungsrat Jauslin hatten ihn beglückwünscht. Alles passte. Doch es blieb sein komisches Gefühl im Magen. Als ob es irgendwo ein übersehenes, loses Ende gab. Nur konnte er es nicht fassen.

Brigitte balancierte zwei Teller herein und servierte sie gekonnt, schenkte die beiden Gläser halbvoll mit Pinot noir aus Wintersingen. Nachdem sie sich hingesetzt hatte, hob sie das Glas, sie stießen an. »Auf deinen Fall. Ich gratuliere.«

»Danke.«

Der Pinot noir schmeckte ausgezeichnet, das Essen ebenso. Seine Nervosität verflog, er fühlte sich wohl in ihrer Nähe. Wie bei einer alten Freundin. Brigitte hatte diese ungekünstelte Art, über Malerei oder Tomaten zu reden, ohne dass es aufdringlich wirkte. Und sie hatte nicht den Drang, eine Stille zwischen zwei Themen mit Dauergeplapper zu füllen.

»Trotz allen Misserfolgen.« Er tippte mit dem Zeigfinger in seine Handfläche. »Nächstes Jahr pflanze ich wieder eigene Setzlinge im Garten. Irgendwann klappt es.«

»Gut so. Nur nicht aufgeben.« Sie wischte sich die Lippen mit der Serviette ab. »Kaffee?«

»Gerne.«

»Die Ereignisse von heute beschäftigen dich offenbar noch stark. Ist das immer so bei Polizisten?«

Natürlich, die langen Pausen mussten ihr aufgefallen sein.

Sie räumte ab, brachte die Teller in die Küche, kam zurück.

»Entschuldige, dass ich keine gute Gesellschaft bin. Und nein, das ist nicht immer so. Aber einiges an Völlmins Tod gibt mir noch zu denken.«

»Was denn?« Sie schenkte Wein nach.

Mit seinen Exfrauen hatte er nie über seine Fälle gesprochen, Arbeit und Privates strikt getrennt. Doch Brigitte wartete am Tisch, schaute ihn mit ihren wachen Augen an.

»Mich treibt zum Beispiel um, dass Völlmin zwar ein recht guter Schütze war, aber kein Profi. Der Schuss in Seltisberg war aber ein Kunststück, sagen unsere Fachleute. Hat er einfach Glück gehabt? Und dann ist da das Auto. Wieso hat er die Frau in Frenkendorf überfahren? Und wieso lässt er das Auto dann in einer Werkstatt in Reinach reparieren? Unter seinem Namen.«

»Das war nicht sehr klug.« Sie kaute auf ihrer Unterlippe. »Vielleicht war es der Stress. So jemand steht wahrscheinlich unter großem Druck. Ich kann mir nicht vorstellen, dass man da noch klar denken kann.«

»Du wärst überrascht, wie kaltblütig Menschen sein können. Und der Mord in Seltisberg deutet darauf hin, dass Völlmin so ein Mensch war.«

Sie zuckte mit den Schultern, ging in die Küche, die Kaffeemaschine brummte zweimal. Mit zwei Tassen Kaffee kam sie zurück, stellte sie auf den Tisch, und schenkte ihm ein Lächeln, das ihn den Fall vergessen ließ. »Für dich mit Rahm und zwei Stück Zucker.«

Das Handy in seiner Brusttasche vibrierte. »Oh nein.« Er holte es heraus, verzog den Mund. »Entschuldige, da muss ich ran.«

Sie winkte verständnisvoll ab.

Er hielt das Telefon ans Ohr. Jonas war dran. »Na, Chef, wie läuft das Date?«

»Jonas, du störst.« Er sah zu Brigitte hinüber, spürte eine angenehme Wärme im Bauch. »Es ist hoffentlich wichtig.«

»Akim hat angerufen. Die Kugel aus Lavals Körper passt zur Waffe, die wir im Haus gefunden haben. Er wurde mit Völlmins SSG 3000 erschossen.«

Neuenschwander atmete auf. »Ausgezeichnet. Danke.« Er legte auf und steckte das Handy weg.

»Gute Nachrichten?«

Er nickte. »Der Fall ist geklärt.«

Sie lächelte, stand auf, kam um den Tisch herum und legte ihm eine Hand auf die Schulter. »Dann hast du jetzt sicher den Kopf frei für einen neuen Fall.«

58

Das Tolle am Alleinsein war, dass Bollag alles tun oder lassen konnte. Am frühen Morgen den Fernseher anstellen, laut Musik hören, ein Fertigmenü in die Mikrowelle schieben, ein Ziegelhof-Bier aus dem Kühlschrank holen – alles kein Problem. Er musste niemanden fragen, ob das in Ordnung sei. Keine Klagen, keine Verpflichtungen, keine Pläne.

Kein Lachen.

Nichts.

Er saß am Küchentisch. Es ging auf den Mittag zu, der Polizeieinsatz hatte ihm einen langen, traumlosen Schlaf beschert. Vor ihm stand eine Tasse Kaffee, ein Mokka-Joghurt und das aufgeschlagene Tagblatt: *RCS-Chef richtet sich selbst.*

Die Berichterstattung war spitze. Er hatte Tanja am Vorabend über die Aktion in Reinach und deren Hintergründe informiert. Sie mussten den Zeitungsdruck verschoben haben, sonst hätte Tanja nicht einen Frontaufhänger und die ganze Seite zwei füllen können.

Die Texte beschrieben den Einsatz, verknüpften ihn mit der Bestechung, den fehlerhaften Bremsen und den Morden an Marcel Laval und Doris Lüthi. Laut einer *gut informierten Quelle* konnte Völlmins Gewehr mit Laval in Verbindung gebracht werden.

Er steckte einen Löffel Joghurt in den Mund.

Tanja hatte sogar Polizeichef Egli ein paar Sätze entlockt. Er sprach von einer erfolgreichen Aktion und einem toten Verdächtigen. Verdammt gute Arbeit. Rieder würde sich auf die Schultern klopfen.

Er sparte sich die Mühe, Radio oder Fernsehen einzuschalten. Die Medien im ganzen Land würden sich auf die Geschichte stürzen, die Nachrichten heute und die Sonntagsblätter morgen würden voll davon sein.

Bollag legte die Zeitung auf den Stapel.

Von der Rathausstrasse drangen leise Geräusche herauf, die Menschen waren beim Samstagseinkauf. Der Pöstler hatte nichts als Werbung gebracht, das Telefon blieb stumm.

Beim Wachwerden hatte er beobachtet, wie sich ein Streifen Sonnenlicht unendlich langsam über die Decke des Schlafzimmers bewegt hatte.

Da hatte er sich danach gesehnt, zu hören, wie Nadine im Badezimmer mit Fläschchen hantierte. Das Wasser laufen ließ. Mit ihren nackten Füßen über das Parkett tapste. Doch es war ihm schmerzlich bewusst geworden, dass es das nicht mehr geben würde. Nie mehr.

Der Becher war noch halbvoll, doch er hatte keinen Hunger mehr. Er warf das Joghurt in den Abfalleimer unter der Spüle.

Bollag hatte erkennen müssen, dass Nadine schon immer vielschichtig gewesen war. Er hatte all die Jahre nur die Seiten von ihr sehen wollen, die er mochte. Sie konnte witzig, umgänglich und liebenswert sein. Es gab aber auch eine Nadine, die sich in teuren Restaurants arrogant über ganz normalen Service beklagte. Die viel Alkohol trank und über dämliche Witze lachte. Die sich vor anderen Menschen produzierte. In solchen Momenten hatte er sich stets ein wenig geschämt.

Er nahm die Kaffeetasse vom Tisch, leerte den Rest aus, stellte sie in die Spülmaschine, blickte hinaus. Auf dem Dachgiebel gegenüber hatten sich zwei Tauben niedergelassen. Die Lukarnen darunter waren leer. Verfolgten Bussinger und ihre Kumpanen ihn immer noch? Sie hatten nichts mit dem Mord an Marcel zu tun. Also, was hatten die für ein Problem? Er sollte mit Neuenschwander darüber reden. Schließlich hatten sie ihn bedroht und einen Mann ins Spital gebracht. Und er besaß Beweise für verschiedene Anschläge.

Bollag holte die Umhängetasche aus dem Flur, stellte sie auf den Küchenboden und warf den Stapel Unterlagen auf den Tisch. Obenauf strahlte ihm Nadine entgegen, am Arm von Völlmin. Er zerriss das Foto, warf es in den Müll.

Er suchte nach den Dossiers Andermatt und Beer, die beiden Manager, die Opfer von Brandanschlägen geworden waren. Der Artikel aus dem ›Blick‹ fiel ihm in die Hände, er und Bundesrätin Mangold, eng umschlungen. Er spürte ein Kribbeln im Bauch. *Siehe Mangold* stand unter dem Foto. Ob die verrückten Strahlengegner auch die Bundesrätin beobachtet hatten?

Bollag blätterte durch den Stapel seiner Kopien, bis er den Buchstaben M fand. Tatsächlich, es war ein umfangreiches Dossier.

6.05: Verlässt das Haus, joggt der Aare entlang bis zum Bärengraben und zurück

7.10: Verlässt das Haus, mit Tram Nr. 9 ins Zentrum

7.35: Trifft im Bundeshaus Nord ein

12.45: Mittagessen mit Sekretärin im Lorenzini

So ging das über mehrere Seiten. Interessiert betrachtete Bollag das Foto der Villa in Worb, die Mangold mit ihrem Mann bewohnt hatte. Aus dem ›Blick‹ wusste er, dass sie nach der Trennung ausgezogen war. Offenbar wohnte sie jetzt an der Sandrainstrasse in Bern. Auch dazu gab es Überwachungsnotizen. *Vier Zimmer, dritter Stock.*

Mangold war beim Einkaufen zu sehen, auf einem Podium, im Gespräch mit Menschen bei einer Veranstaltung, beim Aussteigen aus einem schwarzen Mercedes der E-Klasse. Darüber hinaus enthielt das Dossier Zeitungsartikel, Interviews, Pressemitteilungen und Veranstaltungshinweise. Ganz unten lagen Blätter mit Zahlen, Skizzen und ein Straßenplan. Eigenartig.

Die Seiten waren gefaxt worden, die Qualität war schlecht, der Absender nicht zu erkennen. Nach und nach konnte Bollag Details ausmachen. Gebäude, Straßen, Bäume, Büsche. Einige Entfernungen und Winkel waren ausgemessen worden. Von einem Gebäude führte ein Pfeil zu einem kleinen Viereck, daneben stand *960,3*.

Er nahm den Straßenplan zur Hand. Der Bahnhof, die Eishalle, die Autobahn, das Leichtathletikstadion. Linien verliefen quer über das Blatt, das konnte eine Hochspannungsleitung sein. Das alles kam ihm bekannt vor. Wo war das nur?

Zunzgerstrasse las er. Ach so, Sissach, klar. Aber was in aller Welt hatte das mit Mangold zu tun? Moment, da war doch etwas gewesen …

Er holte sich das Tagblatt vom Stapel, blätterte zum Regionalteil, sah ihn von vorn bis hinten durch. Nichts. Nochmals von vorn, diesmal langsamer. Schließlich fand er einen Veranstaltungshinweis, auf der Gemeindeseite unter *Heute in der Region*.

Sissach: 100 Jahre Elektra Oberbaselbiet, Anlass mit Festzelt, Musik, Attraktionen, Wettbewerb, Informationen rund um den Strom. Werkhof Limberg, 10 bis 22 Uhr; Jubiläumsansprache von Bundesrätin Petra Mangold, 14 Uhr.

Bollag brauchte ein paar Sekunden, um all die Informationen zu verarbeiten, griff nochmals zu den Skizzen. Würden die wirklich …? Ein kalter Schauer lief ihm über den Rücken. Er blickte zur roten Anzeige am Herd: Die Uhr zeigte 13.05 Uhr.

Er stopfte die Unterlagen in die Tasche und preschte aus der Küche.

59

Bollag sprintete das Sträßchen zum Gericht hoch, am Bahnhof vorbei zum Taxistand. Mist, er war verwaist. Es blieb nur die Bahn. Er eilte zurück, stellte sich vor die Fahrplantafel, der nächste Zug sollte gleich kommen. Nach Sissach waren es bloß zehn Minuten.

Bollag tigerte auf dem Perron herum und verfluchte sich dafür, dass er den Redaktionsschlüssel abgegeben hatte. Ein Tagblatt-Auto hätte er jetzt gut brauchen können. Wo blieb nur dieser Scheißzug?

Er wählte 117, die Einsatzzentrale der Polizei, und schnitt dem Beamten das Wort ab. »Ich muss mit Kripo-Chef Neuenschwander sprechen.«

»Der Kommissar ist erst am Montag wieder im Büro.« Der Männerstimme blieb sachlich, geschäftsmäßig.

In der Ferne sah Bollag den Zug kommen. »Ich muss ihn sofort sprechen. Geben Sie mir seine Handynummer. Es geht um Leben und Tod.«

Zur Antwort bekam er ein herablassendes Lachen. »Ja, bestimmt. Tut mir leid, das darf ich nicht. Worum geht es Ihnen denn?«

Langsam fuhr der Zug in den Bahnhof ein. »Sagen Sie ihm, dass das Leben von Bundesrätin Mangold in Gefahr ist. Sorgen Sie dafür, dass er mich anruft.«

»Bundesrätin Mangold? Soso. Und wer sind Sie noch mal?«

Der Boden erzitterte unter der Last des Zuges, die Bremsen quietschten.

Bollag konnte sein eigenes Wort kaum verstehen. »Bollag. Neuenschwander kennt mich. Geben Sie die Warnung augenblicklich weiter. Haben Sie verstanden? Vermasseln Sie das nicht, sonst können Sie sich nächste Woche einen neuen Job suchen.« Er gab dem Mann seine Nummer, trennte die Verbindung.

Er zwängte sich zwischen den aussteigenden Fahrgästen hindurch. Der Zug war voll, so gut wie alle Passagiere waren in rot-blau gekleidet.

Die Fans im Zug stimmten sich ein. »Rotblau isch hütt d' Farb, spiile uff ganz stargg.«

Mist, heute spielte der FC Basel in Zürich. Wieso nahmen diese Idioten nicht den Extrazug? Er blieb im Vorraum stehen. Der Wagen fuhr langsam an, die Passagiere brachen in hysterischen Jubel aus. Der Geruch von Bier und Kotze hing in der Luft. Es war 13.15 Uhr.

*

Neuenschwander drehte den Kopf zu den Männern. Sie hielten breitbeinig Wache vor der Absperrung, die Arme hinter den Rücken verschränkt. Oh, wie er diese Typen hasste. Sie waren jung, athletisch, braun gebrannt, trugen schwarze Anzüge und einen Knopf im Ohr. Und sie taten, als gehörte ihnen die Welt. Die drei Leibwächter sorgten in Sissach für die Sicherheit von Bundesrätin Mangold. Außer seinen sechs uniformierten Polizisten natürlich, die für die Drecksarbeit zuständig waren. Sie regelten den Verkehr, bewachten Eingänge oder standen an Absperrungen.

Neuenschwander wartete am Geländer, das den Landeplatz auf einer gemähten Wiese umgab. Es brummte laut im Himmel über ihren Köpfen. Der ›Super Puma‹ der Luftwaffe flog in einem weiten Bogen über das Festgelände, bevor er zur Landung ansetzte.

Endlich ging es los. Den ganzen Morgen hatte er sich mit den Heinis vom Bund herumschlagen müssen, war die Sicherheitsvorkehrungen mit ihnen durchgegangen. Diese Jungs waren zwar noch grün hinter den Ohren, wussten aber schon alles besser.

Oberst Zollinger, ihr Chef, plusterte sich auf wie ein Gockel. Er hatte die Ausrichtung der Rednerbühne kritisiert, die Zahl der Zugänge zum VIP-Bereich verringert und am Landeplatz herumgenörgelt. Diese Typen aus Bern gingen Neuenschwander so was von auf die Nerven.

Dabei waren die Vorkehrungen zum Schutz der Bundesräte im Prinzip ein schlechter Witz. Zugegeben, die Volksnähe war nicht die Schuld der Sicherheitsleute. Die wünschten die Magistraten selber. Und sie verteidigten ihre persönlichen Freiräume. Also fuhren sie ständig Zug, gingen einkaufen oder ins Konzert – ohne jeglichen Begleitschutz. Leichtere Ziele für potenzielle Attentäter gab es nirgends.

Der Helikopter stand 50 Meter über der Wiese in der Luft.

Mangold kam aus Genf, wo sie Werbung für einen Ausbau des öffentlichen Verkehrs gemacht hatte. Neuenschwander blickte auf die Armbanduhr, sie war recht pünktlich. Zum Glück, sonst würde sich das hier noch länger hinziehen. Er zog den Zeitplan ihres Besuches aus der Innentasche seines Jacketts.

13.15 Uhr: Landung in Sissach

13.25–13.55 Uhr: Apéro in der VIP-Lounge, Treffen mit lokalen Behörden

14–14.15 Uhr: Referat: Mit erneuerbaren Energien in die Zukunft

14.30 Uhr: Abflug

Die Bundesrätin würde nach St. Gallen weiterfliegen. Was für ein Leben.

Seins war ihm lieber, gerade jetzt. Gestern Abend hatte er sich bei Brigitte so wohl gefühlt. Sie hatten sich auf dem Sofa eng aneinandergeschmiegt, Mozart gehört, Klavierkonzert Nr. 21, eine schöne Wahl. Zum Abschied hatten sie sich geküsst. Und sich das Versprechen gegeben, sich bald wiederzusehen. Sehr bald, wenn es nach ihm ging.

Der ›Super Puma‹ senkte sich herab, das Rattern wurde ohrenbetäubend, Papierfetzen, rot-weiße Hüte und Fähnchen flogen durch die Luft.

Am Absperrgitter, drei Meter hinter Neuenschwander, hatte sich eine kleine Menschenmenge gebildet. Zuvorderst stand ein Vater mit zwei Kindern, der einen Fotoapparat in der Hand hielt. Daneben klammerte sich ein kahler, alter Mann mit Regenmantel und Schirm am Gitter fest. Drei junge Frauen, Teenager, hatten sich mit Büchern und Kugelschreibern bewaffnet und winkten. Zwei Männer mit Bierflaschen feixten, einer deutete in Richtung des Helikopters und machte einen Kussmund.

Jauslin und zwei weitere Regierungsräte hatten sich neben ihm aufgereiht, genauso wie der siebenköpfige Gemeinderat von Sissach und der Vorstand der Elektra Oberbaselbiet. Der Vater bückte sich zu den beiden Kindern hinab: »Da kommt sie«, las Neuenschwander von seinem Mund ab.

Der Helikopter landete exakt an der Stelle, die mit weißem Kalk auf der Wiese markiert war. Das Handy in Neuenschwanders Brusttasche vibrierte. Ausgerechnet. Er hielt sich das andere Ohr mit dem Daumen zu. »Ja?«

»Moser von der Einsatzzentrale. Ich hatte einen komischen Anruf von einem Herrn Bollag. Er wollte Sie sprechen, sagte, es gehe um Leben und Tod. Das Leben von Bundesrätin Mangold sei in Gefahr.«

»Bollag? Der Journalist?«

»Das weiß ich nicht. Er hat mir eine Handynummer gegeben.«

Das Dröhnen des Rotors ließ nach. Er tastete seine Taschen ab. Mist. Neuenschwander schaute sich um, trat zu den drei Teenagern, nahm einer von ihnen den Kugelschreiber aus der Hand.

»He, was soll das?« Das Mädchen war stark geschminkt, ihr Gesicht wirkte maskenhaft wie das einer Porzellanpuppe.

»Nur einen Moment, bitte.« Er kritzelte die Nummer, die Moser von der Zentrale wiederholte, auf den Zeitplan und reichte den Kugelschreiber zurück.

Da wurde die Seitentür des ›Super Puma‹ geöffnet und Bundesrätin Mangold sprang heraus auf die Wiese, begleitet von einem Paar, ihren persönlichen Mitarbeitern. Die Bundesrätin ging mit einem strahlenden Lächeln auf das Begrüßungskomitee zu, elegant war sie, schwarze Hosen, eine blaue Bluse, ein eng geschnittenes schwarzes Jackett, die langen Haare hochgesteckt. Es verblüffte Neuenschwander immer wieder, wie jung sie war. Sie könnte seine Tochter sein.

Neuenschwander besah sich die Nummer. Sollte er Bollag überhaupt anrufen? War der verrückt geworden?

Die drei Teenager klappten ihre Bücher auf, streckten Mangold die Kugelschreiber hin. Sie schüttelte die Hände der Politiker, nahm einen Blumenstrauß in Empfang, gab die gewünschten Autogramme, lächelte für den Vater in die Kamera.

Neuenschwander wählte die Nummer, es klingelte vier-, fünfmal, dann nahm jemand ab, die Stimme war nicht zu verstehen, lautes Johlen im Hintergrund. »Neuenschwander. Was soll das, verdammt? Ich bin in Sissach im Einsatz und habe schon genug am Hals. Was wollen Sie?«

Da steuerte Bundesrätin Mangold unvermittelt auf ihn zu.

60

Der Zug verließ Liestal in gemächlichem Tempo. Bollags Handy vibrierte. »...wander ... bin in Sissach ... am Hals ... wollen Sie?«

Neuenschwander war in Sissach? Das musste mit dem Auftritt von Bundesrätin Mangold zusammenhängen.

Bollag presste das Handy gegen sein Ohr, doch er konnte kaum ein Wort verstehen, die Fans waren zu laut.

»Renne de Gägner d' Buude y, schieße d' Gool zum nögschte Siig.«

»Neuenschwander, sind Sie das? Hallo?« Bollag schrie. »Es ist ein Anschlag geplant. Verstehen Sie? Bundesrätin Mangold ist in Gefahr! Dahinter steckt die Aktionsgruppe gegen Elektrosmog, ich wiederhole: Aktionsgruppe gegen Elektrosmog. Ich bin auf dem Weg nach Sissach. Haben Sie mich verstanden? ... Hallo?«

Die Verbindung war weg.

Hatte Neuenschwander kapiert? Sie durchquerten gerade erst Lausen, mit dem Velo wäre Bollag schneller gewesen.

Die Fans hüpften alle gleichzeitig, der Boden erzitterte.

Er drückte auf die Rückruftaste, doch das Handy hatte keinen Empfang. 13.20 Uhr.

Sie fuhren durch Itingen, Sissach war die nächste Ortschaft. Am Dorfausgang zischten die Bremsen, der Zug blieb ruckartig stehen. Bollag blickte durch das Türfenster, ringsherum grüne Wiesen. In der Ferne sah er die Autobahn, dahinter lag Sissach. Was zur Hölle ...

Die Lautsprecher knackten. »Werte Fahrgäste, liebe FCB-Fans. Ich bitte Sie nochmals darum, die Finger von der Notbremse zu lassen. Das ist die letzte Warnung. Beim nächsten Mal werden wir die Bahnpolizei einschalten und den Zug räumen.«

»Olé, olé olé, FCB, FCB!« Die Fans grölten bloß.

Bollag zwängte sich durch die Fußballanhänger zur nächsten Waggontür. Er drehte den Nothahn und entriegelte so die Tür. Im nächsten Moment sprang er auf den Schotter hinaus. Zwei Wagen weiter hinten streckte der Kondukteur seinen Kopf aus dem Zug und fuchtelte mit den Armen. »He, Sie! Steigen Sie sofort wieder ein.«

Bollag machte zwei große Schritte über einen Grasstreifen und stand auf einem geteerten Weg, der parallel zur Bahnstrecke verlief.

In 500 Meter Entfernung spannte sich die Brücke der A 2 quer über das Tal, dahinter breiteten sich Fabrikhallen aus. Als er loslief, hörte er, wie sich in seinem Rücken eine weitere Tür zischend entriegelte. Er blickte sich um und sah zwei Männer aus dem Zug springen.

Einer von ihnen hatte kurzes schwarzes Haar, eine Sonnenbrille. Mein Gott. Das war der Kerl aus dem Autobahnrestaurant.

Bollag lief schnell am stehenden Zug entlang, an der Lokomotive vorbei. Die Männer lagen etwa 50 Meter zurück, jetzt rannten sie ebenfalls. Bollag kam der Autobahnbrücke näher.

Hinter sich hörte er ein schwaches Ploppen, neben ihm flogen Erdklumpen und Teerstücke in die Höhe. Verdammt. Diese Arschlöcher schossen auf ihn! Er beschleunigte das Tempo, die Umhängetasche schlug gegen seinen Rücken.

Doch Dauerläufe waren nicht seine Stärke, die Luft reichte nur bis zur Autobahnbrücke. Hinter sich hörte er das Klopfen von Schuhen auf dem Asphalt. Sie holten auf.

*

Neuenschwander presste das Handy an sein Ohr, doch er konnte kein Wort verstehen. Es war zu laut am anderen Ende. Als die Bundesrätin mit ausgestreckter Hand auf ihn zukam, stopfte er das Mobiltelefon in die Hosentasche.

Mangold schüttelte seine Hand. »Herr Neuenschwander, schön, Sie wiederzusehen. Ich gratuliere Ihnen, dass Sie diesen schwierigen Fall lösen konnten.« Sie senkte die Stimme, kam einen Schritt näher. »Ich kannte André Völlmin persönlich. Unglaublich. Wer hätte das gedacht? Kommen Sie mit zum Apéro? Sie müssen mir ein paar Fragen beantworten.« Sie wartete seine Antwort nicht ab, ging zwei Schritte weiter, begrüßte Menschen.

Jauslin musterte ihn mürrisch. War der immer noch sauer wegen der Pressekonferenz? Sein Problem.

Die Menge setzte sich in Bewegung, das Festzelt war 100 Meter entfernt, auf der Bühne dahinter spielte der Musikverein Sissach ›Tulpen aus Amsterdam‹.

Einer der Sicherheitsmänner stolzierte vor der Bundesrätin, Zollinger ein paar Meter rechts von ihr, der dritte Mann dahinter. Neuenschwander folgte mit etwas Abstand. Mangold nickte den Menschen zu, lächelte, winkte. Der Weg war mit den rot-weißen Fähnchen und Bändern der Elektra Oberbaselbiet geschmückt, die Strommasten ebenso.

Bollag schien kein Mann für schlechte Scherze zu sein. Neuenschwander holte sein Mobiltelefon aus der Tasche, die Verbindung war unterbrochen. Er wählte Bollags Nummer. Geh ran, verdelli.

*

Bollag suchte nach einem Ausweg, rannte unter der Autobahnbrücke hindurch, über die Kantonsstraße, mitten in das Sissacher Industriegebiet. Sie waren immer noch dicht hinter ihm. Das Mobiltelefon in seiner Hand klingelte.

Hallen wie große Schachteln in grau und blau lagen

nebeneinander, Zäune versperrten den Zugang. Er rannte um mehrere Ecken und hoffte, dass er die Verfolger abschütteln konnte. Seine Lunge brannte. Auf der linken Seite war ein Loch in den Maschendraht geschnitten, dahinter erstreckte sich die Zufahrt eines Parkhauses.

Sein Mobiltelefon klingelte immer noch, als er sich durch den Maschendraht zwängte, dann wurde es still.

Er lief bis zur Betontreppe, die außen am Parkhaus nach oben führte, kämpfte sich drei Stockwerke hoch, die letzten Stufen schaffte er nur mithilfe des Geländers. Oben stützte er die Hände auf die Knie, japste nach Luft.

Es gab zwei Fluchtwege, die Autorampe hinunter oder zurück über die Treppe. Wo waren die Kerle? Er brauchte einen Beobachtungsposten. An der Wand neben der Treppe führte eine Stahlleiter hinauf auf das Dach. Er steckte das Handy in die Gesäßtasche seiner Jeans, nahm Tritt für Tritt, kam langsam nach oben. Als er mit dem Oberkörper über der Kante war, rollte er sich aufs Betondach, streifte die Umhängetasche ab.

Für einen Moment blieb er liegen, keuchend, Schweiß lief über seinen ganzen Körper. Der Beton unter ihm war heiß, zerbrochenes Glas und alte Zeitungen lagen herum.

Nur langsam kam er auf die Beine, ging um Lichtkuppeln herum und näherte sich vorsichtig der Kante am anderen Ende. *Highway to hell* hatte jemand darauf gesprayt. Das Nachbargebäude war fünf bis sechs Meter entfernt, das Dach lag einen Meter tiefer. Verstaubte Rohre und schmutzig-gelbe Kabel verliefen in parallelen Linien über die schwarze Dachpappe, aus deren Mitte ein rechteckiger Aufbau ragte.

Die Gasse zwischen den beiden Gebäuden war von

Müll übersät. Er ging die Kante langsam entlang bis zur Ecke, spähte auf den Platz vor dem Parkhaus. Scheiße.

Augenblicklich ging er in die Hocke. Die beiden Verfolger standen an der Einfahrt zum Parkhaus und deuteten mit den Händen in verschiedene Richtungen. Sie hatten seine Spur verloren. Still jetzt. Hier oben war er für den Moment sicher. Aber die Zeit lief ihm davon, es war 13.35 Uhr.

61

Warum nahm Bollag nicht ab? Neuenschwander steckte das Handy weg und beobachtete misstrauisch die Menschenmenge. Der alte Glatzkopf im Mantel und mit Regenschirm spazierte ein paar Meter neben Mangold in Richtung Festzelt. Ein Regenschirm? Bei wolkenlosem Himmel? Mangold schüttelte Hände, streichelte Kinderköpfe. Der Mann verringerte den Abstand zwischen sich und der Bundesrätin, blickte in alle Richtungen. Mit dem stimmte doch etwas nicht. Der Alte war jetzt bloß zwei Meter neben ihr, griff mit der Hand in die Innentasche seines Mantels.

Mit fünf schnellen Schritten schob sich Neuenschwander zwischen den Glatzkopf und die Bundesrätin, drängte ihn mit seinem Körper ab.

Da erst reagierten auch zwei der Sicherheitsmänner, nahmen Mangold sofort rechts und links am Arm. Sie zuckte zusammen, blickte sich unsicher um, beschleunigte den Schritt. Die Leibwächter geleiteten sie eilig in Richtung Festzelt.

Zollinger stand plötzlich neben Neuenschwander, packte die Hand des Alten, die im Mantel verschwunden war. »Ganz langsam, der Herr. Und keinen Unsinn machen.«

Der Glatzkopf duckte den Kopf zwischen die Schultern, sah die beiden Männer verängstigt an und zog die Hand langsam heraus. Ein grüner, rundlicher Gegenstand kam zum Vorschein. »Ich habe … Ich wollte … Es ist … ein Geschenk.« Er drehte die Flasche um. *General Sutter Kirsch.*

Zollinger schaute Neuenschwander an, zog eine Augenbraue in die Höhe und grinste spöttisch. Dann ließ er den Mann los, entschuldigte sich und gab ihm die Hand.

Verdori, wenn er diesen Bollag in die Finger kriegte. Neuenschwander griff wieder zum Handy.

*

Bollag lag versteckt hinter der Kante, als sein Handy klingelte. Er nestelte es aus seiner Gesäßtasche, fummelte an der Ausschalttaste. Es ging lange, viel zu lange, bis er die Melodie abwürgen konnte. Hatten sie das gehört? Zentimeter für Zentimeter näherte er sich der Kante, streckte den Kopf vor. Im gleichen Moment entdeckten sie ihn. Verflucht. Sie rannten los, die Rampe herauf.

Er lief quer über das Dach, kletterte die Stahlleiter hinab. Unten auf der Treppe hörte er Schritte. Er sprintete hinüber zur Rampe, blieb stehen, lauschte. Ebenfalls Schritte, sie hatten sich aufgeteilt. Er saß in der Falle.

Er hetzte zurück zur Leiter, kletterte wieder auf das Dach, rannte quer darüber, blieb am anderen Ende stehen. Fünf bis sechs Meter, verdammt. In der Schule war er ein mieser

Weitspringer gewesen. Highway to hell. Genau. Er blickte hinunter, bestimmt zehn Meter bis zum Gassenpflaster.

»Los, los.« Die hektischen Stimmen waren ganz nahe, ein Klonk an der Leiter, Metall auf Metall. Sie kamen herauf.

Bollag ging fünf Schritte rückwärts, blickte hinüber zum Dach, starrte zurück zur Leiter, sah Hände über die Kante kommen. Er steckte das Handy in seine Jeans, presste die Umhängetasche an sich, rannte los, stieß sich mit dem rechten Fuß ab, segelte durch die Luft, sein linker Fuß berührte die Kante des anderen Gebäudes, er überschlug sich und blieb benommen auf der glühend heißen Dachpappe liegen. Nur Schmerz, überall.

Die Schreie der Verfolger brachten ihn zur Besinnung. Er rappelte sich auf, sein linker Fuß knickte um. Mit zusammengebissenen Zähnen schleppte er sich über das Dach, hinter den Aufbau.

Kugeln sprengten schwarze Dachpappe weg, dann war es still. Er wagte einen Blick hinüber, sie waren weg. Sprangen sie ihm hinterher?

Er musste von dem Scheißdach runter. Der Aufbau hatte eine Tür, sie war geschlossen. Bollag riss mit aller Kraft daran, kreischend öffnete sie sich einen Spalt. Er zwängte sich hindurch, eine Treppe aus Metall führte in die Tiefe. Immer drei Stufen nahm er auf einmal, eine Hand am Geländer. Er stützte sich ab, wenn er mit dem linken Fuß auftrat. Dann stolperte er, fing sich im letzten Moment auf. Kein Geräusch drang von oben zu ihm. Im Erdgeschoss gab es zwei Türen, eine führte ins Freie, doch auf dieser Seite lag das Parkhaus. Das war keine gute Idee.

Er nahm die andere Tür und humpelte schnell durch eine Fabrikhalle. Sie war fast leer, nur vereinzelte staubbedeckte Maschinen standen herum. Hier arbeitete niemand mehr. Die Wand am anderen Ende der Halle hatte große Fenster, die durch Rahmen in kleine Rechtecke zerteilt waren. Bollag entdeckte nirgends einen Ausgang. Er griff sich ein Rohr vom Boden, schlug eine der verdreckten Scheiben ein und befreite den Rahmen grob von Glasstücken. Er zwängte sich hindurch, eine Scherbe schnitt durch die Hose in seine Wade. Endlich stand er draußen vor der Halle, der Platz war leer.

Hinter sich hörte er das Rauschen der A 2, links entdeckte er in einiger Entfernung zwei Hochspannungsleitungen. Irgendwo dort oben lag der Werkhof der Elektra Oberbaselbiet. Er musste Neuenschwander anrufen, griff in seine Gesäßtasche. Scheiße! Das Handy war weg. Er musste es beim Sturz auf dem Dach verloren haben. Er blickte auf die Uhr, es war 13.45 Uhr. Bollag lief humpelnd los.

62

Die hochstehende Sonne warf kurze Schatten, 25 Grad, Westwind mit zwei bis drei Stundenkilometern. Über dem Festzelt hing eine Hochspannungsleitung, dicke Drahtbündel führten zum Werkhof der Elektra Oberbaselbiet. Für den Abend waren Gewitter angekündigt, doch dann würde das hier längst Geschichte sein. Der Jäger brachte das Sako TRG-41 in Anschlag und sah durch das Zielfernrohr. Dank der 24-fachen Vergrößerung war das Rednerpult am vorderen Rand der Bühne gut zu erkennen.

Dahinter saßen etwa 30 Musiker in einem Halbkreis und spielten, der Wind trug lediglich Melodiefetzen an sein Ohr. Er richtete das Fadenkreuz auf den Dirigenten aus, legte den Sicherungshebel um, bog den Abzug bis zum Druckpunkt, atmete ein, stieß Atem aus.

Klick.

Es wäre ein Treffer gewesen, keine Frage.

Er nahm das leere Magazin aus der Waffe, holte eine Patrone aus seiner Tasche, drückte sie hinein, schob das Magazin wieder in das Gewehr und zog den Verschluss zurück. Er atmete tief ein und versuchte, die Ruhe zu halten. Er musste sich nur weiter auf das Ziel konzentrieren, alles andere vergessen.

Es kam Bewegung in die Menge, der ›Puma‹ musste im Anmarsch sein. Vor wenigen Minuten hatte der Jäger den Helikopter der Bundesrätin gesehen, der ihn auf die Idee mit dem Decknamen gebracht hatte. Er konzentrierte sich wieder auf das Zielgelände, brachte die Waffe in Anschlag und spähte durch den Sucher.

Der Plan war bisher perfekt aufgegangen. In Polizeiuniform hatte er an Völlmins Tür geklingelt, ihn einer ›Befragung‹ unterzogen. Zur Sicherheit hatte er sich zuvor die Haare gefärbt, einen Schnauzbart aufgeklebt und eine Brille mit Fensterglas aufgesetzt. Vermutlich hätte er sich den Aufwand sparen können. Völlmin hätte sich so oder so nicht an ihn erinnert. Wie unterwürfig dieser Großkotz doch plötzlich geworden war. Geschworen hatte Völlmin, dass er nichts mit dem Mord an Laval zu tun habe. Dieser Trottel. Der Jäger hatte um Herausgabe der Waffen gebeten – zur Überprüfung im Labor. Völlmin hatte sie ihm ohne Umschweife ausgehändigt. Bis zu seinem letzten Atemzug hatte der RCS-Chef nicht geahnt, dass er bloß ein Bauernopfer gewesen war. Genau wie Doris Lüthi.

Klar würde die Polizei bei der genaueren Untersuchung herausfinden, dass Völlmin keinen Selbstmord begangen hatte. Und dass die Spuren, die der Jäger im Wald gelegt hatte, nicht exakt mit denen von Völlmins Motorradreifen übereinstimmten. Doch die Polizei würde sich dafür Zeit nehmen, schließlich hatte sie ihren Mörder. Und der Jäger brauchte bloß ein paar Stunden Vorsprung.

Jemand rechts der Bühne zog seine Aufmerksamkeit auf sich. Ein Mann hastete mit linkischen Bewegungen auf das Festzelt zu. Der Jäger richtete das Zielfernrohr genauer aus. Verdammt. Das war doch dieser Scheißjournalist. Vor ein paar Tagen war er zu einem Risiko geworden. Er wusste also Bescheid.

Er würde das Problem jetzt aus der Welt schaffen. Der Jäger legte den Sicherungshebel um und nahm den Journalisten ins Visier.

*

Auf dem Grill brutzelten Bratwürste, davor stand eine lange Schlange von Sissachern an. Kinder kreischten auf der Hüpfburg, Erwachsene maßen ihre Kräfte auf dem mechanischen Bullen. Auf dem Platz vor dem Werkhof waren ein paar Marktstände aufgebaut, Holzofenbrot, Honig aus der Region, Baselbieter Rahmtäfeli. Bollag bahnte sich einen Weg durch die Menschenmenge, suchte nach Neuenschwander. Herrgott, wo war der bloß? Sein Fuß tat höllisch weh, und mit jeder Sekunde wuchs seine Panik. Der Helikopter der Luftwaffe stand auf der Wiese, Mangold musste hier sein.

Es war 13.55 Uhr, nur noch fünf Minuten bis zur Rede der Bundesrätin.

Er hastete in das rot-weiße Festzelt, leere Bänke in langen Reihen, rechts vom Eingang Fahrräder, Würste, ein Fernseher, Plüschtiere. *Nur ein Franken pro Los.* Es roch nach Bier, Pommes Frites und Zigaretten. Vor einer Theke versuchte ein Knäuel Menschen, an Bier oder Cola zu kommen, das ganze Gelände wurde beschallt von einer Blasmusik. Im hinteren Teil des Zeltes verdeckten weiße Tücher die Sicht, durch einen schmalen Durchgang sah er Menschen, Stehtische, Champagnergläser. Das musste der VIP-Bereich sein.

»Ihre Einladung, bitte.« Ein Polizist mit Schnurrbart versperrte ihm den Weg, drei Meter weiter stand ein zweiter Wachhund in Uniform.

»Ich muss zu Neuenschwander.«

»Kein Zutritt ohne Einladung. Dieser Bereich ist nur für geladene Gäste.«

»Ist Neuenschwander nicht da drin, der Kripo-Chef?« Er trat dicht vor den Polizisten, winkte mit der Hand hektisch über dessen Schulter hinweg.

Hinter Bollag warteten zwei Anzugträger mit ihren Ehefrauen, die ihre Einladungen wie Fähnchen in der Luft schwenkten.

Mit der Hand stellte der Polizist den gebührenden Abstand zwischen sich und Bollag wieder her. »Das weiß ich nicht. Und jetzt treten Sie zurück.«

»Dann lassen Sie mich zur Bundesrätin. Sie kennt mich. Es ist wichtig!«

Der Polizist blickte seinen Kollegen an, strich über seinen Schnurrbart, grinste. »Den Spruch hören wir nicht zum ersten Mal. Machen Sie den Weg frei.«

Er schob Bollag zur Seite, die Anzugträger drängelten

sich zwischen sie und musterten ihn mit verächtlicher Miene. Mist. Mit seinem Presseausweis wäre er reingekommen.

Er schaute zu den VIPs, sah Stehtische und blauen Himmel. Der abgesperrte Bereich musste hinten, zur Bühne hin, offen sein. Dort käme er vielleicht rein. Bollag humpelte los.

63

Bundesrätin Mangold stieß mit Regierungsrat Jauslin an, nahm einen Schluck Sissacher Riesling-Silvaner, lachte über einen Scherz. Die Ehrengäste umgaben sie wie Groupies und hofften auf ein nettes Wort. Ab und zu schielte die Bundesrätin zu Neuenschwander herüber, doch sie konnte sich nicht aus der Umklammerung befreien. Die drei Sicherheitsleute hatten sich im Raum verteilt und beobachteten die Menschen, die Ein- und Ausgänge. Neuenschwander stellte sich neben Zollinger, neigte seinen Kopf vor und sprach laut, um den Musikverein zu übertönen: »Ich habe eine Warnung bekommen. Es könnte sein, dass ein Attentat auf die Bundesrätin geplant ist.«

Zollinger drehte langsam den Kopf, verzog den Mund. »Was, noch eines?«

»Das ist kein Scherz, Zollinger.«

Der Leibwächter reckte seinen Brustkorb vor, blies die Backen auf. »Na, dann rücken Sie mal raus mit der Sprache. Wann soll es denn passieren? Und wo?«

»Ich habe keine genauen Anhaltspunkte. Es war eher eine diffuse Warnung.«

»Von wem kam die?«

»Von einem Journalisten.«

Zollinger machte ein unflätiges Geräusch mit den Lippen. »Von einem Journalisten? Ist das Ihr Ernst? Ich dachte, Sie seien ein Profi.«

Neuenschwander trat vor Zollinger, setzte ihm den Finger auf die Brust. »Ich habe Ihnen 20 Jahre Berufserfahrung voraus, Sie arroganter Scheißer. Und ich rate Ihnen, das hier ernst zu nehmen. Ich kenne diesen Journalisten, das ist kein Idiot. Er hatte großen Anteil daran, dass wir den Fall Laval klären konnten.«

Zollinger trat einen Schritt zurück, hob abwehrend beide Hände. »Nur keine Aufregung … Haben Sie wenigstens etwas Konkretes? Einen Hinweis oder Anhaltspunkt?«

»Zurzeit nicht. Aber ich empfehle trotzdem, dass die Bundesrätin ihren Auftritt absagt.«

Zollinger schnaubte. »Sehen Sie sich um, es warten ein paar hundert Leute auf sie. Und die sollen wir wegen einer diffusen Warnung enttäuschen? Bei uns gehen täglich Drohungen ein. Wenn wir die alle ernst nehmen würden, müssten wir die Bundesräte einsperren.«

Der Musikverein Sissach hatte eine Pause eingelegt, Zollingers letzte Worte waren laut zu hören gewesen. Einige Ehrengäste drehten sich zu ihnen um.

»Aber …« Neuenschwanders Handy klingelte, das musste Bollag sein. Er hob einen Finger, wandte sich ab.

»Akim hier. Ich bin im Labor.«

»Ja?«

»Wir haben gestern Splitter eines Blinkers vor Völlmins Haus gefunden. Das fand ich eigenartig. Deswegen habe ich mir seinen Porsche gleich heute Morgen angeschaut.«

Laute, gehässige Stimmen drangen von der Bühne zu Neuenschwander. Ehrengäste schoben die Köpfe vor, um einen Blick zu erhaschen.

»Und?«

»Die Schäden am Auto können nicht von Lüthis Velo stammen. Es gibt Rostpartikel am Lack. Die passen eher zu einer Eisenstange oder einem Hammer.«

Mein Gott, das stellte alles infrage. »Das heißt, dass Völlmin Doris Lüthi nicht umgebracht hat.«

Die Stimmen auf der Bühne wurden lauter. »... sofort ... Neuenschwander ...«

Als Neuenschwander seinen Namen hörte, drehte er sich zum Ausgang um, drängte sich durch die Ehrengäste, schaute auf die Bühne. Bollag.

Akim war noch in der Leitung. »Vielleicht hat er sie umgebracht. Aber bestimmt nicht mit dem Porsche.«

»Danke.«

Er eilte hinaus, Kollege Lareida hatte den Journalisten an der Jacke gepackt, hielt ihn an der Sperre zurück. Musiker und Zuschauer beobachteten das Spektakel.

»Verdammt, Neuenschwander, endlich.« Bollag war verschwitzt, verdreckt und unrasiert, die Blutergüsse in seinem Gesicht hatten sich dunkel verfärbt.

Zwischen dem Schlagzeuger und den Klarinettisten des Musikvereins schlängelte sich Neuenschwander zur Sperre durch. Er klopfte Lareida auf die Schulter. »Ist in Ordnung, ich regle das.« Er nahm Bollag am Arm, zog ihn von der Bühne herunter, weg von all den Menschen. »Sind Sie verrückt geworden? Ich versuche die ganze Zeit, Sie zu erreichen. Was ist los?«

Bollag keuchte, sein hochroter Kopf schien kurz vor der Explosion. »Eine Gruppe durchgeknallter Elektrosmog-Gegner hat Anschläge auf Manager und Politiker verübt.« Er zog ein paar zerknitterte Blätter aus seiner Umhängetasche. »Sie haben Mangold verfolgt, ihren Tagesablauf und ihre Gewohnheiten aufgezeichnet. Und ich glaube, dass sie einen Anschlag planen. Hier und jetzt.« Er hielt Neuenschwander ein Papier vor das Gesicht, es war wenig zu erkennen. »Das ist ein Plan des Festgeländes.«

»Woher haben Sie das?« Neuenschwander setze seine Lesebrille auf.

»Lange Geschichte.« Er deutete mit dem Finger auf das Blatt. »Hier ist die Bühne.«

Das Viereck eine Bühne? Dahinter war ein großes Rechteck. Das Festzelt? Er richtete das Blatt nach Norden aus. Schon besser. Okay, der Weg dort, diese Wiese, die Gebäude auf dem Werkhof. Doch, ja, das kam hin. Eine Linie führte nach Westen zu einem kleinen Viereck, die Distanz war eingezeichnet. Er sah hoch, folgte der Linie mit seinem Blick, am Hang gegenüber lag ein Feld, dahinter ein kleiner Wald. Und davor, mitten auf dem Feld, eine Scheune. Himmelhergott.

Bollag hatte sie ebenfalls entdeckt. »Dort!«

Neuenschwander stürmte los.

64

Der würzige Geruch von Harz lag in der Luft. Sie standen auf dem Waldweg 100 Meter oberhalb der Scheune. Verdammt, ein paar Barrakudas wären jetzt hilfreich. Stattdessen bestand Neuenschwanders Truppe aus sechs uniformierten Polizisten, die nur mit Pistolen bewaffnet waren und kaum Erfahrung hatten. Mit einem Handzeichen scharte er die vier Männer und zwei Frauen um sich. »Der Mann ist gefährlich. Also keine Heldentaten.«

Er sah allen in die Augen, sie waren so verdammt jung, die Aufregung stand ihnen ins Gesicht geschrieben. »Haltet euch strikt an meine Anweisungen, dann schnappen wir uns den Kerl. Verstanden?«

Sie nickten.

Stirnimann fuhr sich über den Schnurrbart, seine Finger zitterten. Er tastete nach dem Waffenholster, klappte es auf. »Wann sollen wir schießen?«

»Nur, wenn es sich absolut nicht vermeiden lässt.«

»Stirnimann, Hirschi und Celli«, er wies mit der Hand auf ihn und die beiden Frauen, »geht in einem Bogen um die Scheune. Ihr deckt die südliche und die östliche Seite ab. Sucht eine geschützte Stellung, geht nicht zu nahe ran. Falls es dort unten einen zweiten Ausgang gibt, dann sichert ihr den ab. Verstanden?«

Erneut nickten sie.

»Gruber, Lareida und Christen, ihr kommt mit mir.«

Er zog seine HK P30 aus dem Holster, forderte seine Truppe mit einem Kopfnicken auf, es ihm gleich zu tun.

Sie ließen die Magazine herausgleiten, prüften sie, alle voll, steckten sie wieder in die Pistolen und luden durch.

Klick, klick, klick.

Er schob seinen Ärmel hoch, 14.10 Uhr. »Also los. Und seid vorsichtig.«

Stirnimann, Hirschi und Celli setzten sich in Bewegung. Neuenschwander zog Krawatte und Jackett aus, hängte beides über einen Ast und nickte Gruber, Lareida und Christen zu. Er schlich voraus, die Waffe auf den Boden gerichtet. Unter dem Weg fiel der Hang steil ab, die ersten 50 Meter lagen im Wald, dahinter begann das Feld, auf dem die Scheune stand. Mit der freien Hand musste sich Neuenschwander immer wieder an Büschen und Wurzeln festhalten.

Hinter niedrigen Sträuchern am Waldrand stoppte er seine Männer und spähte hinunter. Die Feldscheune maß etwa zehn mal zehn Meter, die Steinmauer im unteren Teil bröckelte an etlichen Stellen, die Holzbretter im oberen Teil waren stark verwittert, dunkelrote Ziegel bedeckten das steile Dach. In der westlichen Wand war eine Tür in die Mauer eingelassen, Fenster oder andere Öffnungen waren nicht zu sehen. Doch das Holz wies zahlreiche Risse und Löcher auf, durch die ein Gewehrlauf passen würde.

Neuenschwander nahm das Funkgerät in die Hand. »Alle bereit? Also los. Zugriff!«

Geduckt rannte er über die Wiese hinab, 50 Meter über offenes Gelände, ein leichtes Ziel für jeden Schützen.

Doch Neuenschwander schaffte es an die nördliche Seite der Scheune, die drei Kollegen hinter ihm ebenfalls. Sie keuchten, blickten sich hektisch um. Mit Handzeichen bedeutete er Christen und Gruber, hierzubleiben. Mit Lareida im Schlepptau arbeitete er sich Zentimeter um Zentimeter vor, lugte um die nächste Ecke, drückte sich darum herum auf die Westseite, die dem Hang zugewandt war. Schritt für Schritt näherte er sich der Tür.

Er streckte die Hand aus und berührte den Holzrahmen. Ein Kontrollblick zu Lareida, die den Daumen hochhielt. Sie stellten sich auf beide Seiten der Tür. Jetzt kam es darauf an. »Hier spricht die Polizei. Die Scheune ist umstellt. Kommen Sie raus. Mit erhobenen Händen.«

Er wartete, drinnen registrierte er keine Bewegung, kein Geräusch war zu hören. »Hier ist die Polizei. Kommen Sie raus. Jetzt. Sonst stürmen wir die Scheune.«

War da überhaupt jemand drin? Nichts regte sich. Doch, da, ein leichtes Knacken, Schritte auf Holz. »Kommen Sie zur Tür raus. Hände über den Kopf. Keine falsche Bewegung oder wir schießen.«

Die Schritte kamen näher, zögerlich, Gummisohlen, waren ganz nah hinter der Tür zu hören. Neuenschwander nahm die Waffe in den Anschlag, legte den Sicherungshebel um, die Tür öffnete sich einen Spalt, dann etwas mehr, eine Hand kam zum Vorschein, ein Arm, ein nackter Oberkörper, ein blonder Haarschopf.

»Hände über den Kopf! Auf den Boden! Sofort!«

Der Jüngling kam heraus. Er war vielleicht 20, trug bloß Jeans und Turnschuhe. Langsam ging er auf die Knie, Neuenschwander schubste ihn ins Gras auf den Bauch, packte seine Arme und klemmte sie mit seinen Knien fest. Dann steckte er die Waffe ein und legte dem Verdächtigen Handschellen an. In dem Moment ein Geräusch über ihm, die Tür schwenkte erneut auf. Scheiße. Lareida reagierte schnell, riss an dem Arm, der durch den Türspalt gestreckt wurde. Lange braune Haare flatterten in der Luft, ein Körper flog aus der Tür. Lareida warf die Frau auf den Boden, drehte ihre Hände auf den Rücken und ließ die Handschellen zuschnappen. Die Frau war halbnackt, kreischte hysterisch.

Stärneföifi, schon wieder eine Pleite.

*

Die Mitglieder des Musikvereins Sissach hielten die Instrumente bereit, Bollags Uhr zeigte 14.15 Uhr.

Die Menge wartete auf Bundesrätin Mangold und wurde langsam ungeduldig. Er marschierte hinter den Zuschauerreihen auf und ab, blickte von der Bühne quer über das Feld zur Scheune und zurück. Er hatte das Ohr am Funkgerät, das ihm Neuenschwander beim schnellen Aufbruch noch in die Hand gedrückt hatte. Das Kommando zum Zugriff hatte er mitbekommen, danach nichts mehr.

In der Ferne sah er ein paar kleine Gestalten um die Scheune wuseln, es waren keine Schüsse gefallen. Sein Mund war trocken, die Zunge fühlte sich an wie ein Wattebausch, sein Hemd klebte am Rücken.

Mit den Augen suchte er die Reihen der Zuschauer ab. Sie waren in zwei Hälften geteilt, in der Mitte verlief eine schmale Gasse. Auf den reservierten Plätzen ganz vorn lächelten sich die Ehrengäste zu, Fotografen hielten ihre Kameras bereit, eine Frau mit zwei Kindern suchte nach freien Stühlen, ein Mann in Tracht tunkte seine Bratwurst in Senf, zwei Jungs spielten sich in der Gasse einen Fußball zu. Irgendwo musste auch ein Kollege vom Tagblatt sein. Bollag fuhr zusammen, als das Funkgerät knackte.

Es war die Stimme von Neuenschwander. »Zollinger? Hören Sie mich?«

»Ja. Wie sieht es aus?«

»Falscher Alarm. Wir haben ein junges Paar aus Sissach geschnappt beim … äh … Liebesspiel. Wir haben die Scheune abgesucht, keine Waffen.«

»Warum überrascht mich das nicht? Schweinekacke. Können wir dann endlich loslegen?« Doch Zollinger erwartete keine Antwort.

Bollag blickte zur Scheune hinüber, dann wieder zur Bühne. In der Mitte vor der Blasmusik war ein Rednerpult aufgestellt, geschmückt mit dem Wappen von Sissach, zwei erhobene Hände, rot und weiß. Links und rechts ragten farbenprächtige Blumenbouquets auf. Dort stünde Mangold wie auf einem Präsentierteller.

Wenige Sekunden später schob ein Mann den Vorhang zum VIP-Raum zur Seite und Mangold betrat die Bühne. Der Musikverein spielte das Baselbieter Lied, sie trat an den Rand der Bühne, winkte in die Menge, die Zuschauer klatschten.

Bollag drehte sich um, suchte den Hang und den Waldrand ab.

Nach einem Tusch trat Mangold ans Rednerpult. Sie zückte ein paar blaue Kärtchen, legte sie vor sich hin, trank einen Schluck Wasser und zupfte sich mehrfach am Ohrläppchen.

Bollag hatte sie einmal geneckt wegen dieses Zupfens, ein Tick von ihr. Sie hatte darüber gelacht.

Hinter Mangold waren drei Männer in Anzügen aus dem VIP-Bereich gekommen, einer blieb beim Ausgang stehen, die beiden anderen stellten sich auf die Treppen links und rechts der Bühne und behielten die Menge im Auge.

»Sehr geehrte Regierungsräte, sehr geehrter Herr Gemeindepräsident, sehr geehrte …«

Hatte Bollag sich getäuscht? Nein, unmöglich. Die Sache stank zum Himmel.

Die Sonne beschien das Gesicht Mangolds schräg von oben, sie war extrem exponiert und verwundbar. Verzweifelt flog Bollags Blick über das Festzelt, die Ein- und Ausgänge, die Marktstände, die Reihen der Zuschauer.

Ein Kopf stach aus der Menge heraus, weil er nicht zur Bühne gerichtet war. Bollag trat zwei Schritte vor, die Frau kam ihm bekannt vor. Er kniff die Augen zusammen. Eine kleine Gestalt mit langem schwarzem Haar. Er machte ein paar Schritte in die Gasse zwischen den Zuschauerreihen hinein. Mein Gott, das war Anita Bussinger, die quer über das Feld blickte. Also doch! Nur, verdammt noch mal, wo saß der Schütze?

Bollag ahnte, dass es zu spät war. Doch es gab kein Zögern, keine Gedanken mehr. Er rannte los, zwischen den Zuschauerreihen hindurch, auf die Bühne zu.

65

Der Jäger atmete tief ein und schaltete die negativen Gefühle aus. Gerade noch rechtzeitig hatte er sich auf seine Mission besonnen, der Journalist war jetzt unwichtig. Er konzentrierte sich auf das Zielobjekt, durfte keinen Fehler machen.

Er saß in seinem Ghillie-Suit am Waldrand, unsichtbar für den Rest der Welt. Es war warm unter der Jute, Tropfen bildeten sich auf seiner Stirn, eine Stelle unter dem linken Schulterblatt juckte. Er ignorierte es.

Die Polizisten waren nur wenige Meter an ihm vorbeigetrampelt auf ihrem Weg zur Scheune. Mit einem Lächeln hatte er ihnen zugesehen beim Zugriff. Amateure.

Es war klug gewesen, die Feuerstellung zu wechseln, nachdem General Bussinger ihn gewarnt hatte. Brian Cooper wäre stolz auf ihn.

Auch wenn die Distanz zum Zielobjekt nun noch größer war. Über 1.000 Meter. Diesen Schuss hatte er nicht trainieren können. Weil der General einen Fehler gemacht, die Unterlagen nachlässig aufbewahrt hatte. Das hätte nicht passieren dürfen, es gefährdete die Mission. Doch er nahm es ihr nicht übel. Bussinger und ihre Gefolgschaft hatten gute Aufklärungsarbeit geleistet.

Zugegeben, das junge Paar in der Scheune wäre eine unerwartete Komplikation gewesen. Aber damit wäre er klargekommen. Nichts und niemand konnte ihn jetzt noch stoppen.

Die große Entfernung zum Zielobjekt machte ihm keine Angst, im Gegenteil. Sie war ein Ansporn. Er würde diesen Schuss ins Ziel setzen, er würde die Bundesrätin umbringen, die für alles Hassenswerte stand: die Eisenbahn, den Mobilfunk, den Strom.

Er zog die Waffe an die Wange, spürte den Kunststoff des Schaftes, nahm Verbindung auf. Er verschmolz mit dem Gewehr, der Lauf wurde zur Verlängerung seiner Schulter, das Zielfernrohr zu seinem Auge.

Unten spielte die Musik auf. Er richtete das Zielfernrohr auf das Festzelt aus. Die Bundesrätin trat auf die Bühne, winkte in die Menge. Sein Fadenkreuz folgte ihren Bewegungen.

Sie stellte sich hinter das Rednerpult. Schach.

Der Jäger verschloss seine Ohren für die Welt um sich

herum, legte den Sicherungshebel um. Er konzentrierte seinen kompletten Geist auf dieses eine Ziel, zog mit dem Zeigfinger ganz leicht am Abzug, spürte den Druckpunkt.

Schachmatt.

*

Bollag preschte zwischen den Zuschauerreihen hindurch, auf die Bühne zu. Die Menschen links und rechts drehten die Köpfe, ihre Schatten verschwammen auf dem Boden. Mangolds Stimme dröhnte über die Lautsprecher in seinen Kopf. Sein Fuß schmerzte, er konnte nicht richtig rennen.

Doch, er musste. zwanzig Meter bis zur Bühne, ein Raunen der Menge begleitete ihn, die Sicherheitsleute blickten irritiert auf. Bollag steuerte auf die linke Bühnentreppe zu, zehn Meter, der Mann sah ihn kommen, breitete die Beine aus, streckte die Arme vor. Bollag rammte ihn, Ellenbogen voraus, wie ein Bulldozer.

Der Leibwächter schrie laut auf, stürzte rückwärts über die Treppe.

Seine beiden Kollegen an der anderen Bühnenseite setzten sich in Bewegung, spurteten auf Bollag zu und griffen unter ihre Jacketts.

Mangold hielt am Pult inne und schaute zu ihm herüber. Im nächsten Moment erkannte sie ihn, hob überrascht die Hand. Sie war nur noch drei Meter entfernt. Die Typen waren fast bei ihm, griffen nach ihm …

*

Neuenschwander stand auf dem Waldweg 100 Meter oberhalb der Scheune und streifte sich das Jackett über. Seine kleine Truppe schlenderte voraus, zurück zum Auto. Er konnte die jungen Polizisten lachen hören, sie klopften sich auf die Schultern, waren erleichtert, dass alles gut ausgegangen war.

Er stopfte die Krawatte in die Jacketttasche. Da nahm er aus dem Augenwinkel eine Bewegung war, zwei große schwarze Vögel flatterten unten am Waldrand auf und segelten den Hang hinunter. Etwas hatte sie aufgeschreckt. Plötzlich war es um ihn herum absolut still geworden, kein Rascheln und Gezwitscher mehr. Es lag ein Flimmern in der Luft, eine Spannung. Eigenartig.

Dort, wo die Vögel aufgeflogen waren, stand ein dichtes Gebüsch, dessen Blätter leicht zitterten. Es war windstill, bei keinem anderen Gewächs war eine Bewegung zu erkennen – nur bei diesem einen Strauch.

»Was zur Hölle …«

Da zerriss ein Knall die Stille, ein ohrenbetäubendes Geräusch, großes Kaliber.

*

Bollag stieß sich mit aller Kraft ab, ein Hechtsprung wie früher im Turnunterricht, die Arme vorgestreckt. Mit seiner Schulter stieß er gegen das Rednerpult, erfasste mit der Rechten Mangold und riss sie mit sich zu Boden.

Wasser, Kärtchen, Mikrofon und Blumenbouquets flogen in einem Getöse um sie herum. Sie schlugen hart auf, rollten übereinander weg, der Schwung trieb sie zwei Meter über die Bühne. Dann waren die Sicherheitsleute über ihnen.

Sie rissen ihn weg, fixierten ihn brutal auf dem Holzboden, pressten seine Arme auf den Rücken. Bollag drehte den Kopf auf der Suche nach Mangold.

Er sah nur Beine, Schuhe, die sie umringten, hörte besorgte Stimmen, Männer und Frauen kreischten, Kinder weinten, der Geruch von Metall lag in der Luft – nein, nicht Metall, der Geruch von Blut. Über den Holzboden waren rote Spritzer verteilt. Er ließ den Kopf sinken, Tränen liefen über sein Gesicht. Zu spät, er war zu spät gekommen.

*

»Gopferdammi, was …«

Neuenschwander hatte den Gedanken noch nicht zu Ende gedacht, als er sich schon in Bewegung setzte. Er griff nach der Waffe unter seinem Jackett, lud sie durch und jagte den Hang hinunter.

Er machte riesige Schritte über Steine und Wurzeln auf das Gebüsch zu. Ein umgestürzter Baum lag im Weg, er sprang darüber, abgestorbene Äste schrammten an seinem Körper entlang. Die Waffe, auf keinen Fall durfte er die Waffe fallen lassen.

Das Blattwerk oder etwas darin bewegte sich jetzt heftiger, der Geruch von Schießpulver stieg ihm in die Nase. Neuenschwander verlangsamte seinen Schritt, nahm die Pistole hoch, entsicherte sie. »Hände hoch. Waffe fallen lassen.«

Er hörte das Klicken, erkannte es sofort, 1.000 Mal hatte er das Geräusch im Schießtraining selbst verursacht. Da lud jemand eine Waffe durch. Neuenschwander kam dem Gebüsch näher, zehn Meter noch. Oben auf der Straße und am Abhang hörte er die Schreie und Schritte seiner Kollegen. Er zielte. »Hände hoch oder ich schieße.«

Er entdeckte den schmalen Lauf einer Waffe, nur

wenige Zentimeter, der vorn aus dem Gebüsch ragte und auf die Bühne gerichtet war.

Nein, das durfte er nicht zulassen.

Neuenschwander drückte ab, zweimal, dreimal, viermal. Das Etwas im Gebüsch sackte in sich zusammen, das Blattwerk schien auf einmal lichter. Er ging langsam weiter, die Waffe im Anschlag.

Dann erkannte er eine Gestalt in Tarnzeug zwischen den Blättern. Er musste sich zuerst orientieren. Da war ein Kopf, dort waren Beine und Arme, sie steckten in einem grün-braunen Ghillie-Suit. Und daneben ruhte ein Gewehr auf einem Dreibein. Er kickte mit dem Fuß dagegen, doch das Dreibein war schwer, mit einem Netz und Pflanzen bedeckt, im Boden verankert. Mit voller Wucht trat er zu, das Gewehr kippte zur Seite, lag nun außer Reichweite des Schützen.

Lareida war als Erster neben ihm, hielt die Pistole im Anschlag und zielte auf den reglosen Körper, der seitlich auf dem Boden lag.

Neuenschwander ließ sich auf ein Knie nieder, die Waffe in der rechten Hand. Mit der linken zog er an der Schulter des Körpers und drehte ihn auf den Rücken, dabei immer gefasst auf eine rasche Bewegung, einen Angriff.

Doch der Mann auf dem Boden röchelte nur, Blut tröpfelte aus seinem Mund, bildete Blasen, lief in einem Rinnsal über die grün-braune Wange zum Ohr.

Neuenschwander steckte seine Waffe in das Holster und tastete den Tarnanzug ab. In einer Außentasche fand er eine kleine Beretta, die er Lareida reichte. Die fünf übrigen Polizisten kamen einer nach dem anderen keuchend an, umringten sie, hielten ihre Waffen gesenkt und blickten sich nervös um.

Neuenschwander riss Moos und Blätter von der Kleidung, fand einen Reißverschluss, öffnete den Ghillie-Suit. Die weiße Unterwäsche war rot gefärbt, Blut blubberte aus einer Wunde im Rhythmus des Herzschlags. Er drückte beide Hände darauf.

»Im Auto ist ein Erste-Hilfe-Koffer. Ich hole ihn.« Hirschi wartete keine Antwort ab, preschte los, den Hang hinauf.

»Dem hilft kein Verbandszeug.« Stirnimann schüttelte den Kopf, steckte die Pistole weg.

Der Mann atmete ein paarmal schwer, seine Augen waren weit aufgerissen. Er nahm noch einen tiefen Atemzug, stieß die Luft mit einem leisen Stöhnen aus und bewegte sich nicht mehr. Der Blutstrom versiegte.

Neuenschwander setzte sich erschöpft auf den Waldboden, die Hände feucht und klebrig. Er schloss den Tarnanzug über dem Körper, gab dem Toten ein wenig Würde.

Was für ein Irrsinn.

Sein Blick fiel auf das Namensschild, das auf den Anzug gestickt war: *Soldat B. Dettwiler*.

66

Sie hatte zu Lebzeiten alles bis ins Detail verfügt. Die Kremation, die schlichte Trauerfeier, dass es kurze Reden geben sollte, die Musik, Spenden statt Blumenkränze.

Sie hatte im Gemeinschaftsgrab auf dem Friedhof Egg in Frenkendorf beigesetzt werden wollen.

Für Bollag war es kein besonders würdevoller Moment gewesen, als die kleine Urne aus Ton geöffnet und das Häufchen Asche in das Loch geleert worden war. Es war wenig übrig geblieben von dieser außerordentlichen Frau.

Nur einen Wunsch hatte Doris Lüthi niemand erfüllen können: die Beisetzung im kleinen Rahmen. Über 100 Menschen hatten sich sechs Tage nach ihrem Tod zur Trauerfeier eingefunden. Sogar ein ganzer Medientross war angereist, um den Abschied von der *unerschrockenen Kämpferin für die Wahrheit* zu dokumentieren. Bollag konnte es ihnen nicht verübeln.

Er legte eine langstielige rote Rose oben auf den Blumenberg neben dem Gemeinschaftsgrab. *Selig, die ihr sanft und namenlos. Heimgekehrte, ruht im Mutterschoß.* Er sog den süßlichen Geruch ein, Verkehrslärm drang aus dem Tal zum Friedhof hoch, ein Brunnen plätscherte. Es war kühl und nieselte, ein grauer Tag. Die Menge zerstreute sich langsam, Bollag hörte Gesprächsfetzen, Musik.

»Hermann Hesse. Das gefällt mir.« Neuenschwander stand neben ihm und blickte auf die Inschrift des Gemeinschaftsgrabs.

Ein Polizist, der Hesse kannte?, wunderte sich Bollag.

»Das war ja ein großer Bahnhof. Sie muss eine interessante Frau gewesen sein.«

Bollag blickte ihn von der Seite an. »Ja. Ich habe sie bloß einmal getroffen, aber sie hat mich schwer beeindruckt. Mit ihrem Wissen, ihrem Mut.«

Neuenschwander verzog den Mund. »Nur mit ihrem Musikgeschmack könnte ich mich nicht anfreunden.«

»Wieso? Die Rolling Stones passen doch gut zu einer Beerdigung.«

Sie traten zur Seite und machten Platz für andere Trauergäste. Nebeneinander schlenderten sie zwischen den Grabsteinen hindurch.

Bollag kniff die Lippen zusammen, stieß Luft aus. »Vielleicht hätte ich ihr Leben retten können.« Er blickte zu Boden und schüttelte den Kopf.

Neuenschwander drehte ihm den Kopf zu. »Wie kommen Sie darauf?«

»Ich hätte besser aufpassen müssen. Ich habe den Schützen, diesen Dettwiler, befragt. Er hat mir erzählt, dass er nicht der Typ für Aktionsgruppen sei. Da hätte es bei mir klingeln müssen. Wie konnte er von der Aktionsgruppe wissen, wenn er Bussinger gar nicht kannte.«

Neuenschwander blieb stehen. »Wir haben alle Fehler gemacht, schon bei der Ermittlung im Fall Laval. Dettwiler stand auf unserer Liste der ausgebildeten Präzisionsschützen. Hätten wir doch nur einen Hinweis gehabt, dass er mal bei RCS gearbeitet hatte.«

Bollag stieß Luft durch die Nase. »Und das alles wegen einer Entlassung.«

»Nicht nur. In Dettwilers Haus haben wir eine Krankenakte gefunden. Er hatte einen Hirntumor. Unheilbar. Wir vermuten, dass er RCS dafür verantwortlich machte.«

»Die Studie ... Jetzt wird mir einiges klar.« Über Neuenschwanders Schulter hinweg sah Bollag ein grünes Schild mit der weißen Aufschrift *Feld K*. Etwa zehn kleine Gräber reihten sich aneinander, alle waren mit Blumen verziert. Dann begriff er. K wie Kinder. Sie setzten sich wieder in Bewegung.

»Wie laufen Ihre Untersuchungen in Bezug auf die Aktionsgruppe?«

Neuenschwander legte den Kopf schief. »Bussinger ist eine harte Nuss. Bei der Hausdurchsuchung haben wir keine Unterlagen gefunden, trotzdem konnten wir Bussinger sowie fünf Männer und zwei Frauen der Aktionsgruppe festnehmen. Dank Ihrer Kopien. Das ist eine verschworene Gruppe, sie verehren Bussinger, nennen sie ›den General‹.«

»General? Das passt.«

»Erst gestern hat eine der Frauen ihr Schweigen gebrochen, eine junge Mutter. Wir wissen jetzt, wer auf Sie geschossen hat. Wir hatten die Männer bereits in Haft. Die Frau hat uns auch zu einem Lager mit Waffen und Sprengstoff geführt.«

Sie spazierten die niedrige Mauer an der gegenüberliegenden Seite des Friedhofs entlang. Schön ruhig war es hier, der Hang unter ihnen fiel in ein kleines Tal ab.

»Hat sie Ihnen auch erzählt, wie sie auf Doris Lüthi gestoßen sind?«, wollte Bollag wissen.

»Ja. Die Aktionsgruppe hat Völlmin beobachtet. Offenbar hat es einen öffentlichen Streit zwischen ihm und Frau Lüthi gegeben. Deswegen haben sie ihre Fährte aufgenommen.«

Sie blieben bei zwei Bänken stehen, am Hang gegenüber breiteten sich Schrebergärten aus.

»Und Thommen?«

»Er wird wegen aktiver Bestechung angeklagt. Rail Cargo Switzerland hat den Auftrag storniert, die Fabrik wird schließen müssen. Wenigstens muss Frau Lüthi das nicht miterleben.«

»Haben Sie herausgefunden, wer sie überfahren hat?«

Neuenschwander nickte. »Unsere Zeugin sagt, dass es

Dettwiler war. Wir können nachweisen, dass die Farbe am Velo von einem weißen Ford Fiesta stammt. Vermutlich war es Bussingers Auto, aber das ist plötzlich verschwunden, angeblich nach Bosnien verk...« Er stand plötzlich still, schaute angestrengt in eine Richtung, dann zurück zu Bollag. »Ich denke, da sucht jemand nach Ihnen.« Mit einem Kopfnicken deutete er auf den Weg, der die niedrige Mauer entlangführte. Eine Frau kam mit langsamen Schritten auf sie zu. Sie trug ein eng anliegendes schwarzes Kostüm, das knapp unter den Knien endete.

Neuenschwander nickte Bollag zu, spazierte Bundesrätin Mangold entgegen und schüttelte ihre Hand. Beide blickten in Bollags Richtung. Neuenschwander hob zwei Finger zum Abschied und schlenderte davon.

Ihr Anblick verschlug Bollag den Atem. Das schwarze, wellige Haar umrahmte ihr Gesicht wie eine Löwenmähne. Sie schaute ihn mit ihren großen blauen Augen an und öffnete den Mund zu einem strahlenden Lächeln. Er ging auf sie zu. »Das ist eine schöne Überraschung.«

»Hallo ..., Max.« Bundesrätin Mangold prüfte sein Gesicht. Ihre Miene verdüsterte sich, als sie die Blutergüsse, Schrammen und das Pflaster im Nacken entdeckte. »Wie geht es dir?«

Sie hatte ihn noch nie mit seinem Vornamen angesprochen, im Bundeshaus hatten sie immer eine professionelle Distanz gewahrt. Bis zum bitteren Ende im Dezember. Bollag betastete das Pflaster. »Die Kugel hat mich nur gestreift, das tut gar nicht weh.« Er zuckte mit den Schultern, woraufhin ein stechender Schmerz seinen Rücken hinabschoss. »Der linke Arm ist auch bald wiederhergestellt. Deine Leibwächter haben ihn mir ausgekugelt.«

Sie verzog das Gesicht, zupfte am Ohrläppchen. »Oh,

das tut mir leid ... Ich möchte mich entschuldigen ... für das ... und all das andere.«

»Ich bin froh, dass es so ausgegangen ist. Ich hatte gedacht, du seist getroffen worden. Bis ich merkte, dass ich in meinem eigenen Blut lag. Und ich muss mich ja auch entschuldigen. Für die Hirnerschütterung.«

Petra lächelte verschmitzt. »Ja, das war ein ziemlich stürmisches Wiedersehen. Aber ich verzeihe dir. Du bist ja sozusagen mein Held. Du hast mir das Leben gerettet.«

»Ist das der Augenblick, wo du schmachtend in meine Arme sinkst?«

»Genau ... Wie in diesen Filmen am Sonntagabend, die ich mir immer anschaue. Rosamunde Pilcher.«

»Mein Gott, Petra. Wenn ich das gewusst hätte.«

»Dann?«

»Wäre ich dir vielleicht nicht zu Hilfe geeilt.«

Sie lachte leicht und unbeschwert und trat einen Schritt näher, sodass sie dicht vor ihm stand. »Ich habe leider nicht viel Zeit, muss zu einer Sitzung nach Zürich. Aber vielleicht könnten wir das alles in Ruhe besprechen?«

»Wie meinst du das? Ganz offiziell oder eher wie ein Date.«

»Ich wäre froh, wenn du mir die Hintergründe dieser Aktionsgruppe erklären könntest. Und an diesen offiziellen Teil hängen wir einen inoffiziellen – wenn es dir recht ist.«

Aus dem Augenwinkel nahm er mehrere Fotografen wahr, die sich in einiger Entfernung postiert hatten und ihre Objektive auf sie richteten.

»Kommt darauf an. Werden da fünf Leibwächter um uns herumstehen und darauf achten, dass ich nicht in der Nase bohre? Diese Gorillas sind brutal.«

Ein Lächeln wie eine Frühlingswiese. »Es sind bloß drei … Nein, im Ernst, ich käme alleine.«

Er neigte den Kopf leicht in Richtung der Fotografen. »Hast du dir das gut überlegt? Die Geier kreisen schon über uns.«

Sie schaute nicht hin. »Ich weiß.«

»Samstagabend?«

»Abgemacht. Ich bin eingeladen zu einer Premiere im Stadttheater.« Sie lächelte. »Das Stück heißt ›Der Schützenkönig‹. Die werden meine Absage bestimmt verkraften. Bis Samstag also.«

Sie hob die rechte Hand leicht zum Abschied, ging zögerlich ein paar Schritte. Dann stoppte sie, drehte sich um und kam nochmals zurück. Dicht vor ihm blieb sie stehen, sah ihm ins Gesicht und legte ihre schmalen Finger auf seine Wange. So verharrten sie mehrere Sekunden, bevor sie ihm einen schnellen Kuss gab. »Sollen die doch ihre Bilder machen. Es ist mir egal.«

Dann schritt sie mit energischen Schritten die Grabsteine entlang. Bevor Petra um die Ecke hinter Büschen verschwand, blickte sie sich erneut um und schenkte ihm ein bezauberndes Lächeln.

Vielleicht war sein Leben doch nicht ganz so beschissen.

ENDE

ANMERKUNGEN

Diese Geschichte ist Fiktion. Das ›Tagblatt‹ in Liestal existiert nicht, auch wenn es in manchen Redaktionen ähnlich zugehen mag. Real sind hingegen die meisten Orte, die in diesem Krimi beschrieben werden. Hie und da habe ich mir allerdings erlaubt, Gebäude und Schauplätze zu erfinden, umzubauen oder zu verschieben.

Tatsache ist, dass viele Menschen unter Elektrosmog leiden. Die künstlichen elektrischen und magnetischen Felder werden durch Hochspannungsleitungen, Radio- und Fernsehsender oder Mobilfunkantennen verbreitet. Die Symptome der Betroffenen reichen von Kopfschmerzen, Schlaf- und Konzentrationsstörungen bis hin zu Herz-Kreislauf-Problemen. Wissenschaftlich lässt sich ein Zusammenhang zwischen der Strahlung und den Symptomen bis jetzt nicht nachweisen, die Leiden der Betroffenen sind jedoch zweifellos real.

Tatsache ist ebenfalls, dass Lokführer an ihrem Arbeitsplatz einer sehr starken elektromagnetischen Strahlung ausgesetzt sind. Wissenschaftler des Instituts für Sozial- und Präventivmedizin der Universität Bern haben festgestellt, dass dieser Berufsstand eher an Krebs erkrankt als andere.

Mein Dank geht an all jene Personen, die mir durch ihr Wissen und ihre Erfahrungen bei der Entstehung dieses Krimis geholfen haben. Mit vielen guten Ratschlägen war mir vor allem der Autor Carlo Feber eine große Hilfe. An mich geglaubt hat Anna Mechler von der Agentur

Lesen&Hören, wichtige Tipps bekam ich von der Lektorin Katja Ernst vom Gmeiner-Verlag.

Gregor Saladin vom Bundesamt für Verkehr nahm die bahntechnischen Aspekte der Geschichte unter die Lupe, der Arzt Koni Dysli die medizinischen. Rolf Wirz, der ehemalige Sprecher der Polizei Basel-Landschaft, überprüfte und korrigierte die Vorgänge und Abläufe bei der Polizei. Sie alle lieferten mir wertvolle Hinweise.

Den größten Dank schulde ich meiner Frau und meinen Kindern, die mich immer unterstützt haben.

Weitere Krimis finden Sie auf den folgenden Seiten und im Internet: www.gmeiner-verlag.de

Daniel Badraun
Hundsvieh
978-3-8392-1412-1

»Von Hunden & Kühen. Mittendrin: Claudio Mettler«

Claudio Mettler ist ein sympathischer Superloser. Er kriegt nichts auf die Reihe – aber das mit wachsendem Erfolg. Und er leistet sich eine Freundin, die nicht annähernd seine Kragenweite ist … Doch Mettler bemüht sich. Mettler kämpft. Er will ihr zeigen, dass er ein ganzer Kerl ist und kein Verlierer.

Bei seinen verzweifelten Bemühungen, etwas Geld zu scheffeln, gerät er als Spielfigur in die Machenschaften von skrupellosen Kunstdieben und Viehhändlern. Doch Mettler wäre nicht Mettler, wenn er nicht einen Weg fände, sich am eigenen Schopf aus dem Sumpf zu ziehen!